임명희 장편소설

임명희 장편소설

# 대산의 날에

2017년 12월 11일 제1판 제1쇄 발행

**지은이** 임명희
**펴낸이** 강봉구

**펴낸곳** 작은숲출판사
**등록번호** 제406-2013-0000801호
**주소** 경기도 파주시 신촌로 21-30(신촌동)
**전화** 070-4067-8560
**팩스** 0505-499-8560
**홈페이지** http://cafe.daum.net/littlef2010
**페이스북** http://www.facebook.com/littlef2010
**이메일** littlef2010@daum.net



ISBN 979-11-6035-039-5 03810
값은 뒤표지에 있습니다.

# 대산의 날에

임명희 장편소설

작은숲

❁



춥고 궂은 날씨였다. 비로 시작한 눈이 진눈깨비로 변했다가 눈으로 내리다가 변덕을 부리는데 땅은 질퍽거리고 스산한 하늘과 종잡을 수 없는 마음이 색깔을 빼버린 수묵화처럼 그것도 황량한 폐허를 그린 그림처럼 가라앉아서 눈에 드는 것마다 막막한 거기가 대산이라 했다.

"김장두 안즉인디 날씨가 이리 궂어서 어쩐다?"

"그래두 성님네는 무수 김장은 했잖유? 우린 밭에 그냥 자빠져 있으니 이번 추위에 얼었건네. 가 볼 새두 읎어서…."

수가 대산에 내려서 처음 만난 사람들, 그 아낙들이 한 아름씩 안고 가는 총각무는 바라보는 사람까지 속이 시리게 했다. 저이들은 저 손 시린 것들을 안아다가 다듬고 절이고 오후쯤이면 오롯한 김치로 탈바꿈시켜 놓으리라. 모든 풍경은 삶이 들어가야 살아난다던 말이 생각났다. 수가 살아본 적 없는 동네였고 어제 저녁나절까지는 상상 속에도 어릿거려 본 일 없는 낯선 곳에 섞여들어야 한다는 사정이 싫었다.

총각무를 아름씩 안고 수의 앞을 종종걸음으로 질러가던 아낙들 중 한 사람이 힐끗, 수를 보았다. "웅도서 나온 젓갈이 잘 삭어서 맛있데."

"우리두 거기다 맞췄는디 오늘은 가져온다데유." 수를 바라보면서 말은 곁 사람에게 하는 아낙들을 비껴 걸으면서 추운 아침 밭에 나가 총각무를 뽑아 안고 돌아오는 살림내 나는 사람들의 아침밥상을 떠올린다. "밥좀 푹푹 떠먹어라, 국은 왜 안 먹느냐," 어미가 아이들을 품듯이 둘러앉은 떠들썩한 밥상 말이다. 수가 안친 쌀도 지금쯤 밥상에 차려진 밥이 되었겠다. 동생들이 조그만 손으로 달그락거리며 밥을 먹겠다. 지금 디디고 선 이 땅도 구순한 사람들이 둘러앉은 아침밥 시간이리라는 생각이 숨통을 막을 듯한 낯선 느낌을 조금 묽게 한다.

순열이 엄마가 자세히 적어준 약도를 들여다본다. 그 종이쪽이 꼬깃꼬깃 쥐어져 있는 한 다른 길로 들어서지 못하게 자신의 걸음을 지킬 것이라고 믿자 했다. 약도라고 했지만 선하나 그려진 게 없이 차부에서부터 늘어선 가게 이름들이었다.

밤중에 불쑥 찾아가 한복점 주소를 묻는 수에게 순열엄마는 "너희 엄마가 허락은 허시디?" 단정한 말씨로 물으시고는 전화기를 끌어당겼다. 흐트러진 곳이 없는 단아한 모습이 동네 아줌마들 속에는 없는 언제 봐도 고요한 분위기다.

"응, 밥은 먹었니? 그렇게 바빠? 민수가 거기 가겠다는데… 응… 지금 옆에 있어, 응, 응… 그래,… 알았어, 그래 응… 바빠도 끼니 거르지 말어."

그러고는 순열이 한복점 가는 길을 써서 건네셨다. 통화 내용을 다 들었음에도 내용은 사라지고 귀에 남은 건 순열이를 향한 그 엄마의 마음일 것 같은 응, 응, 응 햇솜 같은 포근함이 배어나오는 따뜻한 소리였다. 좀 전에 집에서 들었던 서슬이 사나운 이강애 여사의 말과 친구엄마의 음성, 질감이 다른 두 가닥의 소리가 실처럼 꼬아지다 풀리다 반복되는 소리로 맴돌았다. 이명증, 소리의 잔상이었다.

그래, 다시 집을 떠나는 거야, 집에서 살 수 있을 거라는 착각도 하지 말자, 새삼 서러울 일도 없다고 고집을 부리듯 날밤을 밝혔다. 그러고는 어둑발이 채 걷히지도 않은 시간에 아침쌀을 앉혀 놓고 곧바로 짐을 쌌다. 짐 보따리 속에 꾸역꾸역 책을 집어넣는 짓에 속이 터지는지 이강애 여사는 찬바람이 쌩하게 핀잔을 날리며 부엌으로 들어가셨다.

"게으른 것들은 어딜 가도 표 내지, 가서 그런 거나 붙들고 있어라, 집이서 새는 바가지 들에 가도 샐건 뻔허지 빌어처먹을 날 택일 허구 있으니께, 저런 게 사흘이나 그런 곳에서 전딜라, 아나 떡이다! 그런 애덜처럼 약고 지악스러면 내가 업고 다

닐라."

'그런 거나 붙들고 있으라'는 건 수에게 책을 손에 잡지 말라는 반어법이고, 나머지는 악담이고 '순열이처럼 약고 지독하면 업고 다닐 거라'는 건 부디 집으로 겨울을 살러 오지는 말라는 말이었다. 겨울은 농한기여서 일손이 필요가 없다는 말씀을 그렇게 둘러서 하시는 거다. 이른 아침 찬기운을 쏘이면 금방 탈이 날 걸 아시면서도 아침이나 먹고 가라는 말은 안 하신다. 그걸 말로 내지 않으셔도 엄마가 부엌으로 내려가지 않는다면 곧바로 수에게 아침을 지으라는 말로 들을 것인데 쌀을 안친 솥뚜껑을 여는 소리, 이어서 아궁이에 불을 지피는 기척이 들린다. 무얼 기대하랴, 눈앞이 흐려지는 걸 수습하며 "가께요." 부엌쪽을 향해 한 마디 던지고 쪽문을 나섰다.

서산에서 갈아 탄 완행버스에서 내려 어느 쪽을 보고 서서 오른쪽인가, 이의를 달 것도 없이 길은 그냥설명처럼 거기 있었다. 차부에서 오른쪽으로 큰 길이 있고 첫집이 솜틀집, 바로 옆에 기성복집 그 다음에 빵집과 형제소리사, 석유곤로 가게 바로 곁이 한복점이라 적혀 있었는데 석유곤로 가게 옆은 유리창에 흰 종이로 오려 붙인 '막걸리' 집이었고 그 다음집이 '대산한복점' 순열이가 열고 있는 가게였다. 간판다운 게 걸린 집은 길 건너 '시대양품점'과 '대산양장점' '형제소리사' 정도였고 대부분의 가게들은 파는 품목을 문패보다 조금 큰 판자에 써서 걸어 놓거나 그도 저도 아니면 술집처럼 유리문에 파는 품목 이름을 흰 종이로 오려붙인 식이었다. 그런 유리문 아래쪽은 어느 집 할 것 없이 진흙길을 오래 걸어온 아낙네 치맛자락처럼 흙이 튀어 후질러진 납작한 장옥들이라 멀리 헤맬 것도 없고 일목요연하여 저자거리가 한 눈에 순서대로 외워지는 거리였다.

수가 그곳으로 들어오거나 말거나 아무도 눈여겨 보지 않아서 다행이었다. 한복점 주인인 순열이 그 친구도 말수가 적고 조용한 성격 그대로 "왔냐? 일찍 왔네." 한 시간 전에 만났던 것처럼 빙긋 웃는 게 수를 향한 환영사의 전부였으니 바라던 바였으면서도 뺄쭘하다는 낱말이 떠올랐다.

"여전하구나?"

갑자기 들이닥친 수를 보면서 뭔가 콱 막아서는 듯 편치 않은 기분이 든다. 다시는 보조를 쓰지 말자는 생각을 하면서 살았다. 갖가지로 속을 썩이는 사람들을 겪어 내면서 차라리 몸은 고되지만 마음이 편한 쪽을 택해 혼자 일해 왔다. 내가 또 무슨 일을 차린 것인가, 일손이 달려서 수가 온다기에 얼른 오라고 하긴 했는데 어렸을 때나 지금이나 녹녹치 않을 것 같은 성격은 그대로인 듯 무심한 듯 얼핏 보면 사람을 방심하게 만드는 그 표정으로 들어서는 민수, 어제 저녁 풍로가게로 걸려온 엄마의 전화를 받고 수라는 이름을 듣는 순간 엉겁결에 오라고 대답부터 하고 전화를 끊고 생각하니 이것저것 걸리는 게 많았다. 다른 애들과 같지 않은 수의 면면을 잘 알고 있었기 때문이다. 이럴 경우에 나이가 든 사람들이 만나는 거라면 "하나도 안 늙었네."하거나 더 좋아졌다는 따위 인사말이 어울렸을 세월을 가운데 둔 6년인가 만에 만나는 친구여서 서로 낯설어 쭈뼛거릴 만큼 어찌 보면 어이없는 대면인 것이다. 밤에 느닷없이 연락을 하고 날이 새자마자 들이닥친 노릇이라서 서로 뜨아한 느낌이야 피할 수 없다지만 수의 다급한 사정이 이해는 되었다. 수다스러운 누가 주변을 정신없이 휘저어 주면 고마울 텐데 전전긍긍하는 내 마음을 수가 읽어낼세라 얼른 낯빛을 고친다.

말을 잘 안 하고 길을 가도 머리를 숙이고 다니는 모습을 먼빛으로만 보았던 수였다. 또래 애들 사이에 쌀쌀맞기로 유명한 수가 내 '시다'가 되겠다고 온다는 일이 뭔지 모르게 술렁거리는 마음을 만들었다. 또래들은 수를 쌀쌀맞다 하면서도 좋아했다. 불친절하고 제멋대로여서 그 애와 있으면 뭔가 눌리는 기분이면서도 같이 있는 게 좋던 아이, 수는 내가 저를 좋아하는지조차 모른다. 그러니 내가 부러워했던 것 따위는 더구나 알 턱이 없다. 시원시원하고 경우 바르고 말을 잘하는 여장부, 그 애 엄마는 또 얼마나 부러운 분이던가. 수는 몸이 약해서 학교 주회시간이면 곧잘 쓰러져 담임 선생님에게 업혀 오거나 반 아이들에게 부축되어 오거나 했다. 바로 코앞에 있는 학교라서 다행이라고는 했지만 작은 소동이 자주 일어나곤 했다.

민수가 맡은 주인공 역할이 해 보고 싶을 정도로 수의 면면은 좋아 보였다. 백짓장처럼 하얀 얼굴로 정신을 놓는 걸 보면서 했던 생각이었다. 그렇게 약한 애가 고집은 어떻게 그리 셀 수 있는가, 그 애가 말을 내면 아무도 꺾을 수가 없다는 걸 알아서 또래 애들은 더 우기지 않고 뜻을 따랐던 날들이 기억에 새롭다. 수의 언니나 동생 그 자매들을 감고 도는 소문들도 이웃집에 하숙한 선생님들을 통해서 익히 들었던 바였다. 머리가 좋다느니 무슨 대회를 나가서 장원을 했다느니 그집 딸들은 하나같이 뭔가를 잘한다는 소문이었다. 수가 초등학교 적 얘기였지만 그대로 자랐다면 지금까지 어디서 무얼 하고 있었는지는 모르지만 역시 내가 부러워할 수준에 모든 게 닿아 있을 것이었다.

6년쯤의 세월은 애들에게는 엄청난 것이어서 나이보다 작던 수의 키가 얼른 봐도 나보다 반 뼘쯤은 더 클 것 같았다. 호들갑이 없는 성격은 여전한 것 같으나 표정은 더 우울해 보여서 그게 나이를 가늠하기 쉽지 않게 보였다. 그동안 한복점을 거쳐간 아이들, 그 보조들이 속을 썩이던 부분이 머리는 맹하고 솜씨는 데퉁맞은 점이었다. 아무리 일러줘도 소용없던 답답한 노릇이었는데 더러 쓸 만할 것 같아서 공을 들이면 성격이 촐싹거리기 일쑤여서 나대다가 일감을 망쳐 변상할 일을 만든다거나 마음고생을 시켰다. 그들의 잘못은 곧바로 단속을 못한 책임이 한복점 주인인 내 몫이었으므로 상하지 않아도 좋을 속을 끓이며 살았다. 수라면 무엇을 해도 똑, 소리 날 것이라는 믿음이 있다. 반듯한 행동거지가 나를 세워 주리라는 확신 같은 것, 그건 수가 온다는 소리를 들은 순간에 떠오르는 생각이었는데도 오래 궁리한 일이었던 듯 정확할 것이라고 믿었다. 그렇게 밤이 지나고 이른 아침에 한복점으로 들어선 친구, 얼른 표정부터 살폈다. 또래들에게선 찾을 수 없는 저 심각, 뭔지 모를 위압으로 닿는 당치않은 느낌의 대면이었다.

어둑발이 덜 가신 이른 아침부터 데퉁스런 이불보퉁이를 끌다시피 들고 온 수는 아침 먹을 시간이어서 구경하려고 몰려오는 사람도 없고 말을 거는 이도 없어 스며들 듯 들어섰다. 전부터 거기 놓였던 정물처럼 봐주어서 다행스러운지 수는 보조미싱 곁에 자리를 잡았다. 그날부터 할 일이 없는 한가한 사람처럼 보따리에 든 책이나 꺼내 읽기 시작했다. 나도 수에게 뭐라고 일을 시킬 분위기도 아니어서 잠자코 하던 바느질을 했다.

달리 할 말이 있는 것도 아니었고 수가 저절로 돌아앉아 말을 걸어오기까지 기다리자 했다. 여러 사업에 실패를 거듭하는 아버지가 정미소를 차려 이사 든 곳이 민수네 집 곁이었다. 변소도 지을 새 없이 본채 건물만 급하게 짓자마자 들어간 곳이라서 우리 식구들은 민수네 집 변소를 이용했다. 방아 찧으러 오는 사람들도 물론 그집 변소를 사용하는 일이 잦았다. 바

곁에 있는 변소라고는 하나 쪽문 바로 곁이었다. 거적문으로 닫아 놓은 변소에 앉아 있으면 그럴 생각이 아니어도 수네 집에서 나오는 소리를 다 들을 수 있었다. 어제 저녁 민수가 우리 엄마에게 다녀 간 다음에 엄마가 전화를 다시 하셨다. 마침 우리 엄마가 변소에 갔을 때 민수 엄마가 민수에게 퍼붓는 모진 소릴 다 듣게 되었다고 하셨다. 아마 그래서 민수가 집을 다시 떠날 생각인가 보더라고, 서울서 몇 년 만에 집으로 내려온 아이에게 며칠이나 되었다고 그러는지 가엾더라고 했다.

엄마가 못다 하신 뒷얘기는 미루어 짐작이 되었다. 너라도 민수에게 잘해 주라고 하고 싶으셨을 터이다. 아무려나 남들이 못 가진 것들을 많이 갖고 있는 친구여서 가까이 가고 싶었던 어린 날을 생각하면 수의 등장은 저절로 다가온 길조일 것 같기는 했다. 어려워 보이는 책을 숨도 안 쉬는 듯 읽고 있으니 말을 걸어 볼 짬이나 날까, 시간이 흐를수록 불안하기는 하지만 기다려 볼 것이었다. 아무 것도 손에 잡히지 않게 마음이 발붙일 곳을 못 찾는 것 같은 민수에게라면 참아 주지 못할 게 없을 것 같다.

민수는 나를 잘 모른다. 그것은 나도 마찬가지여서 사사건건 낯이 설었다. 바쁜 일손에 객식구로 끼어들어서 일을 도울 생각은 않고 무슨 고민이 그리 많은가 닷새를 내리 숨소리도 안 내고 책만 읽고 있는 경우 없는 친구에게 밥을 해내면서 '무던'이 약일 것 같아 말을 참고 있었다. 그런데 오늘은 민수가 먼저 말을 걸어왔다.

"오늘부터 내가 밥 당번 하께."

갑자기 바느질 쪽으로도 관심을 보이며 손쉬운 치마부터 꿰매자고 서두른다. 예나 지금이나 다른 사람이 갈피를 잡을 수 없는 성격은 여전한 것 같았다.

"재봉틀은 다뤄 봤어. 처음 들어간 면목동 공장에서…." 그곳 가발공장은 '미싱메이드'라는 파트가 따로 있어서 다행하게도 거기서 일주일쯤 재봉틀을 손에 익힐 수가 있었다고 했다. 물론 머리카락을 망사천에 심는다거나 심어진 천을 규격에 맞는 망에 고정하는 따위 일을 해본 것이니 기능이 다른 기계여서 일반 재봉을 배웠다고 하기는 부족한 얘기지만 기계 원리가 같으니 생판 처음 보는 것보다는 나을 것이었다. 그래서 그랬는지 미싱 일은 금방 손에 익어 며칠이 지나니 제법 잘했다.

민수를 모르지만 또한 잘 알 듯했다. 가만히 내버려 두면 저절로 알아서 틀을 잡는 그 식이 먹혔으므로 심기를 건드리지 않고 기다려 주면 될 것이었다.

"한 댓새 내리 숨도 안 쉬고 책만 읽어서 걱정이더라. 쟤가 내리 저러고 있으면 바쁘긴 하고 어떡하나. 근심 좀 했지."

말은 우스갯소리처럼 했으나 그 사이 내가 마음고생 좀 했다는 볼멘소리였다.

"속 썩이면 내쫓을 일이지 뭐해 먹자고 속을 끓이니? 이제 말로 해, 내 귀는 치레로 달고 다니는 게 아니거든!"

농담이 나올 정도로 조금씩 주변이 보이기 시작하는 모양이었다. 내게 느껴져 오는 민수가 서먹거리듯 민수가 참는 일도 그런 무엇일 것 같았다. 참아 주는 일, 그래서 무난한 일이라면 좋은 관계가 될 것 같았다. 둘이 수다를 떤다거나 말을 함부로 하는 손쉬운 대상들이 아니어서 옆집 양장점에서 들려오는 또래들의 속없는 말을 듣다가 실없음에 기가 막혀 서로 눈길이 마주치면 피식 웃게 된다. 어이없다는 뜻이다. 남들이 나이를 어림할 수 없다는 민수와 나는 이름을 빼버리고 성으로만 부르기로 정했다. 더구나 남들이 듣는 데서는 내 이름을 입 밖에 내지 말라고 따로 부탁했다. 민수는 그거야 뭐 어렵겠냐 했다. 주변 또래들, 양장점에서 들려오는 말들이 유치하다 생각하는 쪽이어서 그 부분도 우리는 죽이 맞았다. '김지지배' '박지지매' '미영이넌' 따위 수가 어이없어하는 그녀들의 호칭이었으니 한 양, 민 양은 그보다는 한 길 위라는 생각이다.

"오늘도 또 고대로 있네, 저 아가씨는 화장실도 안 가나?"

"혹시 다리가 션찮은 사람인가?"

길 건너 바로 정면에 있는 시대양품점 부부는 일어서지 않는 수를 두고 걱정까지 했다. 그 집도 하루에 한두 사람 드나들까 말까, 한가한 가게였다. 그 집 남편이 한때는 문학청년이었다는 걸 알게 되고 수가 늘어놓고 사는 책들이 빌미가 되어 나중에는 좋은 말동무가 되었다.

"여기가 가장 번화가라 할 수 있는 면 소재지 동네라더니 너무 한적하다."

민수가 이상해할 적마다 "지둘러 봐, 사람으로 길이 미어터지는 시간도 있을 테니."

말은 그렇게 하면서도 민 양이 서울 살던 생각을 하는 듯 싶어 어디다 무얼 비교하나, 좀 얄밉기는 했다.

저녁때가 되고 공군들이 밖으로 나도는 시간이 되면 문득 활기를 띠게 될 테고 전혀 색다른 동네로 바뀌는 광경을 보면 민 양이 뭐라고 할까. 궁금했다. 다방이며 술집이며 음식을 파는 가게라면 몰라도 공군들이 가장 불필요했을 품목을 취급하는 게 한복점인지라 거리를 활보하는 그들을 쳐다보는 것이 전부였으나 뭔가 주변이 건강한 기운으로 깨어나는 것을 느끼는 정도가 고작이라 해도 민양이 놀라워 할 일은 기대가 되었다.

그런 심심한 어느 날 서너 명의 공군들이 머뭇거리며 한복점 빽빽한 유리문을 밀었다. 처음 있는 일이었다. 가게를 내고 있는 곳에 들어서며 쭈뼛거리는 모습도 그렇고 실례한다고 양해부터 구하고 들어서는 첫마디도 그렇고 그들은 우리에게 그럴싸한 용무가 없는 사람들인 것을 겉에 달고 들어온 것이었다.

그들이 들어섰다고 해도 달리 그들이 앉을 의자가 있는 것도 아니고 신발을 벗어 놓을 좁은 토방을 제하면 곧바로 장판방인 가게 구조는 한복을 만드는 공방인 셈이니 손님이 와서 머물 공간이 아니었다. 거기다 한복 짓기란 책상다리를 하고 다소곳이 앉아서 바느질감을 무릎에 올려놓고 하는 일인지라 자세부터가 배타적일 정도로 조신한 모습이어야 했다. 그런 곳에 한복을 맞추러 오는 손님이 아니라면 몸을 주체하기도 난감할 일이었다. 그러니 그들을 맞아 일감을 걷어치우고 방바닥으로 올라오라 할 수도 없고 어정쩡하게 문 곁에 세워 두는 수밖에 없는 일이었다. 그 후로 그런 일은 자주 보는 일이었고 열이면 열, 모두 그렇게 섰다가 가는 경우가 공군들이 한복점에 들어선 경우였다. 민 양은 그들이 들어오는 일을 '출몰'이라 이름 지어 웃었다.

숫기가 없는 우리는 왜 왔느냐, 한 마디 묻는 일조차 인색했던지라 공군들은 머쓱하게 섰다가 "그럼 수고 하십시오!" 난데없는 경례를 붙이고 돌아서 나간다. 그들 뒤에서 그제서야 참았던 숨을 풀 듯 까르르 웃게 되는 부분을 나는 '퇴치'라고 불러 출몰과 퇴치는 일상에 자주 끼어드는 일과가 되었다.

민 양은 그렇게 심심하고 따분한 풍경 속으로 잠시 나타났던 공군들이 거리를 걸어갈 때가 가장 멋지다고 했다. 결국 가까이는 말고 바지 주름 구기지 않게 서 있는 제복이 아름답다는 것, 우리가 제복에 대한 환상을 유지할 수 있는 거리는 가게에 들어온, 여드름자국까지 보이는 가까운 곳의 그들이 아니라 길에 오가는 그들, 척, 척, 척 보폭을 크게 걷는 모습을 원경으로 밀어 놓는 때였다. 유리창 너머의 제복은 멋진데 바로 곁에 선 사람은 부담스럽다고나 할까? 초라한 시골거리가 문득 제복으로 술렁거릴 때 마음에 활기 같은 게 머리를 들고 함께 술렁거린다는 것도 그만쯤의 거리로 물러난 자리에 그들이 있어서 가능한 일이었다. 민수 때문에 바라보기 시작한 공군들이었고 제복에 대해서 '환상'적이니 뭐니 그제야 말해 보는 일이었다. 민 양 그애는 별스럽지 않은 일상에 일일이 느낌표를 다는 듯 새롭게 하는 재주도 있는 것 같았다.

문득, 그야말로 출몰하듯 영기 오빠의 육군 정복이 떠오르는 듯 민 양이 말을 내기도 한다. 윤영기라면 나도 알 만한 사람이다. 말을 걸기도 어렵게 보이는 그런 사람과 절친인 듯 이물 없이 말하는 민 양이 부러운 부분이었다. 동네서 떠도는 소문에 민수에게 지극정성이라는 윤영기, 그들은 정말로 연인 관계일까? 가볍게 묻기도 그렇고 민 양 엄마가 누군데 그냥 놔두겠냐 싶어 묻는 일을 덮어 두면서도 여전히 궁금한 부분이었다.

"벙어리 마빡을 쳤나? 이집 아가씨들은 말을 언제 하는 겨? 그러고 있으면 갑갑허지두 안 혀?"

한복점에 들른 나이 지긋한 아주머니들이 잘하는 말이었다.

"누가요? 언제요, 왜요?"

그분들이 무안을 탈까 농담으로 눙치는 것도 민 양이고 살갑게 먼저 말을 건네는 것도 민 양, 이름이 촌스러움의 극치라고 입 밖에 내지 말자는 제안은 내가 했는데 사람들은 민 양이라는 호칭을 더 자주 쓴다.

"하긴 한순열이보다는 민 수가 남자 이름 같아도 좀 낫다. 그래도 분례, 갓난이, 언년이가 아닌 게 어디야?"

한 양, 민 양 부르니 뭔가 있어 보여서 호칭은 그걸로 고정했으나 수라는 이름을 제하고 민 양이라 불러 주는 탓에 스스로를 객관화 시켜 놓고 바라볼 수가 있어 그 부분 재미있겠다고 했다.

그래서 민 양이 드디어 일어섰다거나, 드르륵 밀다 잘못하면 떨어지는 문짝을 붙들고서 이제 놀라지도 않을 만큼 부자연스럽고 부실한 사물과 교류 중인 민 양이 밖을 바라보는 중이라거나, 행동 하나마다 중계방송하듯 농담을 만드는 일은 민수가 잘하는 짓이다. 뻔한 동작들에게 설명을 붙이노라면 가라앉던 기분이 더러 풀리기도 하는지 직설로 말하기 싫은 일도 그렇게 외두르면 무료한 일상에 심각을 떼 내고 능치는 효과로 닿기도 하는 모양이다. 전에 못 보던 일이었다.

"우리 산책이나 나가까? 이러다 앉은뱅이 되겠다. 미나리 아재비 꽃 폈겠다! 바람도 불것다."

무릇 싹이 올라오겠다. 뽀리뱅이가 어쩌겠다. 민수는 짬만 나면 꼬드긴다. 밖으로 나가자고 조르던 기세로 보면 별스런 곳으로 싸돌아다닐 것 같은데 그 애가 나가서 하는 짓은 고작 개울가에 우두커니 앉아 있거나 같이 간 사람은 안중에 없는 듯 논두렁길을 아주 천천히 걸어 다니는 일, 한복점 안에 있는 일보다 나을 게 없었다. 그걸 안 뒤로는 내가 따라나서지 않았으므로 그 애 혼자 나가는 산책길이 되었다.

대산살이가 얼마나 길어질지 수에게 무슨 득이 있을지는 모를 일이었다. 당장 내일이라도 마음에 변덕이 일면 일어설 것이어서 이 곳이 뭔가 저 애에게 이익이 되었으면 좋겠는데 살다보면 뭔가 나오겠지 하면서도 조바심이 일 때가 있다.

주변 상가의 어른들이야 우리가 바라지 않더라도 가까이 오가는 상태이고 우리에게 참신한 새바람을 불어 줄 대상들이라면 누가 있는가, 다른 곳과 변별되는 게 무엇 무엇이 있는가, 이 지역의 외적인 특색을 찾기로 하니 금방 공군이 주둔하고 있는 지역, 쉽게 만날 수 있는 게 그 색다른 부분임을 알겠다. 몇 년을 이곳에 살아도 눈에 들어오지 않던 부분이 수의 생각을 통해서 내게 닿는 모양이었다. 그들에게 극도의 불친절만 안 보이면 친구가 필요한 그들은 기회를 찾아 스스로 알아서 놀러올 것인데도 민 양이나 내가 쌓아 놓고 사는 주눅은 언제나 장애였다.

어디에 자리해도 수에게 가장 필요한 일은 말을 섞을 대상일 것 같았다. 하고 싶은 말이 많아 마음속에 말풍선이 오글오글 떠다닌다는 농담을 들은 뒤로는 누군가와 말을 섞는 일이 절실한 사람도 있구나 했다. 민 양이라는 자신을 놓고 말 연습을 하는 혼잣소릴 들을 때면 서글픈 노릇이고 딱한 일이었다. 내가 말을 섞을 대상이 아닌 것은 확실하다. 그러니 대산 사는 동안 친구들, 뜻에 맞고 말이 통하는 사람들을 많이 만들어 보자는 수의 목표가 적중했으면 좋겠다.

어느 날은 그런 거리에 즐비한 공군들 중 서너 명이 또 가게 문을 밀고 들어섰다. 급한 혼수 바느질을 하느라고 바쁜 와중이었다. 그들은 바라보나마나 그만그만한 훤칠한 키에 같은 규격의 공산품처럼 제복에 담겨진 개성 없는 그들이겠거니 민수와 나는 바느질감에서 눈을 떼지도 않고 일을 했다. 그럴 경우 나는 민수를 힐끗 쳐다본다. 서로 그들을 맞아 말대답이라도 나서서 해주길 바라는 건데 누가 오래 참나, 숨을 참듯이 말을 참으며 공군들이 제풀에 지치길 바라는 것처럼, 그래서 말없이 나가 주기를 기다리는 평소처럼, 누가 잘 버티나 하는 것이다. 그들을 말동무로 삼고 싶어 하면서도 민수와 나는 방법을 몰랐다. 먼저 말을 거는 방법, 결국 넉살이 없는 것이다. 그러니 그들이 먼저 다가와 말문을 터야 되는 일이고 그 내용도 내일로 연결될 고리가 필요한 말이라야 했다.

수가 치마 한감을 마름질해서 다 꿰매도록 그 공군들은 그렇게 오래 서 있다가 나중에는 저희들끼리 얘기하며 킥킥거린다. 다른 패들 같았으면 말을 안 하고 쳐다보지도 않는 홀대를 못 견디고 나갔을 시간쯤이 됐는데 얘들은 뭐지? 눈을 드니 수가 읽다 던져 놓은 책을 집어 읽고 있었다. 쇠심줄 같은 그들, 민수의 뜻이 적중하는 것 같아서 피식 웃음이 난다. 내 마음이 읽혔는지 민수가 공작새 날개처럼 활짝 펴놓고 주름을 잡아 고정 핀으로 꽂아 나가던 스란 치마, 치마말기를 다는 작업만 하면 완성될 그 것을 접어 자리를 비켜 주며 거기 걸터앉으라고 했다.

쑥스럽게 토방 아래 서 있던 공군들은 이게 웬 떡이냐 싶은지 고정 핀이 여기저기 떨어져 있는 방바닥에 조심도 없이 재바르게 걸터앉는다.

"어, 어 거기 조심들 하시지 바늘 찔려… 요."

수가 존대말도 반말도 아닌 어정쩡한 말을 냈다.

"감사합니다. 아얏!"

시선은 수를 빤히 바라보면서 바늘 핀을 뽑아 놓는 사람, 명찰에는 이현우라 씌어 있었다. 그들이 바지 주름이 잘못될 일도 없이 의자에 앉은 듯 모양이 잡혀 자리가 안정되었다. 그런데 그들 몸을 바로 하여 정면으로 앉으면 우리를 등지고 창밖을 향해 시선을 보내야 하는 난감한 포즈가 될 것이므로 몸을 틀어 우리를 향하느라 오래 버틸 자세는 못되는 자리였다.

김영찬이라는 명찰을 단 공군이 '현대문학'지를 집어든 처음 사람인데 이야기를 거기서부터 풀어 가고 있었다. '어쭈, 너희들이 그런 정공법을 안단 말이지? 그래 바로 그거야, 너희들은 독서를 하는 사람들이어야 해' 민수의 마음에 뜨는 말풍선이 읽혀져 웃음을 참느라 애를 먹는다. 그런 우스갯소리가 만들어지면서 그들이 첫 관문을 통과하는 게 나까지 가슴이 쿵쾅거릴 지경으로 반가웠다. 그들은 자기들도 구독하던 책인데

군에 와서부터 못 보게 되었다고 했다.

'우와, 두 번째 관문까지 무사통과다!' 독서가 취미인 것까지 단숨에 넘어오는 그들을 바라본다. 이현우라는 이름이 그 과월호 중 한 권을 빌려가도 되겠냐고 했다. 민 수, 이름이 뒷장에 쓰여 있었으므로 따로 통성명이 필요 없이 책 때문에 저절로 노출된 신상 정보였다. 그들은 네 명이 왔다가 김영찬과 이현우만 책을 빌려 갔다. 그러니 나머지 두 명은 이름을 기억해 두지 않아서 저절로 제외될 사람들이었다. 책을 가져간 두 사람은 다른 아무 노력 없이도 그렇게 놀러오기 시작했다. 물론 나에게 그런 뜻은 시시콜콜 말로 내비칠 민수도 아니지만 이제는 웬만한 것은 서로 눈웃음만 봐도 읽어 내는 우리는 뭔가 즐거운 일이 다가올 것 같은 기대를 하게 된다.

"이건 내 점괘의 정확도 검증에 필요해서 하는 소린데 너 아까, 김영찬 공군에게 처음 한 말이 '어쭈 너희들이 그런 정공법을 안단말이지?' 그 비슷한 것이었지?"

"아닌데, '와! 이 녀석들 봐라!' 했는데?"

우리는 모처럼 와하하 웃었다. 그런 웃음은 내가 바라던 것인데 속에서 어른대던 무언가가 씻겨 내려가는 듯 후련한 노릇이었다.

또래 남자들을 필요 이상으로 경계하는 일은 내나 민수가 엇비슷했다. 책을 나눠 볼 정도의 인연조차 없었던지라 그 두 명의 공군들은 그 뒤로 한복점을 무시로 드나들 수 있는 마스

터키를 얻어간 거나 마찬가지였다. 헌책을 들고 그들은 언제든 의기양양 돌아올 것이기 때문이다. 민수 말마따나 드디어 묵은 잡지가 그 본연의 임무를 띠고 작동되기 시작한 것인가? 민수의 등장으로 돌연 대산이 활기찬 동네로, 우리에게 퍽이나 우호적인 표정으로 배경이 바뀌는 느낌이었다. 가라앉은 공기가 위로 떠오르듯 농담을 만들어 웃을 수도 있으니 왜 아니랴.

나는 수에게 바느질을 가르칠 때만 시시콜콜한 말을 많이 하고 평소에는 싸운 사람처럼 쓸데없는 말을 삼가는 쪽이고 수 또한 말을 걸지 않는 한입을 잘 안 떼는 터라 둘만 있으면 사그락, 사그락 비단 옷감 스치는 소리나 들리고 돌돌돌돌 부드럽고 살가운 부라더미싱 돌아가는 소리가 우리가 낼 수 있는 가장 큰 소리였다. 그런데 하고 싶은 말을 할 수 있고 얘깃거리가 갖춰진 사람들이 준비되고 있다는 사실은 굉장한 비밀만 같아 어디에 누설하고 싶을 지경이었다.

건너편 집 양품점 내외가 아기를 안고 건너오거나 은경 엄마라는 우리또래 새댁과 그 친구 숙자가 놀러오는 일도 요즘들어 생긴 일이다. 물속처럼 고요가 가라앉아 있는 한복점은 우리 스스로 그 고요를 깨는 일이 없이 그러고 살았는데 말동무가 되어 줄 상대가 많아진다는 건 밥을 내놓고 좋아할 일인 것이다. 어쩐지 수에게 내 체면이 서는 느낌인 것이다.

"이상한 현상이다. 민 양아, 니가 독심술, 뭐 그런 거로 공군들을 불러들이는 거 맞지? 전에는 한복점으로 들어서는 군인들이 없었거든."

"그 서슬에 무서워서 누가 들어와, 내가 봐도 여전히 존경스러워 깜빡했다간 경배하고 싶어지겠는데."

"그렇게 따진다면야 네 서슬도 못지 않어, 누가 더 무서울까, 저울에 달아봤으면 쓰겄다."

깐무릇 같은 여문 느낌이 난다고 민 양은 내 얼굴을 말끄러미 바라볼 때가 있다. 지금도 그런 눈으로 건너다보다가 슬며시 웃음을 감춘다. 도도록한 이마며 균형 잡힌 이목구비가 호감을 끌게 생겼다는 평을 받는 얼굴이라지만 내 인상이 독하게 생겼다고 말하는 사람들이 많다. 상대를 멈칫하게 하는 것, 가늘고 작은 눈 때문인가? 사람들이 내게 독해 보인다고 하던 생각이 나서 거울 속의 눈을 찬찬히 바라볼 때가 있다. 웃지 않으면 좀 싸늘해 보이긴 하지만 독하다는 말은 좀 서운하다.

민수는 내 눈이 좋다고 서로 눈을 바꾸자는 농담을 할 때도 있다. 서로 부럽다니 나오는 말이다. 쌍까풀진 눈이 뭐가 좋으냐고 취향도 여러 가지라고 하지만 민 양의 눈, 크고 서글서글해서 겁이 많을 것 같은 눈은 순해 보이기도 해서 누가 뭐라고 하면 금방 눈물이 쏟아질 듯하다. 보호 본능을 일으키게 하는 눈이며 희고 긴 손가락도 내가 민수를 부러워하는 것들이다. 취향의 문제라고는 해도 민수의 큰 눈이나 긴 손가락은 귀골스러워 보인다고 할까? 우리가 서로 바꿨으면 좋겠다고 하는 것 중에는 엄마도 있다. 민수가 우리 엄마를 부러워하고 흠모하는 게 여자답고 조용조용한 기품이라면 나는 민수 엄마의 그 호탕한 여장부 기질을 존경한다. 그렇게 시원시원하고 칼칼한 엄마의 보호 아래 산다면 무슨 근심이 있으랴.

민 양과 나는 달리 얼굴을 가꾸거나 옷에 마음을 쓰는 일이 없이 바느질하다가 남은 자투리 천으로 머리를 질끈 묶으면 그 모습으로 하루가 너끈하다. 그 습관대로 같은 천으로 머리를 묶었던 어느 날이었다.

"쌍둥이 놀음 하는 겨?" 촉새 같은 은경 엄마가 웃었다. 자기들은 무엇이 유행이다 하면 온 저자 처녀들이 같은 색 같은 디자인의 블라우스를 약속한 듯 입고 나오면서 우리를 놀려먹으려는 심사로 별 뜻 없이 해 보던 소리였다. 그녀들이 스스럼없이 들락거리며 농담을 거는 일도 민 양이 온 뒤로 생긴 일이다. 특히나 은경 엄마와 숙자는 공군과 동거한다는 점에서 같았는데 그래서 그런지 옷을 쌍둥이처럼 똑같이 해 입고는 민 양에게 자주 놀러온다.

어느 날은 또 다른 공군들이 들어왔는데 머뭇거리지도 않고 단추 하나를 내밀었다. 군복 윗도리에 달렸던 단추였다. 단추를 달러왔다는 명분을 만드느라 일부러 떼어 낸 모양인데 면도칼 같은 예리한 도구로 싹, 오려낸 실밥이 고대로 붙어 있어서 쿡! 웃음이 나왔다. 귀여운 녀석들, 가로 금의 개수가 김영찬들 보다 한 개 작은 계급장을 달았으니 그게 더 높은 것인가 낮은 것인가, 나중에 은경 엄마나 숙자에게 물어봐야 알겠지만 단추를 옷을 입은 채 달아 달라는 그들도 숙기가 없기는 우리와 마찬가지인 듯 했다. 단추를 다는 그 황금 같은 시간을 놓치며 입을 못 떼고 저희들끼리 서로 집적거리고 있었으니 말이다.

그렇게 콧숨이 닿을 만큼 가까운 거리에서 젊은 남자와 얼굴을 맞대고 단추를 다는 일을 민 양에게 시켜 놓고 나는 힐끔힐끔 고소해 하고 있었다. 얼굴이 벌개져서 벌을 서듯 숨을 참고 있는 녀석이 눈길을 둘 곳을 몰라 천정을 바라보고 있는 모습 때문에 웃음을 참느라고 곤욕을 치르면서 엉성하게 단추를 달고 있는 수는 그렇게 숨결을 느끼는 일은 가족이라도 어색할 판인데 아무렇지 않은 척하지만 곤혹스러울 것이었다. 단추를 다 달고 어색을 무마하느라고 그러는지 그것도 협박이라고 하는지 퉁명스런 말투로 한마디한다.

"그러기 왜 단추는 떼와? 다음에 또 그러면 누나가 한 시간쯤 끌면서 달아 준다!"

민 양 골탕먹이려는 게 빗나간 판이다. 당당하게 공군들을 몰아붙이면서 손을 터는 민수는 그럴 때 보면 노련한 중년아줌마 같다.

그날도 물론 민 양이 가져온 과월호 잡지들은 널려 있었고 공군들이 손만 내밀면 부적처럼 쓸 수 있는 책들은 언제나 잡힐 거리에 놓여 있었다. 그러나 그들은 그 능력의 부적들을 알아볼 안목이 없어서 책이 안중에 없는 듯했다. 거기에는 눈길도 안 주고 금방 스러질 쓸데없는 말들을 하다 가버렸다. 그러므로 그들을 민 양도 눈여겨보지 않았을 것이므로 돌아온다 해도 다시 낯선 사람으로 처음부터 시작해야 될 앎이었다.

공군들이 돌아간 후면 나는 그 사람들은 모두 너보다 나이가 위라고 깨우쳐 준다.

"민 양아, 그 사람들 네 아랫사람 아니거든!"

늘 질책하듯 나무라지만 그렇다고 항의하는 공군이 없는 걸로 봐서 수의 태도가 문제랄 것은 없는 듯했다.

김영찬이라는 군인에게도 이현우, 그 군인에게도 서너 살을 올렸던 나이였다. 물론 정면으로 나이를 묻거나 답하는 일은 있을 수 없는 일이나 대화행간 여기저기 알아차릴 빌미는 숨어 있으므로 조금만 관심을 기울이면 알 수 있는 일이었다. 재수를 안 하고 대학에 들어간 사람이 이 학년에 군에 지원하고 여기서 일 년쯤 근무했다면 답은 저절로 나오는 일이어서 육십갑자를 외워 띠를 따질 줄 아는 우리에게는 거기다 한두 해쯤 얹어 띠를 말하면 누나벌이 되게 만드는 일은 쉬웠다. 그건 쉽게 보지 말라는 일차 경고 같은 장치였다.

사람, 대화 상대가 늘 그리웠음에도 누가 남자로 다가서는 걸 저어하고 두려워하는 건 민 양이나 내나 거의 병적일 정도였다. 어디서 안고 온 상처였을까, 자연스럽게 곁을 내줄 수 없이 굳어 있어서 쉽게 좋은 마음이 될 수 없도록 견고한 방어 태세라니 딱한 노릇이었다. 어떤 관계로든 발전 가능성이 있는 사람, 그 중에도 또래 남자는 필요 이상의 경계대상이었다. 그건 무의식에서 나오는 무엇이겠는데 민수는 마음이 잘 통하는 영기 오빠라 해도 예외는 없다고 했다. 개울을 건너다가 수가 건너지 못하게 버거운 넓이라면 그 사람이 손을 내미는 게 당연한데 내민 손이 머쓱해지도록 만들던 일들이 흔했다고 했다.

"저리 비켜, 혼자 할 수 있어!"

잡아 주겠다는 손을 탁! 쳐서 거절하는 것이 마치 대단한 잘못을 나무라듯 매몰찼던 기억들이라 했다. 과장을 안 하는 민수의 말버릇으로 보아 그랬을 것이다. 어느날은 부석사에서 내려오다가 바위에서 발을 잘못 디뎌 굴렀는데 영기 오빠가 몸을 날려 받아 안아서 무사했던 적이 있었다고 했다. 정신을 차리면서 먼저 한 일이 그를 뿌리친 일이었다는데 바위너덜겅에 떨어졌더라면 큰일 날 일이었는데 그런 순간 목숨을 구해준 사람을 뿌리치는 게 우선이었다니 생각해 보면 웃을 일만도 아닐 것 같았다. 어느 순간에건 그런 전적으로 자기 편인 사람에게조차 하는 짓이 그랬다는 말은 이해를 하고 말고 할 일도 없이 민수와 내가 공감하는 일이니 동질의 병증일 수도 있는 일이었다.

수는 제복이 다른 육군 보병으로 근무하고 있을 영기 오빠

모습이 거리마다 넘쳐나는 공군들에게 겹쳐 보인다고 했다. '외가로 먼 친척'이라는 장애물 정도가 만고의 윤리 토대처럼 튼튼하게 무의식속에 뿌리 박고 있어서 대단한 변혁이 일어난다 해도 개혁되지 않을 그런 생각들은 행동의 당위라고 했다. 그러니 심심해서 몰려다니며 타향을 견디는 공군들에게 아무 거리낌 없이 들어와 얘기하라고 바쁜 일손을 멈추며 말동무를 해주는 경우란 수에게는 큰 선심인 셈이다. 그래서 만들어 낸 첫 조건이 책을 집어 드는 사람이던 것이다.

수와 내가 같으면서도 다른 점은 그 말을 해야 살 수 있는 부분이다. 말을 참고 아무렇지 않게 오래 버틸 수 있는 게 내 쪽이라면, 말할 곳이 없으면 속에서 차오르는 뭔가에 짓눌리듯 견딜 수 없는 게 민수였다. 말이 하고 싶어서 터져 버릴 것만 같은 증세는 예나 지금이나 같은데도 말을 고파하면서 사람에게 다가서지 못해 연막을 치는 건 또 뭐하는 짓인지 모른다.

그런데 수는 그 대상이 꼭 손윗사람이어야 하고 조금은 격조 있는 언어 체계를 갖춘 상대여야 한다는 고약한 버릇을 갖고 있었다. 수다스럽게 몰려다니는 여자애들 하고는 말을 섞어봤자 건질 게 없다는 생각이었다. 그녀들과 말을 섞는 일조차 꺼렸다. 언어의 사치 비스름한 무엇에 가닥이 닿아 있는 생각이라면 학력이 높은 사람들이 섞여있을 확률을 기대할 만한 공군들은 말동무를 삼을 수 있는 매력적인 대상들 일 것이다. 그들은 우리가 흔히 들을 수 없는 언어를 구사하였으며 생각도 못했던 관심 분야를 가지고 있었다. 그들은 살아온 방법도 다르고 사물을 바라보는 관점도 달라서 그들과의 대화는 참신하다고 할 수 있었다.

그들 중에는 의견이 달라도 수의 비위를 맞추려하지 않고 제 뜻을 내세우는 사람도 있어서 제법이다 싶어 곁에서 들으면서도 반가운 경우가 많았다. 김영찬 병장이 특히나 그랬는데 빌려간 현대문학을 읽었을 터이니 같은 책을 읽고 말하는 경우라도 뜻이 갈렸다. 우리가 심도 있는 문학 일반을 토론할 정도가 되는 역량들인지는 모르지만 재미있게 읽은 소설 내용이거나 시, 수필, 행간에 감춘 게 될수록 적은 작품들이 공통의 화제로 삼는 일에 도움을 주는 것들이었다.

> 가을은 / 커다란 한 손을 주머니에 찌르고 / 한걸음 앞서 / 쟈르뎅 룩쌍브르에 와 있었다 // 그 키는 / 날마다 한치씩 자라는가 / 하늘만한 높이에서 / 이따금 사나운 손길을 흔들었다 / (중략) / 해가 지는데 / 죠르쥬 쌍드의 대리석상에 / 몽마르뜨의 언덕 위에 / 진한 까페 향기처럼 피어나는데 // 부르바르 라스빠유의 /호텔 아르그롱 / 그 어두운 지붕밑 / 다락방에는 / 밤마다 빨간 양등이 / 고향의 신호처럼 깜박거렸다 / (하략)

이현우가 모윤숙 시인의 '여수'라는 시를 눈을 감고 읊었다. 아불싸, 나도 모르게 탄식이 나왔다. '저녀석 또 깨지겠다!' 수는 그런 시들을 뭉뚱그려 호강에 겨운 사람들의 홍타령이라고 싫어했다. 겉멋이 잔뜩 들어 우리의 삶과는 별 관련이 없는 구름 위에 떠 있는 정서려니 몰아치웠다. 물론 취향의 문제겠지만 무슨 시를 안다고 내가 토를 달 것인가, 하면서도 내가 나설 계제가 아니어서 입을 다물면서 제 감정에 겨워 눈을 감고 시를 낭송하는 이현우가 걱정된다. 민수가 심한 소릴 할 것 같아서다. 기껏 시를 외워서 읊어주는데 반응이 시큰둥해서 그랬는지 침묵이 감도는 게 머쓱한지 김영찬이 복사해 온 종이를 꺼낸다.

먼 들판에 물러앉아 / 세상을 생각해본다. / 버리고 온 것도 아닌 / 쫓기어 온 것도 아닌 / 그 세상 / 때로 미워도 해본 / 세상이었지만 / 역시 그리워지는 건 / 사람들이다. // 길을 가면 / 발뿌리에 체이던 / 그 많은 사람들 / 가슴으로도 부딪쳐오고 / 어깨로도 헤쳐지던 / 그 많은 사람들 / 때로 미워도 해본 / 그들이었지만 / 역시 그리워지는 건 / 사람들이다. / 바빠서 허덕일 것이고 / 그들은 여전히 / 즐거워 못견딜 것이고 / 그들은 여전히 (하략)

박성용 시인의 그리움이었다.

민수는 내가 제 책을 짬짬이 읽고 있다는 사실을 모른다. 기은리 이모네 갈 적마다 가방에 슬쩍 한 권씩 넣어가서 밤새 읽은 적도 있었다. 물론 재미가 있어서 그러는 게 아니었다. 그들, 공군들이나 민수, 그 팀에서 제외되지 않으려는 심사가 그걸 읽고 이해하려는 노력을 하게 되던 것이다. 몇 권의 책은 이모 집에 두고 왔어도 책이 사라진 사정도 수는 눈치 채지 못한다. 오늘 이현우들이 읽은 시들은 내가 먼저 읽은 것들이었다. 모윤숙 시는 뭔지 모르겠고 박성용 시는 이름 지을 수 없는 먹먹한 느낌으로 한동안 시 둘레를 서성거리게 되던 것이었다. 시를 쓸 능력이 된다면 수가 썼을 거라고 생각될 정도로 그 애의 어느 부분과 가깝던 것이었다.

"사실 어느 글에서 감동을 받고 어느 부분에서 거부감을 갖는다는 게 개인의 취향이겠지? 오늘 보니 두 사람이 뭔가 많이 다르네."

그렇게 놀러 온 공군들과 그런 쪽으로 말문을 트기 시작하였다. 그런 날은 수에게도 오늘은 말을 했구나 싶은 기분이 드는 모양이다. 근처 가게 사람들과 나누는 얘기라거나 나와 드물게 긴 얘기를 했거나 뒤 끝에 따라오던 표정이 아니라 무슨 생기 같은 게 겉으로 나온다고나 할까.

민 양과 나는 대화를 할 만한 친구가 꼭 필요했다고 하더라도 스스럼없이 곧바로 누굴 골라 낸다는 일은 난제 중 난제여서 장치는 필요했고 그건 나이가 공군들보다 아래여서 손아래 누이뻘이 될 경우 그 만만할 수도 있고 여자로 보는 일반론이 싫어서라도 누님 격으로 올려 놓기로 했던 것, 드나드는 공군들의 누나로, 우리는 '한복점 누님'으로 불렸으므로 그나마 말이라도 섞는 건데 나이로 친다면 꽃다운 시절에 애늙은이 같은 엄숙을 두르고 사는 우리가 그곳에 펴는 자리가 무엇인지 이름도 모르면서 그런 호칭의 나날을 살고 있었다. 나중에 든 생각이지만 민 양이 나와 닮은 점이 그 자기 중심의 관계, 어느 경우건 선택이나 판단은 상대방이 아닌 자신의 것이어야 하는 부분이었다.

공군들이야 우리가 아랫사람이면 어떻고 손위 누님이면 어떠랴. 사람 사이에 할 말이 생겨서 시간 가는 줄 모르게 신이야 넋이야 할 대상이 있다면 그보다 좋은 노릇이 무엇이랴. 말이 하고 싶은데 천지에 그 대상이 없는 느낌, 하늘 아래 어느 곳에 대고라도 안에서 솟아나는 말이 하고 싶어서 삐죽삐죽 머리에 촉이 돋을 것만 같이 외로운 세월만 살아왔다던 수에게는 대산에서 만나는 분위기며 여건들이 고맙다 했다. 어린 날에도 어른들의 말길에 끼어드는 건 그만두고 손님이 와 계시면 애들끼리도 말을 해서는 안 되는 말길이 막힌 집에서 살았다고 했다. 밥상머리에서는 물론이고 꼭 해야 되는 말도 참고 살았다니 그 자매들은 벙어리 한가지였다고 했다. 말이 고파서 잠자리에 들면 동생과 소곤거리게 되고 엄마와 똑같은 억압을 하는 언니가 그 꼴을 봐줄 리 없어서 쥐어박히거나 동생과 수를 발을 막아 재웠다고도 했다. 그때부터는 동생과 서로 발바닥에 글씨를 써서 대화를 하였는데 간지럼을 몹시 타면서도 할 말이 많은 어린 자매는 필담으로 나눴던 내용이 뭐였는지 목마름의 꼭지를 집어 내지 못하면서도 다만 말이 하고 싶었다는 소릴 들었다.

그 말이 막혔던 날들은 일종의 상처였을라 짐작되는 것, 그런 상처에서 발원한 게 민 양이 말할 대상을 찾아 두리번대는 버릇이라면 그도 딱하긴 한 일이겠는데 해묵은 버릇에 치유의 방법이 쉽게 나와 줄까만 그런 성향 까닭에 그나마 모르는 사람들과 말이라도 섞게 되는 모양이었다.

민 양이 이곳에 와서 지리멸렬이라고 이름을 붙인 구간에서 만날 수 있었던 사람, 말을 섞을 대상들을 찾아냈으니 다행이라 생각했다. 그러니 한복점에 오는 공군들 중에 골라 낸 두어 명은 소중한 사람인 것을 처음부터 알아본 일이었다.

처음에 시 두어 편으로 시작된 합평의 자리 비스름한 그 기약 없는 모임을 민 양은 말을 할 수 있는 꿈같은 자리라고 했다. 어느 시간을 약속한 바도 없고 무엇을 읽어 와야 한다거나 무슨 글을 써서 발표하는 수준 높은 자리가 될 여건이 안 되는 대로 모이고 헤어지던 나날은 민 양에게 예상도 못해 본 설레는 자리 같았다. 이현우와 김영찬이 놀러오는 일을 다시는 출몰이라 이름붙이지 않았을 정도로 한복점은 그들이 마음대로 드나들어도 된다는 허락을 마련해 둔 거나 마찬가지였다.

"재들은 뭔 재미라니, 나 같으면 품값을 준다해도 못 오겠다. 밤새 들어두 곰살맞은 구석두 읎구먼."

"내가 워낙 친절한 누나 아니냐? 한복점 누님!"

내가 떠보듯이 한마디하면 민 양이 얼른 눙친다. 그 성격에 서산까지 나가서 커피잔이며 거피며 준비해 오는 걸 보면 지독한 민수가 그 공군들에게 보통 마음은 아닐 것 같았다.

속이 시끄러울 때 도망가기는 책처럼 손쉽고 안전한 곳이 또 있을까, 그동안 펴보지도 못하고 밀려놨던 『현대문학』과월호를 많이 가져온 것은 잘한 일이었다. 눈치가 빤한 순열에게 낯가림을 들키지 않을 피신처로 친다면 책은 탁월한 언덕이었다. 초등학교를 졸업하고 얼마 되지 않은 어느 날부터 집으로 배달되어 오던 『현대문학』이란 잡지였다. 아마도 문예반 담당이셨던 강 선생님이 구독 신청을 하셨지 싶은데 선생님이 아니라면 이 막막한 천지에 그럴 사람이 누굴까, 그냥 받아 읽으며 구태여 책을 보내는 사람을 알려고 하지 않았고, 알지 못하니 고맙다고 인사를 할 일도 없는 듯 살았다. 전혀 당치않을 것 같은 수에게 선생님은 무슨 기대를 하시는 걸까. 그 기대는 부담이면서 또한 다른 면으로는 긍지여서 몰래 꺼내 보는 보물처럼 아무도 모르게 감춰둔 꿈이었다.

"언젠가는 틀림없이 글을 쓰는 사람이 될 거다. 그런데 한 가지 몸이 약한 게 탈이다. 체력이 절반은 받쳐 줘야 되는 노릇인데…."

걱정 하시던 말씀이 편지마다 실리더니 구로동 공장에 있는 동안 편지가 끊겼다. 책이란 물건에 관심이 없는 우리 집 식구들이 책과 함께 뒹굴리다가 아궁이에 넣곤 했을 소식이었다. 선생님과는 주소지가 바뀌고 소식이 끊기다 이어지는 수순이 뻔했고 그건 또 아무 때나 마음만 먹으면 이을 수 있는 일이어서 그냥 거기 계시거니 살았다.

선생님이 어느 학교로 가셨는지 찾으려들면 못 찾을 까닭이 없는 일이나 모르쇠하고 있어도 좋았던 선생님, 주술처럼 걸어 놓은 기대를 덧내는 게 두려워 그냥 살았다는 말이 더 솔직한지도 모르겠다. 제 몸 하나 추슬러 숨 쉬는 일조차 버겁게 살아내던 날들이어서 그랬겠지만 기대에 못 미치는 자신을 내보이기가 싫었다는 게 더 근접한 변명이었을까? 선생님이 착각을 하셔도 과하게 하셨거나 장차 어찌 살 건가 땅이 꺼져라 절망하는 어린애가 안 돼 보여서 꿈이라도 꿔 보라고 그런 말씀을 하셨더라도 모쪼록 진학을 해서 글 쓸 바탕을 갖춰 가야 할 숙제를 안고 있는 것, 몇 년을 여일하게 구독 신청을 해 주시는 그 책이 때때로 무거운 짐이었다가 또한 수를 세워주는 버팀목 역할이었다가 오락가락하면서도 그 죽을 '수'가 닿았다는 열아홉 살이나 넘어서 보자고 했다.

딸들을 자식으로 치기나 하시는지 의심스런 이강애 여사는 어디서 그렇게 점괘를 같은 걸로만 얻어 오시는지 아홉이라는 숫자는 잊을 만하면 다시 가져오는 저주여서 아홉 살을 넘기고 나서는 다시 열아홉, 손꼽듯 살았다. 마치 죽을 날을 기다리듯 정해진 시한이 지나도록 마음속으로 조금만, 조금만 하면서 참는 심사였다. 죽음도 참아지는 건가? 의문이 들다가 한편으로는 '내가 죽나 봐라,' 오기가 나서 살기를 원했던 것 같다. 이제 곧 아홉수에서 놓여날 일이니 동쪽으로 가건 북쪽으로 가건 마음 가는대로 살 것이라 생각했다. 대산도 부석에서 바라보면 서북 방향이라 말을 만들기가 썩 좋은 일이었다.

이제 새해가 돌아올 테니 '에미 말 뭣같이 어기대고 나가더니 꼴좋다.' 하실 빌미 하나는 제대로 사라질 것이어서 혹시 민수라는 한 존재가 멸한다 해도 마음이 홀가분할 그날이 오고 있는 것이다. 주술 따위는 믿지 않았고 점쟁이라는 사람들을 싫어했음에도 왜 그렇게 두려움에 매여 있었던 것일까, 이강애 여사가 신봉하는 보살할미 말대로 수도 없이 넘어온 죽을 고비라는 걸 돌아볼 때마다 디뎌가는 곳이 모두 허방일 것 같아서 께름칙하여 소금이라도 뿌려야 하는 거 아닐까, 안 믿는다면서도 마음 한 구석이 컴컴하게 음영이 지던 것이다.

이 세상을 살아가기엔 턱없이 모자라는 아이라서 그렇게 굽이굽이가 장애물이었던 모양이다. 어떻게 된 게 같은 방에서 여나 문 명씩 잠을 자는 공장 기숙사에 연탄가스가 들어도 의식을 잃고 못 깨어나서 여러 사람 근심 시키는 건 수 뿐이었고 감기만 걸려도 그리 호되게 앓아야 하는 건지 마음 같지 않은 몸이 원망스러웠다. 그렇게 미덥지 않던 십대를 벗으면 제대로 살아 볼 만한 날이 될 것이라 생각했다. 이십 대에는 무엇을 할 것인가, 그런 걸 생각하는 일은 너무 테두리가 휑하여 대산에 살면서는 무얼 할 것인가로 정하자 했다. 그간에 걸어오던 길에서 비켜 궤를 달리할 일이었으면 좋겠는데 겨우 한복 바느질이라니 딱한 노릇이라는 생각이 들었다. 그러나 발을 들여놔 보지도 않고 마땅찮아할 일도 아니라고 마음을 내려놓고 무슨 일이건 견뎌 보자 했다.

어디에서 무엇으로 살아가야 할까, 갈피가 서지 않는 수에게 전혀 도움이 안 될 품목이 책이었을 것 같은데 나중에야 그런 것들이 삶에 기여한 바가 많았다는 걸 알았다. 작은 사물 하나에도 어떤 영한 기운은 서려 있어서 거기서 출발하는 무엇이 나중에는 그것에 연관된 사람의 생에 영향을 끼친다는 생각을 하곤 했다. 칼로 베어낸 두부모처럼 구획 지워진 노릇은 아니라도 살다가 더러는 그런 느낌으로 닿는 일들이 일부러 꿰어 맞춘 듯 연결될 때 그런 생각이 들어오곤 했다.

처음엔 그 책에 실린 글들이 무슨 의미인지나 알아서 읽었으랴만 그냥 활자를 따라 짚어 가던 것이 이제는 재미도 붙을 만큼 세월이 지났다. 그동안 뭘 했을까, 공장살이 하는 동안은 목숨 부지하는 일에 최선을 대고 있었을 정도로 힘들었던 세월이었고 앞으로라고 뭐가 나아질 까닭이 없는 시간들이 장차 디뎌갈 길이라는 걸 알 것 같은데 무엇을 어쩌라는 건가. 거기쯤 생각이 끌리다가 문득, 자신을 둘렀던 사람들이 인격체로 수를 대하기 시작한 것이 그 책이 끼쳐 준 힘이 아니었을까, 당치않게 주변에 널려 있는 헌 책들이 그들의 판단을 좋은 쪽으로 기울게 해서 말을 트고 관심을 건네게 작용한 게 맞다면 삶에 쓸모없어 보이는 것들이 부적처럼 작용하기도 했던 모양이었다.

'60년대 말' 바지 뒷주머니에 타임Time지를 꽂고 다니던 청년들을 기억한다. 그런 사람들을 무턱대고 선망하였던 우리는 그의 신분이 대학생이거나 좀 나이 든 축이면 고등교육을 받은 엘리트 계층이라고 믿어 의심치 않던 시절이 있었다. 이상한 유행의 시대, 그 오해로 생기는 착시 현상이 사라지기까지 여공들이 대학생처럼 차리고 가슴에 대학 노트라 부르는 넓적한 공책을 껴안고 다니던 그것과 흡사한 행태들은 찾아보면 흔하게 눈에 띄던 것이었다. 책을 손에 들고 다녀본 적은 없어도 방바닥에 즐비하게 늘어놓고 살았던 날이 그랬었구나, 내면 어느 구석에는 '나는 적어도 한글은 안다'고 문맹이 아니라고 항변하듯 궤가 다르지 않은 과시욕 같은 게 꼼지락거렸구나! 생각이 머쓱, 오그라든다. 그게 누구는 타임지였고 수에게는 『현대문학』지였으니 오십 보 백 보라 하자, 곧 대고 아니라고 우기는 마음을 윽박지르듯 무지르면서도 그렇다고 책 표지를 싸서 가려 둔 적도 없으므로 스스로에게 속내를 다 들켰다 해서 달라질 게 뭐 있나 멋쩍은 일이었다. 남들은 그런 구간을 짚어 젊은 날이라 했다.

아무려나 선생님이 수에게 책을 보내시는 용도가 그게 아니었음에도 유용하면 된 거 아니냐? 세월이 흐를수록 허송한 세월 탓에 선생님 앞에는 나설 수 없는 처지가 문제였더라도 말이다. 어디가 됐든 파고들어 공부 비스름한 짓을 하고 있어야 할 것 같아 공장살이를 접었던 것인데 한 달도 못 견디고 다시 집을 떠나 한복바느질을 하겠노라, 낯이 선 친구에게 빌붙어 살겠다니 뭐하는 짓인지 한심하였다.

묘한 일은 제도권에서 교육받을 기회가 닿지 않았던 이들은 경제라거나 다른 부분에서도 열악하여 살아가는 일이 애옥살이 삶이 되는 듯 했다. 그게 주변 환경을 돌아보면 설명조차 필요 없는 필연으로 보였다. 겨우 한글을 아는 정도로도 되갚아야 할 빚이 묵직하게 느껴지던 자리, 둘러싼 주변이 세상의 전부라고 알고 있는 한은 그게 또한 피할 길 없는 무거운 팔자라고 여겨졌다. 발을 옮기려고 움직이면 인정사정없이 빠져들어 드디어는 수렁 속에 묻혀 버릴 것만 같은 느낌이 드는 자리, 사람살이에 층위가 있다면, 그래서 계단을 하나씩 올라가야 하는 거라면 수가 디딘 자리는 무게를 받혀줄 바닥이 아니라 아래로 끌어당기는 펄 흙질의 수렁이었으므로 위 층계로는 한 발도 오를 꿈은 꾸지 말아야 한다는 생각이 앞을 막고 있었다. 그러므로 진학을 하지 않는 한 어느 길도 위로 오를 길이 없다고 여겼다. 무엇을 해도 열등한 것이 사실인지라 언제나 누진 기분으로 살았다.

구로동 시절을 살면서 수에게 우호적이어서 힘이 되어 준이들은 전에 접해 본 적 없는 고학력의 사람들이었다. 깊이 생각해 볼 것도 없이 그들과 연결된 일은 모두 책 때문이었다.

"어? 누가 이런 책을 읽어?"

기숙사를 점검하러 들렀던 공장장과 사무실 직원이 관심을 두던 것이 그 책이었다. 만화책 한 권 눈에 안 띄는 활자의 불모지 같은 환경에서 그게 반드시 『현대문학』이어야 할 필요는 없었겠지만 어쨌든 그 활자로 된 물건은 복이 들어오는 부적노릇을 했다는 게 분명했다. 고학력, 사무실 직원들이거나 전직 국어 선생님이셨던 수위실 아저씨거나 존경해 마지않았던 그 분들의 관심과 배려를 받으며 생의 한 구간을 그들 곁에 살 수 있었다는 부분만으로도 구로동 시절은 복스런 구간이었다. 극한 환경의 공장살이가 호강스러웠다면 웃자고 하는 농담으로 들리겠지만 관심이나 부드러운 말 한 마디 건네주는 누가 있는 곳이라면 그곳이 복 받은 자리가 아니겠냐했다.

책, 대여섯 권을 정독하도록 순열은 말을 걸지 않았다. 큰 산이 있는 것도 아닌데 지명이 왜 '대산'인가 했더니 그 친구를 보고 있으면 네가 대산인가보다 생각이 들 정도로 침묵의 무게가 제법 묵직했다. 한참 재잘거릴 나이에 뭐하자고 침묵을 키우는가 싶으면서도 어떤 기대를 하게 되던 묵음, 그 속에는 뭔가 있어 보였다.

순열의 한복점으로 간다 했을 때 어른들이 한 마디 반대도 내놓지 못한 것도 주변 사람들에게 인정을 받는 순열의 억척스런 부분 때문이었다. 그 친구의 면면은 가히 전설 수준이었으므로 네깟 게 그 애와 살 수 있으랴하는 부분, 무서운 이강애 여사의 심한 말조차 막아 줄 만큼 순열은 단단한 사람이었다. 수가 온 뒤로 며칠을 주고받은 말이라곤 "밥 먹어" 순열이 밥상을 차려 놓고 부르는 소리와 수가 답하는 "응"이 전부였으니 일손이 필요해서 '보조'로 써주려고 오라고 한 건데 일을 잡을 생각이 없는 듯 말도 안 섞고 있는 데퉁스런 친구, 더 정확하게는 수가 두어 살 아래지만 언니라 부를 가능성이 없어 보여서 그랬는지 전에 순열이 수에게 그냥 친구로 지내자 했었다. 생각하면 괘씸할 것도 같은 후배에게 달리 내색을 않는 부분, 미안한 생각이 들었다. 복작거리던 속으로도 수는 이래선 안 되겠다는 마음이 들던 것이다. 기왕에 예까지 왔으니 폐를 끼치지는 말자고 책에서 눈을 떼고 주변을 둘러보기 시작했다.

바로 왼쪽 옆으로는 양장점이 있어서 여자애들이 몰려와 수다 떠는 소리가 끊이지 않았다. 양장점에 모여 있던 참새 떼 같은 아가씨들이 걸핏하면 한복점에도 머리를 디밀었다. "여기는 뭐가 이렇게 적막강산이야?" 저희들끼리 킥킥거리다 머쓱해져 그냥 가 버리고는 했다. 디민다는 말도 과장이 아닌 것이 문을 반만 열어 머리를 삐죽이 들여놓고 밖에 서서 구경하다가 재미난 게 있을 리 없으니 디민 머리를 빼내서 가버리는 것, 좋게 봐주려고 해도 하는 짓들이 마음에 들지 않았다.

양장점이 한복점의 우측이라면 좌측으로는 술집이 있었다.

한 양 엄마가 약도에서 빼버린 목로주점, 밤이 이슥하면 취객들이 들레는 소리로 주변 모든 사물들이 모두 목에 핏대를 세우듯 쩌렁쩌렁 시끄러운데 그들 중 누군가는 깜깜한 암막 커튼으로 가려 놓은 한복점 문을 발길로 차면서 욕지거리를 할 때도 있었다. 욕지거리가 아니라도 그 술집에서 나오는 말이라면 그건 인간의 언어라기보다는 으르렁거리는 소리였다. 들을 때마다 독한 기운에 소름이 돋곤 했었다. 술을 먹는 이유가 싸우자는 뜻 같았다. 저것도 말의 범주에 넣어야 하는가. 수는 무서움 위에 혼란스럽기까지 하였다.

어른스러운 한 양이 기은리 이모집으로 들어간 밤이면 그런 말들은 더 적나라하게 들려서 잠을 자는 건 고사하고 어쩔 줄 몰라하게 된다. 뱃사람이거나 막일꾼들, 더러는 농사짓는 사람들이 주 고객인 술집에서 들려오는 소리는 듣는 일조차 고생스러웠다. 차라리 위선이 저 술 취한 위악들보다는 훨씬 낫겠다고 했다. 길도 없는 수렁인 듯 암울하던 것이었다.

한 양이 없을 때는 지나가면서 누가 소리만 질러도 소스라칠 듯 놀랐다. 힘센 발길질 한두 번이면 여지없이 바스러질 문, 힘을 안 들이고 밀어도 도르래가 홈을 이탈하여 문짝이 떨어지는 상태라서 두려운 것이다. 힘센 한 양이 함께 있을 때는 믿는 구석이 있어 모르다가 무서워서 한 양은 언제 오나 눈이 빠지게 기다리는 것도 그런 밤이었다.

한 양은 도비산 아랫자락 인가가 없는 곳에서 혼자 살았던 기간이 길었다. 가족이 정미소집으로 이사 왔을 때도 그곳에서 몇 년을 따로 살았다니 대단한 일이었다. 그 집은 허술하기가 비길 데 없어서 누가 콧숨으로 쓰러트렸다 해도 이상할 것 없을 듯한 상태로 창호지 한 겹이 안과 밖을 가르는 방어막이던 그런 환경이었다. 산짐승들의 소리가 들려오는 그곳은 한복점과는 비교급이 아니게 더 무섭고 열악하였을 터인데 그러고 살아온 이력만 봐도 한 양은 수가 넘볼 범상한 담력이 아닐 것이었다. 그러니 가로등도 없는 칠흑의 밤길을 걸어 버스를 타도 오래 걸리던 기은리, 이모 댁을 이슥한 밤에 다녀오곤 하는 게 예삿일처럼 그리 쉬웠을 터이다. 한 양 그 친구를 존경한다는 말에 이의를 달수 없는 부분이었다.

"무섭긴 뭐가 무서워?" 한마디로 굳센 사람이었다.

취객들이 함부로 쏟아 내는 욕설이 들리는 날에 공군들이 오면 우리는 얼굴을 들 수 없도록 창피했다. 저렇게 술에 취해 멋대로 떠드는 취객들이 우리와 상관없는 사람들이란 생각을 못하는 듯이, 마치 술 취한 그들이 우리의 일가붙이라도 된다는 듯이, 그건 또 무슨 억하심정이었을까. 마음을 헤집어 그런 감정은 어디서 오는 것인가, 마음에 흘린 무슨 단서라도 잡힐까 더듬거리게 된다. 수가 자란 동네 사람들의 언어와 같아서 그럴까? 특히나 술 취한 엄마들, 한 양 엄마는 거기서 빼야 되는데 방심하면 수는 모든 엄마들이 다 그런 걸로 들리게 말하는 버릇이 나왔다. 아무튼 이강애 여사가 주동이 되어 움직이는 술판에도 그런 욕들은 나오던 터라서 정도의 차이가 있을 뿐 엇비슷한 상스러운 무엇이 찾아지면 마치 성골인줄 알고 자랐다가 가장 미천한 바닥 천민이라는 출생의 비밀을 알아낸 사람이 그런 기분일까, 아무 노릇도 싫어지는 것이었다.

생각 같지도 않은 것들과 실랑이를 하다가 닿는 기슭은 늘 아버지, 수의 아버지는 언행이 순한 분이셨다. 술을 드셔도 욕은커녕 한마디 흐트러진 말조차 없으셨던 아버지는 발음이 반듯하고 뜻이 또렷하지 않으면 말을 내지 않으셨다. 그러니 술을 드셔도 점잖은 분, 엄마의 대척점에 계시던 아버지는 취객들의 소리가 잦아들기까지 긴 시간 괜찮아, 괜찮아 수를 보호해주던 것이다. 고상하고 격조 있는 언어를 찾아 두리번거리는 대중없던 습관이 언제 어디서 삭아 내렸는지 기억에는 없지만 그런 일련의 생각들이 상승의지라 믿었으므로 어린 날을 몽땅 뭉뚱그려야 한다면, 그래서 이름이라도 붙여야 한다면 언어에 대한 오해, 그 왜곡과 몰이해의 질곡에서 오래 허우적거렸던 구간이라 할만 했다. 그런 유치한 날조차 미화할 빌미가 필요하다면 또한 아버지를 향한 그리움 때문이었노라고 변명을 달아놔서 무난한 시간이었다.

아무튼 민 양이라 불리기 시작한 수는 대산에 들어 거기 마음 붙일 무엇을 찾아 두리번대면서 다른 인격인 듯 살아 보자 했다.

❀



그해 겨울은 눈이 유난히 많이 내렸다. 눈이 내리는 날이면 부지런한 한 양은 아침잠에 겨운 수가 자는 틈에 슬며시 일어나 가게 앞길을 쓸었다. 함께하자고 깨우면 좋을 텐데 일어나 보면 다 치웠거나 조금 남은 눈, 중간에 나서서 쓸겠다고 빗자루를 빼앗는 일도 허드레 같고 빗자루도 하나뿐이라서 그냥 한 양이 비질하는 걸 구경하면서 마음에 서운한 느낌 하나를 보탠다. 뺨이 빨갛게 얼어 들어오는 당당한 한 양의 모습이 슬며시 샘이 나는 경우다.

옆집 주점 아주머니가 생태 무지짐을 커다란 냄비에 퍼가지고 들어온다.

"한 양 혼자 눈을 쓸어서 작은 아가씨는 자나 했지? 이거 무수 지진 건디, 이렇게 추운 날에는 제일여."

"오신 김에 민 양 혼좀 내주구 가요. 여태 자고 지금 일어난 주제에 일찍 안 깨웠다고 심통 부린대요." 마침 눈을 다 치운 한 양이 들어서면서 아주머니께 수를 이른다.

"눈은 언니가 쓸어 내는 겨, 큰 아가씨가 걱실걱실 일은 잘 허잔어, 민 양은 후청거려서 불안불안 허니 봐줘, 후훗…"

아주머니는 수를 혼내기는커녕 수가 찬물로 밥 안치는 걸 보다가 얼른 가서 더운 물을 떠온다. 밤새 술취한 사람들 시중 드느라고 피곤하실 터인데도 거꾸로 우리를 살뜰히 챙기신다.

아침을 먹으며 전에는 아주머니가 그러지 않으셨다는 얘길 한다.

"민 양 니가 온 뒤로 저렇게 살가워지셨어, 날마다 찌개를 도맡으시네. 고맙다구 살살거릴 중도 모르는 밉상, 뭐가 그리 이쁘까?"

"새벽같이 눈 잘 치우는 큰 아가씨 보구 그러시겄지. 설마 늦잠자는 시다가 이쁘겄어?"

우리는 벽이 얇은 옆집에 들릴까 봐 소리 내서 웃지도 못하고 목을 움츠리며 킬킬거린다.

"어제 커피 사다가 개시로 아주머니께 먼저 끓여 드려서 그런가? 그런디 증말루 처음 맛본 커피일까? 생전 처음 먹어 본다고 하시더라?"

"아주머니가 그랬으면 사실일껴, 허튼소리 안 허시잖여, 나 없으면 그러구들 노는구나? 그러니께 이 동태찌개는 커피 얻어 마신 답례?"

저잣거리에서 장사를 하고 살았으면서도 주점 아주머니는 커피도 못 마셔 봤을 정도로 잔재미도 없고 누구와 어울리지도 않는데 수에게는 각별하시다. 그게 각별하신 건지 수 자신도 몰랐는데 주변 사람들이 일깨워 줘서 알았다. 늘 겨를없이 바쁘다가 조용하고 한가한 시간이 나면 수에게 건너와 얘기를 하시는데 속이 트인 어른이셨다. 아는 것도 많고 똑똑한 척을 안 하시면서도 경우 바른 말만 하신다. 언제나 한복을 입고 하얀 옥양목 긴 앞치마를 두른 초로의 나이답게 중후한 모습이 정갈하다. 그간에는 한 양이 바느질을 해 드렸다는데 지금은 수가 아주머니 바느질은 도맡아서 한다. 일상복으로 입는 한복인데도 바느질을 여간 꼼꼼히 하지 않으면 퇴박을 하신다 했다. 미리 한 양에게서 들었으므로 수가 미리 조심해서 그런지 한 번도 싫은 소리를 듣지 않았다.

공군들이 누님, 부르며 한복점 문을 밀고 들어설 때 힐끗 쳐다보고 마는 한 양의 태도가 늘 못마땅했다. 배려가 없다고 해야 하나? 눈 치우는 일과 같은 맥락이라고 할 수는 없지만 비스름한 느낌을 남긴다. 마치 아이들이 몰려다니는 게 못마땅한 어른이 겉으로 화를 내지는 않으면서 분위기를 누르는 투의 몸짓이랄까, 물론 그게 수줍은 마음 때문일 거라고 짐작은 되지만 수에게는 그렇다 쳐도 모든 사람에게 그런 태도가 이해로 닿겠는가, 은근히 마음 쓰이게 하는 부분인데 말로 지적하고 보면 골이 생길 것 같아 못 느낀 척 넘어가긴 하지만 수는 그 때마다 좀 싫은 기분이 든다.

김영찬이나 이현우 그들은 남다른 언어 감각을 지닌 사람들이니 다른 쪽으로도 촉은 발달되었을 터여서 그 부분 수가 전전긍긍하는 속을 짐작할지도 모르는데 한 양은 정말로 우리가 누님인 줄로 착각하는 걸까? 의문이 들 때가 있다.

한 양이 그런 분위기를 만들 때마다 놀러 온 그들에게 미안해지는 것, 그게 수의 생각과잉 탓이라 해도 주인 격인 한 양의 태도는 좀 지나치다. 좌중의 분위기가 싸늘해지는 걸 언제 한 번 말로 짚어 줘야지 하면서도 수가 그들을 싸고 도는 듯한 분위기를 만들게 될 것 같아 벼르다 말곤 한다.

"바쁜 일거리 때문에 큰일 났네, 혼수 바느질이라 날짜가 없어."

모든 미흡한 부분은 '바쁜 일거리 탓'인 듯 은연중에 알아듣길 바라며 한 양의 태도를 그쪽에다 밀어붙이는 척 수가 변명에 열심일 때가 있다.

"이렇게 눈이 오는데 시집은 왜 가느라고 난린가 몰라, 하긴 낭만적이긴 하겠네, 오목조목 눈이 쌓인 복스런 동네로 새 각시 꽃가마가 눈 쌓인 언덕을 돌아 들어가면 볼이 오동통한 사람들이 와르르 쏟아지듯 구경 나와서 덕담이 눈만큼 쌓이고…

눈은 또 오고….”

수는 마음에도 없는 소릴 자꾸 한다. 아마 누구네 새해 달력 그림에서 봤던 풍경이지 싶은 걸 말하다가 슬며시 웃고 만다. 돌아앉았던 한 양마저 심심한 수의 너스레에 슬쩍 웃음을 참고 있는 게 보이니 그런 날은 따로 분위기 걱정을 하지 않아도 되는 날이다.

눈이 많이 와서 어떻다고, 날씨에 대한 말이라도 한 마디 건네고 바느질 쪽으로 숨으면 좋을 텐데 그게 뭐 어려운 노릇이라고 무뚝뚝의 극치를 보이며 그러는지 평소에 슬기로워 보이는 한 양 답지가 않아서 조금 미깔 맞은 한순열.

우리들은 깊이 있는 말이 그리워서 모여 앉는 일이니 설왕설래 설익은 소리들을 하다가 시간 가는 줄도 몰라서 취침 점호 시간에 대느라고 허겁지겁 달려 나가는 공군들을 놀려 먹는 일로 마무리 하던 자리가 좋았다. 수는 너무 많은 날들을 어린애 취급을 받느라고 고생하면서 예까지 왔다. 그런 부분 예민해져서 그럴까? 말없이 묵묵하게 일만 하는 한 양이 뭔가 있어 보여 기대를 하게 되고 그 침묵이 마냥 좋다 해도 최소한의 예절은 차려 줬으면 하는 것이다.

“깃이 좀 올려 붙은 거 같지? 뭐가 문젠가 봐봐.”

“잘 앉었구먼 뭘.”

한 양의 심중에 있는 말을 끌어 내는 걸 접고 그녀가 즉답을 하는 경우는 알고 있으니 목소리를 듣는 거라면 쉬운 일이긴 했다. 바느질에 관련된 얘기를 거는 일이었다. 멀쩡해 뵈는 저고리 깃을 가리키면서 말을 걸어 보지만 언제나 수의 물음보다 짧은 답이 돌아온다. 저고리 깃을 봐 달라고 했는데 한 양은 얼굴을 말끄러미 건너다본다. 오며 가며 수가 하는 바느질 과정들을 다 봤다는 것이고 무슨 얘기가 하고 싶으냐고 묻는 태도다. 한 마디로 답이 끝나긴 하지만 그 말의 안쪽으로는 칭찬이 들어 있다는 것도 안다. 성가시게 물어본 바도 없이 그럭저럭 느낌으로 배워 가는 바느질이니 바느질 솜씨가 빼어난 한 양의 노련한 눈썰미로는 성에 안 찰 수도 있을 터인데 말이 아닌 표정으로 흡족을 나타낸다는 걸 왜 모르랴.

눈이 많이 내려 길이 막히는 날은 사람의 왕래가 없어 일감도 들어오지 않는데 먼저 가져온 바느질을 끝내면 한 양은 기은리 이모 댁에 간다. 눈이 너무 와서 차가 들어가지 않는 눈길을 걸어서 가는 게 딱해 보이기도 하지만 또한 눈길은 걷고 싶은 길, 한 양이 없는 그런 날은 누가 바느질감을 들고 와도 난감한 일이다.

그 지역 사람들은 한복점 주인이 한 양이라는 걸 오래 봐 왔기 때문에 낯선 수에게 옷감을 맡기려고 하질 않고 뭉그적댄다. 그렇게 오랜 시간 한 양을 기다리며 망설이다 그냥 옷감을 가지고 가거나 맡기고 나서도 미심쩍어서 떨어지지 않는 발길로 돌아선다. 좁은 공간에 마주앉은 할머니들이라면 몰라도 아줌마들과 무슨 얘기가 길어질 턱도 없고 난감한 분위기가 되면 그들을 돌려보내기 위해 책을 펴든다.

"에이, 그런 쓰잘데기 읎넌거 치우고 나허구 얘기나 허여."

잽싸게 책을 빼앗아 구석으로 던져 놓는 게 예사다. 한갓지게 눌러앉아 갈 생각이 없는 촌 아낙들, 저 사람들은 집에서 길쌈도 안 하나, 다른 농촌 동네라면 지금 한창 모시 삼느라고 바쁠 철인데 시간이라면 무진장으로 쌓여 있으니 개의치 말라는 듯 느싯하다. 한가한 아줌마들과 기 싸움을 하듯 대치하고 있어야 하는 날이 그런 날이다.

"눈은 왜 이렇게 많이 온댜. 하늘이 빵꾸났나 보네."

"…"

"에이구, 웬수늠의 눈, 원제 끄칠라나 이누무 눈."

"…"

"질을 찾아야 집이나 가지, 참 별 꼬라지 다 보네, 작은 아가씨 거기 비개나 좀 빼서 던져!"

눈보다 더 성가시게 쏟아 내던 말을 접고 이제는 자리에 눕기까지 하려는가, 아줌마는 베개 심부름까지 시킨다.

펑펑 쏟아지는 창밖의 눈을 보며 내리는 눈에 대고 하는 불평이지만 그 자리엔 들을 사람이 없으므로 마치 수의 잘못으로 이렇게 눈이 쏟아진 것처럼, 아니면 눈을 내려 주는 소임을 수가 맡고 있기라도 한 것처럼 대놓고 불평하는 말, 그냥 하는 소린 줄 알면서도 마음이 편치 않다.

"큰 아가씨는 웨 이렇게 늦는겨?"

조르듯 한 소리 더 해보고 조금 있다가 또 말을 보탠다. 수는 한 양보다 키도 크고 어디로 봐도 큰 아가씨는 수가 마땅할 듯한데 나이로 치는가, 바느질 경력으로 보는가, 알 수는 없지만 사람들은 한 양을 큰 아가씨라 부른다. 그래서 '작은 아가씨'가 저절로 수의 몫으로 돌아온 건데 그게 꼭 서열을 말하는 것 같아 그도 불편하게 들으면마음에 끼일 일이었다.

이런 날 김영찬이나 이현우가 올 수도 있는데 수가 한 양 고객을 참아 내는 일에 지치도록 아무도 오지 않는 눈길, 이제부터 대거리를 하지 말자 말을 자꾸 건너뛰며 시간을 보내는 일, 빠작빠작 소리를 낼 듯 졸아드는 아까운 시간은 어디 가서 찾아와야 하나 속으로 짜증이 차오르고 있다.

"아가씨는 멧살여?" 했다가 그냥 웃고 말면 "여기 벌이가 얼마나 되여?" 했다가 "양친 부모님이 다 기신가? 형제는 멫이나 되어?"

시시콜콜 신상정보를 털리면서 이쯤에서 누가 와 줬으면 돈수백배하리라고 문 쪽을 본다. 저 아줌마가 돌아가면 눈이 소복소복 내린 개울에 나가야겠다, 벼르는데 해가 기울도록 올 사람은 안 오고 갈 사람은 마실 밑이 질겨서 멀미가 날판이다.

그동안 이강애 여사가 부석 오일장 난전에서 고불마다 색이 날라 줄이 그어진 싸구려 옷감을 한 감씩 끊어다 장롱 속에 쌓아 뒀던 혼수라는 이름의 초라한 한복감, 그걸 한 싸움을 해시 빼앗아오다시피 가져왔다. 옷감 베린다고 한사코 막는 말에 그럼 비싼 바느질삯 내고 다른 한복점에 주겠느냐고 대들어서 옮겨올 수 있었다. 옷감은 한결 같은 촌스런 색깔과 무늬 일색인데다가 바느질도 잘 안 되는 미끄러운 나일론이 대부분이었지만 한 양이 참견할 틈을 주지 않고 썩썩 베어서 마름질을 하고 궁리하면서 열댓 벌 전부를 꿰맨 뒤라서 스스로 봐도 마음먹고 덤비면 시골 동네서는 무난한 바느질 실력이 되었다.

한 양의 바느질 솜씨는 근동에 소문이 났지만 서울에서 최신 유행이라는 그 너무 깡총한 저고리 기장이며 좁다란 깃, 그 깃에 맞게 얄밉도록 가느다란 동정까지 수는 마음에 썩 들지 않았다. 배우들이 드나드는 유명한 바느질집에서 배운 터여서 한 양 스스로도 긍지가 대단하고 세련된 솜씨라는 건 이의가 없는데 그게 아무리 유행이라 해도 한복의 품위가 훼손되었다고 볼 만큼 속된 모양새여서 첨단을 간다는 바느질 솜씨가 나이 지긋한 시골 아주머니들에게는 흠이 잡히는 일이 되기도 했다. 완성해 놓은 저고리들을 보며 이걸 어찌 입고 나서느냐고 호통을 치던 어느 아주머니의 일갈은 이유 있는 호통이셨다. 그래서 정성들인 혼수 바느질, 저고리 두 죽을 몽땅 뜯어 고쳐야 했던 끔찍한 일도 있었다.

다행스러운 건 어깨선에 시접을 언제나 넉넉히 넣어 두는 덕에 그 부분을 내서 길이에 보탠다. 그러면 앞 섶이나 깃을 다치지 않게 기장을 맞출 수가 있다. 그렇다 해도 스무 장의 저고리를 고치는 일은 속에서 불이 올라오는 일이다. 그런 국면에서라도 우리는 한 마디 불평도 입 밖에 내지 않는다. 수가 잘하는 "우씨" 정도 추임새도 그럴 경우는 누가 함구령을 걸어 놓은 듯 경계하는 것이다. 그 사건 뒤로 한 양이 짓는 저고리 기장이 좀 넉넉해졌다. 겨우 몇 밀리 넉넉해졌을 텐데도 수의 눈에는 크게 양보한 걸로 보였다.

미니스커트가 유행하던 시대, 짧고 경쾌하고 날렵한 것, 획기적인 무엇을 추구하는 세태였다. 옛 것을 잘라 내고 벗어 버리고 싶어 달뜨는 마음들이 만들어 낸 게 난데없이 짧은 저고리 기장이었고 치마 속을 뻣뻣한 망사로 넣어 과하게 부풀어 보이게 하는 모양새가 되었다. 그런 유행이라는 것들이 수에게는 한복이 지닌 품위를 훼손하는 걸로 느껴졌다. 저고리 기장이 너무 짧아 옷옷 노릇이 안 될 것 같고 짧아서 푸근한 맛이 없는 저고리가 무슨 장식만 같아 딱해 보이는, 같은 안목을 지닌 사람들도 많이 있구나, 짧은 기장 탓에 저고리를 뜯어 고치면서 안심을 했던 부분이었다. 그랬으므로 수가 꿰매는 자기 혼수라는 바느질들은 한 양이 노인네 옷 같다고 하거나 말거나 소신껏 마름질하고 짓는 것이어서 한 벌의 한복이 완성될 적마다 입어 보면서 한 양에게 약을 올리듯 너스레를 떤다.

"히야, 뉘 솜씨인가 기막히네, 천의무봉이로다."

수가 소매 배래기를 높이 들어 빙글 돌다가 멈칫, 서 버린다. 상처다. 이강애 여사와 그 친구들 술판에서 보던 춤사위를 복사하듯 돌고 있었던 것이다. 갑자기 농담을 멈추고 시무룩해져서 서버린 수에게 한 양은 기다랗게 내려온 저고리 기장에 바느질 제자란 것이 어찌 손대볼 수도 없는 난감한 사람이라고 기막혀하던 말을 접고 너스레에 화답 하듯이 말을 낸다.

"그려, 금방 하강한 선녀 맵씨다."

한복은 가만히 횃대에 걸어 놔도 춤사위가 보인다. 폭이 넓은 치마며 사뿐 돌아간 저고리 도련이며 소매 배래기들은 아무렇게나 돌아도 춤의 맵시가 있다. 금방 섭코를 뺀 옷을 입고 나선 아낙, 그녀의 몰골이 어떠할지라도 청순미를 돋게 하는 한복, 사실 한복이 일복이고 외출복이던 촌동네 아줌마들의 놀이판에 대고 한복을 뭐라할 일은 아니었다. 그러나 펄럭이는 치맛자락이거나 팔을 들어 어깨에 걸고 돌아가는 동작에 그 후줄근한 소매 배래기들, 급기야는 때 묻은 동정 깃을 풀어헤치고 치마말기를 쥐어뜯으며 꺼이꺼이 울음을 잡기도 하는 그니들은 자신의 꼬라지가 어떠한지 모르는 듯 막걸리 항아리가 비어 갈수록 형상들이 험해지던 것이다.

어찌 손 쓸 새 없이 망가져 가는 한복들이 뒤엉킨 자리, 드물게는 집에서 건성드뭇하게 지은 옷이 아니라 재봉선이라도 반듯해 뵈는 기성복을 입고 있던 아줌마들도 섞여 있었는데 색깔이라도 환해서 차라리 그쪽이 나아보였다.

우리 집에서 그런 술판이 벌어지면 언니는 잽싸게 마실로 가 버리고 수가 동생들을 웃방에 들여놓고 못 나가게 막았다. 손으로 귀를 가려 취한 아줌마들이 지르는 소리를 막아주려고 안간힘 쓰던 날들, 창호지 한 장으로 가린 공간에서 무엇을 막아 주려고 그리도 발버둥을 쳤을까, 그 어름부터였으리라. 엄마라는 호칭을 제하고 이강애 여사로 부르기 시작한 것은, 물론 실제로 소리 내서 부르지는 못하고 마음 안에서만 그랬던 노릇이지만 세상에, 엄마라는 호칭이 싫었다니 말이 되는 소리였을까? 음주가무를 언제부터 싫어한 건지 알 수도 없이 질색하며 살았듯, 설치는 어른들이 싫었다.

나중에 철이 들어서 생각해 보니 싫어하는 마음 하나만 제쳐내면 이강애 여사의 장구소리 덩덩거리는 술판은 별것도 아닌 춤과 노래뿐이었으므로 가난한 농촌 마을에 난데없어서 그렇지 별로 탓을 할 일도 아닐지 모른다. 일제 강점기에서 한국전쟁을 거쳐 오면서 젊은 남자들이 귀한 동네, 수가 태어난 동네만 유독 그러랴, 이 나라 어느 지역인들 그런저런 질곡을 겪지 않았으랴. 해도 젊은 과부들이 유난히 많은 동네였다. 그니들이 똘똘 뭉쳐 가난한 살림에도 계를 부어 관광을 다니고 놀이판을 벌이는 일을 구경 삼는 동네 사람들은 뒤에서 말세라고 수군거리며 손가락질은 하면서도 아무도 앞에 나서서 막지 않았다. 수와 그 자매들은 뒤에서 수군거리는 말들 속에 살았다. '술고래들'이라거나 장구를 메고 돌아가는 춤판을 '두억서니' 일었다 했다. 무슨 소린지도 모르면서 사람들의 따가운 눈총을 엄마들 대신 맞으며 자랐다.

거기 휩쓸리는 아낙들 중에는 혼잣손에 애들 기르고 길쌈 잘하고 살림을 포실하게 하는 이도 많았는데 이강애 여사처럼 가정사는 저 참이고 당신들만 사는 세상인 듯 세상을 다 깔보는 듯, 매사에 '그까이꺼' 치워보는 그 부분부터 싫었다. 겸손하고 다소곳한 한 양 엄마와 이웃해 살면서 한 양 엄마의 슬하에 살아 보는 꿈을 꾸는 일도 있었다. 물론 그리도 끔찍하게 싫어하는 놀이판이라 해서 수는 이강애 여사가 춤을 춘다거나 일어나 노래를 부르는 걸 목격한 적은 없다. 그러나 동네서 벌이는 그런 일련의 일들에 주동이 되어 아낙들을 우우 몰고 다니는 속내가 뭔지 모르면서 그냥 싫었다. 어린아이가 할 수 있는 일이 달리 없어서 죽어라 싫어하는 일 뿐이었다.

"이 새끼, 이거 뒈지고 싶어 환장했나? 워지다 삽을 대구 지랄이여! 이걸 그냥!"

가뭄에 우리 논 물꼬에 손댄 장년을 향한 이강애 여사의 일갈이다. 덩치로 보나 뭘로 보나 힘으로 맞설 대상이 아닌데 곱상한 아녀자의 입에서 나온 소리라곤 믿겨지지 않는 험한 말이 논벌을 쩌렁, 울리게 되면 상대방 남정네들은 슬슬 꼬리를 내린다. 물론 이씨 문중이 뒤에 받치고 있어서 그렇게 마구잡이로 위세를 부릴 수 있었을 터였다. 이강애 여사의 그런 면면이 너무 부끄러웠던 수는 그 자리에서 폭 사그라져 논두렁으로 스며 버리고 싶었다. 거친 남정네들도 마구잡이로 다루는 이강애 여사의 서슬이 자식들에게 고스란히 적용되는 탓에 엄마가 집에 있으면 말을 섞지 않고 슬슬 피하는 게 스스로를 지키는 일이었다. 아이들이 끼니를 거르는지 먹는지 챙기는 법도 없이 어느 집에 일이 생기면 쌀독을 거꾸로 쏟아 그 집으로 보내던 속내를 어린 아이들이 짐작이 된다 한들 무얼 어쩌겠는가. 그러니 수는 자신이 바느질한 한복, 소매 배래기 한번 들다가도 춤사위가 보일까 봐 얼른 동작을 멈출 정도로 질색하는 것, 아직도 그런 걸 동력으로 삼아 살았던 모양이다.

한 양이 촌스럽다고 말리거나 말거나 수는 자기 옷만이라도 하고 싶은 대로 바느질을 한 것이다. 노인네 옷 같다는 길쭉한 저고리 기장이며 넉넉한 깃의 넓이가 푸근해 뵈는 옷이 마음에 썩 들었다. 뜻대로 해낸 때문일 것이다.

"그래도 바느질 솜씨는 타고났다. 깃을 앉히고 섭코를 빼는 솜씨는 수준급이네."

더 타박을 했다가는 한 소리 나올 것을 아는지 한 양은 얼른 마음을 접고 만다. 한복점으로 옷을 맞추러 오는 사람들은 수가 줄자를 들고 일어서면 뜨악해 한다. 치수를 재는 것조차 주인이 직접 해 주기를 바라는 노릇이라는 걸 알아챈 한 양과 수는 서로 눈짓으로 웃고 말지만 그런 서열이 매겨진 관계가 느껴질 때마다 바느질 솜씨도 그럭저럭 자기 검증을 끝낸 터에 거기부터는 때나 고르자 했다. 두리번거리는 마음으로 살다 보면 무슨 날이든 새날은 다가올 것이었다.

여전히 고된 노동을 못 견디는 체력으로 하루 일하면 며칠씩 앓아 누워야 하는 농사일, 몸이 싫어하는 농사일은 가능하다면 안 하고 싫었다. 한복 짓는 일에도 적성이 안 맞는 것 같고 스스로 생각해도 뭐하자는 짓인가, 한심한 노릇이었다. 무엇하나 빼어나게 잘하는 것도 없으면서 이도 싫고 저도 안 맞는 갈 바 없는 마음으로 어디서 무엇이 되어 살아야 할까.

멀거니 앉아 있는 그런 시간, 무념무상이라 할 만한 멀거니가 되어서 쌓인 눈만 바라보다가 눈 위를 떠도는 가랑잎 한 장을 오래 눈으로 좇는다. 가랑잎은 수가 바라는 곳은 놔 두고 바람이 미는 대로 구르는데 그것이 퍼뜩 가슴에 사무치는 가여움으로 다가온다. 자기 연민이라는 고약한 감정에 끄달릴 시간인 것이다. 자신의 모습이 저런 가랑잎의 행색이 아닐까? 누군가 생애 전체를 조망할 수 있는 자리, 높은 곳에서 수를 내려다본다면 의지를 잃고 찬바람에 쓸려 다니는 가랑잎이 아니겠느냐, 시린 바람에 밀려가는 낙엽과 닮은꼴이라는 생각 때문에 우울해지곤 했다. 무슨 재수 없는 생각을 하는 거냐고 해 봐도 눈 위를 구르는 가랑잎보다 뭐가 나을 거냐는 물음은 완강해서 얼른 털어 내지지 않던 것이다.

저렇게 하릴없고 속절없는 모습으로 바람이 밀고 다니는 대로 이리저리 흔들리는 자존감 없는 모습이라면 의지란 게 어디에 필요한가, 스스로 뜻을 밀고 나가서 굳건히 서본 적이 있었더냐는 질문 앞에서 길이 콱, 막히는 것이다. 아무리 젖먹이 때부터 너무 심한 억압으로 키워서 하라는 일만 하면서 살았다 해도 어떻게 이런 의지박약이 생겨난 것이냐. 아무것도 자신이 없다는 자각, 멀거니에서 깨어나서 하는 첫 생각은 늘 그랬다. 생업이 되면서 적성에 맞는 그런 뭐 없을까? 속에서 올라오는 열을 끄고 앞이 안 보이는 암울을 일거에 잠재울 만한 생업, 몸과 마음을 쏟아부을 만한 일 말이다.

저녁때가 되어서야 한 양의 고객이 돌아가고 산책길에 나설 마음도 사라진 다음이라 울고 싶은 기분으로 책을 잡는다. 그런 순간을 기다렸다는 듯이 공군들이 놀러 와서 겨우 자리에 앉는 참인데 한 양이 돌아왔다.

'하루 종일 시시덕거렸구나?'

한 양의 그 작은 눈이 생글거리는 걸 보다가 수는 문득 눈이 너무 작으면 마음이 안 보인다는 생각을 한다. 눈이 웃고 있어도 호의인지 적의인지 얼른 알 수 없는 경우가 종종 있는데 마음이 안 보이는 눈에 항의하는 표정을 만드느라 수는 얼굴을 있는 대로 찡그려 보인다.

'네 손님 덕분에 곤욕 치른 시간이 얼만데? 뭔 소릴 하는 거야!'

며칠 만에 온 이현우나 김영찬도 얘깃거리가 많아 처음엔 좌중의 질서를 위해 진행자가 필요할 듯 서로 급해서 나는, 나는 할 만큼 와글거린다. 너희들도 말이 고팠구나, 수에게는 그들의 그런 태도조차 고맙고 반가웠다.

울고 싶던 기분이 일거에 사라지고 수는 자신에게 돌아오는 생을 향한 기대랄까, 활기 비스름한 무엇이 싹을 내미는 좋은 마음이 된다. 그 부분부터는 한 양이 '시다' 자리로 물러앉아 말의 이삭이나 줍는 역할을 맡게 되는데 일부러 그러는 건 아니지만 그렇게 분위기가 저절로 되어 돌아간다. 그래서 수가 낮에 겪었던 지루하고 덧없이 보낸 시간은 보상을 받는 듯했다. 억울했던 기분도 사라지고 알맞게 팽팽한 긴장의 시간이 오는 것이다.

김영찬이나 이현우, 그런 친구들을 또 만날 수 있다면 그 길이 고난길이라도 그 길을 기꺼이 들어설 것이다. 더도 말고 그 정도의 친구가 섞여 있는 삶이기를 원하는 일이 욕심일까? 되지도 않을 꿈인가? 갈 바 없는 방황을 부르는 건 생각의 문제지 외부환경이 아니라는데 뭐가 뭔지 생각을 간추려 봐야겠다.

남다를 것도 없으면서 수는 자신은 다르다고 했다. 그게 자존감이라면 스스로 긍지로 여길 무엇 하나만 있다면 고된 가시밭길이라도 마다하지 않을 터라고 했다.그래도 대산은 누님이라 부르며 찾아오는 손위 동생들이 갈 바 없는 수를 지켜주는 셈인데 한치 앞도 모를 기로에 선 게 정말 자신의 모습일까? 방향도 없이, 반향도 없이 눈 위를 구르던 가랑잎을 생각해 내고는 했다. 그런 날은 속을 감추기 위해서 말이 많아지는데, 할 말이 많이 남아 있는 사람들이니 밤이 이슥하도록 얘기꽃을 피우면서 걱정스런 앞날을 잠깐씩 잊었다.

"내가 데려다 줄까?"

돌아가려고 일어서는 공군들을 배웅한다고 밤도 늦은 눈길에 따라나서는 날도 있다. 어이없어서 웃는 그들에게 그런 농담이라도 해야 할 만큼 댈 데 없이 마음이 황량해서 그런다는 걸 알아차리는 건 언제나 한 양 쪽이었다.

"눈 속에 추운데 어딜 간다고 그러십니까?"

정색을 하고 기어이는 눈밭에 나서지 못하게 한복점으로 밀어 넣으려는 게 싹싹한 이현우라면 묵묵히 놔 두고 보는 게 제대로 마음을 짚는 것 같은 느낌을 주는 건 김영찬이다. 몇 발짝 따라가는 척하다가 돌아서는 내게 인사를 하고 손을 흔드는 것도 이현우, 그러니 수는 이현우를 배웅하러 가는 모양새다. 투명인간처럼 아무 말 없이 먼저 돌아서서 제 갈길 뚜벅뚜벅 가는 건 차가워 보이는 김영찬인데 그 등에서 읽혀 오는 말이 꼭 영기 오빠를 닮았다.

"데려다 주께." 호기를 부리며 따라나서는 수를 그냥 놔 두고 보는 것, 돌아가는 영기 오빠를 논틀 건너 마을까지 바래다주고 멀찍이 서서 그집 대문 여닫는 소릴 들으며 되돌아서 캄캄한 논두렁길을 되짚어 오노라면 어둠 속에 발소리 죽여 저만치 몰래 따라오는 기척, 그렇게 다시 데려다 주던 영기 오빠 모습은 어둠 속이라 보이지는 않지만 그 기척을 믿고 깜깜한 길을 안심하고 걷던 기억들이 좋았다. 그것을 되짚듯 재현해 보는 짓이다. 물론 대신은 가로등이 켜진 길이라 기척으로 느껴볼 것도 없이 적나라해서 비교할 것도 없는 밤길이지만 내용이 다른 두 장의 그림을 겹쳐 보고 싶은 것이다.

화두처럼 '적어도'를 꺼내 보는 쓸쓸하고 쓰린 마음이 되는 밤이다. '적어도 나는 행위가 아닌 언어, 또한 말이 아닌 심상, 시시각각 자리를 옮겨 가는 만상의 이미지 속뜻을 읽어 내는 사람이어야 한다. 그러므로 또래 여자애들이 흔히 부르는 그 연애 행위 일반을 경박하다, 가벼운 것들이다, 묶어 치우는 자의식을 걷어 내지 말 일이었다. 그러니 또래들에게 자연스러운 일이 수에게 닿으면 기겁을 하듯 마음을 먼저 닫아 거는 일이었고 그런 쪽에 마음 한 올이라도 내려놔선 안 된다고 막아서는 소리가 있다. 그러니 김영찬이란 정신이 가깝게 닿는다 해서 무엇이 달라진다는 말은 성립될 수 있는 게 아닐 것이다. 그는 끝까지 수가 내미는 허상만 볼 것이고 있는 그대로 실상이 보여지는 일은 없을 것이다. 끝내 수는 바람직한 어떤 이미지이기를 바랐다. 그러므로 수가 바라는 것이 무엇이라고 말로 형상화할 수는 없지만 적어도 세속에서 말하는 쉬운 이름은 아닐 것이어서 생의 긴 여정 속에서 만난 환영이거나 그런 허무한 무엇이라 해도 하릴없는 노릇이었다.

덩치가 커다란 건장한 군인들을 배웅한다고 나간 수를 웃었을 한 양에게로 돌아오면 품평을 하듯 그 두 사람을 말하는 시간이다. 우리들의 얘기를 건성으로 들으면서 바느질만 하는 것 같아도 한 양은 정곡을 찌르듯 정확하게 보는 세심한 부분도 있어서 한 양의 말을 조심스레 새겨듣는다. 특히나 김영찬을 꿰뚫어보듯 제대로 보는 점에선 감탄하는 바인데 수가 관심이라도 보이면 다시 뒤풀이 같은 설왕설래가 이어지게 된다.

"데려다 준다는 부분만 보면 니가 남자고 영찬이가 여자였으면 맞겠다. 애틋한 연인."

"연애도 안 해 본 네가 뭘 안다고 그래? 넘겨짚는 것도 정도껏 하시지."

슬쩍 눙치고 말지만 깊게 말려들다간 말꼬리를 잡힐 것 같아 한 양 말을 무지르고 만다.

"연애라는 게 뭐 해 봐야 아는 거냐? 모든 청춘남녀의 만남에 끼어드는 감정인데…."

"또 나온다. 난데없는 저누무 연애론, 서울서 바느질 하면서 연속극 너무 많이 봤나 보다. 그러니 사사건건 연애 장면이지 쯧."

"오늘 김영찬이 읽었다던 소설 얘기를 들으면서, 많은 글 속에서 그걸 골라온 의도가 뭔지 생각해 봤어?"

"의도?"

"서근배의 '어느 정사', 물론 내용이야 그게 아닌 오해로 생긴 반전이었지만 그 제목이 말하는 그게 뭘까? 사랑하는 남녀가 동반 자살하는 걸 정사라 허지 아마? 글 내용이야 상관없다 해도 무얼 말하고 싶어서 그걸 얘기했으까?"

"어느정사, 뿐인가? 김원일의 '그대 죽어 눈 뜨리'도 있고, 또

'오늘밤의 결판' 방영웅 선생 소설도 있었는데?"

"그러게 하는 말이야, 앞을 못 보는 여자를 겁탈하는 일로 시작되는 김원일 소설도 그렇고 '오늘밤의 결판'도 불륜 남녀 얘기였지? 그거 나도 읽은 것들이야, 모두 좀 쑥스러운 얘기들, 그러니 너희들도 말하기 곤란해서 어물어물 뭉뚱그려 치우고 말았지? 내가 소설은 잘 모른다만 그걸로 무슨 뜻을 대신 전하는 건 눈치로 때려잡을 수 있다는 말이여."

"그려, 그 눈치로 잡았다는 게 뭔지 결론이나 말해 빙빙 돌지 말구."

한 양은 말이 부족할 때면 써먹는 방법으로 "김영찬 병장이 민 양 너를 좋아하는 걸 모른다면 그게 머리냐? 대가리지." 언질을 주는 건지 놀리는 건지 빙글거린다. 그럴 때 보면 한 양은 그 공군들에게 무심한 것도 아니고 소홀한 마음도 아닌 친절한 사람인데 그들을 만나는 자리에선 쥐며느리처럼 동그랗게 말고 돌아앉는 건 무슨 이치일까, 안에 든 마음이란 것이 밖으로 환히 보인다면 얼마나 좋으랴, 하게 된다.

"그나저나 우리 호칭이나 바꾸자! 생각해 보니 술집 아가씨들이 김 양, 이 양, 하는 것 같더라. 민아, 한아, 그냥 부른다면 한결 나을 것 같은데."

"느닷없기는, 얘기하기 싫으면 엉뚱한 소리로 막더라, 그 한 양이 예사 한 양인 줄 알어? 서울서 김희준 씨네 한복점에 있었는데… TV 연속극 '아씨' 주인공 김희준 말야, 그니 엄마가 포목점을 하면서 한복점을 크게 했어, 정말 '아씨'를 몰라?"

"내가 텔레비전 연속극을 어디서 봐, 서울 가서 몇 년 내리 흐릿한 작업실에서 고무망에다 머리카락 심는 일만 하다 내려왔구만."

"아무튼 그 김희준 언니가 나를 각별하게 이뻐했어, 한 양아, 부를 때마다 눈물이 날 것 같았어, 그렇게 유명한 사람을 곁에서 본다는 게 얼마나 황송한지. 우리들은 주인공 아씨가 텔레비전 속에도 있고 우리가 손 내밀면 닿는 자리에 앉아 있는 그 시간을 꿈속인가, 하며 그렇게 살었어."

"그 사람도 바느질 했어?"

"자기 나오는 연속극, 큰 화면으로 보느라고 가게에 나와서 미리 기다리다가 동그마니 앉아서 우리와 같이 연속극을 봤어. 그게 끝나면 바로 안채로 들어갔지. 자그마한 몸매로 그러고 앉아 있으면 어찌나 이쁜지 남자가 아니라도 반하겠더라. 그 언니가 가끔 물심부름을 시킬 때 '한 양아!' 부르면 그게 그렇게 고맙고 좋았어."

"물심부름 시키는 게 고마워?"

"그럼 안 고마워? 거기서 일하던 여자들이 시다들까지 스무 명쯤이었는데 거기서 꼭 내게만 시키는 심부름이니 아마 모두 나를 부러워했을 걸?"

"그럼 순열이 네 호칭은 그냥 그대로 부르고 내 게나 '양' 자 좀 떼어내 줘."

"떼긴 뭘 떼? 그냥 있는 그대로 머스매 이름 같은 민수라고 막 부르지 뭐, 별걸 다 가지고 심통이네."

"취소! 호칭 바꾸는 건 일단 취소다, 병장들 출몰했을 때 민수라고 했단 봐라,순열아, 순열아 마구 떠들어볼 참이니께."

"으이구, 저누무 심뽀…."

호칭 고치는 일은 이루지 못했지만 순열이가 한 양이라 불리는 걸 왜 그리 좋아하는지 알고 보니 그럴 수 있겠다는 생각이 들었다.

"민 양 누님은 어디 가두 잘 살 것 같습니다. 뭐든지 순리로 잘 풀어 나갈 것 같은 그 뭐라고 해야 하나, 왜 그런 거 있지요? 무한 신뢰를 하게 되는 안정된 느낌."

이현우가 잘 하는 말이다. 그때마다 김영찬이 피식 웃던 그 표정, 그게 아니라는 듯한, 동의하지 않는다는 듯한, 그러니 말을 보류하는 쪽에 답은 있을 것 같은 착각을 하게 된다. 한 양과 수가 그들이 돌아간 뒷자리에서 그들을 말하듯 우리가 없는 자리에서 무슨 말을 그들도 하겠지, 했다.

세월이 빠르게 질러 가는 소릴 들으면서도 변하는 일 하나 없이 그렇게 여일하게 살았다. 한 치의 치우침이 없는 평형을 잘 유지하는 친구들, 우리는 장차 서로 바람직한 모습이 되어 만나자고 말을 낸 바는 없었더라도 은연중에 그런 마음이 깔려 있었던 모양이다. 그러니 문학잡지 한 권만 있어도 무궁무진한 얘깃거리가 널려 있었으며 그런 책 속의 얘기들을 통해

간접으로 말하는 방법도 나름대로는 알고 있었다. 현실감이 없으면서도 우리가 기댈 무엇, 불안한 미래를 잠깐씩 무지개처럼 띄워 올렸던 날들이었다. 절망처럼 다가오는 앞날을 잊게 해주는 그런 날이 무한할 듯했다. 뭔가 잘 될 거라고 스스로 최면을 거는, 윤색된 꿈이 아주 잠깐씩 우리 것이었다.

절망을 밥 먹듯 하는 수는 글을 쓸 바탕을 다지는 일을 어떻게 해야 하는 건지 전혀 감도 못 잡는 터에 뜬구름 같은 그런 꿈이라도 꾸게 해 주던 그들이 좋았다. 그들은 대산이었고 그 지명과 한 묶음이었다. 어쩌면 한 양보다 더 대산이란 지명에 걸 맞는 그들의 면면은 수를 이쪽 질곡에서 저쪽 피안까지 데려다 줄 역할을 맡고 수 앞에 나타난 사람들이었다. 언제나 형세가 불리하면 마음에 불러 세우는 수호신 같은 존재. 외할머니 말씀 대로 태어날 때 들고 왔다는 눈물 보따리 말고도 '인복'이라는 이름의 또 다른 보따리, 그러니 형편없는 처세에도 불구하고 근처에는 좋은 사람들이 늘 있어서 머리 끄덕여 주던 일이 복이 아니었으랴. 깜깜한 미래라고 지레 겁먹어 풀죽을 일이 아닌데 사는 일에 자신이 없어하는 수의 약점 탓에 필요했던 수호신.

한복을 짓는 공정에서 가장 어려운 핵심 부분은 저고리 깃이며 앞섶이었다. 둥긋하게 돌아가는 선이 오묘한 균형을 갖고 있어서 그 둥근 선이 조금만 달라져도 한 눈에 균형이 흐트러진 게 보이는 것이다. 그 잘못돼 보이는 차이가 일 밀리도 못

되는 것인데 그게 느낌으로만 오는 차이라서 미묘한 것이었다. 자를 댈 일은 아니고 숙련된 손끝에서 비롯되는 감이라고밖에는 표현할 말이 없다. 둥그렇게 가야 할 곳이 조금만 느슨해지면 칼깃이 되어 늘어져 보이고 조금 더 둥글리면 옥은 깃이 되어서 옹색한 느낌을 주는 그 작은 차이는 옷감의 한 올을 다투는 문제였다. 그러니 그 작은 차이를 가지고 섬세의 극을 가야 깃이니 섶이니 그런 쪽에서 바느질의 잘잘못이 평가된다. 수는 사람 사이의 균형도 그럴 것이라 생각했다. 좌로도 우로도 치우치지 않은 아름다운 균형, 아무리 비싼 고급 원단으로 옷을 지어 입고 나설지라도 섬세하게 돌아가는 선이 조금만 어그러져도 싸구려로 보이는 묘한 느낌이 드는 게 한복인 것이다. 적어도 우리 사이가 허드레로 엮일 일은 없으리라는 그 부분도 그런 균형, 섬세한 선이 필요한 일이라고 생각했다.

"동정 달아 입은 것만 봐도 그 집 가풍을 짐작헐 수 있는겨."

외할머니가 예로 든 것이 바느질 공정에서 일도 아니게 쉬운 동정 달기였으니 다른 부분은 더 말해 무엇하랴는 말씀이실 것이었다. 오래전에 돌아가신 할머니, 음성이 생생하여 눈앞이 물큰해진다.

"우리 외할머니는 실과 바늘만 가지고 화롯불과 인두가 돕는 정도로 바느질을 하셨는데 재봉틀에 다리미에 섶본, 깃본

배래기본까지 있고… 옛날에 대면 손으로 한 땀 한 땀 꿰매는 부분은 적고 들들들, 재봉틀을 돌려 대는 곳이 많으니 거저먹기 아니냐?"

심통스럽게 내놓는 수의 말에 한 양은 언제나 어른스럽다.

"한복점두 얼마 못 갈 거 같어 기성복이 쏟아지는 판에 언제까지 비싼 삯 들이려구 할까."

우리는 한복마저 기성복으로 바뀌는 사회현상에 뭘 안다는 듯이 말하지만 한복도 유행을 타고 꿰매는 식도 그에 따라 변화하고 있다는 걸 정확하게는 몰랐다.

"시내 포목점에 다녀와야겠다. 우리 색동으로 끝동을 달아서 옷 한 벌씩 해입지 않을래? 그게 유행이더라. 색동이야 다 그렇고 넌 무슨 색 바탕이 좋으냐?"

"검정색." 난데없는 한 양의 제안에 수는 두 번 생각해 볼 것 없이 대답이 먼저 나왔다.

한 양이 끊어온 광택이 좋은 공단으로 한복을 지었다. 한 양은 분홍 바탕에 색동, 수는 검정에 가느다란 색동을 댄 화려한 옷이었다. 소매 끝동과 옷고름, 저고리 깃과 치마 끝단에 색동을 물렸다.

"검정이 튀는 색인데다 색동을 넣으니 좀 심하게 야하다. 그지? 이걸 멋쩍어 어딜 입고 나선다니…."

"촌스럽긴, 너도 그 어두운 색깔 좀 그만 입어라. 검정 옷을 두고 야하다니, 누가 들으면 웃겠다. 피부가 하얘서 그나마 봐

줄만 허지, 너를 보고 있으면 쳐다보는 사람까지 저절로 우울해지는 것 같어, 색동이 뭐가 야해?"

우리는 모처럼 낄낄대며 커튼으로 가려진 구석에서 새로 꿰맨 한복을 입어 보고 품평에 여념이 없었다. 서로 바느질 솜씨를 칭찬하면서 마음도 슬거워져서 말이 많아졌다.

"민 양아, 너 이제 한복점 내도 되겠다. 깃 맵씨랑 섭코 빠진 것 좀 봐."

"왜 이러셔, 말이 씨 된다구 바로 옆에다 한복점이나 차려볼까 정말로? '대신한복점 2호'는 어때? 그건 너무 직선적인가? 그럼 대산 말고 '소산한복점'은 어떠까?"

수다 떠느라고 문소리를 못 들었는데 쌍둥이처럼 두 병장이 우뚝, 서 있다.

"아, 깜짝이야!…"

"와! 정말, 대단하십니다."

"…"

"결혼 예복 같습니다. 우와!"

우리는 옷을 벗은 걸 들킨 것도 아닌데 허둥지둥 공군들을 내쫓고 옷을 바꿔 입는다. 서둘다가 방바닥에 널린 고정 핀에 여기저기 찔리면서 평상복으로 갈아입었다.

"너무 당황할 거 없잖아, 우리가 옷을 벗어 맨살이 나온 것도 아니고 새옷 입은 걸 가지고 뭐 그렇게 파래지냐?"

그럴 때는 한 양은 연장자 노릇을 하듯 태연하다. 속치마를 꿰맬 때거나 속고쟁이도 주문이 들어오면 꿰매야 하므로 그런 품목들은 그들이 오지 않을 시간대에 작업을 한다. 왜 그러느냐, 묻는다면 그게 왜 그런지 우리도 모르면서 맹목으로 살에 직접 닿는 옷이라는 생각에 무안을 타게 된다. 그 날은 서로 읽은 작품들을 말하는 자리가 못되고 버버거리다 파하고 말았다. 그게 뭘까, 데려다 준다고 호기도 부릴 수 없는 어색한 무엇이 가로 걸리던 것이다.

한복 바느질은 말로 묻는 일보다 손의 숙련도를 높이는 게 우선이고 안목이 먼저이니 묻지 않아도 바느질 잘된 저고리 견본 한 장만 있으면 곡선의 감을 잡을 수 있는 일이었다. 세월이 가서 선이 몸에 들고 눈에 박히면 되는 일이라고 수가 생각했던 대로 얼마나 성심을 다하느냐에 달린 게 그 한복 바느질이란 걸 알 것 같았다.

소매배래기도 그렇고 등이며 앞도련도 그렇고 어느 한 군데라도 그 곡선의 정도가 어그러지면 망치는 바느질, 치마와 달리 저고리는 곡선이 성패를 가르는 셈이다. 그게 어디라 해도 미심쩍은 느낌이 들면 아까워하지 말고 뜯어고쳐야 한다. 미진한 느낌을 남겨 두고 지나가면 바느질을 끝낸 뒤에 더 후회하게 되므로 느꼈을 때 가차 없이 고쳐야 한다는 건 경험으로 터득한 일이었다. 곡선으로 이루어진 저고리에 대면 치마 꿰매기는 일도 아니어서 설렁설렁해도 어그러질 일은 없다.

폭이 넓고 여유로워서 한복 아랫도리옷을 쉽게 여기는 경우도 치마거나 바지 꿰매기가 거저 먹기로 쉬운 것이라는 말이 아니니 그것도 숙련이 되어야 드디어 만나게 되는 수월함일 것이다. 입어서 편안한 그 감이란 것은 중요해서 서툰 바느질의 경우 곡선이 없는 아래옷이라도 저고리 앞 섭이나 깃에 비해서 그렇다는 말이지 그것 나름으로 어려운 부분은 있어서 열심만 다한다고 얼른 되는 건 아니다. 거기서도 마음의 균형이라거나 느긋하고 여유로운 듯 섬세한 손끝 감각이 요구되는 것이다. 편안한 마음으로 정성을 모아야 만족할만한 결과물이 나오는 것은 어느 분야라고 다를 리 없다. 조급하거나 마음이 유난히 들끓을 때 바느질을 하면 다시 뜯을 일이 자주 생기는 걸 봐도 짐작할 수 있는 일이었다.

요즘은 치마라고 모두 만만한 것도 아니었다. 치마폭을 플레어 재단으로 천을 사선으로 잘라 말기 쪽은 주름잡을 여분을 제한하고 아래로만 폭이 몰리게 하는 방법인데 플레어스커트와 같은 개념이다. 거기다 빳빳한 망사 속을 넣어 아래만 퍼진 무대 의상으로나 필요할 것 같은 모양이 되는 치마다. 그걸 어떻게 입으려는지 그런 걸 주문하는 사람들이 더러 있다. 치마는 몽땅 수의 몫이므로 꿰매면서도 궁시렁거리게 된다.

바느질에 관한 아주 세세한 설명을 하고 또 하므로 한 양에게 말을 시키는 일은 어디를 건드려야 할 건지 잘 안다. 수가 궁금한 건 남다른 그녀의 인생관이거나 정신세계 밑그림인지라 입을 꼭 다물고 바느질에만 골몰하는 걸 보고 있으면 단단한 바위를 보고 있는 느낌이다. 배우가 될 꿈을 꾸는 것도 아니면서 존경하는 사람이 난데없는 탤런트 김희준이라니 뜬금없다. 그런 속내를 잠깐 비치다 말던 한 양, 실마리는 잡았으니 속을 터놓을 날도 올 것이다. 그러나 흠모하는 사람이 여배우라는 부분에선 현모양처가 꿈이라고 말하는 여자들을 볼 때처럼 좀 어이없이 맹해 보이기는 했다.

오늘은 다른 일감을 치우고 두루마기 한 가지에만 달라붙어 일해야 하는 날이다. 결혼 예복으로 쓸 것이라면 기성복으로 사서 입고 마는 게 보통인데 남자 두루마기를 그것도 예복으로 입을 것을 한복점으로 가져오는 일은 흔한 일이 아니었다. 한 번 입고 말 것을 적지 않은 비용을 들여 마련하는 걸 보면 잘 사는 집인가 보았다. 옛날 외할머니가 할아버지나 외삼촌 두루마기를 꿰매는 걸 구경한 적은 있어도 남자 옷을 색깔도 고운 옥색이라거나 분홍빛이 살짝 도는 파스텔 색조 비단으로 짓는다는 건 낯이 설었다. 옥색 두루마기에 연한 자주 빛 바지에 채도를 약간씩 달리해서 저고리와 연두 조끼, 하늘색 마고자까지 일습을 짓는 일은 수가 온 뒤로 처음 있는 일이었다. 한 번 입고 장롱에 처박아 두기 십상인 그것들에 거금을 들이는 걸 보면 그 집이 얼마나 윤택하고 격조 있게 사는 가정인지 알 것 같았다. 둘이서 며칠을 그 일에만 매달려야 한다는데 아무튼 바느질 품목이 달라서 설레기는 했다. 반복을 못 견디는 버릇 탓이다. 장판 방 구석에 있던 책이며 세간들을 치우고

방을 우선 넓게 만드는 일부터 했다.

치워진 자리에 천을 깔아 놓고 본을 뜨고 마름질에 들어갔다. 어느 부분에 자칫 실수가 생겨 치수가 넘나든다거나 하는 일이 생기면 낭패여서 본을 뜨는 일과 마름질 부분은 집중을 해야 한다. 수술실에서 집도 의를 돕듯 초크며 가위며 고정 핀이며 한 양이 찾는 대로 건네주는 오늘이야말로 수가 제대로 보조 노릇을 해야 될 것 같다. 우선 가장 큰 등판을 떼어내고 앞판과 곁에 댈 무를 마름질하면서 천이 크게 쓰이는 순서 대로 떼어 놓는다. 옷고름이며 깃이며 섭은 어디에 붙여 떼어 내야 하는지 머릿속에 그려진 지도를 더듬듯 잘라 나간다.

"민무늬 천이라 다행이야, 여기다 무늬라도 있어서 그것까지 맞출려면 골 때려."

자를 들고 폴짝폴짝 옮겨 다니면서 한 양이 하는 소리다. 잘못 디디면 미끄러지기 때문에 무게 중심이 옆으로 닿아서 밀리지 않게 직각으로 살짝살짝 내리 디뎌야 하므로 그렇게 폴짝 뛰어서 위에서 곧게 내려와야 안전하다.

"마치 풀밭에 뛰노는 토끼 같다, 푸른 잔디 위에 놔 멕이는 체신없는 야생."

잘못하여 옷감을 빗겨 밟거나 속에 넣을 망사를 디디면 미끄러지는 건 물론이고, 쫙, 찢어질 수도 있어서 동작 폭을 줄이면서도 날렵해야 하는 일, 농담을 하면서도 극도의 조심을 한다. 이런 날은 누가 놀러 와서 말이라도 섞게 되면 헛갈려서 안 되므로 마실꾼이 들어설까 조마조마하다. 마름질 해 놓은 천, 한 쪽만 사라져도 바느질은 난관에 부딪치는데 한 양과 수는 그런 점에서 한 점 오차 없이 손발이 맞는다. 어느 부분이 될 천을 어떻게 개어 어디에 놓는지 설명이 필요 없는 일이다.

피륙을 끊어올 때 한 치의 여백 없이 옷을 입을 사람의 키나 몸매에 맞게 받아 오는 경우 바느질을 다 하고 나면 그 몇 센티 안 되는 자투리 천 몇 조각이 남는 걸 보면서 한 양의 마름질 솜씨가 신기하다고 감탄했던 바였다. 그러니 가위가 조금만 빗겨 가거나 자로 재는 일이 서투르면 안 되는 정밀을 요하는 작업이었다.

그런 점을 아는 사람들은 포목점에서 옷감을 사면서 키가 크다거나 육덕이 있는 사람이라고 누누이 강조해서 끊어 오는데 어느 때는 옷감을 재 보고 도저히 안 되겠어서 돌려보내는 일도 생겨난다. 시접 부분이 안 나올 정도로 박하게 받아온 경우다. 그래서 숙련도가 필요한 일이 그 마름질이었다. 두루마기는 드물게 들어오는 바느질거리여서 마름질부터 자세히 봐야 하고 거들어야 하므로 수가 하던 바느질감을 밀어 두고 둘이서 손을 맞춘다.

인두 대신 다리미를 쓰기는 해도 인두판은 전통 것 그대로 쓰는데 탄력이 있으면서도 단단하게 다져진 솜으로 입힌 판대기에 무명천으로 겉을 댔다. 손길을 많이 타서 겉면이 가죽질감으로 반들반들하다. 그것이 늘 무릎 위에 얹혀진 채 일하는 바느질, 오래 그러고 앉아 있다 보면 다리가 굽어질 것만 같아 걱정이 될 정도로 다리는 운동량이 적고 모든 게 손의 일이었다.

경박스런 또래 아가씨들만 보다가 한 양을 보면 전혀 차원이 다를 듯한 격이랄까. 그런 게 느껴지는 것은 한복 바느질을 오래 해서 그럴 것 같기도 하다. 바느질을 한다고 다 같으랴만 그게 허드레로 나오는 행동거지가 아닌 그녀를 안에서 받쳐주는 무엇, 행동이나 표정에 슬쩍 스치곤 하는 속 깊은 느낌이 착시현상이 아니라면 그녀에게 있는 게 남다른 무엇이 분명하다. 요즘 수는 자신도 모르게 한 양을 재평가하고 있는 걸 느끼곤 한다. 공군들과 합평인지 독후감인지 하고 있을 때 말을 거드는 일은 없으나 나중에 수와 둘만 남으면 신랄한 평이 나올 때가 그렇다. 서울 살 때 가까이 지내던 그 탤런트 가족들의 영향일까? 그들은 머리 좋은 사람들이라는 말을 가끔 하였으니 적지 않은 세월 함께 섞인 그들의 영향을 받았을 것이다. 곁에서 본다고 무슨 의식 수준이 옮아 오겠냐, 하겠지만 수는 그 부분 이해할 수 있는 기억들이 많다. 누구를 존경하고 따르다 보면 그 사람의 사고방식까지 옮는다는 것, 올바르게 보이는 면면이 어떻게 생겨난 것이냐, 한 양이 말하는 투로 그대로 흉내낸다면 참 난해한 구절이니 읽어 보려고 노력할 일이었다.

바느질 얘기 끝에 얼핏 딸려 나온 서울서 바느질 배우며 살던 시절이 펼쳐졌나 하면 얼른 옷감을 개듯 챙겨 넣는다. 무슨 비밀이 많아서 그러는 것 같지는 않고 말하는 습관이 들지 않은 듯 뭔지 모를 그런 미진을 남기고 한 양의 말끝은 사라진다. 그래, 상처에 연결된 얘기라면 함부로 꺼내 놓고 싶겠느냐, 그런 거라면 듣는 사람도 부담스러울 게라고 넘겨짚고 만다.

한동네에 살면서도 한 양과 수는 마주 앉아 본 적도 없이 멀게 살았다. 그러니 가까이서 허물없이 지낸 아이들처럼 시시콜콜해지는 일까지는 기대하지 않더라도 한방에서 밤이나 낮이나 함께 살다 보면 그래도 가까워질 줄 알았다. 두 사람이 모두 말수가 적어서 생기는 현상일까, 어느 날은 하루 종일 재봉틀 돌아가는 소리만 들으며 살았다. 앞집 양품점 새댁이 놀러 왔다가 우리가 싸운 사람들처럼 입 다물고 일만 하고 있으면 그냥 돌아가곤 하는데 그게 미안해서 입을 떼는 것도 수의 몫이고 이말 저말 해야 되는 것도 수가 차려야 할 예절일 것 같아 말 담당을 하게 된다.

침묵을 자기 탓인 양하여 불안해하는 일도 정서 불안이라는데 마실꾼들을 놔 두고 입을 꾹 다물어 버리는 한 양의 그 뱃장은 부러웠다. 수가 한 양을 부러워하는 것 중 또 한 가지는 통통하고 짧은 손가락이다. 자신이 이강애 여사한테 노상 욕을 얻어먹던 부분이 그 손가락이 길다는 것이었는데 아닌 게 아니라 짧막해 보이는 손가락은 무얼 해도 빈틈이 없어 보인다. 한 양의 손놀림을 가만히 보고 있으면 기민하게 움직여 가는 손가락들이 그 개체로 독립된 생명체 같다는 생각이 들고는 한다.

김영찬이나 이현우 병장이 몇 시간을 떠들다 가고 나면 한 양은 그 뒷자리에 대고 별난 사람들이라거나 뭔 소리들을 하는 거냐는 따위 알은체는 한다. 그 통통하고 짧은 손가락으로 방바닥에 즐비한 고정 핀들을 주워 담으며 하는 말은 색다른 이야기로 박혀 든다. 벌레들, 하얗고 통통한 귀여운 벌레들이 쇠를 주워 먹고 있는 것이다. '송도 말년의 불가사리?' 말풍선에 올려놓고 슬쩍 웃는다. 낼름, 한 개의 쇠 핀이 사라지고 낼름, 두 개의 반짝임이 지구상에서 모습을 감추는 듯한 기이함이라니!

힘이 세다고 소문났던 한 양, 자기 아버지의 정미소에서 머슴들이 힘들다고 그만둬서 일손이 없을 때면 도비산 자락 아래 집을 놔 두고 정미소로 불려왔다. 사람들은 한 양을 보러 일부러 먼 걸음을 하는 일도 있었다는데 그 시절에는 쌀 한 가마니가 100kg 단위로 포장되었고 그걸 번쩍 메고 다니던 괴력의 소유자, 제 몸무게의 배나 되는 그걸 메고 옮긴다는 게 가능한 일일까? 눈으로 보지 않았다면 믿지 않았을 일이었다. 혼자 산속에 살면서 날마다 들돌을 들어 힘을 연마한 게 아닐까? 묻고 싶은 걸 참곤 한다. 그게 어떻다고 그러는지 힘이 세다는 걸 극구 감추고 싶어 하지만 한 양은 여러 면으로 존경스러운 친구였다. 어촌에 가까운 농촌, 우리 고장에서는 힘세고 일 잘하는 아가씨가 일등 신부감이었다. 아들을 둔 집에서 방아 찧으러

오는 척 한 양을 몰래 선보러 오는 일이 흔했다고 들었다.

한 양과 민 양이라 불리는 우리는 말수가 적어서 대산 지역 어른들에게는 점잖다는 평가를 받기는 한다. 뭐가 신중하다는 건지 말투가 애늙은이처럼 느껴져서 순하고 너그럽다고 칭찬하는 것인지 속내를 잘은 모르지만 어른들 눈에 드는 태도라고 했다. 겉으로 나오는 행동거지만 본다면 둘이 흡사하다고 여길 부분이 있을 것이다. 그러면서도 우리는 비교당해 마땅하게 다르다. 노상 덜컹 대다가 떨어지는 문짝이거나 심심하면 나가 버리는 형광등이거나 이상한 일이 생기면 그걸 정상으로 돌려놓는 일을 하는 건 한 양이다. 물론 한복점이 그녀 것이고 수는 객식구여서 한발 물러서니 그럴 수도 있으나 떨어진 무거운 문짝을 레일 위 도르래 홈을 찾아 맞춰 올려놓을 힘도 안 되거니와 형광등을 갈아 본 적도 없는 수가 무얼 어찌 해야 할지 알지도 못하므로 난감한 것은 당연한 노릇이고 말없이 그녀를 구경하는 일이나 하는 것이다.

그건 한복점이 수가 낸 것이고 한 양이 객식구로 와 있는 경우라 해도 역할이 바뀔 것 같지는 않은데 타고난 엽렵함이거나 수완이거나 우선 생각보다 손이 먼저 나가는 한 양과 궁리만 대고 걱정만 키우다가 마는 민 양이라 불리는 수가 지닌 성향의 차이일 것이었다. 그런 자질구레한 일을 처리하는 한 양을 보고 있으면 감탄이 저절로 나온다. 수가 못하는 것들이 그녀 손에 닿으면 걱정거리도 못되는 수월한 노릇이 되던 것이다. 그럴 때마다 수는 이강애 여사의 음성을 떠올리곤 하는데 자신은 어디에도 쓸모가 없다는 생각이 덮쳐 오는 걸 막을 수 없게 된다.

고장 난 집기들을 고치고 있다거나 어그러진 것들을 바로잡는 한 양의 솜씨, 그걸 수완이라 해도 된다면 그건 수에게 없는 부분이어서 구경꾼으로 존재한다는 것도 마냥 쉬운 자리는 아니었다. 벽에 못을 박는, 일도 아니게 하찮은 것이라도 솜씨 좋게 처리하는 날렵한 한 양을 바라보고 있으면 마음에 어릿거리는 게 자책 비슷한 무엇이다. 수의 행동을 막아서는 것, 그래서 손보다 생각이 먼저 나서서 아무 노릇도 못하고 누가 몸을 묶어놓은 듯 부자연스런 자세로 남는 장면들은 숱해서 그 부분도 극복이 안 되는 이상한 증세였다.

한 양이 지닌 엽렵한 부분은 독립체로 어린 날을 살아 본 사람만 가질 수 있는 그 뭔지 모를 당당함과 되바라진 듯한 자신감이 넘치는 태도인데 그게 나올 때면 눈만 내놓고 숨죽이듯 바라보는 버릇이 수의 것이다. 상대방의 당당한 결기가 수를 압도한다고 해야 할까. 당찬 한 양에게는 모든 당위가 그녀 것이었다면 어릴 적부터 주변에서 지나친 간섭과 질책만 받고 자란 수가 어떤 일에 부딪치면 허둥거리다 제처지는 일도 당연하다. 그럴 때마다 자신이 쓸모없다는 생각을 하게 되는데 '소용에 닿지 않는 사람'이란 것, 이강애 여사가 노대고 하던 핀잔이 이명처럼 저절로 들려오는 것이다.

그런 생각이 들지라도 한 양이 그걸 입 밖으로 낼 사람은 아니지만 수가 지닌 게 무용지물처럼 자신을 비하하는 열등감이었으니 늘 구석으로 몰리는 기분으로 살아야 했다. 결국 한복점이라는 공간도 점주가 한 양이고 그 작은 공간을 장악할 모든 권리가 그녀에게 있으니 수는 또 틈입자, 우스갯소리처럼 들릴지 모르지만 그 자신만만한 망치질로 못 하나 박는 일도 한 양에게 전권이 있는 행사였으므로 수는 구석에 몰려 열등한 현재 위치를 불안해하는 것, 그건 수의 내면에서 생긴 상처일 것이니 스스로 극복해야 할 부분인데 왜 흠 없이 일 잘하는 한 양, 성실이라는 단어 자체가 움직이는 것 같은 한 양에게 그걸 따지고 싶어지는 것일까. 부러움 때문에 드는 생각일 것이라고 하면서도 수는 또 억울해지는 일이었다.

수는 한 양과 그 엄마의 관계가 상하가 바뀐 것 같아서 경이롭던 한 기억을 갖고 있었다. 한 양이 산 밑 집에서 정미소로 와 있을 때였다. 그 엄마가 머리 염색을 하다가 염색약 부작용으로 눈도 안 떠지게 얼굴이 부은 걸 보고 철딱서니 없는 아이 혼내듯 하던 한 양의 태도를 보고 놀라웠다. 그럴 거 알면서도 염색을 왜 하느냐고 자기 엄마를 잡도리 하듯 하는 한 양, 구구절절 말은 옳은데 한마디 변명조차 없이 쩔쩔 매며 딸의 말을 들어주던 그 엄마를 보고 있자니 현실에서 일어나는 일 같지 않았다. 이강애 여사가 만약에 그 경우에 놓였고 수가 한 양의 역할을 한다면 어떤 상황이 벌어질 것인가. 상상조차 안 되는 일이었다.

그토록 그녀의 지적이나 바른 말은 단호해서 대단해 보이던 정경이었다. 가족 누구도 한 양에게 함부로 대하는 사람이 없는 그녀의 입지는 또 얼마나 부러운 일이었던가. 저 당당함의 출처는 어디일까, 바라보고 있으면 경우 바르고 자신의 행동거지부터 올바르므로 나올 수 있는 서슬이라는 것을 곧 알 수 있다. 그러나 그 서슬을 용납하는 어른들의 비호가 없이는 가능할 일이 아닐 것이라는 짐작도 맞을 듯했다. 수의 자매 중 누가 그런 비슷한 지적을 이강애 여사에게 했다면 그야말로 능지처참이 일어날 수순일 텐데 한 양네 가족들은 모두 그녀의 말이라면 순종하는 듯 보이는 분위기라니, 눈앞에 보면서도 믿지 못해 의아하던 것, 그러니 동네사람들도 한 양이라면 어린애 취급을 안 하고 대우해 주던 인격이었다.

순열이 한복점으로 간다는 수를 두 말없이 보내 주시던 걸 생각하면 한 양은 동네서 무섭기로 소문난 이강애 여사도 그냥 통과할 수 있는 사람, 그러므로 수는 한 양에게 우선 한 수 접고 들어온 듯 늘 무언가 미진했다.

어려서부터 어린애라고 무시당해 본 적도 없고 인격체로 존중받으며 컸다는 건 대단한 행운이었다. 물론 한 양은 그 부모의 높은 의식수준 덕을 본 부분도 있겠다. 다른 고장에서는 어떤지 모르겠지만 시골에서 자란 여자아이들 대부분은 되지 않는 대접을 받으며 인격이 무시당하며 성장기를 거친다. 빗돌머리는 특히나 애들에게 엄한 곳인데 한 양 네가 토박이가 아닌 것은 그런 부분에서도 유리했던 듯하다. 아이들의 인격을 존중한다는 것, 그런 수준까지는 못되더라도 언어 폭력만 아니라면 애들이 행복했을 터라고 수는 속으로 한 양을 부러워하였다.

수가 건너가는 세상은 언제나 외로움 앞에 띄엄띄엄 놓인 징검다리였다. 그러니 한 양이 건너온 길도 그것이길 기대했던 것일까? 그래서 동류의식 같은 걸 느끼며 잠깐이라도 함께 가고 싶었던 걸까? 김영찬이나 이현우의 언어에서 아람 벌어 떨어지는 열매를 줍듯 이게 웬 횡재냐 싶던 새로운 말들, 그건 수에게만 들어오는 환호작약이었던 듯 한 양을 얼른 돌아보면 못 들은 척 돌아앉아 저고리 깃을 붙이고 도련을 돌려 나가는데 여념이 없는 듯 보인다. 수는 혼돈에 형태를 잡아 주는 낱말들이 상대방으로부터 예기치 않게 튀어나오는 경우 황홀하리만큼 복된 느낌이 드는 건데 한 양에게는 그리 크게 닿지 않는다는 게 이상했다. 먼 뒷날에야 그것이 그녀의 관심 분야가 아니었다는 생각을 했다. 그러니 한 양은 우리가 신들린 듯 설왕설래 오가는 말 자리에서 나오는 새로운 단어 따위가 굉음처럼 치고 들어오는 감동은 아니었을 터이다.

모든 사람은 작거나 크거나 스승을 느낄 구석을 가지고 있다는 말을 믿는 수는 뭇 사람을 신비의 대상으로 보려는 노력을 하며 살았다. 아니면 그걸 멈추지 않으려고 억지로 짜 맞추는 생각을 잘했다고 해야 하나? 그러니 수에게 있다는 남다른 부분이 그러하듯 희떠운 짓을 하는 누구라도 꼼꼼하게 정성을 기울여 읽으려 든다면 마음에 들여놓지 못할 사람은 없다고 생각했다. 침묵조차 상상력을 키워 준다는 점에서 어느 한 면은 쓸모가 있다고 여기게 했다.

그러니 수가 상대하며 사는 사람들이 반드시 어떠해야 할 필요는 없어야 맞는데 그게 말이 되는 소리가 아니란 걸 스스로 인정하기 싫었던 한 구간이 대산에 살던 날들이었는지도 모른다. 모든 사람을 이해하고 용납하는 일은 신의 능력으로나 가능할 일이라는 걸 몰랐으므로 주변을 오가는 몇 사람을 가지고도 속이 끓는 자신을 향해 참 쓸데없다고 한탄이 되던 것이다. 상처가 많았을 어린 시절을 살아 낸 아이, 한 양의 유년기나 수의 그것이나 상황은 달랐어도 비슷한 부분도 많을 터인데 쌀 한 가마니를 번쩍 메고 가는 한 양과 그 쌀 무게의 5분의 1인 20kg짜리 비료부대 하나를 들어 옮기는 일조차 힘들어 절절매는 수와 어디서부터 갈래가 진 것인가, 몸이 내는 힘이 그러니 아무려나 수는 한 양 5분의 1밖에 안 되는 열등한 사람이라는 점이 마음에 얹혔던 적도 있었다.

밖에서 바라봐서 계산이 가능한 부분이 그런데 거기다 한 양이 말을 극도로 아끼는 일은 수가 가까이한 사람 중에 그와 같은 경우가 드물었다. 호기심 많은 수에게는 좋은 친구였던 게 분명한데 그런 부분 재잘거리지 않고 저리도 의연한 모습이라니 수가 눌리는 기분으로 살게 되던 것이다.

김영찬이나 이현우는 읽은 책 속 이야기나 영화 이야기 따위 반경이 넓어져서시간 가는 줄도 모르고 열기가 오를 때 한 양은 그런 우리를 물끄러미 바라보면서 피식 웃는다거나 우리 셋 중 누구와 눈이 마주치면 얼른 바느질감으로 시선을 내리는데 말을 대신하는 눈빛으로 미루어 그녀는 우리들의 얘기에 동의하지 않는구나, 짐작되는 표정을 보일 때가 있다. 아무려나 한 양은 우리가 얘기하는 시간에 재봉틀을 돌리지는 않았다. 배려였다. 그런 배려를 하느라면 바느질 능률은 기대할 수가 없는 일이었다.

"한 양은 어떻게 생각해?"

말에 끼어들지 않는 사람에게 기회를 주기 위해 묻는 듯 수는 느닷없이 한 양에게 말을 시키기기도 하는데 제게로 좌중의 시선이 쏠린다 싶으면 달팽이처럼 얼른 껍질 속으로 들어가 표정을 닫는 그게 뭘까. 뭔가 보일 듯 하다가도 차단되는 그것은난독증이 있어서 못 읽는 글자가 있다면 아마도 그랬을 듯 답답하다. 모두의 시선을 집중시키는 벌을 그렇게 갑자기 내려 당황하게 만들어 봐도 한 양은 여일하였다.

김영찬이나 이현우가 한복점에 왔다가 수가 없는 경우 그냥 나가거나 드물게는 기다리고 있기도 하는데 그런 경우라도 한 양은 한 마디 말을 안 건넨다 했다. 그게 그들을 싫어한다거나 귀찮아서 그러는 게 아니라는 걸 안다. 수줍음이거나 낯가림으로 치울 수도 없는 그녀의 태도를 오래 겪으면서 나중에 내린 결론이 그녀는 입 밖으로 말을 내는 걸 두려워하고 있다는 걸 알았다. 언어화가 덜된 개념들 탓일 게라고 답을 단 것도 나중 생각이었는데 다른 곳에 섞이면 숫기 없기로는 버금가라면 서러울 수의 어눌이 그 친구에게는 안 보이는 모양이었다.

"민 양아, 넌 아무하고나 말을 잘해서 좋겠다."

뜬금없는 소릴 하기도 하는데 그 말을 들으면서 어이가 없었다. 표 나게 더듬거리지는 않는다 해도 수가 자신의 무지를 들키지 않으려고 진땀을 흘리는 사정을 몰라서 하는 소리였다.

더구나 김영찬들은 아무나가 아니라 만난 것이 행운일 만큼 격조 있는 언어를 구사하는 보기 드문 사람들이었다. 그들이 알고 그랬거나 모르고 하는 말이거나 설익은 사고체계를 들키지 않을 만은 해서 귀한 사람들이었다. 그 정도의 언어 능력을 갖춘 경우라니 눈물겨울 만큼 고마웠던 건데 아무나라는 말은 당치 않았다. 그들은 두 사람이 함께 올 때가 많았고 초창기처럼 계급이 다른 후배들을 데려오지 않아서 군더더기를 빼낸 문장처럼 간결한 느낌을 주었다. 밥을 안 먹어도 살아갈 것만 같았으니 수에게는 정신의 허기가 채워지던 느낌의 나날이었다. 치열한 말 연습현장에서 객석으로 물러앉아 방청하고 있었으면서 한 양은 거들고 들어오는 일도, 허투루 지나치는 법도 없었다. 기다림 끝에 나타난 사람들인데도 시큰둥한 척 물러앉아 있는 그녀의 내면에는 어떤 생각들이 어릿댔을 것인가. 나중에야 거기 다가앉을 수 없던 외로움을 어렴풋이 짐작할 수 있었다.

수가 혼자 개울가에 앉았다 들어온다거나 한 양 모르는 곳을 걷다가 들어올 때 한 양의 기분도 그렇게 수가 답답해 보였을까, 궁금해진 것도 시간이 많이 흐른 뒤였으니 우리는 소통이 없는 친구, 서로 엉뚱한 지대에서 찾아다니는 길이 어긋난 동행이었거나 동상이몽의 동거인이었다. 한 양과 수는 나누는 말수가 많거나 적거나 상관없이 생각이 비슷하다는 걸 서로 알았다. 뻐꾸기가 울면 보리 익는 냄새가 나서 앓아눕게 되는 일처럼 설명이 안 되는 노릇 투성이인 수를 묵묵히 봐 주던 한 양은 어느 때는 노회한 눈빛으로 어느 날은 금방 토라지는 어린 계집아이 느낌으로 수가 스무 살을 넘기고도 너끈히 살아남는 걸 바라봐준 친구, 스스로를 찾지 못해 헤매고 있는, 답이 없는 수를 참아 주던 사람이었다.

❀



하늘은 눈으로 온 천지를 포근포근 덮어놓고도 못다한 말이 남았다는 듯 구름도 없는 허공에 한두 송이씩 심심파적 눈을 날려 보고 있다. 날씨가 쌔하게 추워 녹을 새가 없이 쌓인 눈, 자고 일어나면 자꾸만 보태져서 점점 추녀를 향해 올라온다.

"처음엔 열나게 치우더니 이제 지쳤구나, 이러다가 눈이 추녀쯤 닿거든 한 양아, 우리 굴을 파고 굴 살이나 해 보까?" 수가 또 실없는 소릴 한다.

"길에 나다니는 공군들이 안 뵈니 심심하구나? 그러지 말고 오늘은 기은리나 가자. 기은리 할머니가 민 양, 너 보고 싶다 성화신데."

기은리 할머니라는 한 양의 말에 가슴으로 뭉클 뭔가가 움직인다. 외할머니, 한 양 이모의 시어머니는 우리 외할머니의 먼 친척인데 한동네서 자란 자매처럼 다정한 사이였다고 하셨다. 기은리 할머니는 우리 외할머니를 지칭하실 때 꼭 어르신네라고 쓰다듬듯 어루만지듯, 친구라면서 극존칭을 쓰신다. 돌아가신 분이라서 그러는지 잘은 모르겠다. 기은리 할머니가 옛날을 말씀하실 적마다 수는 외할머니의 젊은 날들이 솔깃했다. 마냥 이어졌으면…, 누가 기은리 할머니 말을 끊고 들어설까봐 조바심을 하면서 이야기를 듣는다. 아주 느릿한 세월이 포복 자세로 천천히 기어오는 듯한 이야기, 가세가 기운 양반댁 외동딸이셨던 외할머니가 전주 이 씨 서산 가문으로 혼인하여 떠나던 날 얘기를 해 주신 것도 기은리 할머니셨다.



가마에 오르시기 전, 외할머니는 친정집 용마루를 하염없이 바라보고만 있어서 기어이는 외증조부께서 안아다 가마에 태우셨다는 얘기, 줄거리가 될 수 없는 깨알 같은 동작들이 눈앞에서 그려지듯 선명해서 얼마나 곰졌는지 모른다. 먼 길을 오시면서 멀미 탓에 가마에서 내려 걸었던 구간이 더 많았다는 얘기서부터는 외할머니가 옛이야기를 하시는 행간에 잠깐씩 나오기도 했던 부분이라서 이야기가 삽화처럼 기억에 남았다가 기은리 할머니가 하시는 말씀으로 드디어 잇대어지면서 줄기가 되고 있었다. 그리도 그리웠을 친정을 다시 가 보시지 못하고 한평생을 시댁 울을 벗어나지 못하고 살다 가신 외할머니는 이모들에게 "나 죽거든 가슴께를 들쳐 보거라." 하셨다는

데 우리 엄마 이강애 여사를 비롯하여 이모들 중에 아무도 그 말씀을 받들지 못했다는 애길 들었다. 아마도 시퍼런 멍 자국이 거기에 남아 있었을 것만 같은 생각을 하게 된 것도 수가 좀 커서였다.

반가의 규수들은 뭐하고 지내나 궁금하던 규방의 얘기, 그 먼 전설만 같은 얘기들의 원천, 현존으로 금방 손 내밀면 닿을 곳에 기은리 할머니가 계신 것이 신기했다. 외할머니와 기은리 할머니가 소녀적부터 살아온 날들이 선명한 그림으로 살아나면서 무엇보다 우리 외할머니도 귀염둥이로 꿈 많은 어린 날이 있는 보통 사람이었다는 새삼스러운 깨달음이 반가웠다. 기은리 할머니가 수를 보고 싶다, 하셨다는 말 한 마디에 가슴이 뛸 정도로 설레는 것은 그분들의 처녀 시절이 수의 눈앞에 펼쳐져 생동할 기대 때문이다.

기은리 할머니 초대가 아니라도 눈길이 너무 아까워 아쉽던 참이라 한 양이 더 권하기 전에 얼른 일어서 겉옷을 걸친다. 가게들이 주욱 늘어앉은 저자 근처를 빠져나와 가도가도 눈밭, 어디를 둘러봐도 별다른 지형 지물이 없는 눈뿐인 길을 걷기 시작했다.

저 산에서 내려다보면 우리는 개미가 기어가듯 까만 점처럼 보일까? 곰실곰실 넓은 광목천을 발도 안 보이는 작은 것이 그래도 움직여 가는 쉼표벌레 같을 터라며 걷는 눈길이다. 다져지지 않은 숫눈이라 미끄럽지도 않아서 발밑을 조심할 일도 없으니 살판났다. 이렇게 걸어 보는 것이 얼마만이냐. 걸음은 저절로 나아가는데 발을 일부러 푹푹 눌러 눈 속에 깊이 빠진 척 장난을 치며 모처럼 시시덕거리며 걷는다.

얼마나 걸어왔을까, 추워 보이던 하늘에 어느덧 따뜻한 기운이 번지고 있다. 옅은 치자빛으로 재빠르게 물드는 하늘을 보면서 악동처럼 뭔가 저지레할 게 없나 두리번거리며 걷는 길. 외할머니를 뵈러 가는 것마냥 눈에 드는 것마다 사무치던 길, 차갑고 신선한 대기를 숨 쉬며 걸을 수 있다는 게 얼마만이냐. 풍경 위로 번지는 저녁 노을을 꾹꾹 눌러 담을 듯이 눈에 힘을 준다.

"우와! 오로라다! 극광이닷!"

감탄사에 답할 리 없는 한 양 때문에 말도 곱으로 해야 할 때가 많다. 극지도 아닌데 극광과 흡사하게 노을이 눈 위로 반사되어 천지를 덮는 듯한 이런 풍경은 자주 만날 수 있는 게 아니라서 옮겨 디디기 힘들던 발걸음이 저절로 떠밀려 나아가 듯 바빠진다.

"빗긴 석양빛에 반짝이는 눈밭을 펼쳐 놓고 우릴 기다리는 이는 누구신가."

마음은 들떠서 풍선처럼 동동 떠가고 우리가 디뎌가는 길은 찻길인데 차가 지나간 흔적이 없으니 이건 온전한 우리길, 대산 읍내에서 멀어질수록 기은리가 가까워질수록 아무도 디디지 않은 숫눈벌이 많아지고 뽀드득 뽀드득, 모든 걸음이 첫발

자국이었다. 첫발자국을 찍으며 첫소리를 내며 가는 길, 이토록 기분 좋은 일을 못하고 그 좁은 방에 갇혀 그을음이 나오는 석유 다리미 냄새에 찌들려 살았다니 뭔가 좀 억울한 느낌까지 든다.

그간에 걷고 싶어서 오금이 쑤셨던 모양이다. 한 양이야 사흘들이로 이 길을 오갔겠지만 수는 그 좁은 방에 갇혀 무얼 했나 싶다.

"우리 이럴 게 아니라 이길 끝까지 그냥 직진하면 어떨까? 이모네 가지 말고 그냥 앞으로 가 보자!"

설레는 속을 감추기 위해 마음에 없는 말을 낸다. 대답이 없어 돌아보니 한 양은 눈을 흘기면서 걸음을 멈추고 눈속에 박아 놓은 것 마냥 서 있다. 눈길이 너무 아까워 그냥 해 본 소린데 진짜로 그러는 줄 아나 보다.

"왜? 겨울 바다 노래하더니 빠져 죽게?"

"에고, 추운데 웬 바다에 빠져? 몸의 언어 중에서 그중 비효율적인 게 눈흘기는 거야, 내가 돌아보지 않았으면 가재미 되었겠다. 냉동가자미."

어설프게 상대하다가는 바다 쪽으로 따라가게 될 상황이 벌어질까 봐 그러는지 한 양은 한 구간 더 가서 들어서도 되는 논두렁으로 얼른 내려선다.

쿵짝이 잘 맞는 구로동 연옥이였더라면 한두 걸음 따라오는 척 그러다 말지라도 호기롭게 앞서서 바다 쪽으로 나설 텐데 이건 한 양이었지! 새삼스럽게 없는 사람들이 그리워진다. 눈 때문이다. 무엇이 이렇게 사무치는 것일까. 한 양이 걸어간 논두렁으로 들어서서 발자국을 골라 디디다 생각하니 점점 심하게 춥다. 석양빛도 햇볕이라고 빛이 스러지고 나니 금방 엄습하는 추위, 그러고 보니 수는 차림새가허술했다. 눈바람을 막을 채비를 못하고 나온 걸 후회하지만 어느 쪽으로 가든 되돌아서기는 너무 멀리 온 길이다.

해가 지고 어스름이 내리는 눈길은 낮에 본 것과 달리 그 나름의 운치를 더한다. 큰길을 벗어나 논두렁 밭두렁일시 분명한 길로 접어든다. 동글동글한 버섯 모양 초가지붕들이 눈에 깔려 짜부라든 듯 웅크려 있다가 우리가 지나는 찰나 노란 눈을 뜨듯 불을 켜고는 한다. 다른 지방보다 전기가 먼저 들어온 농촌 동네, 마치 우리 발길이 센서가 깔린 길을 밟고 지나가면 자동으로 켜지는 불처럼, 몇 집을 그렇게 지났다. 이제 조금 더 가면 날이 어두워지고 모든 집이 우리 발길보다 먼저 불을 켜고 나앉은 마을로 들어서게 될 것이다.

한눈팔다 잘못 디디면 논으로 들어가서 허리까지 빠지는 눈길을 마음 놓고 깔깔거리며 간다. 밤이 된다 해도 어둠이 닥칠게 두렵지 않은 것은 눈 위에 내릴 별빛, 하늘에는 곧 초롱초롱 별이 켜질 터여서 그 반사광으로 어슴프레 밝아질 길이라면 칠흑이 되는 일은 없을 것이기 때문이다. 걷기를 좋아하던 연옥이가 보고 싶다. 어찌 살고 있는가.

명치끝이 또 뻐근하게 울린다. 좁은 방안에서 꼬기작거리며 마음에 쌓이던 것이 그리움이었나? 외할머니, 부르기만 해도 물기가 서리는 그리움, 친구들이며 빗돌머리 집에 두고 온 동생들이며 보고 싶은 사람들은 많기도 하여 싸늘하게 내려보는 하늘을 올려다본다. 조용해진 수를 힐끔거리던 한 양이 새삼스럽게 말을 낸다.

"정말로 바다로 가고 싶어? 영기 오빠와 잘 다니던 한머리 바다?"

농담을 언제나 정색하고 받는 한 양 때문에 처음 한동안은 그걸 설명하고 있는 자신이 더 웃긴다는 생각이 들었다. 이제는 무뚝, 자르는 버릇이 들어서 앞뒤 맥락이 사라진 말을 그냥 놔둘 때가 많지만 여전히 머쓱한 무엇은 가로 걸린다.

수에게 사무치는 것들이 그렇게 간단하게 셈이 되는 것일까, 수가 모르는 사람, 의식에는 떠오르지 않으나 스쳐간 그리움의 누구는 없을 것인가. 장관을 이루던 석양빛이 사그라들면서 내는 오묘한 빛도 사라진 차디차 보이는 하늘, 회청빛으로 깊어진 그곳에는 누가 있을까. 어느 책에서 읽은 것 같은데 '나는 내가 그립다'는 말이 밑도 끝도 없이 떠오른다. 겨울바다, 거기 어디쯤에 그리운 무엇의 단초라도 숨겨 놨다는 것인가.

어렵게 당도한 한 양 이모네 대문에 들어섰을 때는 별이 초롱거리는 하늘에서 눈발이 한 송이씩 드문드문 내려오고 있었다. 처마 끝에 내걸린 백열등 불빛에 비친 그것들이 별인 양 고왔다. 서둘지도 않고 흔들리지도 않게 아주 조신한 걸음으로 오는 별 눈은 다시 외할머니가 소환되는 풍경이다. 여름밤에 밀짚 방석에 누워 할머니의 부채질을 받으며 듣던 옛날 얘기들 행간으로 길게 꼬리를 끌며 떨어지던 별똥별들은 죽은 사람들의 영혼이라는데, 그 영혼에게 소원을 빌면 이루어진다는데, 수가 망설이다 겨우 말을 낼까 말까 하는 순간에 별똥별은 사라져 갔다. 와글와글 소리라도 낼 듯이 소란한 별 하늘이 가까이 내려오던 밤하늘과 외할머니, 가만히 불러만 봐도 눈물이 되는 소원은 어린 수의 유일한 의지처, 외할머니였다.



어른들의 환대를 받으며 손이 많이 간 정성스런 저녁상을 받고서야 누구 생일이거나 행사가 있었던 듯 짐작되었는데 이런 경우 무슨 날이냐고 물어보는 것이 더 부담일 것 같아 속으로만 한 양에게 눈치를 준다. 먼데서 오신 듯한 낯선 남자 어른도 있고 아무래도 그 집 할머니 생신 같았다. 작은 무엇이라도 선물을 준비해 들고 갔어야 하는데 수가 돈 쓰는 일을 못하게 한답시고 그랬을 한 양의 처사가 마음에 자꾸만 가칫대서 불편하다. 저녁 설거지를 돕는 일도 못하고 한 양 이모의 심한 만류에 등 떠밀려 방으로 들어왔다. 둘러앉은 어른들도 우리도 할 말이 궁해지니 편하게 마음 둘 데가 없다. 한 양에게는 그래도 이종 동생들이 달라붙어 '언니, 언니' 엉기는 판이라서 다행스러워 보인다. 마구 쏟아지던 어른들의 질문도 드물어지고 어이없이 적나라한 백열등 밑에 앉아 어른들 눈치를 보며 점잔을 빼는 일도 지칠 즈음 일어섰다.

"어이구, 밤도 이슥한데 그게 뭔 말이여? 우리 집에 온 손님 그렇게 보낸 일 읎써."

기은리 할머니가 수를 끌어안다시피 만류가 완강하시다. 잠깐 흔들리는 마음을 추스르고 다음에 또 오께요, 한다. 외할머니, 콧마루가 찡하게 거기 계신 분이 외할머니였으면…, 서둘러 댓돌 아래로 내려선다. "말도 안 되네 민 양 아가씨~." 부엌에서 쫓아 나온 한 양 이모가 어이없어 하면서 따라나선다. 오늘은 다른 낯모르는 손님도 계셔서 외할머니 얘기가 나올 분위기도 아니고 늦기 전에 가야지, 다정도 병인 양하여 저 어른들이 숱하게 쏟아 낼 만류들을 어떻게 뿌리치나 근심했던 대로 질책으로 변하는 모든 말을 등지고 나선 길, 또 눈길 위에 섰다.

"이 밤에 어딜 가?"

한 양은 한 마디로 일축하고 이끗도 않는 걸로 봐서 네가 혼자 가겠다고? 암만 고집을 부려 봐라, 하는 심사 같았다. 수가 무섬을 몹시 타는 걸 아는지라 자기가 따라나서지 않는데 설마 가겠냐는 몸짓이다.

그렇게 나선 길이었다. 큰길만 나오면 문제될 게 없는 일인데 인가도 없는 논두렁 밭두렁이 문제였다. 서운해 하는 어른들의 시야에서 놓여나니 그래도 홀가분했다. 천지에 이런 자유스런 공기가 가득한데 뭐 할라고 그 낯설고 어색한 자리에서 잠 못 들어 궁싯대랴. 따뜻한 방에 금침이 깔리고 아늑한 잠자리가 제공될 그곳을 뿌리친 대가로 차지한 자유 천지, 갈 때보다 갑절쯤의 시간이 걸렸지 싶을 정도로 눈구덩이에도 더 빠지고 다시 논두렁을 찾아 올라서다 뒹굴기를 반복하면서 드디어 큰길로 나섰다.

큰길이라고 해 봐야 가로등도 없고 인가가 나올 리도 없으나 길을 벗어나지 않게 똑바로 간다면 대산 읍내가 나오겠지, 어디가 어딘지 걸음마다 헷갈리는 눈길을 간다. 조그만 소리에도 깜짝깜짝 놀라며 먼데 개 짖는 소리에도 머릿속이 하얘지는 길을 걷고 또 걸었다.

좀 전까지 절절 끓는 방에 있었으므로 추위를 생각지 못하고 호기롭게 나선 길인데 눈길은 혹독하리만큼 추웠다. 거기다 혼자 걷는 길, 춥고 또 추웠다. 혼자라는 건 어느 모로 보나 약점이다.

"많은 눈이 쌓인 이 춥고 늦은 두려운 밤길을 내게 섭리하신 이는 누구인가."

저녁 무렵 환호작약하며 길을 나서던 생각이 난다. 너무 감격해서 했던 말을 뒤집어 보는 거다. 아까 말한 것이 고마운 뜻이었다면 지금 수가 하는 말은 원망이 섞였다.

그나저나 이 먼 길을 한 양은 어떻게 그렇게 자주 오갔지?

독종, 자각도 못하고 그냥 나오는 감탄사 비슷한 소리다. 한 양 생각을 하면 조금 덜 무서워지다가 시간이 지나면 다시 무섭고를 반복한다.

100kg, 쌀가마니를 번쩍 들어 메고 다니는 사람과 20kg 비료 포대 하나를 들고 낑낑대는 사람을 어찌 비교하랴. 그러니 무서움도 그 힘에 비례하는 거 아닐까? 추운 길에 우스개를 만들어 보자 하는 갸륵한 마음인데도 수는 웃을 여유가 없다. 다만 춥고 두려운 길, 한 양이 수를 놀려먹는 게 누구의 이름이라면 수가 한 양을 누르고 싶을 때는 그 쌀 한 가마니를 들먹인다. 물론 칭찬인 척 외둘러 내놓는 건데 한 양은 주변에 사람이 있나, 먼저 살핀다. 그곳 대산에서 그런 소문이 나는 게 조심스러운 것 같았다. 한 양의 강단 있는 건강체가 잠깐 부러웠다.

사람을 만나서 비껴간다면 행운이겠다, 했는데 그런 행운은 일어나지 않아 그냥 또 걷는다. 차가 한 대라도 지나간다면 바퀴 자국을 따라 가면 좋을 텐데 앞서간 아무 것도 흔적이 없는 길은 외롭고 두렵다. 수의 길은 늘 혼자였다는 생각을 한다. 그 외로운 길에 나타나 같이 걸어 준 사람들이 누구던가? 생각을 몰아가려고 해 보지만 추위는 너무 센 힘으로 몰려온다. 점점 머릿속도 추위로 채워지는지 생각이 굳어가는 모양이다. 격하게 추었다.

살 속까지 파고드는 심한 냉기다. 와락 겁이 더 난다. 저녁때 바다 어쩌구 하면서 요사스런 농담을 한 것이 슬슬 걱정이 된다. 추위가 보태지니 느슨하던 걱정이 다급으로 바뀐다. 자신이 내는 이빨 부딪는 소릴 들으며 큰일이다! 싶은 공포가 밀려온다. 더 살아야 한다는 절박인가? 그럴 것이다. 조금만 더 견디면 죽게 되리라는 그 아홉수를 넘길 수 있는데 안타깝다.

반쯤은 왔겠지? 눈 속에 푹푹 빠지는 발을 떼는 게 점점 힘이 들고 무거워진다. 체력에 한계가 오는가? 여기서 주저앉으면 얼어 죽기 십상이라 생각해서 잠깐 쉬어가고 싶은 유혹을 물리치고 무거운 발을 옮겨 놓곤 한다. 점점 느려지는 걸음을 느끼면서 무얼 생각해야 힘이 날까. 얼음처럼 투명한 감청빛 유리 질감의 하늘을 본다. 그 경황에 별이 초롱거리는 하늘, 가만둬도 쨍그랑! 소리가 날 것 같은 하늘에서 북두칠성을 찾아 중심축이 되는 북극성을 점찍어 본다. 나침반이 없던 옛적 사람들은 저 별을 보고 길을 찾았다는데 별을 빤히 바라보면서도 저걸 어떻게 지표로 삼아야 하는 건지 모르겠다. 그쪽을 바라고 곧바로 가면 바다가 나올 텐데, 별 때문에 긴장이 조금 풀린 것 같아 깊은 숨을 쉬어 본다. 신작로가 쭉 곧게 나 있는데 뭘 걱정하는 건지 모르겠다. 설마 큰길에서 조난이야 당하겠는가, 마음에 농담도 걸어 보며 그렇게 또 얼마를 걸었을까.

외할머니 생각에 골똘하다가 아무래도 수는 나들이 준비가 너무 허술했다고 후회한다. 칼날 같은 눈바람을 막아 주기는 너무 얇은 코트가 그렇고 운두 낮은 단화 탓에 젖어서 어석거리는 양말이며 시늉 같은 장갑, 거기다 목도리는 한 양 이모 집에 두고 나왔다. 후회막급이다. 후회라는 걸 하면 할수록 더 추워지는 기분인데 생각이 여기저기 자신의 잘못 부분을 들추고 있다.

"미련한 건 지가 웬수여." 귓가에 이강애 여사의 말씀이 맴돈다. 무슨 뜻인지 몰랐더니 이제는 알아들을 것도 같다. 모든 것이 제 탓이라는 말을 그렇게 하셨나 보다. 어쩌면 말투조차 전혀 닮지 않으셨을까. 그 와중에 또 외할머니와 딴판인 성격의 이 강애 여사가 정말로 외할머니 딸일까? 생각해 본다.

아주 조금만 쉬어가자고 꼬드기는 소리가 들리는 듯 다리가 너무 무겁고 아프다. 그래 딱, 오 분만 쉬다 일어나자, 어디로 옮길 것도 없이 그냥 주저앉으면 의자처럼 푹신할 길이었다. 이럴 경우 잠시 쉰다는 건 다시 일어설 힘을 놓칠 수도 있다는 걸 안다. 도비산에 나무하러 다니던 어릴 때 기억이었다. 정말로 숨이 쉬어지지 않을 정도로 나뭇짐은 무겁고 다리는 감각을 놓아서 조금 쉬어가자 싶어 다시 이고 일어서기 맞춤한 바위에 나뭇짐을 팽개치면 그 때부터 공중 부양하듯 몸이 떠오르는 느낌이다가 조금 더 있으면 온몸 마디가 전부 통증의 아수라장으로 바뀐다. 자신의 몸이 아닌 통증으로만 이뤄진 무엇이 되는 것이다.

그 산길에 퍼졌던 일에 대해 먼 뒷날 드는 생각이 그랬다. 골격이 제대로 형성되기 전에 그렇게 살았던 것이니 가뜩이나 병약했던 수에게 돌아온 몫이 건강이기를 바라는 건 과한 욕심일 것이다. 그런 어릴 적 기억은 잠이 올 것만 같은 느낌 속에서 점멸등처럼 깜빡거린다. 이 눈길을 가는 내내 주저앉으면 안 돼, 잠들면 죽어! 절박하게 발을 구르듯 내뱉는 소리, 하지만 곧 다시 힘든 다리 탓에 쉬어갈까? 마음이 오락가락 갈마든다. 죽는다는 말을 떠올리다 쉬어가자고 하다를 반복하는 참인데 저 까마득한 앞길에 뭔가가 움직인 것 같다는 느낌이 든다. 발길은 저절로 멈춰지고 모든 동작이 굳어 버렸다. 한 사람쯤 빗겨 가는 이가 있다면 얼마나 좋으랴던 생각은 어디로 가고 머리칼이 쭈뼛 서는 무서움이 먼저 닿는다. 덕분에 잠이 올 듯 혼곤하게 흐느적거리던 몸이 팽팽하게 긴장을 한다.

조난당하느니 어쩌느니 했더니 상황이 달라지려는 순간, 좀 전까지 무서워하며 힘들게 걷던 눈길이 그나마 다행스런 구간이었을 것 같아 가슴은 사정없이 콩닥거린다. 사람이어도 문제고 사람이 아닌 무슨 짐승이면 더욱 무서운 일이라 오그릴 대로 오그리고 한 발씩 앞으로 간다. 근처 숲에서 곧잘 나온다는 늑대라도 그렇고 사람인 경우 꼼짝 못하고 서 있는 건 큰 약점이라고 판단되어 저절로 움직여 보는 걸음이다.

숨을까? 그러기는 너무 늦었다. 무슨 일이든 닥칠 테면 닥쳐오라고 그냥 가던 대로 길을 간다. 가까이 온 건 키가 큰 남자였고 서로 비끼려는 찰나였다.

"민 양 누님이세요?"

바들바들 떨리는 수 앞에서 먼저 발을 멈춘 사람이 낸 소리였다. 그 목소리, 세상에 그렇게 좋은 울림의 목소리가 또 있을까.

"김영찬!"

그의 이름을 소리로 냈는가 어쨌는가, 수는 눈에 주저앉고 말았다. 너무 춥고 무서워 영혼이라도 팔아 모면하고 싶었던 궁지에서 만난 어이없는 반가움이라니! 그는 마중을 온 것이었다. 마중? 언제 어디서 나타날지 알아서 이 눈길을 걸어왔느냐, 머릿속도 얼었나? 무슨 말이라도 해야 할 텐데 얼음이 되어버린 듯 턱이 얼어 말이 안 나온다. 발을 뗄 생각도 잊은 채 믿기지 않는 현실을 잡아 놓으려고 모든 감각을 붙드는 일에 안간힘을 쓴다. 눈앞에 나타난 사람이 환영이 아니길, 너무 추워서 보이는 그런 헛것이 아니길, 그러면서 조금씩 멀어지려는 자각을 놓치지 않아야지 눈에 힘을 준다. 느낌이란 게 돌아나는 사이, 수의 허둥지둥은 김 병장에게 옮겨 붙은 것 같았다.

"우선 업히세요." 했다가 움직일 염을 못내는 수의 손을 만져보고는 무슨 일을 먼저 해야 할지를 모르는 듯했다. 살아났다고 감격할 기운도 없고 상황인식도 제대로 못하는 걸로 판단한 김영찬은 겉옷을 벗어 둘러 주고, 목도리를 둘러 주고, 장갑을아무 감각도 없는 손 같지도 않은 손을 끌어다 끼워 주고 있는데 그게 느리게 돌아가는 환등기처럼 아주 천천히 눈앞을 지나고 있었다. 그걸 남의 일 바라보듯 구경하는 객체가 있고 추위가 녹아 가는 느낌은 따로 있어서 서서히 그림으로 한 컷씩 넘겨지고 있었다.

아마도 김영찬이 그런 스스럽지 않은 행동은 전에 본 적이 없었다는 생각을 못한 것처럼 조금도 어색하지 않게 바라보는 것, 수의 형편이 '준조난 상태'여서 허락도 없이 장갑을 끼워 준다거나 업히라는 말을 한다거나 평소 같으면 어림없을 일들이 눈앞에서 일어나는 데도 먼데 풍경처럼 느릿느릿 화면이 움직이고 있었다.

손에 온기가 번져 감각이 살아나면서 수에게도 조금씩 마음이란 게 돌아오고, 꿈이 아닌 현실로 눈길이 제대로 놓이고 살아 움직이는 게 없는 눈길에 느닷없이 출현한 김영찬이 또한 제대로 보인다.

얼어 죽을 듯한 상황이 서서히 종료되자 달달 떨리던 몸이 창피하고 아무 저항도 못하고 고스란히 받아들인 도움들이 견딜 수 없이 쑥스러웠다. 장갑을 끼워 주고 온기가 배어 있는 겉옷을 벗어 수에게 입혀 주던 섬세한 손길이 창피하고 머쓱하다는 느낌은 좀 정황에 맞지 않는 것 아닐까? 추위 속에 갇혔던 사람이 다시 살아나 몸보다 먼저 감정이 깨어서 쑥스럽다는 생각부터 한다면 이기스러운거 아닌가? 마냥 고맙고 기쁜 마음이 나와야 할 순간에 둥지에서 떨어져 파들거리는 새새끼 보다 나을 것 없는 처지에도 약한 꼴을 보이는 일이 싫던 것, 그 밤 눈길은 거기부터 다른 색깔로 깔려왔다.

혹한의 냉기를 막아 내기는 어림도 없이 허술한 차림으로 들어선 눈길에서 만난 구조의 손길, 그 손길의 임자가 김영찬이란 사실이 왜 창피하다 여겨졌을까. 수는 두고두고 그를 이겨먹고 싶었던 일이냐? 의문이 들었다. 그 사람에게 약한 면을 보이는 게 싫었던 모양이다. 평소에 하던 말들을 되짚어 보면 밀리고 싶지 않아 모순이거나 오류인 줄 아는 부분도 고집으로 우겼던 경우가 많았다. 그래도 곰지도록 다행스러운 일은 업히는 노릇만은 극구 거절할 수 있었다는 부분이었다. 보호본능을 불러일으키는 나약한 체 하는 여자다움 일반에 팔매질을 하고 싶었던 저항 비슷한 무엇, 평소의 수로 회복되었다는 반증이었을까? 그게 아니라면 좀 더 현실적인 내용일 것이다. 대산에 온 뒤로 체중이 늘어 살아온 모든 날보다 가장 무게가 나간다는 것, 키에 비한다면 적정 체중에는 못 미치지만 들키고 싶지 않은 부분이었다.

눈길에서 얼어 죽지 않고 살아난 일을 두 사람 모두 약속한 바도 없이 함구했다. 그 순간 도와주려는 등을 밀어냈던 짓이 꼭 상대가 누구여서가 아니라 정신 어디에 내장되어 있는 버릇이었을 것이니 그건 아무리 돌려 생각해도 밉상이라는 말밖에 내밀 게 없을 듯하다. 얼어 죽겠구나, 했던 다급한 지경에 처해서까지 무엇을 사양하고 무엇을 거부하려고 했을까.

얼어드는 심장의 일이었을까. 그건 머리에서 나온 생각이 아니라 몸이 내는 소리, 잘못 입력된 몸의 발음이었으리라고 짐작했다. 좋아하는 감정을 갖고 있는 사람에게조차 그런 반응이니 애초에 그런 잘못된 몸의 언어에 길들어 있었던 걸게다.

김영찬은 한 양과 수를 필요 이상으로 어려워하는 건지 무심을 가장하는 건지 차가워 보이는 사람이었다. 그날 눈길을 걸으며 속에든 말을 가장 많이 한 셈이다. 그는 그런 묘한 분위기에 싸인 아가씨들을 처음 봤다고 했다. 젊은 아가씨들이 엄숙주의에 빠진 듯 신비스러운데 사고방식이 그랬고 언어체계가 이상하더라는 것이다. 중세 어느 완고한 수도원에서 금방 빠져나온 사람들 같아서 이게 뭐지? 싶었다는 것이다. 학교에서나 사회에서 만나는 사람들과 비슷한 데가 없는 사람들, 처음에는 일반적이지 않아서 끌렸고 나중에는 잘 웃지도 않고 어찌보면 불친절한 그런 분위기가 마냥 좋더라는 건데 시골 아가씨들에게 어떻게 이런 의식들이 들어가 있지? 의문이 들수록 한 발쯤 가까워졌나 싶으면 두발 물러나는 우리에게 허점을 보이지 않으려고 깎듯이 누님, 누님하면서 자주 놀러 오면서도 농담조차 책잡힐 일 같아 조심스럽더라, 했다.

그런데 세심하게 보면 코드가 읽히기 시작하더라는 말, 커피를 타는 손길을 가만히 보고 있으면 미세하게 손이 떨리는 걸 알아내고는 너무 좋았다고 했다.

"그거? 원래 수전증이 좀 있어서 그래." 얼었던 턱이 풀리고 수가 낸 처음 말이었다.

"이제서야 민 양 누님이 돌아왔네, 하하하." 그 소리가 뭐 우습다고 사래가 들린 듯 웃어대는 노릇이어서 발길을 멈추고 섰다. 어쩌면 웃지도 않고 그렇게 말이 땅에 떨어지기 전에 생각할 새도 없이 받아치느냐고 했다. 그러고 보니 수의 말에 잘 웃어주는 사람들이었다. 이현우나 김영찬이 웃는 그 웃음은 지지요, 찬성이요, 전적으로 동의하는 뜻이 들어 있어서 모여 앉아 떠드는 일이 그리도 즐거웠던 것일까?

오늘은 불 꺼진 한복점을 보고 이웃 목로주점에 물어서 우리가 기은리에 간 것을 알았다고 했다. 수가 어찌 밤길을 걸어올 것이라 판단해서 마중을 나선 길인지 궁금해도 묻지 않는 게 우리들의 화법인데 농담처럼 정말로 무슨 예지력 같은 게 있는지 물어봤다. 그러자 그는 어둠속에서도 먼 하늘을 배경으로 커다랗게 보이는 금속질의 구球, 먼 지역에서 바라봐도 산봉우리 위에 올라앉은 거대하고 위압적인 둥그런 것을 가리켰다.

"저게 군사용 레이더라는 건 누님도 아시지요? 저걸로 보고 있으면 한복점 누님이 어딜 가는지 무얼 생각하는지 다 읽을 수 있거든요."

능청스런 너스레가 다 사실일 것 같았다. 그러지 않고서야 어떻게 마중을 나왔을 것인가. 가도 가도 눈뿐인 길을 이 아이는 어디까지 가다가 멈췄을 것인가. 호된 긴장에서 놓여 나면 잘 나타나는 증세가 다시 수에게 오고 있었다.

먼 전설인 양 또 현실이 원경으로 밀려나면서 농담처럼, 아주 흔해서 웃기지도 않는 잡담처럼, 낮잠에서 깬 고양이가 기지개를 켜듯 한가하게 몸을 늘리는 동작으로 사물이 슬렁슬렁 깨어나 몸을 늘리는 게 눈에 들어온다. 별들이 길쭉하게 늘어나다가 세포 분열하듯 둘로 갈라지고 있었다. 고운 눈길밖에 보이는 게 없어서 다행이었다. 눈에 걸리는 것마다 별처럼 주욱 늘어나다가 둘로 갈라지는 착시가 계속되면 어지러울 것이었다. 별들이야 아무리 늘리고 갈라져도 표가 안 나게 아름다운 밤이고 눈길이었다.

그가 마음에 들고 믿음직스런 모습으로 한 발 다가와 친절을 베풀 쯤이 되면 수는 두 발 물러서서 달아날 궁리부터 하던 버릇을 생각한다. 장갑을 벗어서 끼워 줄 때까지는 생각이 얼어서 몸을 움직인다거나 거부할 계제도 아니어서 굳어 있었던 일, 그 애가 다가왔다는 사실도 느끼지 못했던 건데 손이 따뜻해지고 무엇보다 파들거리던 심장이 느긋이 얼음에서 풀려나듯 추위에게서 놓여 제 위치를 갈출 만큼 경직이 풀리니 또 그 방어기제가 작동되는 모양이었다. 그래서 그를 '아이'라는 말로 자꾸만 마음에서 간격을 띄우는 것이고 좀 더 확고한 '누님'으로 나서려는 것이다.

그럼에도 불구하고 눈길을 정성스레 걸었다. 또박또박 걸어서 닿은 곳이 어디든 수는 이 밤 눈길을 마음에 곱게 담아 두고 살 것이라는 예감을 한다. 왜 그런 생각이 드는 건지 모르지만 그 눈길에 한 정갈한 풍경을 완성했다고 생각되던 것이다.

그가 내는 음성은 깊고 그윽한데 내용은 들리다 안 들리다 맥락이 없다. 눈길에 반사되는 별빛속의 사물처럼 개별이 사라지고 뭉뚱그려져 있지만 뭉개진 그 내용들이 제대로 안 들린다한들 뭐가 달라지랴. 어릴 적 언젠가 아버지 등에 업혀 봄들길을 가던 느낌이었다. 입을 꾹 다물고 부르는 노래, 아버지의 콧노래가 넓은 등을 울림통 삼아 울려나오던 소리, 수의 정신에 사무쳐들던 것이었다. 그건 부적처럼 아버지가 수에게 호신용으로 내려 주신 선물인데 세상에서 독한 말을 만나거든 귀를 막아 상처를 받지 말라는 그런 보호막 말이다. 살아오는 동안 까맣게 잊고 있었다.

생각 때문에 발길이 느려지고 있다. 세상에서 마음이 멀어지고 있을 때 일테면, 이강애 여사의 모진 말이 쏟아질 때 너덜거리는 마음 안으로 불러들여 독한 말의 날카로운 날 부분을 감싸서 다치지 않게 할 수 있는 안전망 같은 것, 그걸 잊어 먹고도 몰랐었구나. 수에게 오래 남는 건 그러고 보니 음성이었다. 아버지의 모습이 십여 년 남짓에 거의 지워져서 긴가민가한데도 음성은 바로 곁에서 들려오듯 가슴으로 울렁울렁 들어오는 울림이었다. 아무튼 김영찬의 음성도 저절로 그런 작용을 하리라는 믿음이 들었다.

사람의 생각이 언어로 만들어지는 과정에서 의도조차도 경계가 모호해질 어느 순간 그게 듣는 쪽이건 말을 하는 쪽이건 아무 의미 없이 순백해질 때가 있다. 그 찰나에 사무치는 느낌, 슬픔이라기도 미진하고 눈물이라기도 다하지 못할 그냥 한줄기 서늘한 베임 같은 것, 마음 가운데 정곡을 스윽 베고 지나간 날선 검의 자취 같은, 그러나 한없이 후련하고 그리운 무슨 깨우침 같던 느낌이 무엇이든 그간에 우리가 나눈 대화들에선 느껴 보지 못한 것이었다. 찬바람에 귀가 얼면 수에게 오는 두통이며 이명증들이 모여서 울려 내는 착각일지라도 이슥한 밤 그 느낌은 오랫동안 뭐였을까, 뭐라고 해야 맞는 이름일까, 자꾸만 되작여 보게 되던 것이다.

잠깐 숭고라는 단어를 떠올렸다. 아무런 삿된 것이 들어설 겨를이 없는 조밀한 밀도를 지닌 느낌이었다. 신뢰감이라거나 고마움이라거나 그런 훨씬 껍데기 쪽에 머무는 무엇이 아니라 더 안쪽에 있었음직한 동류의식 같은 것, 그래서 믿음이란 감정도 고마운 마음도 하위개념으로 밀어낼 수 있는 무엇이었다. 그런 느낌은 또 순식간에 스쳐가고 수가 현실로 돌아와 보면 모든 걸 부정하는 방어막 속이다. 그 아이가 잠깐 별스럽게 자리매김 된다 한들 그게 뭐란 말이냐고 묻는 소리가 한쪽에서 일어나기 시작한 일은 별로 오랜 시간이 지나지 않아서였지만 몽환처럼 마음에 들어차서 자신의 존재가 아주 소중한 무엇이 되던 순간을 기억한다.

얼어 죽지 않고 다시 살아났다는 것만 봐도 수는 어디엔가 쓸모가 있는 사람일 거라는 믿음 같은 게 솟고 있었다. 그 눈길이 꿈이었다면 '소망 충족' 형의 꿈이었을까? 자신에게는 수호신이 있다고 믿어지는 것, 누구든 그쯤은 이기스러워도 좋을 때가 있는 것이다. 주변 모든 것들이 수를 둘러 감싸지 않고서야 일어날 수 없는 일이 매섭게도 추운 섣달그믐이 코앞인 밤, 눈길에조차도 섭리되어 있었을 거라고 말하고 싶은 것이다. 결국 아홉수가 다 저무는 날에 또 살아났다고 유세를 떨어 보고 싶은 게다.

이현우나 김영찬 저들이 우리를 따르는 건 따분한 군 생활에 지루할 때쯤이어서 아무한테나 '누님'이라 부를 수 있는 일시적인 현상이라 하자, 제대하고 집으로 돌아간다면 행여라도 우리가 기억에 남기나 하겠느냐 했다. 다만 그들 감정에 담긴 진정성이 수에게 사무쳐 언어에 공감대가 형성되던 날들이 살맛으로 남겨졌다면 수가 착각하고 싶어 하는 부분 때문일 것이다. 아무 의미 없이 해 보는 그들의 말이나 행동을 별스럽게 생각하지 말자, 한 단어 한 동작을 무슨 푯대처럼 세우고 있는 것은 수가 잘하는 짓, 그마저 치우고 그들을 전적으로 부정한다면 삶에 대한 오독이거나 터무니없는 왜곡일 터이다. 그렇다면 생을 대하는 수의 태도가 아주 불성실한 노릇이 아닐 수 없다고 반성해야 하는 게 맞다. 사람과 만나는 접점을 무서워하는 수는 언제나 그렇게 달아나려는 비겁한 노릇뿐이었으니 또 한 발짝 물러서서 구경하는 자의 눈이 필요한 자리에 선 것이라는 자각이 들었다.

그러나 별 하늘이 내려앉은 듯 가깝던 밤의 그 눈길에 날리던 말의 느낌들은 전에 경험해 보지 못한 것들이어서 수에게는 무섭게 밀려오는 두려움이기도 했다. 자신도 모를 어떤 감정의 회오리 속에 빠져들어 스스로를 조절할 힘이 사라지는 일은 막연하게 바라던 바였음에도 정작 마음에 흐르는 그런 기류는 무서웠다. 그런 형태의 두려움이란 것의 속 알맹이까지 들여다본 바도 없으면서 안간힘을 다해 달아나려는 자세를 취하게 되던 것이다.

"너 같은 걸 누가 정말로 좋아하겠니, 꼴을 보려고 떠보는 걸 가지고 착각하지 마!"

속삭이는 소리들이 집요해서 웃음거리가 되는 일을 막아야 한다는 다급함이 딸려 나왔다. 그것은 모든 만남을 엉망으로 만들 게 뻔했다. 수가 끝까지 안 가 본 마음자리들이 안타까운 건 사실이지만 호기심이란 게 좀 남다르게 세다한들 열등감이란 건 바위 같아서 누가 다가오는 발소리거나 호감 따위는 먼저 거절하고 지나가야 하는 것, 스무 살이 거의 되어 간다고 자부심이 대단한 수의 정신이란 것이 겨우 그 지경이었다.

잘못 멈칫거리다간 호된 거절의 아픔을 둘러 쓸 것이어서 그 사실은 변할 수도 누가 비켜 세워 줄 수도 없다는 생각을 하면서도 수에게 인연된 모든 만남을 어둡고 쓸쓸하게 밀어내면서 살았다. 세상에서 말하는 연애감정 같은 거였을지도 모르는데 그게 더 자라지 못하도록 순을 잘라 내는 일에 최선을 다하였던 날이었다. 아직 아무 것도 아닐 때 순을 잘라 버리듯 스스로의 감정을 사력을 다해 밀어내려는 짓이라니, 유치한 일인 줄도 모르고 그렇게 달아나기만 하는 삶이고 생이었던 모양이다. 스무 살 남짓의 아이가 세파에 찌든 노인처럼 생각의 무게에 눌려 되지도 않는 심각을 둘러쓰고 살았던 구간이었다.

텍이 얼어 말도 잘 안 나오는 상태로 걸었던 눈길이 사실이 아닌 허구만 같은데 이제는 무서움 대신 어색한 침묵을 견디며 걷는다. 무작 반갑고 고맙고 형언할 수 없는 감정이면서도 조금씩 불편해지는 길, 그 어색이 불편하다는 건 김 병장도 잘 아는 듯 침묵을 메꿀 의무를 도맡은 사람처럼 얘기를 잇기 위해 애쓰는 게 보인다.

"세상에, 이 늦은 밤중에 그 추운 길을… 무슨 비상이라도 걸렸습니까?"

"…"

"아무튼 대단하십니다."

힐난조로 들렸을까 걱정되는지 얼른 말을 바꿨다가 반가움에 들뜬 목소리는 여전한데 그 아이 답지 않게 허둥지둥 말이 많아진다. 그러지 말아라, 그냥 걸어가자. 저기 대산 읍내가 나올 때까지 마음들을 들키지 않게 우리 침묵하자. 속에서 사정하듯 마음의 소리가 나가고 있는데 그 애는 자꾸만 답도 없는 말을 혼자 하고 있다. 수가 그 사람의 온기 밴 옷을 입고 살아나서 든 생각이 못되게도 이제부터는 너에게서 달아나는 일에 최선을 다하리라는 다짐이었다는 사실을 안다면, 어이없을까? 아무려나 실없는 이야기는 이어져 눈길 내내 아름다운 별빛이 되고 있었다.

그냥 걸어 보고 싶었다고 한다. 완전군장하고 걷는 길도 아니고 맨팔치고 걷는 일인데 이런 눈밭은 제격이라는 것이다. 누님이 이 길을 걸어올 것이라는 바람이 1%가 못된다 해도 그런 확률이 있다는 것은 대단한 거 아니냐 했다. 가도 가도 아무도 못 만나면 돌아오면 되는 길이어서 그냥 그래 보고 싶어 나선 길인데 누님을 만나게 되어서 복을 받은 것이라 했다. 자기 생애에 이런 뜻밖의 행운이 생길 일이 얼마나 되겠냐했다. 그 애가 잘 안 쓰는 '생애'란 목이 긴 단위에 유념하며 걷는다. 수를 만나지 못했다면 또 그대로 기꺼운 길이었을 거라고도 했다. 그건 새겨듣지 않아도 곧바로 마음을 고백하는 일이라서 알아듣지 못하는 척 딴청을 하지만 수가 딴청을 하는 그것까지 환히 읽고 있을 아이, 그냥 헛걸음 하는 길이 되었더라도 이런 눈길을 걸을 일이 자주 생기겠냐는 그런 느낌을 갖고 있는 사람이어서 평소에 말이 통한다는 걸 공감하던 바였음에도 뭐하자는 노릇인가. 수는 술렁거리는 마음이 겉으로 나올 수 없도록 울을 치고 있었다.

세월이 가도 대산에 살았던 길지 않은 구간이 의미로 남겨지기를 바랐다. 이제 설을 쇠면 수에게도 마음에 깃드는 감정들에 충실할 수 있는 자유를 존중받을 권리가 생기지 않을라나? 누구에게랄 것 없이, 방향도 없이 묻고 지운다. 그런 감정이 들끓는다 해도 그걸 누르고 치우는 일에만 결사적이어서 마음에서 밀어내는 일에 바쁜 그게 수가 지닌 성정이었으니 잠깐 눈길에서 전에 느껴보지 못했던 감정에 잡혔었다 한들 달라질 아무 것도 없다고 고집을 부리는 자신을 또한 어쩌볼 수 없을 거라는 생각이 든다. 한참 걷다 생각하니 걱정이 돼서 군인이 늦은 밤에 이렇게 나다녀도 되느냐 물었다.

"계급이 병장이라는 걸 누님이 모르실 리 없고…"

말이 끊어지는 자리가 어색해서 아무 소리나 해 본 건데 김병장이란 아이는 뭔가 거드름이 섞인 듯한 대답을 한다. 그러고 보니 대산 저잣거리가 눈에 들어오고 있었다. 병장이라는 또 한 사람, 이현우가 그 사람인데 착하고 순해 빠져서 생각하면 눈물이 날 것 같은 아이였다. 어느 때는 인생선배연 하는 느낌을 받곤 하는데 아무려나 수는 그들의 누님 자리를 내놓을 생각이 없다. 그들이 가고 나면 대산이라는 곳이 무슨 의미랴, 지명조차 쓸쓸해질 것이라고 알면서도 하는 짓은 늘 못되게 구는 것, 한 양한테 지적을 받는 부분인데도 개선의 의지가 없음이었다.

드디어 한복점이 저만치 보이자 그의 옷을 벗어 어깨에 걸

쳐줬다. 이 따뜻한 느낌을 잊을 리야 없겠지만 감각에 남아 지워지지 않을 것들이 하나씩 늘어가면서 나이가 보태지듯이 사람은 복잡해지는 걸까? 그가 많이 추웠을 거라고 생각하며 옷을 돌려주려던 손길이 멈칫한다.

"이렇게 따뜻한 옷을 입어 보긴 태어나서 처음이네."

고맙다는 말을 못하고 외두른 말이 과장이 너무 심했다고 금방 후회를 한다. 그래도 뭐 그 정도면 노력은 한 것이라고 쑥스러움을 잘 견뎠다고 해야 맞다. 그는 불 꺼진 시대양품점 추녀 쪽으로 비껴 걷다가 멈춰 선다. 수가 한복점 문을 열고 들어가길 기다리다가 가겠다는 심산 같았다.

들어와 불을 켜고 문단속을 하면서 아주 먼 곳에서 돌아온 나그네처럼 안도하는 기분이 들었다. 옆 가게 선술집에도 취객들이 없는 걸 보면 이슥한 밤은 새벽이 되어 가는 모양, 저 애가 어떻게 병영에 들어가나, 조금 걱정을 하다가 그만둔다. 한복점에 불이 꺼지면 곧 돌아설 터이라서 그도 무사할 것이었다. 병장이라는 계급이 그렇게 믿을 만한 것이라면 말이다. 집에 돌아가면 복학을 하고 취업 준비로 바빠질 것이라 했다. 서울 집에는 홀어머니와 누이동생이 살고 있다는 사실도 그 밤길에서 처음 알았다. 사정이 허락된다면 소설을 써 보고 싶다고 했다. 김영찬, 훗날까지 그런 이름의 소설가는 눈에 띈 적이 없으니 소설가의 꿈은 어리고 젊었던 한때 갖고 있었던 객기였었나? 아니면 필명으로 이름을 바꿨는지도 모를 일이다.

이현우와 김영찬, 두 명의 공군은 『현대문학』지로 말문을 열기 시작한 사람들인데 생각하니 과월호 문학 잡지를 즐비하게 늘어놓고 그들을 불러들이고 선별을 해서 작업을 건 게 아니었을까? 문득 그런 생각이 들어 맙소사, 생각을 허겁지겁 쓸어 담듯 지운다. 마음의 심층 어디에 혹여라도 그럴 수 있는 빌미가 있다 하더라도 아니라고, 그냥 저절로 온 운명 같은 사람들이라 여기고 싶었던 모양이다. 아무튼 그 애들은 둘 다 좋은 대학에 적을 두고 있었던 경우라서 아마도 수의 허영심이 만들어 낸 허상을 씌워 보는 점도 있겠다는 생각이 들곤 했다.

이슥한 밤에 무서움을 무릅 쓰고 걷던 눈길을 아름답게 기억하는 것은 마음을 누르던 두려움이나 미진을 걷어 내고 가장 환하고 정결한 불을 켠 듯 영혼이 반응하는 듯 밝은 느낌 까닭이었다. 쉽게 만나지지 않을 그런 순간이 다시 오지 못할 무엇이더라도 푸지게 많이 내린 눈길을 보면 우선 달려드는 것, 관념어를 다 동원해 봐도 딱 그거다 싶은 것이 쉽게 찾아질 노릇은 아니라도 세상을 살아가다 보면 언젠가는 만나지리라는 믿음 같은 것, 수는 가도 가도 끝이 없는 추운 눈길에 주저앉아 잠드는 일은 없을 것이라고 믿자했다.

저 고개만 넘으면 어떤 굳건한 발길이 뚜벅뚜벅 마중 나오고 있으리라는 것, 그래서 수가 살아온 길이, 살아갈 길이 아린 상처뿐이더라도 엄살을 하면서 견뎌야 하는 당위 비스름한 것을 바라도 될 것만 같았다. 어느 위로의 말 한 마디 들은 바 없이도 숨쉬고 살게 하는 이유가 될 법한 믿음, 그런 게 이땅 어딘가에 있으리라고 했다. 수는 밤새 잠을 뒤척이게 되리라는 예감이 들면서도 전처럼 두렵지 않았다. 감기가 오는가, 열이 오르고 머릿속이 욱신욱신 박동을 시작하는데도 견딜 수 있을 것 같은 마음이 피어나고 있었다.

심장이 머릿속으로 옮겨 앉은 듯 심장 소리가 머릿속을 채우고 있다. 두통의 박동 사이로 수에게 끼워지던 장갑이 보인다. 언 손가락 하나마다 바로 세워서 제대로 한 칸에 하나씩 손가락을 챙겨 넣으며 끼워 주던 그대로, 하루 삶 마디마다 복기해 보는 나쁜 버릇이다. 다 끼운 손가락을 확인하고 꼭 잡았다 놓던 그대로 '장갑을 끼워 주고 들어올 걸,' 손가락이 포개지지 않게 그랬더라면 주먹을 안 펴거나 손가락 하나를 굽혀 감추거나 반드시 장난을 쳤을 일인데 그런 깨알 같은 얘기가 만들어지는 일에 겁을 내듯 단정하게 포개서 내민 장갑과 목도리가 마음 바닥에서 가칫댔다. 수가 목도리를 벗어 자신의 체온을 털어 내듯 찬 기운에 두어 번 흔들어 개어서 내어줬던 게 잔상으로 남아 눈에 선했다. 누구의 연인이 되기는 애초에 글러먹은 수가 지닌 감성 탓이라 했다. 자신은 행동하는 정신이 아니라고 자조 띤 소리를 잘하는 그대로 잠이나 자자. 이 날이 지나면 또 내일이 있으리니 그 아니 다행이랴, 모든 걸 생각 밖으로 밀어 두고 눈을 감는다.

그런데 웅, 웅, 웅 그 소리, 아주 먼 듯 가까이 오는 소리, 아버지 등에 업혀 보랏빛 들꽃이 자오록이 지면을 덮은 봄 들길을 가면서 들었던 소리, 혼을 감싸듯 포근하던 그 소리가 끊일 듯 말 듯 들리기 시작했다. 그것은 다 좋으리라는, 안심을 해도 좋다는 허락 같은 소리였다.

이튿날 아침 일찌감치 들이닥친 한 양은 반찬 꾸러미를 내려놓으며 눈부터 흘겼다. 수가 그렇게 와 버리고 나서 어른들의 노심초사를 어지간히 견뎠으리란 건 알지만 한 양이 정말로 화를 내는 건 의외였다. 곧 되돌아오리라 믿고 기다렸던 어른들의 마음은 알겠는데 왜 수에게는 그런 일들이 아무렇지도 않게 삭제되었던 것일까. 그러고 보니 깊은 잠을 잔 듯 감기 기운이 말끔하게 사라졌다. 크게 탈을 낼 것이라고 지레 걱정을 했던 몸이 편안했다.

만약 한 양 이모 댁에서 수가 편안한 잠자리에 들었다면 무엇을 잃었을 것인가. 어디다 비교할 수도 없는 지극한 마음 하나를 못 볼 뻔하지 않았는가. 그 춥고 힘들던 별밤 얘기를 수는 꺼내지 않았고 걱정을 많이 했을 한 양한테 입을 떼지 않고 그 눈길 얘기는 비밀로 숨겨 뒀다. 별빛을 반사하던 눈길의 유현한 기척은 골안개가 낀 새벽길이거나 달빛이 자오록한 어디거나 문득 들이닥쳐서 수의 마음에 박히는 각질을 치유할 힘이 되어 줄 것이었다.

어디서 만나는 자연물이거나 아름답다는 개념이 들어서면 딸려 나오는 것, 우리가 연인이거나 그런 무엇으로 발전 가능성을 가지지 않은 사람들이었으므로 그렇게 긴 느낌의 사슬을 늘이며 살 수 있었으리라. 추운 눈길에서 무슨 고생을 더했더라도 살았으면 된 것 아니냐고 했다.

아버지 등에 귀를 대고 쏟아지던 잠을 물리치며 듣던 콧노래, 웅, 웅, 웅 내게 응원을 보내는 듯 쓰다듬던 그레고리안 성가 느낌의 그 깊은 소리는 자주 들을 수 있는 게 아니었다. 무슨 대단한 계시처럼 의미를 확장하고 싶어 하는 마음 바닥의 소리였을까? 그게 아니라면 찬바람을 너무 쏘인 약한 귀가 탈을 낸 귀울림일지라도 그 부분 세월과 함께 기억에서 더 옅어지고 멀어져서 드디어는 소실될 것이라 해도 좋은 느낌은 오래 남기를, 약한 귀에게조차 기대해 보고 싶었다.



민 양은 말이나 행동이나 한 번 내놓으면 웬만해서는 접지 않는다. 그만큼 틀린 말을 하지 않아서 당당한 건데 그게 친구인 내게나 할 수 있는 일이거니 했다. 그런데 어려운 어른들 앞에서도 그 막무가내가 나오는 걸 보니 기가 막혔다. 늦은 밤 눈길에 보내 놓고 노심초사하는 어른들의 걱정을 고스란히 야단맞는 기분으로 들으며 근처에 있다면 쥐어박고 싶었다. 특히나 할머니, 밤새 발싸심을 하실 할머니가 걱정이었다. 어려서부터 자주 뵈었어도 여전히 어렵고 조심스러운 분인데 민 양과는 금방 친해져서 격이 없는 듯 곁에서 보면 샘이 날 정도였다. 아마도 우리 이모가 할머니의 며느리라서 나를 사돈집 사람이라고 격을 두시는 것이 아닐까, 싶기도 했다. 그런 어려운 할머니의 간곡한 만류에도 제 고집대로 이숙한 눈길을 떠나던 민수였다.

민 양이 가고 나와 할머니만 방에 남으니 할머니가 옛 이야기를 꺼내셨다. 민 양이 그리도 좋아하는 그 외할머니 얘기였다. 같이 들었으면 얼마나 좋아했으랴, 생각하면 잘코사니다, 얄미움에 그런 생각도 들었지만 혼자 듣기는 아쉬웠다. 민 양 외할머니가 평생 한 번도 친정 나들이를 못하고 돌아가신 건 친정과 시댁 두 가정의 불화 때문이었다고 했다. 민 양을 꼭 애기라 부르시는 할머니는 민 양에게는 속쓰린 얘기니 말하지 말라는 당부를 하시면서 눈 오는 밤에 어울릴 것 같은 서럽고 아득한 옛 얘기를 시작하셨다.

"그… 애기, 외할머니 이름이 강복동이여, 그 사람이… 그냥 양반두 아니고 전주 이 씨 문중, 그러니께 효녕대군 몇대 손 집으로 시집갔다고 그 집 어른들이 그리 자랑스러워했었지. 외동딸을 시집보내고… 그 친정아버지가 사람을 놓아 어떻게 사는지 알아보고 오라고 했넌디… 사는 헹편이 아주 안 좋다는 소식을 가져왔더란다. 가세가 기운 댁이라고는 하나… 복동이네는 살만한 집이었지. 눈에 넣어두 안 아픈 딸이 그 지경으루 산다니 부모 마음이 워찌 보깨지 않으시겄어…, 가족과 의논이 돌아… 논마지기나 팔아서 돈을 장만해 딸네를 갔넌디… 당장 친정아버지 대접할 쌀 한 됫박이 없는 처지 같었더라지."

호흡을 고르시느라 자리끼 그릇을 찾으신다. 얼른 물그릇을 기울여 드렸더니 새처럼 작은 한 모금을 넘기시고는 다시 시작되는 얘기.

"사위는 그레두 어둑헌 방에 책을 펴놓구 있구, 딸은 남의 집 품팔이 방아 찧으러 갔다가 친정아버지 오셨다구… 불려 왔는디, 차마 눈뜨고는 못볼 몰골이더란다. 겨우… 일 년 만에 만나는 딸내미를 아버지가 몰라 볼 정도로 변했는디, 억장이… 막혀 말도 제대로 못하구 돌아왔다지. 사단이 난 건 그 논판 돈 때문이었다는디, 애기 외할머니가… 생각다 못혀… 그걸 남편헌티 내놓았더니 당장 갖다 주라고 불호령이 떨어져서… 그 돈은 믿을 만한 이웃에게 부탁해서 다시 친정으루 되돌려 보냈더라네, 그 뒤로 애기 외할아버지가 외할머니에게 친정에 발을 들여놓을 참이면 다시 이씨 가문으로 들어설 꿈도 꾸지 말라고 했더란다. 자기네 가문을 뭘로 보고 천한 것들이나 하는 짓을 하느냐고…, 그래서… 두 집안은 발을 막고 살었지. 요즘 사람덜이 생각허면… 그런다고 친정에 못 가냐고 허겄지만 전에는 그런 경우도 흔했어. 그 때부터… 병 조목두 모르게 시름시름 앓아누운 복동이 친정아버지가 몇 년 뒤에 돌아가셨는디두 그 집이서는 사위두 딸두 안 댕겨갔어, 부고를 갖고 간 사람이 집을 뭇찾구 그냥 가져왔더라지 아마? 내가… 당진으루 시집 간다니께 꼭 좀 찾아보라고 신신당부허시더니…, 그게 가문 따지구 어쩌구 허던 구식 집안에서는 쉬운 일두 아니어서 나두 시집살이 허던 처지에… 세월이 많이 지났지, 나중이서 사람을 놔서 어찌어찌… 알아봤을 때는 복동이는 이승 사람이 아니었어, 민 양 그 애기가 웃을 때 보면 복동이가 슬쩍 비치는 디가 있어, 외할머니 탁헌 디가… 별로 없는 거 같어두 그려, 이런 좋은 세상 만났더라면 우리가… 서로 기대면서 늘 그막에 얼매나 가까이 살었을라나…, 시상두, 세월두… 굽이 굽이… 악마디였지. 그나저나… 이 애기 잘 갔으까? 튼실혜 뵈는 디가 읎어, 에미가 어떤 사람인가… 약이라두 헤멕여야 헐 것 같은디… 어이구 내가 잠 없으니 주책일세, 젊은… 사람덜은 일찍 자야 내일 또 바느질 헐텐디, 바느질 야물다구 모다 칭찬여, 어여 자. 애기는… 들어갔겄지? 다음에 한갓지게 마음 먹구 자구 가게 되거든… 내가 애기헌티 꼭 헤 줄 말이 있다구 허여, 그렇게라두 헤야… 곁이서 뜨뜻허게 잠이라두 재워 보내지. 한복점에 전화가 있으면 좀 좋으까, 잘 들어갔나… 모르겄네.”

할머니는 느릿느릿 말씀을 하시면서도 숨이 차서 잠깐씩 말 사이를 띄우셨다. 그럴 때마다 자리끼 대접을 드시고 새처럼 혀만 축이셨다. 사람들은 모두 나를 약하다 보는데 할머니 눈에는 민 양의 실상대로 약한 게 보이는 듯 늘 걱정을 하신다. 오늘처럼 속을 터놓고 긴 말씀을 하신 적이 없을 만큼 할머니는 말씀조차 삼가하시는 어렵기만 한 분이셨다. 그런데 어찌 된 셈인지 민 양만 만나면 도란도란 끝이 없는 애기가 이어진다. 정말로 민수는 무사히 도착했을까? 미깔맞다고 치워 놨다가도 걱정은 걱정이었다. 그토록 무서움을 타면서 그러고 보니 목도리도 말코지에 걸어 놓고 그냥 갔다. 아무튼 사람 짠하게 만드는 데는 뭐가 있는 아이다. 머리를 써서 짜맞춘대도 그럴 수 없을 것 같은 아퀴가 딱 맞는 상황을 연출하는 듯해서 때때로 얄밉다.

기은리에서 자고 가는 밤이면 민 양이 연탄을 갈고 뚜껑은 제대로 덮었을까. 문은 꼭꼭 잠갔을까, 걱정이 된다. 나는 그 애 친구지 부모가 아니라고 스스로에게 타이르면서도 어쩔 수 없는 일이었다. 민 양은 성격도 찬찬하고 데데한 구석이 전혀 없는 데도 내 마음이 그랬다. 그야말로 누군가 보호를 해 줘야 이땅에 겨우 발붙이고 살아남을 것 같은 인종, 얄밉게도 주변의 모든 선의가 모아져서 떠받들어야 겨우 숨이나 쉴 것 같은 묘한 분위기를 끌고 다닌다.

한복점은 연탄을 때는데 레일식 아궁이에 연탄 한 장짜리 화덕이라 화덕이 바로 놓인 아랫목만 따끈따끈하다. 그런데 추위를 몹시 타는 민수가 온 뒤로는 그 자릴 민수에게 주고 윗목이 내 차지가 되었다. 아랫목을 극구 사양하는 민수에게 나는 원래 더운 걸 싫어해서 아랫목을 비켜 놓고 살았다고 거짓말까지 했다. 민수를 그렇게 겨우 아랫목에 재우고 나니 안심이 될 정도로 애물노릇을 하는 사람이 민수다. 그런 느낌 때문인지 민 양에게는 사람들이 꼬인다. 뭐 출중한 외모도 아니고 상냥한 성격도 아닌데 그랬다. 그 부분은 그토록 진저리를 치듯 싫어하는 자기 엄마를 닮은 것 같다.

민 양 엄마는 활달한 성격이 남자 같은 어른이다. 키도 큰 편이고 곱상한 자태가 어딘지 국악을 하는 예인의 느낌이 난다. 말씀이 억세서 그렇지 잠시도 민 양한테서 관심을 제쳐 놓는 법이 없는 분인데 민 양은 엄마로부터 받은 상처가 많은 아이였다. 속사정이야 다는 알 수 없으나 소심하고 예민한 민 양과 안 맞는 부분이 있는 것은 알지만 민 양 엄마와 우리 엄마를 비교해 보면 금방 어느 엄마가딸을 더 사랑하시는 지는 분별이 된다.

그게 왜 민 양만 모르는 부분인지 알 수 없었다. 어린 딸을 산속 허물어져 가는 울타리도 없는 곳에 놔두고 잊어먹은 듯 무심하게 살 수 있는 우리 엄마와 사사건건 다 간섭해야 시원한 민 양 엄마, 모든 사람을 뜻대로 좌지우지하는 통솔능력이 있고 경우 바른 그분과, 아버지 뜻에 거역 한 번 할 줄 모르는 우리 엄마, 조용하고 매사에 판단을 못 내리는 느린 우리 엄마를 비교해 볼 때가 있다. 민수가 중학교로 진학을 못한 걸 내 앞에서 가슴 아파하는 말을 하실 때마다 우리 엄마 맞나? 의문이 들 정도로 어이없다. 당신 딸도 같은 처지였다는 사실은 기억에도 없다는 듯 그러신다. 우습게도 우리 엄마를 민 양은 부러워했다. 민 양 엄마와는 비교급이 아닌데도 비교를 당해 마땅한 극과 극 같은 분들이셨다.

바다 얘기를 잘 하는 민 양의 말 속에는 영기 오빠가 있었다. 기은리로 가는 길에서도 바다 얘기를 꺼내는 게 놀라웠다. 근동에서 드물게 똑똑하고 잘난 그 사람이 민 양에게 지극정성인 건 알고 있었지만 깨알 같은 사연, 날마다 퇴근길에 들꽃을 꺾어다 주는 행동이며 그런 일련의 일들은 민 양이 한복점으로 오고 나서 편지가 자주 오는 것으로 알았다. 친절하지도 않고 다감한 티를 안 내는 민수, 쌀쌀맞아 두 번 말을 걸 기회도 안 주는 민 양은 어디에 사람을 끄는 힘이 있는 것일까? 김영찬과의 사이만 봐도 불가사의라는 말이 떠오른다. 달리 따로 만난 적이 없다는 건 분명한 사실인데 도무지 쓰잘 데 없어 보이는 잡담 같은 얘기 속에서 어떻게 그런 감정이 일어나는 것일까. 우선 민 양이나 김영찬의 거동을 보면 지극히 무심한데 언뜻언뜻 서로 좋아하는 사이라는 단초 비슷한 게 있었다. 눈치 없는 이현우가 겉으로 말을 내서 민 양에게 호감어린 말을 잘 하는데 우스갯거리가 되곤 했다. 그들 두 병장이 모두 민 양을 신앙하듯 받드는 데는 갸웃하지 않을 수가 없다. 그런 호감을 끌어내는 힘은 원천이 어디에 있든 부러운 일이었다.

보조로 이름 붙여 민 양을 오라고는 했는데 차마 보조로 부릴 수 없는 게 처음에는 내 고민이었고 문제였다. 묘한 것은 어느 구석도 민 양을 '보조' 대우를 할 곳이 없다는 점이었다. 허드레 일을 시키는 건 그만두고 말을 거는 일조차 저어하게 만드는 민 양, 그래도 더러 알아서 내 심부름을 해 주기는 하지만 한복점 보조 생활을 오래 했던 내 경험으로는 몇 년을 내리 허드레 심부름만 해야 겨우 바느질을 가르치기 시작하는 건데 민 양을 두고는 어림 반 푼 어치도 없는 노릇이었다. 심부름 시키는 일은 입이 안 떨어져 처음부터 치마를 꿰매게 시켰는데 금방 저고리에까지 손을 댔다. 물론 난이도가 낮은 부분부터 해나갔는데 어느새 제대로 깃을 앉히고 섭이며 도련선이 나왔다. 지금은 남들이 봐서는 누가 한 바느질인지 헛갈릴 정도로 그 짧은 기간에 숙련도가 높아졌다. 과연 너는 머리가 좋다는 감탄을 속으로 하게 되던 것이다. 일을 잡으면 몰입을 하여 일부러 민 양 험을 잡자 해도 빈틈이 없이 일을 잘 한다. 거기다 손이 빨라 보통 사람들이 하루 걸리는 한복 한 벌을 해전에 끝낸다. 깐깐하기로나 몰입의 정도라면 나도 알아주는 사람인데 그런 면에서도 나는 민수에게 눌리는 기분이 든다. 그러니 시간이 펀펀 남아도는 듯 들판을 쏘다녀도 제 할 일 다 하고 그러는 사람에게 할 말이 없다.

바느질에 별로 애착이 없는 듯 한번 창밖에 눈을 주고 앉으면 하염없는 모습, 개울로 한 번 나가면 한나절을 울다 들어오는 저 애를 어떻게 하나, 막막할 때가 많다. 여러모로 나를 난처하게 하는 셈인데 내색도 할 수 없는 묘한 상황들이다.

"민수 신경 좀 써 줘라, 너무 안 되었다. 속이 깊은 앤데 그 엄마를 보고 있으면 그 집 딸들이 가여워서 못 견디겠더라, 애들이 모두 순하고 착한데 그 엄마는 뭐가 불만인가 딱한 일이다."

우리 엄마는 자기 딸의 상처는 안 보이고 민수가 딱하다고 위해 주라고 말끝마다 당부하시고 기은리 할머니도 민 양이 진짜 애기라도 되는 양 잘 보살피라고 부탁하신다. 그런데 정작 민 양 자신은 고분고분 굽히고 들어오는 성격도 아니어서 어느 한 면 살가운 구석이 있길 하나, 어째 볼 수 없는 친구다. 그런데 모두들 내게 왜 이러나, 마치 내가 나쁜 배역을 맡고 있는 기분이 들 때가 많다.

"이건 민 양 그 애기꺼, 따로 쌌넌디, 안 먹겠다 뭇허게 권해라."

이모가 반찬이며 생일 음식을 들고 가기 쉽게 보자기로 겉을 싸고 있는데 할머니가 작은 꾸러미 두 개를 내오셨다. 인삼정과라 하셨다. 그걸 두 개로 싼 게 이상했지만 그 하나는 반드시 민양을 먹이라는 의중을 드러내시는 것이다. 민 양이 농담으로 말하곤 하는 '인복'일까? 이모가 나에게만 보이게 입을 삐죽하고 부엌으로 들어가신다.

내가 이 자리에 한복점을 낸지 몇 년인데 주변 상가 아줌마들도 요즘처럼 가까이 섞여 살았던 적이 없었다. 특히나 선술집 아주머니나 양품점 새댁은 사흘들이로 반찬을 가져온다. 그게 꼭 누구 먹으라고 따로 티는 안 낸다 해도 민 양에게 주는 것만 같아서 마음이 편치 않을 때가 있다. 그런 걸 말로 낸다면 수빠질 노릇같아 못 느끼는 척 살지만 좀 그렇다. 어떻게 그 애는 기은리 할머니 다락에서 인삼정과까지 나오게 하는 것일까.

요즘은 풍로가게 아줌마가 수를 좋아하는 대열에 합세했다. 농촌에서는 석유풍로가 있는 집은 잘 사는 집으로 여기던 시절이었다. 냄비에 검은 석유 그을음이 끈적거리고 눈으로도 불꽃 끝에 넘실거리는 그을음이 시커멓게 보였다. 불완전연소 된 석유가 냄새를 피우며 눈에 코에 따갑던 일이었으니 그걸 사용하는 사람의 건강에는 또 얼마나 몹쓸 해를 끼쳤으랴, 그렇지만 잠깐이면 바글바글 끓는 찌개를 만들고 물을 끓이던 편리한 부엌살림이었다.

물론 값도 비싸고 석유를 때야 하는 물건이라 비용이 먹혀서 농촌 가정에서는 귀한 주방 용품이었다. 그런 풍로가게가 농어촌 동네에 들어섰다는 건 이 동네가 다른 고장에 비해 생활 수준이 높고 경제적으로도 여유가 있다는 말도 되는 일이므로 아주 꽉 막힌 듯 새로운 문물을 잘 받아들이지 않으려는 다른 농촌과는 격이 지는 곳이었다.

풍로가게 아줌마는 한복점에 더러 놀러오는 사람이었는데 요즘 들어서는 하루에도 몇 번씩 들른다. 그 집 아저씨는 말수가 적고 항상 엄숙한 표정이어서 우리가 어려워했던 사람이다. 우리와 말을 섞은 적도 별로 없는 아저씨가 아줌마에게 민양을 동서 삼아 보라고 권한다고 했다. 아줌마는 기회만 생기면 건너와서 자기 시동생 자랑을 늘어놓았다.

"우리 시동상은 인천이서 핵교 댕기넌디 공부 잘허지, 사내답지 누가 봐두 탐낼겨, 그 형제덜이 머리가 좋거든, 인간성은 또 어떻구, 말도 마, 집에 있을 때는 친구들이 놀러 와서 신발 벗어 놓을 자리 없이 우글우글 혀, 축구를 잘 허니 방학에 오먼 친구들이 불러 내서 공 찬다구 국민핵교 마당에서 살어."

"…"

"그집 형제덜은 우애도 그려, 우리집 아베는 아들보다 동생을 더 예긴다니께, 무슨 일 있으면 열 일 제쳐 놓구 달려 가지, 형이 그렇께 시동상이 내게 허는 것두 오메 마침여, 얼매나 살거운지 인천서 내려올 때마다 화장품을 아주 대다시피 허네."

"…"

"어떤 아가씨가 들어올지 모르지만 시집은 잘 오는겨, 우리 아베허구 노상 아깝다구 헌다니께"

"…"

"그저 우리는 딴거 바라는 건 웂써, 마음씨 곱구, 살림 잘허구, 지악스러면 되는디 우리 시동상은 내가 오케이 허넌 아가씨라면 더 볼 것두 웂댜, 히히히."

대꾸 한 마디 없는 우리들에게 대고 주워섬기는 말이 스스로도 우스운지 혼자 웃다가 일어서는 일도 흔한데, 그게 그냥 흘리는 말이 아니라 목적을 두어 졸라 대듯 하는 말이어서 길게 들어주기가 난감하다. 우리가 추임새라도 넣는다면 그 장황이 어디에 닿을지 모를 일이었다. 하다못해 축구를 잘해서 동네 축구부 주장이라느니 민 양은 하등의 장점으로 듣지 않을 말까지 시시콜콜하다.

국가대표도 못될 거면서 뭐하는 짓이냐고 동네 청년들이 우르르 축구한다고 학교 마당으로 몰려가는 걸 보면서 혀를 차던 민 양을 보면 옛적 노인네 말투다. 생산적인 노동이 아닌 운동 일반을 뻘짓으로 치는 건지 그냥 한번 해 보는 소린지는 모르겠으나 근육질의 남자를 싫어하는 것과 맥락이 같을 것이었다. 곁에서 숨소리 씩씩대는 사람을 싫어하듯 아마도 민 양은 품위 없다고 몰아치는 부류 속에 할 일없이 몰려다니며 노는 청년들을 넣어 곱게 보지 않을 것이었다. 시동생이 형수인 자기에게 얼마나 잘 하는지, 깨알 같은 자랑은 대체 언제 끝날까, 과연 오늘 해전에 끝낼 수는 있을까. 민 양은 아직 저를 놓고 하는 말인지 눈치를 못채서 그나마 다행인데 조바심을 하는 내 마음 같은 건 아랑곳없이 누에고치에서 풀리는 명주실처럼 풍로집 아줌마 얘기는 이제 끝인가 하면 곧 다시 이어지곤 했다.

어떤 아가씨가 자기 동서가 될지 어디다 대도 시동생이 아깝다고 했다. 가족 모두가 착한 신부감을 원한다는 말로 마무리 되는 그 포석에는 결국 바지런하고 일솜씨 좋은 가정부가 필요한 건 아닐까, 의문이 드는 부분이 있다. 아줌마의 시동생 칭찬에는 민 양이 싫어하는 품목들도 많이 들어있다는 사실을 아는지 모르는지 나중에는 멀미가 나던 장황, 내게 들으라고 하는 말이 아니므로 속내를 아는 나는 그냥 저냥 참는다지만 별로 상관없이 들어야 하는 민 양은 나보다 더 지루할 텐데 힐끗도 안 하고 바느질감에서 눈을 떼지 않는다. 아마도 마음은 말풍선을 동동 띄우면서 어디 딴 데서 노는지도 모르겠다. 그렇게 시큰둥한 반응인데도 집요한 아줌마, 저런 큰동서와 민 양이 한 집에 산다면 참 고달프겠다는 생각을 한다.

풍로가게 아줌마가 그럴 적마다 여기 오래 살았던 내가 아니고 왜 민 양일까. 궁금증은 앞집 양품점 새댁이 풀어 줬다. 민 양이 틈만 나면 책을 붙들고 있으니 머리가 빈 것은 아닐 듯하고 나보다 민 양이 키도 크고 몸이 튼튼해 보여서라는 것이다. 어이가 없었다. 건강 부분은 정 반대로 오해한 모양, 민 양이 튼튼하게 보였다는 건 고마운 노릇이긴 한데 일소를 구하는 것도 아니고 무슨 여건이 그렇게 생겨 먹었냐고 양품점과 실컷 웃고는 당분간 민 양한테는 비밀로 하자고 일러 두었다.

그 시절은 그쯤의 나이에 혼인하는 사람들도 흔해서 그럴 수도 있는 일이긴 했다. 이웃 아줌마 얘기야 그냥 우스갯소리로 흘려들으면 그만이었다.

"딸자식이라고 어디다 내놓아 번듯해 뵈는 구석이 있나, 눈이 삐지 않은 담에야 누가 탐내서 감 바투 잡자고 허겄나, 쓸디읎넌 짓이나 잘 허는 저걸 워디다 써."

고된 농사일 짬짬에 책을 펴들고 있는 민 양에게 그 엄마가 야단치는 소리를 나도 들은 적이 있었다. 민 양 엄마는 그런 말을 민 양에게 직접 말하지 않고 동네 아줌마들에게 큰소리로 흉보는 말을 하신다. 그 부분이 민수에겐 고스란히 상처로 남는 모양이었다.

"큰 년은 몸이나 튼튼했지, 저 물건은 도대체 쓸 디가 있어야 워디다 내놔 보든가 말든가 허지."

변소에 있던 내게 들리라고 일부러 목청을 돋워 하시는 말씀은 아니라지만 동네 아줌마들이 재미있어 웃어 대는 걸 즐기듯 그러시는 것 같았다. 저런 부분이었구나, 민 양의 상처가 어디로부터 였을까. 조금은 짐작이 되던 대목이었다. 자식들을 인격이 아닌 무슨 부속물로 치듯 너무한다는 소리가 저절로 나올 법한 일이었다.

"그게 우리 엄마 딸로 태어나 보지 않아서 섣부른 그런 생각들도 할 수 있는 말이야, 우리 엄마, 대체 모성애라는 게 눈곱 만큼이라도 어디에 숨겨져 있기는 한지, 그게 숨은 그림처럼 우리 눈에만 안 보이는 부분이길 바라며 살었어, 우리 자매들이 별쭝맞다는 평가를 받아야 그나마 우리 엄마와의 관계가 설명되는 일이어서 아무리 설명해도 다른 사람에게 이해시킬 비교급이 없어서 우리가 잘하는 생각이 '우리 엄마하고 보름만 살아 보라'고 하는 거야, 보름만 순종하며 살아보면 누구라도 우리 엄마를 또는 우리를 이해할 것이란 말이지."

무슨 말 끝에선가 우리 엄마가 민 양 너네 엄마 같으면 얼마나 좋겠냐는 말을 했더니 수가 대뜸 하던 소리다.

"우리 엄마는 애들에게 일을 시켜 놓고 마실로 가시면 그만이니 우리가 다 할 일, 하고 싶은 대로 내 의견 대로 하도록 버려둔다면 즐거울 수도 있는 노릇을 윽박지르는 서슬 속의 노동이라서 능률은 말할 것도 없고 애들 마음에 뭐가 차오를까, 자존감이 무질러진 채 뙤약볕 밭고랑에서 어린 날을 살았어, 세월이 가면, 우리가 빨리 자라서 엄마 곁을 떠나면 모든 게 해결되리라고, 지금쯤 산수 시간이겠다고, 또는 미술 시간이겠다고 내 친구들이 공부하고 있을 학교를 건너다보면서 마음까지 다치며 해내야 했던 일, 싫어서 앙앙 울어 버리고 싶은 울분을 누르며 시간 좀 빨리 가라고 빌어도 내게로 기어오는 시간은 느려터진 길짐승 같았어."

학교를 빼먹고 밭 매라고 하셨는데 민 양이 몰래 학교로 도망갔다가 자기 엄마에게 잡혀오는 일은 흔했던 모양, 우리 엄마가 그런 얘길 하면서 가슴 아파할 때마다 당신 딸은 인적 없는 산집에서 하늘에 떠가는 구름이나 보며 다람쥐 하고나 말을 섞고 살았던 일을 까맣게 모르시는 게 서운했다. 그러고 보면 나는 민 양보다 더 형편없는 세월을 건너온 것인데 민 양과 살면서 그 애 민수가 더러 말속에 자기 엄마를 언급할 때마다 놀라웠다. 내가 바라본 부분은 여장부라 불리는 씩씩하고 쾌활한 모습인데 그런 엄마의 자기 중심적인 성향 때문에 상처로 온데가 다 옹이가 박힌 아이도 있었구나. 사람 사는 일, 쓸쓸하지 않은 곳은 어디일까? 생각하게 만들었다.

자기 엄마 슬하를 떠나 공장살이 하던 때나 지금 대산에 사는 일은 무척 좋은 여건 속에서 숨을 쉬어 보는 편한 구간이라 했다. 마음에 그들먹한 우울이나 불안 따위, 어려서 얻은 상처 때문일시 분명한 병증은 문제였지만 이곳이 편하다니 그건 다행이었다.

민 양이 자기 엄마의 모든 뜻에 순종하는 일, 그게 이제는 평생을 살아야 할 기틀이 될 혼인 문제여서 답은 나와 있다고 했다. 가난한 농가로 시집가서 친정에서 자랄 적부터 이어진 애옥살이의 연장선을 살라고 하신다는 그 엄마의 뜻이 이해가 안 되는 부분이라고 했다.

"우리 엄마가 아는 혼처라면 그 범위가 농가뿐이니 처음 꼽는 것이 그런 조건으로 널린 가난한 농가일 테지? 살림 형편이란 게 최악일 것은 물론이고 우리 엄마 표현 대로 사위감을 찾을작시면 쌨고 많은 게 그런 여건들, 국문도 모르는 무식한 놈, 식식 일밖에 몰라서 속 썩힐 일이 없는 무지렝이 같아야 하고 놀음꾼, 살인 죄인이나 도둑놈만 아니면 된다고 하신단다."

"…"

"지지배는 보잘 것 웂넌디로 보내야 쫓겨오지 않고 살어, 뭘 모르는 것들이 부자집 찾고 잘난놈 찾지, 결국 쫓겨와서 친정살이 허기 똑 좋은 짓 맹그는 일여. 시집가서부터 모은 게 제 재산여, 애초에 논마지기나 짱짱한 집에서 무슨 유세가 나올 줄 알아서 사돈을 맺어?"

언제던가 우리 엄마와 민 양 엄마가 정미소 마당에서 하는 얘기를 나도 들은 적이 있어서 민 양이 하는 모든 말이 쉽게 이해가 되었다.

민 양 엄마의 말씀은 모두 명심해야 하는 걸로 아는 동네 아줌마들이 똑똑한 사람이라고 민 양 엄마를 추켜 올리는 이유가 저런 거였을까? 왜곡되었으나 자기 소신을 외골수로 신봉하는 자, 딸을 시집보낼 집이 가난해야 한다는 부분은 알 것 같은데 신랑감이 학력이 있어도 안 되고 무지렁이 농사꾼이어야 소박데기로 쫓겨 올 일없이 잘 살 것이라는 부분은 좀 너무 하시는 거 아닌가 싶었다.



그게 다른 사람이 아닌 민 양 엄마의 뜻이라서 문제였다. 설득이 들어설 자리가 없는 완고한 성격이시니 말이다. 좀 더 나은 혼처를 찾으려고 하는 게 세상의 보통 부모들 생각일 텐데 민 양 엄마의 생각이 가족에게는 가차없이 모지락스러운 부분을 모르는 사람들은 공정하고 무결하다고 하는 판이니 민 양이 걱정되기는 했다.

"허다 못해 민서기라도 되는 눔이면 인물 찾구 뭐 찾구 허지, 핵교두 문나온 걸 타박이나 해 봐, 그럴 일을 왜 만들어?"

궁금증이 대충 풀릴만한 답이 그런 곳에 있었구나! 민 양 엄마가 딸들을 시집보내는 자리에서도 자존심은 밀리고 싶지 않아서 그렇게 이상한 구석에 자기 입지를 세우신 모양이었다.

그럴 일이었다. 만약에 민 양이 자기 좋은 사람을 엄마 앞에 세운다면 한 번 생각해 볼 겨를도 없이 벼락을 맞을 게 뻔했다.

"우리는 엄마의 부속물들, 우리는 처음부터 엄마가 세운 계획 밖에서 시작된 중매라는 건 말도 안 되는 소리지, 혹여라도 내 마음에 드는 어떤 사람이 있다손 우리 엄마? 어림도 없는 노릇일 거다. 이 동네 대산에 와서 그중 놀라웠던 건 아가씨들이 제멋대로 공군과 사귀거나 그쪽으로 스스럼없는 모습이었어. 어떻게 부모가 지시하지도 않는데 그럴 수 있냐?"

풍로가게 아저씨의 뜻 따위는 귓결로 흘리고 말았지만 민 양 엄마를 만나 본다느니 하는 말을 들었을 때는 장차 다가올 어떤 장면을 생각하면서 큰일 났다는 두려움이 내게로까지 다가왔다. 그나마 한복점이 빗돌머리에서 뚝 떨어진 거리라는 게 조금 안심이 되긴 했다. 설마 여기까지 민 양 엄마의 손길이 미치겠느냐, 믿어 보려 하지만 불안한 마음은 여전해서 언제 어떤 경로로 어이없는 운명을 만들어 민 양을 곤혹 속에 몰아넣을지 모르겠다. 아마도 대뜸 타동에서 행동을 어찌 했으면 중매니 뭐니 말이 나왔느냐, 당장 민 양을 불러들여 혼찌검부터 내실 분이다.

옷고름을 달고 있는 수에게 "그것만 끝내고 와." 내가 양장점으로 건너가면서 말을 내는데도 민 양은 쳐다보지도 않고 하던 일을 한다. 양장점은 수가 싫어하는 곳이다. 그걸 알면서 자꾸 동네 애들과 섞으려고 하는 건 따돌려지는 일이 이제 겉으로 드러날 조짐이라 의도적으로 그래 보는 것이다. 싫다고 말할 줄 알았더니 앞섶에 꽂은 바늘을 빼는 일도 잊어먹고 수가 따라나섰다. 여전히 동네 아가씨들이 바글거리는 장소여서 양장점은 웃음소리가 끊일 새가 없는 곳, 한번이나 들러보면 생각 없는 듯 재잘대는 여자애들의 실없는 농담이 그렇게 웃음소리로 변환되는 곳, 바라보고 있는 사람을 의식하지 않는 자유분방이 부러울 때도 더러 있긴 하지만 나도 여전히 견디기 싫은 곳이었다.

누구 눈치를 볼 것도 없고 체면 차릴 일도 없이 까르륵, 또 깔깔, 별로 웃을 일도 아닌 일로 웃음소리가 끊이지 않는 그녀들을 보면 어떻게 저리 티 없이 밝을 수 있는 것일까, 세상 짐은 혼자 다 지고 가는 듯 걱정과 심각을 뒤발하고 사는 일이 버거운 우리는 그것을 벗어던지는 방법을 모르므로 어둑어둑 저무는 나날을 사는 거라고 생각을 뒤집어도 보지만 그 애들이 지어내는 말들은 여전히 생소하고 격이 낮다. 그러니 오래 듣고 있으면 느끼해서 속이 다 메스꺼워지는 것이다.

"김지지배, 느이 아랫밭에 또 호밀 심었더라."

"에구 그런 부모두 읎다. 딸내미 호강하라구 해마다 요를 깔아 주다니 말이지."

와하하, 발을 구르며 웃는 그들 속에 나와 민 양만 섬처럼 머쓱하게 서 있다. 왜 웃는지 모르는데 따라 웃기도 뭣하고 그냥 돌아서 나오면 그 행동에 대고 또 그 아가씨들은 배꼽을 잡고 웃을 터여서 참 난감한 자리다.

"어제 그 뻐꾸기는 작년에 울던 그 놈이냐? 아니지? 스산 중앙 통에서 팔짱끼고 가는 거 다 봤거든."

"니네 호밀 다 비기 전에 진도 확확 나가라."

"저 지지배덜은 날마다 무슨 진도여, 모두 저 같은 줄 아는 겨?"

호밀밭집 딸이라는 아가씨가 성깔을 뽀르르 내면 다시 와르르 웃고 아무렇지도 않게 다시 다정해지던 그 애들이 이해가 안 되면서도 조금 부럽기는 했다.

"민 양아! 너도 할 소리 많지? 그렇게 내숭떨지 말구 오늘은 실토해 봐!"

갑자기 지목을 받으니 눈들이 모두 민 양에게 쏠려 온다. 그들이 우리들에게는 한 수 접고 대해서 민 양이니 한 양이니 부르지만 저희끼리는 호칭이 모두 지지배로 통일되어 있다는 걸 안다. 앞에 성씨를 붙여 박지지배 김지지배다.

"웨 한복점만 존대냐? 촌시럽게 민 양, 한 양이 뭐냐? 민지지배 한지지배, 이리루 앉아 봐."

얼굴로 확, 피가 몰리는 걸 느끼며 얼른 민 양을 돌아본다. 그들이 앉으라고 비켜 준 중앙 의자에 도발하듯 민 양이 털썩 주저앉는다. 낌새가 이상했다. 내가 얼른 설레발을 친다. 민 양을 괜히 오라고 했나 보다.

"지지배 같은 살가운 말은 느이끼리 나눠 먹구, 그나저나 왜 건너오라구 했어?"

내 말에 양장점 주인 아가씨가 대답 대신 잽싸게 생일케이크을 내놓았다.

"그려, 기지지배 너 성냥 가진 거 있지? 불을 켜."

"성냥은 있는데 나도 지지배는 노땡큐다. 내 이름은 기인자!"

거기 그냥 앉아 있기도 머쓱하고 그 떠드는 속에서 생일 축하 노래가 불려지고 주인공 아가씨가 촛불을 불고, 어지러운 속에서 케이크가 나눠지는 과정을 호흡을 조절하면서 지켜본다. 거기서 빠져나올 기회를 엿보는 것이다. 그 애들이 떠드는 말을 안 듣고 싶은데 왜 조물주는 눈이나 입처럼 귀를 막을 방법을 생각 못했던 것인지 모르겠다. 그녀들이 입만 열면 남자 얘기, 심지어는 처음 만난 남자와 잠자리를 했다는 얘기까지, 그것도 감각적인 부분까지 나오는 판이다. 나도 멀미가 나듯 속이 울렁거리는 판인데 더 참기 힘들어 보이는 민 양이 걱정이었다. 더는 못 견디겠는지 일어서는 민양을 막아서는 애들이 있다. 아까부터 삐딱하던 아가씨 둘이 몸으로가로막을 기세로 수 옆으로 붙어선다.

"자릿세두 안 내구 어딜, 가시려구? 오늘은 니가 꽁꽁이로 감춰 놓은 공군 애길 좀 들어야겠다. 자 내놔 봐!"

"그려 맞어! 계산을 맞추자면 우리 얘기만 다 듣구 그냥 가는 건 뻘건 경우여."

"와 하하하."

둘러 있던 아가씨들이 민 양을 가운데 놓고 웃음판이 벌어지는 그 자리서 다급해진 내가 나섰다.

"민 양은 바쁜 일 놔두고 왔어." 그 애들을 저지했다. 마침 앞섶에 바늘이 꽂혀 있던 참이라 바쁘긴 하나 보네, 극성스런 속에서도 민 양을 편드는 소리가 이쪽 저쪽에서 났다. 그렇지 않았으면 작아야 말싸움을, 최악으로 머리채라도 잡을 분위기였다. 그동안 벼르던 자리라는 직감이 왔다. '상것들'이란 단어가 얼른 마음에 떴다. 요즘 세상에 양반 상것이 당키나 하랴만 얼른 민 양의 표정에 스치는 것이 내 느낌이 맞다면 그 모멸 비슷한 것이었다.

민 양은 한 마디 말도 안 하고 얼굴색 하나 변하지 않고 한복점으로 건너갔다. 다행이었다. 양장점에 모이는 그 애들이 민 양을 괘씸하게 보는 것은 자기들과 어울리지 않는다는 일 위에 잘난 공군을 사귄다는, 그것도 비밀로 사귄다는 오해 때문일 듯했다.

"민 양 그 지지배는 뭐가 매력이라니? 암만 봐두 그저 그렇던디?"

"공군 둘 다 대학생이라며? 은경 엄마가 그러는디 머리두 좋구 집안두 좋은 총각들이라며?"

"만나서 허넌일두 똑똑한 말들만 하루종일 한다데, 그게 뭐냐? 연애허는 것 맞지?"

그런 게 아니라고 외쳐 봐야 그 아가씨들의 기세를 누그러트릴 수가 없다는 걸 알면서도 허우적거리듯 아니라고 고장난 녹음기 같은 소리나 하고 있는 내가 한심했다. 급기야는 손좀 봐줘야 한다는 소리까지 나오는 판이었다. 텃세였다.

그 애들은 며칠들이로 생일 파티라는 것도 그곳에서 열었는데 그런 때면 "한복점!" 우릴 불렀다. 생일 케이크를 함께 먹자는 초대, 우리가 아무 재미도 없고 그들이 하는 짓에 웃어 주는 일마저 인색한 사람들인 것을 자꾸만 잊어 먹는 모양이었다. 건너가 보면 정경들이 그러저러했다. 그곳을, 그 아가씨들을 우습게 보는 민 양인지라 보통 때는 같이 가자는 말도 못 꺼내는데 오늘은 어찌 수월하게 따라오던 민 양이 기분이 상해서 돌아갔으니 이제 그렇게라도 잠깐 건너오는 일마저 없을 것 같다. 아무 일도 없어야 할 텐데 은근히 걱정이었다.

그곳에서 오가는 생일 선물은 민 양이나 내가 선물 품목이라고 생각도 못해 본 이상스런 팬티 한 장이거나 웃자고 장만한 게 틀림없어 보이는 것들이었다. 두꺼운 천을 재봉틀에 나선으로 계속 동그라미를 그리며 박으면 한가운데 쪽이 밥공기처럼 올라오고 밖으로 가면서 천이 서서히 오그라들어 흡사 브래지어 형태가 나온다. 초보자가 재봉틀로 박음질을 하면서 제대로 손으로 천을 조절하지 못하고 천의 성질을 잘 모를 때 나오는 현상이었다. 그렇게 박아 포장을 거창하게 해서 내놓으면 아가씨들은 동네가 들썩거리게 자지러지는 웃음판이 벌어진다. 그게 뭐 그리 우스운 걸까. 안 나오는 웃음을 웃기도 그렇고 어정쩡하게 어색한 느낌을 견디다가 한복점으로 건너오게 된다. 곰곰 생각해 봐도 우리는 저들과 뭐가 달라서 격이 지는가, 의문이 들었다. 저들에게는 생각이란 게 없는 듯이 웃고 떠들고 친구끼리 갑자기 껴안는다거나 등 뒤에서 껴안고 옷 속에 손을 넣어 가슴을 만지는 게 예삿일이 된다. 거침없이 행동하는 게 나이답고 건강한 노릇이라고 시위하듯 그런다. 내가 보기도 역겨운데 민수는 아무래도 소름이 끼쳤을 것이다.

논밭에서 일하면서 자란 것은 그녀들이나 우리가 다를 것도 없는데 거침없는 말투 따위는 어디서 갈래 가졌는지 따져 볼 일도 아니게 사방에서 쉽게 들려오는 소리, 민 양이 질색하는 그런 거칠고 상스런 언어는 이곳 아가씨들은 어려서부터 길들어서 자연스럽게 배어 든 몸의 말일 것이었다.

"공군 두 명이 다 민 양인가 뭣인가만 좋아할 리는 없고 그 중 한 명은 한 양 너를 좋아하는 거 맞지?"

"글쎄…."

"글세는 서당에 내는 거구, 한 양 너두 조심혀, 많이 변했다구들 허는 참이니께."

"아직 물어보지 않았는데 오늘이라도 공군들이 오거든 물어 보께."

“한 양은 좀 나은가 했더니 똑 민 양인가 뭣이깽인가 닮어가네, 사람 무시허넌 거! 아무튼 꼴베기 싫은 인종들이여.”

더 있고 싶어도 그들의 심통이 점점 심해지는 판이라 바쁘다는 핑계를 대고 돌아섰다. “꼴뵈기 싫은 인종 퇴장이요.” 너스레로 머쓱한 기분을 지우면서.

메스꺼움이 점점 더 심해져서 한복점에 들어오자마자 박스에 꼭꼭 포장해 놓은 김치통을 연다. 따로 주방이 없는 집 구조였으므로 가게에서 반찬 냄새가 날까 세심하게 챙기느라 겹겹이 싼 비닐을 열고 국물을 한 국자 떠 마신다. 멀미는 그 애들의 느끼한 대화가 문제였는지 케익이 탈을 내는 것인지 모르겠지만 한나절쯤은 고생해야 사라질 증세였다.

“너도 한 국자 주까?”

“여직 참았겄어? 벌써 몇 국자나 먹었구먼.”

민 양의 퉁명스런 대꾸. 우리 둘만 있으면 공기층이 삽삽한 느낌이다.

학교에서나 길에서나 어린 우리들이 모여 노는 곳이면 들려오던 욕설 반 상소리 반이던 헐벗은 언어, 민 양이 그걸 몹시 싫어하듯 나도 그렇게 자랐다. 그게 우리의 언어가 그 시절 시골 애들의 보편성에서 갈래가 지기 시작한 까닭이었을 테니 순해서 힘없는 말, 한마디로 욕이라도 해붙이면 좀 강단 있어 보일 자리에서 그러질 못하고 어물어물 물러서므로 약자로 보이게 만드는 말투 때문에 살아오면서 아쉬운 생각이 들 때도 있긴 했다. 그 말투가 왜 우리에게 들어와 따돌려지고 아니꼽다는 말을 듣게 하는 빌미로 놓이게 되었는지 모르겠지만 성가신 부분도 많았다.

옆 술집에서 건너오는 말이며 양장점 아가씨들이 쓰는 말들이 비슷하고 그 비슷한 말을 사용하지 않는 민 양과 나는 '점잔뺀다' 거니 '내숭떤다'거니 구석으로 몰리는 경우가 되는 것인데 우리를 고치려 드는 사람들이 많고 그렇게 소외되면서도 누구에게 잘 보이고 싶지도 않았다. 점잖다는 말도 별로 듣기 좋은 것이 못되므로 그런 걸로도 기분이 상하곤 했는데 사람들은 그런 잣대를 써서 우리를 분류해 놓고 마치 무슨 잘못을 나무라듯 할 때면 사뭇 억울한 생각이 들었다.

계절은 추운 겨울이 물러나고 봄바람이 완연해졌다. 마음이 풀어지는 봄, 타동에서 온 여자들이 일하는 가게이니 한복점에 들어와 장난치고 싶어 난데없이 들어온다거나 실없는 소리를 하는 청년들이 오가는 일은 여전했다.

한 양이 기은리 이모네로 자러 간 어느 날은 밤도 늦어 하던 바느질거리를 접어 치우는 중인데 누가 빽빽한 문을 열기 위해 덜컹거리고 있었다.

"무슨 일인데요?"

채 들어서기도 전에 빽, 소리부터 질렀다. 두려움 때문이다. 너무 심하게 다그치는 수의 서슬에 당황하는 기색이 역력한 청년이 엉겁결에 내놓은 소리가 팬티를 꿰매줄 수 있느냐는 어이없는 말이었다. 순간 머릿속이 하얘졌다. 아무 생각도 떠오르지 않아 앞 뒤 정황을 잴 여유도 없이 또 짓궂은 청년들이 그렇게 불쑥 말도 안 되는 소릴 하면서 장난치는 것으로 지레 짐작한 것이다. 구로동 시절 길에서 만나면 말은 못하고 흙덩이를 던지거나 외마디 욕으로 시비를 걸던 그 머스매들을 똑 닮은 청년들, 싸우자는 의도가 아니고 잘 사귀어 보자는 의사 표시를 그렇게 밖에 못한다는 걸 알면서도 듣는 순간 야비한 말투를 질색하게 되던 거였다.

타동을 타는지 낯모르는 총각들이 가끔 들어와 시비를 걸듯 그러고 나가는 일이 흔하므로 영락없이 또 그들인 줄 알았으므로 가시를 있는 대로 다 세웠을 건 당연했다. 뭐라고 했는지 수는 자신이 해놓고도 기억도 안 나는 심한 말을 했던 것 같다. 욕도 아니면서 독한 말, 그들이 얼른 문밖으로 나가고 나서야 다급하게 불을 끄듯 그럴 상황이 아닌 듯했다. 장난이 아닐 수도 있겠다는 느낌이 얼핏 들었다. 뭐라고 했는지 내용을 기억할 수 없이 불붙은 숯덩이 집어던지듯 말을 집어던진 수에게 대거리를 않고 얼른 밖으로 나간 것도 그렇고 얼굴도 못 들고 쩔쩔 매며 말을 더듬던 태도도 생각을 해 보니 짓궂은 장난을 치러 들어온 사람이라고 하기는 애매한 부분이 있어 맘에 걸렸다. 그 모든 일이 시작에서 종료까지 채 몇 초나 지났을까? 엉겁결이라고는 해도 너무 했다는 생각이 들었다. 느싯한 한 양이 곁에 있었더라면 그리 놀라지도 않을 일이어서 없는 한 양이 아쉬웠다.

그 동네 축구부 청년들이 유니폼을 만들어 줄 수 있겠냐는 부탁을 하러 왔었다고 했다. 수는 그것을 속옷으로 알아들었고 그건 곧바로 수가 쩔쩔 매는 꼴을 보려고 수작을 걸어오는 것으로 여겼으니 보나마나 가시란 가시는 다 내밀어 고슴도치 같았을라, 스스로도 짐작이 되어 생각할수록 멋쩍은 노릇이었다. 그곳은 공군들이거나 동네 청년들이거나 우리에게 농담을 걸고 장난치고 싶어 하는 경우가 많았다. 허튼 장난을 좀 놔두면 어떻다고 그걸 막는 일에 그리도 매몰찼을까, 멋쩍음을 무릅쓰고 여자들이 일하는 곳에 간신히 들어온 청년에게 느닷없이 심한 소리를 한 것, 앞뒤가 엉키고 오해가 생기게 된 것은 수의 급한 성격 탓도 컸을 터였다.

놀란 가슴이 진정되고 이제 잠이나 자야겠다. 문을 걸어 잠그는 판인데 누가 또 문을 흔든다. 좀 전 일도 있고 해서 이번에는 "누구세요?" 침착하게 말을 냈다. 덜컹, 덜컹 대답은 없고 다시 문을 세차게 흔든다. 밖의 목소리가 없으니 다시 상황판단이 뒤죽박죽이 될 판이다.

"무슨 일인데요?" 목소리를 낮춰 다시 묻는다. 그래도 밖은 소리가 없다. 생각할 겨를도 없이 문을 왈칵 열었다. 옆집 주점에서 떠드는 취객들이 그나마 믿는 구석이어서 나온 행동이었을 것이다. 문을 열자 쓰러지듯 수에게로 안기는 사람, 술냄새가 확, 끼쳤다. 넘어질 것 같아 받아 안기는 했지만 놀란 건 마찬가지, 감정을 가라앉히고 안았던 사람을 방바닥에 내려놓고 보니 숙자였다. 은경 엄마 친구 숙자, 벌벌 떨면서 얼른 문을 잠그고 불을 꺼 달라고 했다. 겁에 질려 제정신이 아닌 분위기에 휩쓸려 얼른 문을 잠그고 커튼을 쳤다.

물을 한 잔 먹이고 자세히 보니 여기저기 핏자국이고 멍자국이 얼룩져 있는 몰골, 곱고 단정하던 그녀라고 얼른 믿기지 않는 형상이었다. "병원에 안 가도 되겠어? 어디 많이 다친 데는 없어?" 급한 대로 피가 많이 나는 곳이 없는지부터 살폈다. 팔이며 손등에 얕게 긁힌 자국들만 조금 있고 위급으로 판단할 곳은 없었다. 불을 끄고 그렇게 한참 진정한 숙자가 띄엄띄엄 말을 내놓는다.

"그놈이 우리 집으로 갔을 텐데 어떡하지?"

"…"

숙자의 친정은 어린 동생과 홀어머니만 산다는 소릴 들은 적이 있다. 같은 동거라도 은경 엄마와 숙자를 다르게 봤던 것은 은경 엄마 처지는 본부인이 있는 사람의 첩이라는 점이었고 숙자는 처녀 총각이 만나서 동거를 하는 판이라서 아주 올곧은 형태의 관계라고는 못해도 조금 나은 걸로 보고 있었던 것인데 이건 무슨 경우인가 모를 일이 벌어지고 있는 것이다.

수 곁에 새우처럼 오그리고 누운 숙자 숨소리가 가지런해지고 있었다. 그런 상황에도 잠을 잘 수 있는 느슨한 사람이구나, 속으로 했던 생각이 들리기라도 한 듯 숙자가 불쑥 말을 걸어왔다.

"민 양아, 너는 잘 알아보고 교제해라, 죽자 사자 할 때는 암것두 안 보인다. 한이불 속에서 일 년쯤이나 살어야 제대루 보이는 게 남자더라."

그 '교제'란 낱말이 불순한 느낌으로 와닿았지만 대꾸하기가 싫었다.

"… 우리 엄마만 아니면 어디로 멀찍이 가 버리고 싶은데 엄마가 시달릴 생각하면… 이 노릇두, 저 노릇두 못하겠다."

"…"

"오늘두 뭐 큰 일루 싸운 거는 아녀, 그 시간에 집에 오지 않는 사람이라 볼 일도 있고 서산에 나갔다 왔어, 그런데 미니스커트 입고 쏘다닌다고 트집을 잡아서 말다툼이 그렇게 된 거야, 요즘은 걸핏하면 손찌검인데 다른 날은 얼른 피해서 큰 싸움은 안 났었어, 트집 잡는 버릇을 빼야겠다고 벼르던 참이라 꼼짝도 않고 할 말 다하려구 했넌디 나중에는 눈깔이 뒤집어지더라. 버릇 뺀다고 덤볐다가 일을 키웠어, 이웃사람들 부끄러워 그냥 참고 살살 달래곤 했는데… 점점 엇나가는 것 같어."

"노출이 심한 옷 입는다고 트집이면, 뭔가 문제가 따로 있는 거 아니냐? 제대로 된 속을 알아야 해결이 날 것 같은디, 엄마는 뭐라고 하셔?"

"우리 엄마는 팔자내림이라고 울기만 하셔, 우리 아버지가 술만 드시면 그러셨다는데 하나밖에 없는 딸자식이 에미 팔자 탁했다고…."

"요새 세상에 누가 맞고 살아…."

수는 입바른 소릴 한 것 같아 하던 말을 자른다. 저자 근처 살면서 자주 보는 게 그렇게 남자한테 두들겨 맞는 아낙들이었다. 어찌된 게 파출소에 신고를 해도 힐끗도 안 하는 게 그런 경우였다. 부부싸움은 물 베기여서 끼어드는 게 아니라고 그런단다. 그 것도 약자가 남자 측이라면 그런 소리는 안 할 것 같다. 신체 조건을 따질 것도 없이 불리한 여자와 우왁스런 남자가 싸우는데 그것도 일방적으로 폭력을 당하고 있는 판국에도 물 베기라는 말이 나온다니 할 말이 없어진다. 그러니 곁에서 어느 아낙이 맞아 죽는대도 말리지 말라는 되먹지 못한 불문율이 통용되던 세월이었다. 혹시라도 옆집에 들릴까 봐 목소리도 못내고 귀에 대고 소곤거리듯 숙자는 그간의 속내를 말하면서 어느 대목은 터져나오는 흐느낌 탓에 말을 알아듣기도 어려웠다. 엄마 호강시켜 준다고 사귄 남자가 엄마를 지옥살이 시키고 있다고 우는 그녀의 한스러움이 남의 일 같지 않았다. 처음에는 무슨 일이 있으면 은경이 아빠, 상사 귀에 들어갈까 봐 쉬쉬하던 남자가 이제는 무서운 게 없는 듯하다했다.

딱하기 이를 데 없는 얘기를 들으면서도 수는 숙자가 처음에 말한 판단을 잘하면서 교제하라던 난데없는 충고가 내내 걸렸다. 뭔가 사람들이 오해를 하는 것 같았다. 그건 동네에 돌고 있는 소문일 수도 있어서 그런 사이가 아니라고 백번 말해봤자 헛짓일 것 같다. 나중에는 그 말을 타내기도 싫어서 그냥 접어 두기로 했다. 남녀가 모여 앉아 얘기라도 하면 모두 그렇고 그런 사이라고 몰아가는 모양이었다.

한복점에 놀러오는 공군들이 이제 두 명으로 정해진 듯 김영찬과 이현우 뿐인데 그 부분도 생각해 보면 이상하긴 했다. 왜 들락거리는 패들이 발걸음을 멈춘 거지? 우리가 별스런 사이라도 되는 줄 아는 것 아닐까? 그러고 보면 주점 아주머니나 양품점 새댁 같은 이들이 한 양과 수가 구설수에 오르지 않도록, 헛소문에 휘둘리지 않도록 잡아 주는 역할을 하고 있다는 걸 알 것 같다.

숙자는 밤새 얘길 하다 울다 하면서 스스로 결론을 찾아가는 것 같았다. 사람은 변하지 않는다는 것, 자기 아버지도 술병으로 돌아가시기까지 자기 엄마를 의심하는 버릇을 고치지 못했다는 것이다. 억울해서 복통을 하다 죽을 노릇인데도 참고 살았던 엄마나 밥수저 들 힘도 없이 누웠다가도 자기 엄마를 닦달할 때 보면 힘이 장사였던 아버지나 한 쪽이 죽어 사별하지 않으면 결판이 날 노릇이 아니라는 걸 어린 마음에도 알 것 같아 진저리를 냈다는데 그 전철을 자신이 고스란히 밟고 있어서 소름이 끼친다고 했다. 늙어가는 어머니를 위해서 겨우 해 주는 게 식량을 대 주는 것 정도인데 어디로 시집간들 그 정도야 못하겠냐고 했다. 참한 성격에 용모도 고와서 근처 아가씨들이 부러워 할 조건을 다 갖추고 사는 줄 알았더니 속내를 알고 보면 그지경이었다.

한 양이 오기 전에 간다면서 숙자는 자기가 잔 자리를 깔끔하게 정리하고 어둑발이 덜 가신 새벽바람에 문을 나섰다.

"어디로 갈 거야?"

"밤새 술을 마셨을 테니 해장국이나 끓여 줘야지…."

수는 갑자기 명치끝을 쥐어질린 듯 하마터면 헉, 소릴 낼 뻔했다. 아침이라도 먹여 보내야 할 것 같아서 물어본 것인데 쓸쓸하게 웃는 숙자가 갑자기 인격체 밖에 있는 존재로 보였다.



수가 그곳에서 그만 살아야겠다, 떠날 생각을 다시 하게 된 것은 빗돌머리에 살던 김 서기 댁 아줌마를 거기서 만난 뒤였다. 그 아줌마는 빗돌머리 살적에 이 강애 여사의 도움을 많이 받은 걸로 아는데 어릴 때 본 무섬을 타던 그 애리애리한 새댁이 아니고 무슨 말이건 삐딱하게 하는 수다쟁이 아줌마였다. 남의 입을 통해 수의 가족사가 흉꺼리, 웃음거리로 회자된다는 것이 어떤 느낌인지 알게 해 주던 사람, 수가 없는 자리에서 이강애 여사의 재혼 문제를 입에 올리는 것도 못 견딜 일인데 사람 많이 모인 자리에서 의붓아버지를 말길에 올린다는 것은 더욱 질색할 노릇이었다.

그 아줌마가 빗돌머리 살던 때에는 수가 너무 어려서 몰랐던 부분들이 이곳서 다시 만나 자세히 보니 입이 몹시 사나운 아줌마였다. 저런 사람을 이강애 여사는 어디가 그리 이뻐서 지극정성으로 보듬었을까. 가족에게는 데면데면하면서 남에게는 살가운 특성이 고스란히 원망스러워지던 대목이었다.

김 서기가 출장을 가면 무섭다고 도움을 청하던 사람, 이강애 여사가 동기간 돌보듯 보살핀 것을 수가 어린 날에 보았던 일이라도 다 기억하는데 수의 가족 얘기를 가지고 난데없이 흉을 보거나 말길에 올린다는 게 이해가 안 되는 일이었다. 무서워 벌벌 떠는 어린 우리를 어둠 속에 팽개치듯 놔두고 김 서기 댁을 보호하기 위해 사흘들이로 집을 비우는 이강애 여사의 밤마실이 몹시 싫고 야속했다.

"쪽문 잠거라."

거기다 어둠속에 나가 쪽문을 잠가야 하는 일까지 우리의 몫으로 남겨지는 일이었다. 사나운 북풍이 밀어서 잘 닫히지 않는 쪽문을, 깨질 듯 시린 손으로 잡고 어둠 속에 빗장을 꽂아야 하는데 어디가 어딘지 자꾸만 엇나가게 꽂히는 빗장과 씨름하다 으앙! 울음이 터지는 날도 있었으나 수는 동생들을 돌봐야 하는, 집에 남겨진 가장 큰 아이였으니 용감한 척 울음을 참으며 동생들을 재워야 한다. 어렵게 잠근 쪽문 빗장이 빠졌는지 바람소리는 덜컹거리고 몰아치는 바람은 방문까지 열어저칠 기세로 흉흉하던 밤, 어둠이 무서워서 가슴이 쪽문보다 더 세게 덜컹거리는 불행한 밤들을 다 기억하는 수에게 그 아줌마는 그래선 안 되는 사람이었다.

그런 밤이면 쥐가 보꾹을 뛰어다니는 소리에도 소스라치게 놀라곤 하던 수는 초등학교 저학년의 어린애였다. 깊은 수렁만 같던 어두움이 우리를 집어 삼키고 다시는 놔 주지 않을 듯한 절망 속을 헤맸다. 그럴 적마다 출장이 잦은 김 서기며 어른이 무섬을 너무 타는 김 서기 댁이 원망스럽던 기억들이 생생한데 그 아줌마는 지금 누구를 헐뜯고 다니는 것인가. 물론 수가 대산에 살지 않는다면 얘깃거리도 안 될 소리겠지만 그건 곧 수를 궁금해 하는 사람들의 호기심을 채워 주는 소식이어서 곧바로 수를 모욕하겠다는 짓이었다.





"오호! 그런 집 딸이었어? 눈 내리깔고 다녀서 또 굉장한 집 딸인 줄 알었지."

입이 걸고 심심한 사람들이 아무 감정도 없이 내미는 그런 정도의 말에도 수는 속이 많이 상했다. 그러니 김 서기 댁이 미깔 맞지 않을 리가 없는 것이었다.

'내가 뭘 어쨌는데?' 다시 억울한 자리, 수가 짐 지고 온 게 늘 그렇게 어째 볼 여지도 없이 완고한 '억울'이었으니 뭐가 되었든 수의 힘이 미치지 못할 부분에 그런 것은 장치되어 있어서 생각을 묶고 행동을 묶어 아무 노릇도 못하게 하던 것, 무력증이었다. 그래도 그걸 극복하려고 사람이 없는 들길로 나가는 일은 조금 숨통이 트이는 짓이었다.

오나가나 사람이 무섭다는 수렁 같은 기분에 잠기게 되던 날은 끼어 있어서 수가 부쩍 자라서 어린 날을 벗어난 자리라고 여기던 대산이 전날의 곤고와 연결되는 느낌은 딱한 노릇이었다. 무심한 척 수에게 말을 안 걸고 조심하는 게 보이는 한 양의 태도조차 싫었다. 차라리 터놓고 누가 뭐라고 하더라고 전해 주면 좋을 일을 격을 두고 말을 참아 주는 그게 도움이 아니라는 생각이 드는 것이다. 괜한 사람에게 가시를 세우며 난처한 구석으로 스스로 몰리는 처지에 화가 났다.

수의 격을 깎아내려서 무엇에 쓰랴만 그러고 다니는 김 서기 댁을 그냥 놔두고 보는 일은 여러모로 안 될 것 같았다. 그런 말이 스스럼없이 아무 곳에서나 나오는 의도가 뭔지나 알아보고 한 번 쐐기를 박아야지 벼르다가 말았다. 그럴 것도 없는 것이 그 아줌마가 밥 먹고 주로 하는 일이 그렇게 남의 말 함부로 하다가 무릎맞춤이나 하고 이웃과 싸움질이나 일삼는다는 걸 알게 되었던 것이다.

그 아줌마를 상대하는 것도 실없다 여겨진 것은 옆집 주점 아주머니의 위로 덕이었다. 시무룩하게 앉아 있는 수가 안 돼 보였는지 주점 아주머니가 등을 토닥거리면서 김 서기 댁 정도에 마음 상하지 말라 하셨다.

"그 여편네 하는 꼬라지 마음에 담아 두지 말어, 살림이고 뭐고 아무 것도 할 줄 모르는 주제에 입만 사나워 남의 말을 좋게 하는 법이 없어, 옮길 말 가마리가 생기면 신발 벗어들고 천리라도 달려갈 위인이여."

"…"

"동네서 사흘들이로 머리끄뎅이 맞물고 싸움질이나 하는 여편네여, 본디 있는 한복점 아가씨들이 상대헐 사람이 아녀."

한복점이란 특성이 젊은 사람이 드나드는 일은 드물고 나이 든 아줌마들이 주요 고객들인데 혼수 바느질거리를 가져오는 때나 치수를 재려고 젊은 아가씨가 따라온다. 그러니 쓸데없이 들락거리던 동네 아가씨들도 우리가 별로 내키지 않는 사람들이라고 치워 뒀을 터여서 우리는 나이 지긋한 아주머니들과 주로 말을 섞으며 살았다. 어른들과 가깝게 살아서 덕을 보는 여러 일 중에 주점 아주머니처럼 우리가 궁지에 몰렸을 때 편을 들어 주는 후덕한 분들이 많았던 점이다. 후덕은 그분들이 살아 낸 세월에서 얻은 것, 풍파가 곰삭아 내린 심덕일 터이다.

그런 나이 지긋한 아주머니들이 줄곧 앉아 있으면 공군들이나 젊은이들이 한복점에 들어온다 해도 견디지 못하고 곧 나가 버리게 된다. 한 양이나 수는 나이 든 어른들을 좋아했다. 양장점이 아가씨들이 모이는 곳이라면 한복점은 경노당 분위기가 감돌았다. 그 연륜에서 우러나는 얘기들은 들을수록 솔깃했다. 타동에서 들어왔다고 마음 써 주고 감싸 안는 그분들이 한복점 이미지를 좋은 쪽으로 밀어 주는 조력자 역할까지 하였으므로 가뜩이나 애늙은이 같은 언행의 한 양과 민 양이라 불리는 수는 젊은이들의 눈에 어떻게 비칠지는 뻔했다.

풀리는 날씨 탓인가 좁은 공간이 부쩍 답답해졌다. 마치 갇혀 있다는 생각이 드는 것이다. 누가 발길을 막은 것도 아닌데 갇혀 있다는 생각이 들다니 웃긴다 싶으면서도 유리창 너머로 자꾸만 눈길이 간다. 훨훨 어딘가로 가고 싶다는 생각을 키우기에는 맞춤한 훈풍의 날이 온 것이다.

바쁜 일거리가 없는 날은 한복점을 나와서 솜털 같은 봄볕이 내리고 있는 외곽으로 걸어 나간다. 이곳에 와서 가게 밖으로 나와 본적이 별로 없다는 생각이 든 것이다. 그럼 수는 대산다운 대산을 사는 것이 아니고 상점들만 모여 있는 신작로 가에서 기거하는 셈이라는 생각을 하며 씁쓸해한다. 그곳을 조금만 벗어나면 곧 농사 준비를 하는 논밭 풍경이 펼쳐져 있는 농촌 동네, 마음만 먹으면 어디로든 갈 수가 있고 봄은 지천으로 고여서 수를 반겼다. 이런 자유 천지를 놔두고 석유 냄새가 코를 찌르는 좁은 방안에 박혀 살았다니 한심한 일이었다.

눈을 들어 하늘을 본다. 대산의 하늘, 조금 시선을 내리면 높지 않은 순한 산들이 보이고 한 봉우리, 커다란 구를 올려놓은 그곳엔 김영찬이나 이현우들이 있는곳, 그들 말대로 한복점 누님인 우리의 마음까지 읽어 낸다는 그 레이다라는 걸 상상해본다. 그건 대산을 특징지을 만하다. 수는 거기 정말로 안개처럼 뭉글거리는 자신의 마음이 화면에 나올 것만 같다. 그게 변덕스럽게 형체를 바꾸며 떠흐르는 모습이 아니길.

시대양품점 뒤쪽으로 나 있는 길을 따라 조금 가 보니 개울이 나왔다. 개울을 건너면 낮은 언덕, 어느새 꽃다지가 피어 하늘거리는 개울가에는 온갖 나물들이 움트고 시리도록 맑은 개울물, 물가에 가만히 쪼그려 앉아 손을 담그면 송사리가 몇 마리씩 무리지어 다가와 손끝을 간질이다 놀라 흩어지곤 한다. 물에 점을 찍은 듯 까만 눈만 보이는 반투명 생명체들, 물 색깔을 띤 그것들은 손에 잡으면 녹아 버릴 것만 같은 그렁그렁한 것들, 물 위에 손 그늘만 움직여도 화들짝 놀라 흩어지는 것들, 거기에 비한다면 수는 자신이 너무 무지막지하게 센 생명 줄을 갖고 있는 생명체 아니냐? 엄살을 떨며 살아 온 길이 조금 미안하다.

송이가 작아서 바짝 땅에 머리를 굽혀야 제대로 보이는 노란 꽃다지들이 그렇고 눈을 비비고 봐야 겨우 보이는 좀꽃마리도 줄기 끝에 아련한 연보라 빛으로 피어나 제 자랑인데 살아서 움직이는 것들은 모두 약해서 눈물만 같은 봄 개울가에 앉아 찬찬히 둘러본다. 이렇게 순하게 즐비한 것들이 저저끔 잘 살고 있었구나, 늘 그렇듯이 자신의 감정만 대단한 양 불평하느라 주변을 둘러볼 여유나 있었던가? 실바람에 이는 잔물결에도 놀라 떼를 지어 달아나는 송사리들 노는 양에도 수는 뜻 없이 마음이 저린다.

세상에 와서 숨 쉬는 것들은 왜 저렇게 목 메이도록 가련한 것인가, 만물에 빗대어 속 깊은 곳에 든 가련을 울어서 저무는 날, 그러나 또한 잠깐 마음을 바꾸면 석양이 감싸 안은 생명들은 아름다워 눈이 부시는데 실눈을 뜨고 보아야 할 만큼 찬란한 것들, 난데없는 측은지심에 휩싸이다가 경외심에 떨리다가 오락가락 출렁거린다. 어질어질 물멀미가 날 정도로 송사리 떼를 오래 바라보다가 일어서면 다시 살아 봐야 할 것 같은 무언가가 사무친다. 삶을 포기하고 주저앉은 적도 없는데 웬 다짐이냐, 다시 살자는 다짐을 주워들 듯이 속에 담고 시침을 떼고 들어서면 석유 냄새조차 참을 만큼 무던해진다.

아줌마, 별로 비중도 없는 그 김 서기 댁 말이 뭐라고 그토록 맘이 상했니, 돌아보면 수가 스스로를 돌보지 않았다는 자책이 인다. 뭐 할 일이 없어 별로 가깝지도 달갑지도 않은 사람의 말 몇 마디에 이곳을 뜰 생각까지 들어 흔들리는가. 겨우 그 정도냐고 일축하고 싶도록 어느새 속이 이렇게 작고 좁아졌을까 옹색한 마음자리를 어이없어하게 된다.

오래 견디면 몸 안에서 뭔가 술렁거리며 일어서는 게 있다. 몇 계절이나 살았다고 대산도 오래 견뎠다는 생각이 든다. 그러니 떠나야겠다는 소리가 너무 세차기 전에 대책이 있어야 하겠다. 무언가를 찾아 다시 환경을 바꿔 봐야 할 차례, 마음을 다스려 바로 보자. 자연은 늘 수에게 지나치게 많은 것을 내주었지, 그래서 떠나라는 소리를 해 주고 다시 활력을 되찾아 지친 마음을 추스를 기회를 만들게 하는 것도 자연이 준 힘인데 여기를 떠날 당위를 찾아야 할 일거리가 생긴 김에 천천히 마음이란 것의 주름을 살펴보자 했다.

때는 훈풍이 가득한 봄이고 산 너머 남촌에서 불어오는 꽃냄새가 맡아질 듯, 맡아질 듯 향긋한 대기, 수의 생애를 나이별로 나눠 본다면 봄이라는 계절쯤이 아닐까? 그렇다면 지지리 궁상 같은 바느질이 다 뭐냐, 싶어지기는 한다.

이강애 여사의 슬하로 들어가는 일만 아니라면 어디 간들 숨은 쉬지 않겠는가, 수는 숭배하지도 않는 재봉틀에다 봄날을 바치지 않아도 되는 일을 찾아봐야 한다는 생각만으로도 뭔가 앞이 트이는 기분이다. 적어도 자존감이 꼿꼿한 청춘시대에 들어선 것 아니냐? 떠나는 일, 지금 당장은 아니라도 머잖은 미래의 일이라고 말미를 둔다.

이 지역에는 주둔한 공군부대 탓에 처녀들 눈이 이마에 붙어 시집가기 어렵게 생겼다는 우스갯소리가 있다. 아주 틀린 말은 아니어서 처녀들은 열망하느니 공군과 사귀는 일이라고 했다. 그래서 그런지 이곳 아가씨들 대부분은 신랑감 첫째 조건이 공군이듯 어울려 다니는 상대도 대부분 공군들이었다.

70년대 초머리 그때만 해도 남녀가 사귀는 티를 내기가 쉽지 않은 분위기였는데 요행으로 공군을 사귀게 된 경우 여봐란 듯이 손잡고 다니는 광경도 더러 볼 수가 있었다. 공군들이야 아는 사람이 없는 먼 타동이고 제복이 가려 주는 익명성의 사람들이니 그럴 수 있겠으나 그 상대역 아가씨는 용감하다고밖에 달리 할 말이 없었다. 나고 자란 시골 면 소재지 뻔한 동네서 그렇게 당당할 수 있다는 게 부러우면서도 속마음을 감추고 숭하다고 쯧쯧쯧 혀를 차면서 창밖으로 지나가는 그녀들을 바라본다. 그들 부모도 용납하는 일인데 또래였던 한 양이나 수의 생각이 더 고루한 모양이어서 그들 대신 얼굴을 붉히게 되던 것이다.

"한 양아, 저것 좀 봐봐!"

굵은 자갈이 툭툭 불거진 찻길을 아슬아슬해 보이는 굽 높은 구두를 신고 팔을 두른 채 불안정한 자세로 걸어가는 남녀가 무슨 구경거리라고 한 양한테 보라고 했다. 그런데 곧 넘어질 것 같던 하이힐은 아쉽게도 무사하게 시야를 벗어난다.

"아무데서라도 넘어지긴 했을껴, 그러니 걱정 붙들어 놓구 일이나 혀, 여기만 땅인가? 모르면 몰라도 구두굽은 까졌을라."

바쁜 일거리를 잡고 있으면서도 자꾸만 신작로에 눈을 주는 수에게 한 방 날린 한 양은 노련한 한복점 주인답게 점잖은 시늉을 한다.

"우리 보는 디서 한 필지 사고 갈 줄 알았더니 서운해서 그러지 뭐."

이곳에서는 넘어지는 일을 땅을 산다고 말했다. 땅에 몸으로 도장을 찍는다는 지독한 은유였다. 아직 도로가 포장된 곳이 없던 시절이라 울퉁불퉁한 노면에 그런 구두는 땅을 사기 딱 좋았고 더구나 근처 상가에서 허드렛물을 자기네 집 앞에 내다버리는 통에 자갈이 없는 곳은 질퍽거렸다. 그런 곳에서 손잡고 지나던 남녀가 넘어지는 경우 구경하는 시간이 짧아서 그렇지 싸움 구경 다음으로 볼 만하다고들 했다.

물속처럼 고요가 흥건한 동네, 공군들이 풀려나오는 시간이 아니면 너무 조용해서 고만고만한 가게들이 늘어앉아 해바라기하는 심심한 곳이었다. 누구네 가게로 사람이 들어갔다거나 어디서 낯선 사람이라도 나타나면 약속이나 한 듯 눈길이 쏠리는 것이다. 그러니 젊은 남녀가 손을 잡고 활보하기는 웬만한 담력으로는 어려운 지대였다. 한복점으로 공군들이 오가는 일도 조심스러운 것은 누가 뭐라고 잘못 말할까 두려웠다.

행실 나쁜 아이들로 몰아치우면 속수무책일 것을 아는 탓이다. 솜씨 좋고 얌전하다고 평판이 나 있는 '한복점 아가씨들'이란 호칭에 혹시라도 다른 이름으로 덧칠 되는 경우가 생긴다면 그건 전적으로 수가 와 있는 탓일 터이고 한 양이 터를 잘 닦아놓고 단정하게 가꿔 가는 가게 이미지가 엉망이 될 판이었다. 수가 온 뒤로 놀러오기 시작한 공군들이라서 더 조심스런 노릇이었다.

사실과 관계없이 어떤 경우라도 책잡힐 일은 안 하는 게 이로운건 물론이고 한 번 오해가 소문으로 바뀌면 그걸 바로잡기는 '대략난감'이라고 봐야 한다.

시골동네서 평판이 나빠지는 것은 별다른 일을 저질러서가 아니라 우연한 말 한 마디, 무심한 행동거지가 빌미로 작용할 수도 있다는 걸 안다. 길에서 만난 사람과 인사라도 하다가 동네사람 눈에 띄는 경우 누구랑 함께 가는 걸 봤다느니 한 소리만 건너가면 그 뒤는 자연 발생적으로 이야기가 탄생하는 일이 허다하다.

시골 저자거리 동네, 하루 종일 유리창 너머로 내다보는 눈들이 심심해서 몸살이 날 것 같은 분위기인데 누군가 악의로 우리를 바라본다면 여지없이 그런 소문에 휘말리기 좋은 여건을 갖추고 있던 것이다. 타동에서 들어온 처지에 자주 놀러 오는 김영찬과 이현우, 그들은 왜 두 사람이 함께 다니는지 모르지만 숫자도 우리와 같아서 이상한소문이 나자면 벌써 사람들 눈에 거슬렸을 일이었다.

마음이 쓰여 아주 추운 날이 아니면 문을 조금 비켜 둔다거나 그 공군들이 오면 약간씩은 조심을 한다. 문이야 열거나 닫거나 다 보이는 유리문, 다만 누구든 개의치 말고 드나들어도 좋다는 뜻으로 치레처럼 벙긋해 놓는 문, 무슨 일이든 조심해서 나쁠 건 없는 노릇이었다.

운 좋게도 무던한 주변 어른들을 만나 말썽 없이 무난하게 살아가는 건데 잘 엉길 줄도 모르고 말수가 적은 한 양과 수가 여일하게 호의적인 사람들에 둘러 있다는 것은 복 중에서도 인복이라고 하는 그중 좋은 걸 누리고 사는 셈이다.

선술집 아주머니가 아침 일찍 새로 끓인 해장국을 퍼온다는 건 밤새 귀에 대고 떠드는 취객들 문제로 미안해서 그런다지만 무시한들 어쩔 것인가. 겉절이만 무쳐도 들고 오는 양품점 새댁의 친절도 우리가 타동에 들어와 산다는 일을 잊게 한다. 풍로 가게 아줌마나 주변 사람들이 더러 공군들에 대한 걸 묻는 경우도 있었는데 이제는 낯이 익어서 그들끼리도 인사를 하는 사이가 되었으니 다행스러웠다. 이웃 사람들을 만나면 예절을 차려서 인사라도 하고 들어오는 그 두 병장은 그런 점도 고마웠다. 우리가 구설수에 오를까, 조심해 주던 소소한 행동들이 모두 배려였으니 말이다.

아이를 안고 우리에게 자주 놀러오는 은경 엄마라 부르는 새댁은 공군 상사와 살림을 차리고 있었다. 그런 경우란 혼기에 있는 아가씨들이 부러워하는 선망의 대상인데 순전히 공군과 살림을 차렸다는 게 그런지 시골에서 보기 드물게 인형처럼 치장한 이쁜 아기를 안고 다니며 노는 일이 좋아 보이는지 모르겠지만 그녀가 누리는 것 모두가 부러워할 노릇인 것만은 틀림없는 사실 같았다. 한복점에 잉여 공간이 있다거나 우리가 좀 사근사근한 성격이라면 놀러오는 사람으로 북적거렸을지도 모르겠다. 걸터앉을 의자 하나 없어도 아이를 업고 와서 내려놓지도 못한 채 놀다가곤 하는 은경 엄마는 순전히 신랑 자랑과 주변에서 가장 먼저 들여놨다는 TV, 어느 때는 벽이 덜덜 경련하게 틀어 놔서 우리들을 자투리 천조각으로 귀를 막고 일하게 만드는 그놈의 전축, "뽕짝이나 들을려면 뭐하러 비싼 전축을 사서 남까지 고생시키냐?"

"무슨 소리든 지맘대로 들으신다는 거야: 뭐라니? 듣기 싫은 우리까지 들으라니 상식 없지, 이건 공해도 심한 공해다. 아스피린 값 내놓으라고 할까 보다."

우리는 듣기 싫은 큰소리 때문에 두통이 일면 아스피린을 먹어 가라앉히는 노릇을 반복하므로 하는 소리다. 은경 엄마에게 그렇게 큰 소리를 오래 들으면 귀먹는다고 얘기한 적도 있었는데 별무효과다. "한복점은 음악을 싫어하는구나." 오히려 내려 보는 듯한 표정으로 새쭉해지던 것으로 그만이었다.

은경 엄마뿐만 아니라 주변 상점에 앉아서 파리를 쫓던 아줌마들도 심심하면 한복점으로 건너온다. 그들은 얘기가 하고 싶으면 오는 것 같은데 무슨 말을 해도 우리가 옮기지 않는 탓에 그렇게 아무 말이나 털어놓고 가는 것이다.

어느 날은 은경 엄마가 자랑삼던 보금자리가 엉망이 되는 사건이 일어났다. 경상도 어딘가가 고향이라는 은경 아빠는 고향에 처자식이 버젓이 있어서 큰부인이 노부모를 모시고 사는데 새장가를 들었다는 사실을 알아낸 본처가 잊을 만하면 쳐들어와 살림을 부수고 은경 엄마 머리채를 잡고 난리를 피우다가 떠난다 했다. 그날도 한바탕 난리가 났던 모양이다. 한 양이 마침 이모 집에 간 날이라 잠깐 구경할 기회가 왔다.

한 양과 수는 둘이 있으면 그런 구경은 서로 체면이 깎이는 문제라 여겨서 궁금증이 일어도 안 그런 척 딴청을 펴며 서로 견제하는 사람들처럼 일에만 골몰하는 시늉을 한다. 가장 허물없이 가까운 친구끼리 내숭을 떠는 꼴이겠는데 서로 격이 빠지는 짓을 안 하려고 궁금해도 버티고 참는 노릇이었다.

한 양과 수가 천하게 여기는 일 중에는 욕설을 입에 담는 일과 남들이 싸우는 일을 재미삼아 구경하는 것도 들어 있는데 한복점이 시장 가운데쯤이라서 그런지 농촌 동네라면 몇 년이 가야 한 번 볼까 말까한 일들이 예서제서 일어난다. 그렇게 하루가 멀게 일고 잦는 주변의 싸움 구경을 한 양과 둘이서 나란히 해 본 적이 없다. 서로 궁금해 한다는 걸 환히 알면서도 아닌 척, 모르는 척 점잔을 빼는 아이들이었으니 그것도 버릇이 되었는지 두 사람 사이에 형성된 관계등식은 남들이 보면 웃긴다고 할 것들이 많았다. 그날은 한 양이 없었으니 다행이었다.

"마침 작은 아가씨만 있었네, 저집 큰일 났어! 얼른 나와봐!"

"은경 아베 큰마누라가 쳐들어왔다."

시원찮은 유리 문짝이 부서져라 들이닥친 아줌마들이 수를 들어내기라도 하려는 듯 설친다.

"우리가 가도 되까요? 은경 엄마가 챙피하다고 할…."

말을 하고 체면을 차릴 새도 없이 앞섭에 바늘을 꽂은 채 손을 잡혀 뒷집으로 갔다. 말이 뒷집이지 한복점과 벽 하나를 사이에 둔 집인데 집을 한 바퀴 비잉 돌아야 들어갈 수 있도록 출입문이 뒤쪽으로 나있는 구조라서 처음 들어가 본 그 집은 좀 어둡고 습한 느낌이 났다. 환하고 포실할 줄 알았는데 은경 엄마가 풍기를 느낌과는 사뭇 달랐다.

'사람들이 우르르 몰려와서 구경 가자고 일으켜 세우는데 혼자 빼는 것도 그들을 멋쩍게 만드는 일이고, 나는 지금 불가항력으로 끌려나온 거야, 내 탓이 아니란 말이지.' 속으로는 변명을 만들면서 소란에 궁금증이 커지면서 좀이 쑤시던 판인데 '내가 왜 안 가? 잠깐 들여다보고 오면 되지 뭐, 흉꺼리야 될까?' 있지도 않은 한 양에게 들으라는 듯 입안에 소리를 굴리면서 눈앞에서 벌어지는 일에 바짝 호기심을 세운다.

신 오른 무당처럼 날뛰는 누가 있으려니 기대하고 간 그곳에는 본처라는 아줌마가 뭐라는 말인지 귀를 기울여야 제대로 들릴까 말까하게 발음이 새는 소리로 들레고 있었다. 공군 상사의 어머니라 했으면 알맞을 정도로 나이 들어 보이는 겉늙은 농촌 아줌마가 쉰 목으로 내는 소리를 듣기 위해 모두 잠잠하게 섰다.

"이런 쥑일년! 새파랗게 어린년이, 뭐 해쳐 묵을 게 읎써 넘이 앞을 막어?"

"…"

"으메 숭헌 년! 떠벌리고 사는 꼴 좀 보소!"

그 경우에 나옴직한 그렇고 그런 욕이어서 새로울 것도 없고 가슴으로 사무치게 들리는 사설도 아닌 조그만 소란이었다. 조그락 조그락 살림하듯 설거지하듯 손으로는 뭔가를 내

던지면서 입으로는 상스런 말을 쏟아 내고 있는 폼이 어쩐지 절실이란 걸 빼 버린 것 같이 들렸다. 온전한 경상도 사투리였더라면 그나마 센 억양에 기대는 바가 있을 것 같은데 표준말에 가까운 사투리에 실린 욕이 낑낑대는 짐승의 소리도 같았다가 힘이 빠진 취객이 그러는 것도 같았다가 살벌했다던 처음의 기세에서 점점 멀어지고, 실감도 묽어지고 있었다. 그녀가 분개하는 게 자기 집에는 없는 고급스런 집기들인지 남편을 빼앗긴 분풀이인지 사설로 엮이는 구절들이 조금 웃긴다는 생각이 들었다.

누구 들으라는 소린지 나중에는 상대가 모호해져서 나른하게 주워섬기기는 하는데 우리 남편 생피 같은 돈으로 이런 거나 놓고 산다느니 따위 뻔한 소리가 상황을 허술하게 만드는 것 같았다. 뜰로 내던지고 부수는 집기란 것들도 비싼 TV거나 전축 따위가 아니라 아이 장난감이며 장식장 위에 놓인 플라스틱 그릇 같은 허접한 것들이어서 나뒹굴 때 소리만 요란했지 서툴게 연기하는 느낌이 들었다.

나중에는 왜 저렇게 밖에 못할까. 남편이 그냥 바람을 피우는 것도 아니고 새장가를 든 경우였으니 불인지 물인지 안 보일 일인데 저게 뭐하자는 거지? 셈속을 모르는 수가 본 대목은 참 심심한 싸움판이었다. 한 마디로 숨을 못 쉬게 독한 말로 눌러 버리지 못하고 신체적인 위협도 못되는 짓을 뭐하러 하는 걸까. 어딘지 느슨한 꼴로 봐서는 그 여인네 마음씨가 너무 무른 것 같아서 구경을 하면서도 개운치 않았다. 함께 온 시누이라는 젊은 여자 또한 한 마디 거드는 법 없이 구석에 몰려 조용한지라 저럴 거면 왜 따라왔나 싶었다. 사설이 순하게 이어지다 추임새로 중간 중간 욕설이 섞이고 결국에는 타령조라니 뭔가 화끈한 걸 기대했던 구경꾼들을 맥빠지게 했다.

전에 그 개선장군 같았다던 기세는 어디로 가고 저렇게 소리가 잦아드는가, 무슨 결판을 내려는 의도가 없어 보이니 싸움판은 말만 싸움판이지 싸운다고도 할 수 없어 보였다. 은경 엄마가 크게 다칠 일은 없겠구나 안도하는 한편으로 별 싸움도 다 있다는 생각이 들었다.



저게 어떻게 되어가는 일인지 무언가 해결하려고 온 걸음이라면 조금 더 일관성을 놓치지 말아야 할 일인데 어딘가 나사가 빠진 듯 조여지지 않은 말이 맥락을 놓칠 적마다 구경꾼인 우리가 안타까웠다. 사납고 앙칼진 은경 엄마의 적수가 아닌 것은 분명한데 묘한 일은 머리채를 잡혔던 듯 머리가 헝클어진 흔적이 있을 뿐 은경 엄마도 투지 같은 건 없는 것 같았다. 제대로 말도 못하고 계속 당하는 척으로 보이는 게 이상했다. 상사가 들어서길 기다리는 것 같다고 둘러섰던 아줌마들이 수군거릴 정도였으니 말이다.

조강지처라는 게 뭘까? 본마누라라는 자리가 어떤 의미일까, 생각하게 만들던허술한 싸움은 두고두고 수의 마음에서 불편한 무엇으로 떠돌았다. 마음 떠난 사내를 기다리며 사는 굴욕의 자리라도 지켜야 하는 것이 조강지처일까? 어미와 딸 맞잡이로 보이는 두 여자가 맞물려 있는 현장은 깨져 나간 집기들만 아니라면 다급할 것도 위험한 구석도 없어보였지만 의문으로 남는 것들이 마음속에 는적거렸다.

은경 엄마는 막무가내 같은 평소의 성격은 어쩌고 본부인의 소요를 봐주는 걸까. 평소 사납고 경박한 성격이라 생각했던 은경 엄마 그녀에게 무슨 죄의식 같은 게 있어 나이든 부인을 마구잡이로 대할 수 없는 모양인데 우리가 모르는 사정이 존재하는 게 아닌가 싶었다.

그 둘 중에 한 역할을 맡아야 한다면 젊고 예뻐서 한 남자의 사랑을 받는 배역이 그래도 나을 것 같았다. 그럴 지경으로 큰부인이라는 사람의 형편은 열악해 보였는데 농촌 일에 찌들어 겉늙은 얼굴이며 빌려 입고 온 것처럼 몸에 겉도는 옷이며 난감해 보이는 차림새였다.

이곳은 은경 엄마가 나고 자란 동네고 은경이 외가식구들도 근처에 있으련만 두 여자가 싸우는 자리에는 누구도 얼씬하지 않는 걸로 본다면 여론은 본처 동정론으로 쏠려 끄떡도 없는 것 같았다. 더 묘한 것은 남편이란 자들은 그런 자리에 얼른 나타나지 않는다는 공통점이 있다고 했다. 그게 개인 행동이 가능하지 않은 군대라는 특수성을 감안한다 해도 뭔가 석연치 않던 것이다.

저렇게 순한 싸움판일지 어찌 알아서 남편이거나 친정식구들이거나 와 보지도 않는가, 구경꾼들도 누구 하나 나서서 뜯어말리지 않는 게 의아할 만큼 싸움판이 심드렁했다. 수는 그런 싸움은 처음 보는 일이라서 눈으로 보면서도 석연찮은 궁금증이 늘어나고 있었다. 본처라는 여인네가 누구든 참견하면 이년하고 한패로 볼 거라고 처음에 으름장을 놓았다고는 했으나 누가 좀 말려서 하기 싫은 싸움을 접게 해야 할 듯한 두 여자를 가운데 두고 아무도 거기 들어서려는 뜻이 없는 듯했다. 후환이 두려울 일도 아니고 물불 안 가리고 날뛰는 싸움이 아니라 해도 덩치 큰 여자에게 그만두라고 밀어낼 적극적인 구경꾼은 없는 모양이었다. 누가 파출소에 신고를 했는지 순경이 나오기는 했는데 뒷전에서 김빠진 싸움 구경이나 하고 있더니 뒷짐지고 섰던 순경마저 슬며시 돌아가 버렸다.

남의 부부싸움에 참견을 안 하듯 본부인이 첩을 잡도리하는 마당에는 끼어들지 않는다는 이상한 불문율이 통념이던 세월이다. 그런 생각들은 어디서부터였는지 알 수는 없지만 싸움을 구경하는 일이 떳떳치 못해 몰래 곁눈으로만 보던 수도 나중에는 구경꾼들 속에 제대로 서서 귓속말로 훈수를 두는 아줌마들과 웃을 수 있을 만큼 별일이 아닌 게 되던 것이다.

"저렇게 해서 첩년이 잘도 떨어져 나가겄다. 냄편 찾을 솜씨는 아녀 쯧쯧…."

"애가 있는디 어딜 떨어져? 그냥 두고만 있으면 등신 취급할텡께 심심하면 댕겨가는 걸 테지."

"그럼 이왕에 온거 지대로나 하등가, 애들이야 저쪽이는 읎나? 아들이 중학생이라던디?"

뭔가 허세가 잔뜩 낀 듯한 기분이 들게 하는 싸움판에 사생결단을 낼 듯 최선을 다하지 않는 싸움, 심심해진 구경꾼들이 나중에는 저절로 물러가게 하는 맥빠진 대립에는 저들만 아는 무엇이 있을 터이지만 누가 죽거나 다치지 않아 다행이라는 생각보다는 시시하다는 느낌으로 흩어져가는 동네 사람들이었다.

그 무대의 2막은 구경꾼들이 다 와 버린 후에 벌어졌다고 했다. 김치거리 절여 놨다고 좋은 구경 못하게 생겼다고 애석해하던 기성복집 아줌마가 나중에 들여다 본 은경이네는 대청마루 깨진 물건 가운데 깨지지는 않았으나 더 험난하게 널부러진 큰마누라, 상사의 본부인이 큰대자로 뻗어 있더라는데 술을 얼마나 마셨는지 뜰에서도 냄새가 진동하더라고 했다.

"어쩐지 말도 해벌네벌이고 머리끄뎅이 하나 지대로 못잡더라니! 술이 취해서 그랬구먼, 쯧쯧. "

"그 여편네 뱃장이 어지간히 없나 보네, 첩년 잡두리 허러 오면서 술심을 빌렸으니 쌈판이 그렇지, 안 갔으면 안 갔지 나 같으면 첩년을 그렇게 허술하게 두고 가진 않겠다!"

"그 여자두 첨에는 호되게 잡았어, 지난번 추석 무렵에두 은경오메 죽다 살었잖여, 즈이 오래비가 말리다가 뜰팡에 굴렀어, 장정이 병원에 입원까지 했었지 아마? 그러니께, 지금 오는 건 나 여깄다 표나 내겠다구 온겨, 큰마누라 잊지 말라구."

"나 같으면 원통해서라두 저러구 그냥 가지는 뭇허겄다! 끄뎅이라두 뭉텅 뽑아놓구 가든가…."

앙은가게 아줌마가 수를 힐끗 돌아본다. 꼭 하고 싶은 말이 있는데 수 때문에 못하겠다는 표정이다. 아줌마들은 더 농도 짙은 걸쭉한 말들이 하고 싶은데 수가 걸려 그런다는 걸 안다. 내둥 잘 놀던 동무들이 변덕이 나서 따돌리려고 하는 짓처럼 어린 아가씨가 왜 여기 있나? 의아한 듯한 표정, 여지껏 한 패였다가 떼어 놓듯 그럴 때 보면 여전히 수를 어린애 취급이다.

"내가 뭐란다고 입장 곤란하게 만드는지 몰라, 꼭 왕따 만드는 기분이야."

한 양과 마주앉아 투덜거리긴 하지만 사실 그런 조심스러워 해주는 뭔가가 있다는 게 고마운 마음이 드는 것도 사실이다.

하하 낄낄 웃어 대는 아줌마들은 은경 엄마와 가까이 지내는 이들인데 안 된 일이라고 가슴 아파해야 할 싸움판을 재미있어 한다. 작년 추석 무렵 얘기라면 수가 여기로 오기 전이니까 아는 사건이 아닌데도 웬일인지 다 봤던 일 같아서 익숙했다. 은경 엄마가 말하고 다니는 걸 여러 번 들었던 것이다.

은경 엄마를 잡고 실랑이하던 큰부인은 마취된 듯 손이 어느 순간 스르르 풀리더니 그 길로 그냥 잠들었다고 했다. 그러니 뒤에 남은 풍경 속에는 은경 엄마 혼자만 가련한 역할을 다 싸안고 동그마니 남게 되었고 시간을 맞춘 듯이 상사가 들어

왔다고 했다. 그때부터 울음을 잡은 은경 엄마의 형상이 얼마나 애처로웠던지 상사는 은경 엄마를 끌어안고 쩔쩔 매더라는데 글쎄 그 부분은 안 봤으니 꼭 그렇게 낭만적인 끝자락이었는지는 모를 일이었지만 이번에도 은경 엄마가 완승이라고들 웃었다.

은경 엄마는 젊은 여자라기보다 어린 여자라고 해야 맞는데 그런 꼴을 다 보여 줬음에도 불구하고 옷차림이거나 씀씀이는 주변 아가씨들이 여전히 부러워하는 대상이었다. 더군다나 휴일이면 아이를 친정에 맡겨 놓고 놀러 나가는 군인 부부의 다정한 모습을 보면서 내심으로 침을 삼키는 아가씨들이 많았다. 영화 속에서나 봤을까, 농촌에서는 상상도 못해 본 부러운 그림이라고 생각하는 모양이었다.

농번기에 아가씨들이 읍내를 일없이 돌아다니며 허송세월을 해도 흉꺼리가 아닌 그냥 예삿일이었다. 농사일에 빠져 죽을 둥 살둥 살아 내는 농촌의 삶에서 구원받는 길은 공군을 사귀는 일이라 여겨 그랬을까, 자신이 살아갈 앞날을 짓눌린 노동의 수렁에서 건져 내는 쉬운 방법이 눈앞에 있어서 팔자를 골라잡을 수 있으리라고 착각하게 되는 것, 그게 손만 내밀면 잡힐 만큼 가까이 있다고 여겨지도록 착시 현상을 제공하는 공군들이었으므로 살다 보니 아가씨들이 맹목으로 추종하는 실체가 무엇이었는지 궁금증이 풀리긴 했다.

여러 사정을 따질 것 없이 시집을 잘 가는 것이 팔자도망이라는 생각이었고 눈앞에 보이는 방법이 있는데 기회를 만드는 일에 적극적이지 못할 일은 또 뭐냐? 혼기가 찬 아가씨들이 한 번쯤 꿈꿔 볼 수 있는 일들이었다. 거기다 그들이 열망하는 공군들은 겉보매로도 농촌 총각들과 비할 바가 아니게 돋보이니 더 말해 뭐하랴, 하여 줄이 닿으면 그런 인연을 한사코 잡고 싶어하는 모양이었다. 뭐가 어떻다고 토를 달 일은 아닌데 뭔가가 자꾸만 불편해지고 있었다. 어떻게 사람이 꼭 배우자를 통해서 상향이란 걸 꿈꿔야 하는 것일까. 생각이 좀 여물었더라면 상향이라는 낱말에 먼저 천착했을 일이겠지만 그런 것들에 골똘하다 보면 모두 싸잡아 가여워지던 것, 결론에 닿는 사고의 힘이 탄탄치 못한 수가 그렇게 뭉뚱그려 살아 있는 모든 현상들을 측은하다에 집어넣던 때였다.

도로와 면한 쪽이 한복점이고 도로 반대편 안쪽으로는 은경 엄마, 그녀가 살림을 차린 방이었는데 그들의 실상은 주변 아가씨들이 그리 부러워할 만한 것이 못 된다는 걸 한 양과 수는 잘 알고 있었다. 한복점과 은경 엄마의 살림집이 붙어 있는 구조였다가 세를 놓기 위해 문을 막았다고 했다. 그래서 한복점과 은경이네로 통하는 문이란 문은 모두 막아 버렸다고는 해도 허술한 벽 하나를 사이에 둔 상태이니 심한 곳은 도배지 한 장으로 겨우 가린 곳도 있을 터여서 웬만한 소리는 다 들려왔다. 그게 불편하여 두꺼운 천으로 커튼을 만들어 그쪽 벽을 막아 놓긴 했지만 별무효과였다. 그러니 우리가 원하지 않더라도 남의 가정사를 훤히 꿰고 사는 꼴이 되었다.

어디에 소문을 낸다거나 수군거릴 위인들이 못되는 우리는 그런저런 저변 환경이 열악한 속이라도 소설책을 읽는 셈치고 주변을 읽으면서 살았다. 저게 또래 아가씨들이 그리도 선망하는 결혼일까, 실상을 다 안다는 건 약점이었다. 공군과 사귀는 일에 전부를 걸어도 좋다는 듯 속마음을 감출 생각조차 없는 주변 아가씨들의 꿈이 가여웠다.

돈을 어쩌자고 요것만 내놓느냐, 이걸로 어떻게 한 달을 사느냐로 시작되는 은경 엄마의 소리가 유난스런 날은 월급날, 큰집으로 빼돌린 게 아니냐고 함석을 손톱으로 긁는 것보다 더 자극적인 그녀 목소리에 뭔가 부서지는 소리가 섞이고 길게 끌다가 마감하곤 하던 막돼먹은 말투들, 별소리를 다 끌고 나와도 은경 엄마 소리뿐이고 상사의 말은 잘 안 들리는데 아마도 대꾸를 안 하는 것 같았다. 그러다가 못 참을 국면, 싸움의 끝판쯤 되면 팩! 소리 지른다.

"마, 치와삐라! 다 치와삐면 안 되겠나! 너거는 뭘 잘했다고?"

처음에는 그게 무슨 말인지 사투리 억양이 귀에 설어서 잘 모르는 소리였다가 더러분 년, 지랄같은 년, 다음에는 문을 쾅! 닫고 나가는 수순이 늘 그랬다. 일순 고요가 찾아왔나 하는 그 때부터 은경 엄마가 모든 공간을 차지하는데 말도 안 되는 떼를 쓰던 목으로 어찌 그렇게 애절한 울음소리가 나오는지 감탄할 정도였다.

애꿎은 우리는 손이 떨려 바느질을 멈추고 서로 얼굴만 바라보게 되던 시간이다. 하필이면 상사가 욕을 하는 그런 시간, 김영찬과 이현우가 놀러오기도 하는데 낭패였다. 창피한 정경을 고스란히 들키게 되는 게 왜 그렇게 싫었는지 모르겠다. 마치 상사가 우리 오라비라도 된다는 듯 민망한 건데 온갖 야비한 욕을 다 퍼부을 동안 은경 엄마의 잘못 부분은 이미 지난 일이기 때문에 현재 진행되는 부분만 최악이어서 몸 둘 바를 모르다가 일어서는 두 공군, 그들은 다만 상사와 같은 공군이라는 것 때문에 얼굴도 못 들고 무참해서 그러는 걸까 서둘러 돌아가고 나면 우리는 오래 적막 속에 앉아 그들이 견딘 것이 무엇일지 짐작이 될 만한 것을 찾아내려는 듯 그러고 있었다.



"민 양아! 너는 시집가지 말아라"

오랜 궁리 뒤에 나온 것처럼 깊어진 소리로 한 양이 적막을 깨면서 하는 소리다. 얼마전 숙자가 하던 소리와 가지런히 놓는다면 신중하게 교제하라는 말과 일맥상통하는 소리였다. 그나저나 숙자는 어찌 지내고 있는가. 요즘은 은경 엄마한테도 안 오는 것 같고 양장점에 들리지도 않는지 수의 눈에 띄지 않아 속으로 걱정이다.

"시집? 누가 오라는 데는 있다데?"

"사람 한평생이 뭐 길다고 저렇게 살다가 마냐."

"글쎄다, 우리가 모를 깊은 뜻이 있겠지, 바느질이나 하자. 내일 아침에 옷 찾으러 온다는 아주머니 감머리가 보통은 넘어뵈더라."

은경 엄마처럼 어려움을 뚫고 만나서 사는 사람들도 목숨을 줄이듯 욕을 얻어먹고 폭력을 참아가며 살아야 하는 거라면 저런 삶을 살아 어쩌겠다는 건지 은경 엄마나 상사가 한 묶음으로 측은하듯 실감은 좀 적지만 숙자를 생각하면 좀더 심각한 느낌이 일었다.

너무한다고 은경 엄마 편으로 우리의 마음이 돌아서게 만드는 날은 따로 있는데 상사가 욕을 할 때였다. 남자의 폭언은 살맛을 전부 훑어갈 것 같은 치사하고 불순한 것이었다. 인격을 깡그리 무시하는 소릴 들으며 산다는 일, 그것도 부부로 살아야 한다는 일이 왜 가능한 건지 모르겠다.

"저런 소릴 듣고도 뭐가 그리 좋아서 해해 거리며 살지?"

"글쎄 그런 걸 훨씬 넘는 뭐가 있나보지"

"부귀영화로 걸음걸음 꽃을 깔아 준대도 나라면 노땡큐다."

"…"

끝에 가서는 우리가 달리 할 말이 없어져서 동의하고 마는데 그래도 모르겠는 일은 언제 그랬냐는 듯이 지속되는 살림이었고 사실을 모르는 다른 사람들이 여전히 부러워하는 생활이 그 조마조마해 보이는 은경 엄마의 작은댁살이였다.

우리가 도저히 모르겠는 것은 그렇게 싸운 이튿날이면 그 남녀는 아이를 친정에 맡겨 놓고 극장 구경을 가고 서울로 올라가서 호텔 커피도 마셔 봤다고 히히낙낙 웃으며 자랑거리를 잔뜩 만들어 안고 들어오는 것이어서 우리 생각대로라면 "미친 것들 아냐?"에 멈춰 더는 나아가지지 않는 어려운 숙제였다.

남자가 휴가를 내고 며칠 안 보이다가 들어오면 늙은 년한테 아주 가 버리라고 은경 엄마가 법석을 떨게 되고 그날은 큰부인한테 다녀온 날, 어떤 날은 우리 눈에 상사가 조금은 괜찮아 보이는 경우인데 큰부인에게 따뜻한 부분 때문이었다. 큰부인이 싸우다 말고 술에 취에 잠들었던 날도 그녀를 방에 들여 누이고 약을 사다 먹이더라, 거나 후질러진 옷을 벗기고 옷을 새로 사다가 갈아입히면서도 핀잔 한 마디 안하더라는 후문이었다. 그런 부분은 은경 엄마의 험담에도 들어 있지 않았는데 주인집 할머니가 말을 낸 모양이었다. 또 어떤 날은 아이가 자지러질 듯 울어도 달래는 소리가 없이 우는 아기를 방치하는 날도 많은데 그건 무슨 날인지 우리도 잘 모르겠다.

아기를 누가 달래는 기미가 없으니 저러다 숨이 넘어갈 것 같아 안절부절못하다가 안채에 사는 집주인 할머니에게 달려가기도 했었다. 주인집 할머니는 아가씨들이 상관할 일 아니라고 멀쩡하게 에미 애비가 방에 있을 테니 신경 끄라고만 하셨다. 이유도 모른 채 들어야 하는 울어쌓는 아기 울음은 불길하여 저렇게 사는 것도 사는 일인가, 듣는 사람들 기분까지 암울하게 만들었다. 아이를 왜 그렇게 울리는지 영문을 모르므로 대책 없이 남의 가정사를 걱정이나 하면서 속을 끓이면서

홍명희의 임꺽정에 나오는 곽오주 생각을 해내곤 했다.

아기 울음에는 머릿속이 휑해지는 느낌, 돌아 버릴 것 같다는 표현은 그런 때 써야 마땅할 것 같은 무엇이 들어있다. 아무 상관없는 이웃집 아기가 바락바락 우는 건데 일손이 뜨고 안절부절 못하게 마음이 불안해지던 우리들은 그악스럴 지경으로 전 존재를 다 던져 우는 아이울음 소리에 평정심을 잃곤 하였다.

그러면 곽오주, 지극정성으로 사랑하던 아내가 떠난 자리에서 배고파 울어 대는 아기의 소리가 곽오주라는 괴력의 남자를 미쳐 날뛰게 하여 우는 아기를 태질해 죽인다는 그런 장면 묘사들이 허구가 아니었겠구나, 짐작하게 된다. 어렸을 적에 어른들이 곽쥐 온다고 우는 아이에게 겁을 줬는데 무슨 뜻인지 모르면서 곽쥐가 온다는 말은 애들이 울음을 뚝, 그치게 하던 공포였다.

수는 울적마다 곽쥐 온다고 겁을 주는 어른들이 겁주는 말을 들으며 컸고 그래서 아이 우는 소리는 곽오주를 떠올리게 하는 동시에 불길한 어떤 일이 속히 닥쳐올 것 같은 위기감 같은 게 뭉게뭉게 피어났다. 다 큰 우리가 아이 우는 소리를 재앙 앞에 앉은 듯이 불안해서 술렁거리게 되는 것, 이제 곽오주는 안 온다는 것을 아는데도 아이가 노대고 우는 속에서 희희낙락 살 수는 없다는 게 문제다. 마음이 안정할 차원이 아닌 것이다. 결혼이니 사랑이니 하는 환상이 아무리 달콤하다 해도 어디에 비할 바 없는 쓰디쓴 무엇은 꼭 따라붙을 터라는 결론은 저절로 나오는 일이었다. 아무렴 목숨을 걸고 박박 우는 아이가 있는 풍경 어느 구석에 평화와 행복이 깃들 수 있겠는가.

더구나 제복을 벗어 놓고 평상복, 더러는 속옷 바람으로 잘 돌아다니는 상사라는 사람을 볼라치면 그 양면성에 우리는 무엇에 홀린 듯 당혹스러웠다. 그들 부부가 싸울 때 구사하는 언어라는 게 얼마나 야비하고 유치한 수준인지 다 알고 있는 탓일까? 은경 아빠가 제복을 입은 모습과 벗은 차이가 또 하늘과 땅만큼 격이 진다는 무슨 요술 같은 사실에 놀라워하고 있었다. 반듯한 제복의 그들은 신사적이었으며 올바르고 격이 있는 언어를 가진 사람들, 어느 경우건 상스럽고 비열한 말을 입에 담을 사람이 아니라고 알았던 맹목의 심상이 벗겨지는 느낌이라니! 어이없다는 말이 적합한 자리였다.

그건 놀라운 발견이었는데 그 부분도 헛바람 든 아가씨들에게 보여 주고 싶은 부분이었다. 허울 속 실체가 그런 수준이라면 '공군'이라는 이름이 가려 놓은 전제 속에는 이럴 수도 저럴 수도 있는 변수가 또 얼마나 많을 것인가. 대부분 아가씨들에게 잘못 입력된 허상 부분이 상당할 것 같았다.

그렇다면 우리가 아는 김영찬이나 이현우는 누구일까, 불똥이 엉뚱한 데로 튀어서 손해는 우리가 보는 꼴이었다. 그 두 사람에게 설마 그런 품성이 호리라도 스쳐 갔으랴 하면서도 속이 쓰렸다. '사람은 다 같다'는 말 때문이었는데 그 대척점에 다행스럽게도 '모든 사람은 다 다르다'는 답이 있었으니 아직은 판단하는 기준이 여물지 못한 촌스런 한 양과 민 양이라서 해낼 수 있는 생각이었다. 아무려나 은경이 아빠라는 상사의 면면은 우리에게 공군도 평범한 보통사람들이라는 웃을 수도 없는 생각들을 갖게 하던 일이었다.

다른 사람에 비해 유독 은경이 아빠 그 사람이 못나 보이는 게 아니라 제복이 무슨 술수를 쓰고 있어서 우리가 속아 넘어가고 있는 것 같은 느낌이었다. 그 또한 의미가 다른 착시일 것이어서 설명이 잘 안 될 것 같아 한 양에게도 말을 안했지만 그즈음 화두처럼 마음에 달라붙는 측은한 무엇이 모든 것에 들씌워지던 연장선이었다. 수는 세상 모든 현상이 측은해서 회색으로 보이던 것들, 자신의 앞날을 그려 보는 일일 테지만 사사건건 트집을 잡으려 드는 마음속 무언가가 심술을 부리듯 툭하면 아무 현상에나 어스름이 내리던 것이었다.

상사의 본부인이 다녀 간 이튿날쯤이면 은경 엄마는 언제 그런 난리를 치렀나 싶게 말끔한 화장에 무대의상 같은 요란스런 레이스가 치렁거리는 홈드레스를 입고 드디어 쓰일 때를 찾은 짙은 색안경으로 얼굴에 든 멍을 가리고 깔깔거리며 이집 저집 돌아다녔다. 심하게 몸싸움을 한 적도 없었는데 언제 멍은 들었을까. 우리가 못 본 앞부분에서 생긴 일 같았다. 큰부인한테 험한 욕을 듣던 광경을 떠올리면민망해서 눈 둘 곳이 없을 것 같은데 멍투성이 얼굴을 한 채로 가게마다 들어가 뭔가 신나게 설명하는 그녀, 무엇이 그리 할 말이 많은 것인지 아무리 계산을 해 봐도 모를 일이었다. 창피해서 밖에 나올 일이 있어도 방에 박혀 있어야 마땅할 일 아닌가? 그렇게 나돌면서 아무나 붙잡고 얘기가 길어지는 은경 엄마를 우리는 '불편한 마실꾼'이라 이름 붙였다.

"말도 마요, 큰마누라 그 여편네 일자무식 까막눈이래요, 음식 솜씨 좋으면 뭐한대요? 글도 모르고 영양가가 뭔지도 모르는데 무얼 알아서 제대로 된 음식을 만들까?"

큰부인이 얼마나 촌스럽고 무식한지, 경우 없는 사람이라고 우리에게 동의를 얻어서 무엇에 쓰려는지 대꾸는 고사하고 눈을 바로 보지도 못하는 우릴 잡고 한동안 떠들다가 제풀에 지치면 돌아가는 그 똑같은 일은 잊을 만하면 반복된다. 본부인이 등장할 때마다 그 여파가 우리에게도 해를 끼치고 지나가는 꼴이었다.

맹자 모친이었다면 이런 환경에 우릴 놔두지 않았을 거라고 우스갯소릴 할 정도로 우리가 살아가는 한복점은 좌우로도 뒤쪽으로도 본받을 분위기가 아니었으니 주점에서 취객들이 욕지거리를 하며 얇은 합판 벽을 차면 우리는 겁을 먹어 그들에게 차인게 벽이 아니라 우리 심장인 것 마냥 가슴이 벌렁거렸다. 취객들이 우글거리는 술집에서 들려오는 욕설이거나 사흘들이로 말다툼을 하면서 집기들이 날아다니는 신혼살림집의 소음 또한 귀를 씻고 싶은 심사로 견디며 살던 날들이었다.

그런 환경에서 몇 년을 여일하게 잘 버텨 내고 있는 한 양도 있는데 여기 온 지 얼마나 되었다고 어쩌니 저쩌니 하는 것이냐, 수는 그런 쪽으로 불평을 하는 게 한 양에게 못할 노릇 같아 말을 삼킨다. 한 양인들 상사 부부의 싸우는 소리를 못 들어서 불평을 안 하랴, 기은리 이모 댁에 가끔 들어가서 술집의 소란은 더러 안 듣는 날이 있기는 하지만 그런 것에 부대끼는 불쾌감의 총량은 한 양과 수가 같을 터였다. 개선의 여지가 없는 일에 대고 하는 불평이라면 안 하느니만 못한 헛짓인 것이다.

사건 사고가 언제 어디서 터져도 이상할 일이 아니던 동네, 그게 저자 근처 특성이라는 걸 나중에 알았다. 저자와 뚝 떨어진 빗돌머리, 농가들만 모여 사는 그 동네와 견줄 수 없는 차이였다. 아무런 일이 안 생기던 동네의 그날이나 저 날이나 똑같은 사정을 돌아보면 호기심 많은 수에게는 어느 면 잘된 일이었음에도 뭔가 께름한 기분이 성가셨다.

큰마누라한테 머리채를 쥐어뜯기고도 멀쩡하게 돌아다니는 애 엄마가 있는 그곳에도 꼭 그런 난감한 관계만 있는 것은 아니고 공군과 잘 사귀다가 나중에 제대하고 결혼으로 이어지는 좋은 인연도 많았다. 다만 얼른 눈에 띄고 귀에 들리는 건 시끄럽고 상스러운 은경 엄마가 꾸리는 삶이어서 원하지 않더라도 거절을 못하고 감상해야 하는 드라마라고 여기자 했다.

주변 상점에 모여 참새들처럼 하루 종일 수다를 떠는 건강한 아가씨들이 한복점에 공군들이 들어오면 얼른 건너온다.

그러면 한 양이나 수는 공군들과 말을 섞지 않고 일에 골몰할 수 있어서 좋고 우리의 불친절을 미안해할 필요가 없으니 여러 가지로 홀가분하다. 한복점은 그들이 앉아서 쉴 구조가 안 되는 공간이라 한 양과 수가 겨우 두 벌의 옷을 펼쳐 놓고 바느질을 하는데도 방바닥이 꽉 찬다. 그러니 적어도 서너 명이 짝을 지어 돌아다니는 습성이 있는 공군들과 동네 아가씨들을 토방에 세워 놓는 수밖에 없는 처지인데 그들은 그렇게 서 있다가 못 견디고 다른 곳으로 자리를 옮기는 게 수순이다. 빵집이거나 다방이거나 간이의자라도 있고 장소가 넓은 곳을 찾아갔을 것이니 잘된 일이므로 우리는 그들을 몽땅 내보내고 나면 어휴 다 치웠네, 농담을 하면서 웃곤 했다.

그렇게 다른 아가씨들의 호의에 낚여 따라가는 시원함은 한복점에 처음 온 공군들이 잘 보이는 행동이었다. 어느 땐 이현우와 김영찬도 다른데 가서 놀다 돌아갔으면 싶을 때가 있는데 그들은 나름대로 황금 같은 시간을 쪼개서 외출을 나왔을 터였다. 그런 사정을 짐작하면 한복점에 와 봤자 일감에 묻혀 돌아볼 새도 없는 우리가 괜히 미안해진다. 그들이 놀러오면 동네서 내로라하는 예쁜 아가씨들이 건너와서 말을 걸며 호감을 표하는데도 눈길도 안 주는 이현우와 김영찬은 여자애들이 물러가도록 저희들 책임도 아니면서 그녀들의 노골적인 경박을 민망해하곤 했다.

우리는 무심을 가장하고 못들은 척 하는 건데 비스름한 색깔의 대화 대상이 필요해서 한복점으로 오는 그들은 아가씨들이 짙은 관심을 갖는 경우라도 말대꾸도 안 할 정도로 불친절했다. 그녀들이 내놓는 속없는 말을 들은 척도 않고 책을 보거나 했으므로 무심을 견디다 못한 아가씨들이 제풀에 샐쭉해져서 나가는 경우가 대부분이었다. 무시당하고 돌아서는 그녀들을 보다가 가여운 생각이 들기도 하는데 저 애들이 추구하는 게 대체 무엇일까, 몰라서 그런 의문이 드는 건 아닐지라도 다시 곱씹어보게 된다. 얼결에 마음에 들어온 단어 '맹목' 그 뜻을 알면 알수록 답답해지는 탓이다.

사람 마음이 끌려오기를 바란다면 좀 품위를 지켜보라고 일렀으면 좋을 만큼 여자애들은 가볍고 실없었다. 목적이 겉으로 내보이게 속이 그리 얕아서야 마음이 아니라 손가락 하난들 끌어올 힘이 나올 수 있으랴. 진정성이라곤 약에 쓸래도 없어 보이는 그 아가씨들의 언어는 곁에서 듣기 민망할 지경으로 너무 되바라지고 유치했다. 그렇거나 말거나 공군들과 연결되는 경우가 언젠가는 생겨나기도 하는 것인지 한복점에 누가 들어오면 얼른 건너오는 그녀들은 끈질기게도 포기하지 않고 공군들을 공략하는 모양새였다.

그런 방법이 통하는 사람도 있으니 그럴 것이었다. 죽이 맞는 상대를 더러 찾는 걸 보면 그들이 드러내는 속없이 가벼워만 보이는 행동들을 우리가 안타까워할 노릇만도 아닌가 보다. 남녀관계, 관념 속에서 나와 보지 못한 우리 생각이나 우선 몸으로 부딪쳐 보는 그녀들의 천방지축 같아 보이는 경박이나 어느 쪽이 나을 거라는 속단은 말이 안 되는 것, 그녀들이 아무 공군이나 따라다닌 보람이 있어 서산 읍내로 영화 구경도 가고 짜장면도 사먹으러 몰려다니는 모양을 보면 뜻이 있는 곳에 길이 있다는 말이 틀린 게 아닐 수도 있다. 마음을 끌어당기는 지름길이 반드시 품위를 찾는 언어뿐이겠느냐? 수는 한 더 미의 생각을 수정한다.

묘한 것은 동네 어른들인데 자기네 딸이 공군들과 돌아다녀도 모르쇠 하듯 가만 놔두고 본다는 사실이었다. 빗돌머리 부모들만 보다가 여기 사람들의 그런 면을 보자니 뭐가 뭔지 잘 모르겠다. 설마 딸자식들의 앞날을 그런 불확실성 앞에 내놓겠다는 말인가? 사귐의 끝자락이 어찌 되어갈지 심히 불안정한 일인데 무슨 확률을 기대하는 걸까, 부모들이 많이 개방된 사고방식을 갖고 사는 것 같았다.

처음에 와서 겉보매로는 가라앉은 물속만 같던 동네가 자세히 볼수록 부산스럽고 시끄러웠다. 잔잔한 날이 별로 없이 어디선가는 이런 저런 사건과 소문이 생겨나는 동네 그게 다른 농촌 동네와 크게 다르지는 않으나 활기차고 무언가 급변해가는 느낌을 주는 부분이 반드시 공군부대와 연결된 것은 아닐지라도 얼기설기 연관된 부분을 따라가다 보면 그 활기는 멋진 제복의 사람들이 만들어 내는 일임에 틀림이 없어보였다.

처음 본 물속 같던 고요가 깔리던 대산이란 동네에 무슨 활기가 슬슬 태동하는 듯 보이던 것도 어쩌면 착시 현상이었을지 모른다. 훗날 대산이란 지역이 공업도시로 다시 태어날 기미였을까? 가만히 있어도 뭔가 술렁거리는 느낌 같은 것, 그게 무슨 예지력이었다면 그런 걸 종합하여 언어화할 곳까지 닿지는 못했다 해도 수를 성가시며 들끓게 하는 무엇들, 그 혼돈들도 그런 맥락에 한 끝이 닿아 있었던 것은 아니었을까?

"이상하고 아름다운 도깨비나라 방망이로 두드리면 무엇이 나오나, 금 나와라 뚝 딱! 은 나와라 뚜욱 딱!"

초등학교 운동장에 올라가 보면 여자아이들이 고무줄놀이를 한다. 거기에 잘 등장하는 게 '도깨비 나라'라는 노랫말인데 꼭 대산을 짚는 말 같았다. 도깨비가 놀다간 터는 부자되는 터라했다. 아무튼 부산스럽고 정신없긴 하지만 그런 터가 분명한 동네라는 건 먼 훗날에야 증명된 일이어서 거기 살 때는 시끄럽게만 여겨지던 곳이었다. 잠에서 깨어나듯 기지개를 켜는 땅, 부신이 머물다 간 그곳이 금싸라기 땅이 되었다는 사실은 나중에 들어도 기분이 좋았다.

❁

한 양 엄마는 빗돌머리 동네 아줌마들 중에서 신문을 읽는 드문 사람이었다. 한자가 절반이던 신문, 자유당 시절 정치인들의 면면을 두루 잘 알아서 그게 무슨 소린지 말귀도 못 알아듣는 어린 수에게 가끔 정치판 얘길 하셨다. 신익희가 어떻고 장면 박사가 어떻다고 알아먹을 수 없는 말들이 어린 마음에 꽤나 좋아 보였는데 그게 나중에 격조리는 낱말을 알고 나서는 그거로구나, 했다. 격조 있는 분이라 생각되었다.

한 양의 이모, 대산면 기은리로 시집온 그 이모도 통통한 몸매에 흰살결, 농촌 동네서는 보기드문 부티가 나는 아낙이었다. 거기다 조신한 몸가짐이며 한 마디 말을 해도 함부로 하지 않아서 빗돌머리 동네서 듣던 쥐어박듯 하는 욕설 반 핀잔 반

섞어진 말이 아니고 쓰다듬듯, 결을 재우듯 부드러워 세련돼 보였다. 그 시어머니까지 그렇게 몸에 밴 교양과 살림 솜씨가 허드레로 보이는 부분이 없는 단아한 분들이셨다.

그런 한 양의 외가붙이들이 부러운 건 가난했던 수 외가의 기억들, 강파른 성격의 어른들이 살아 내는 초라하고 신산스러운 삶의 켜가 적나라하게 비교되는 탓일 터였다. 남들 앞에 내놓을 자랑스러운 구석이 없는 모습들이 참 싫었다. 어쩌면 그렇게 가지가지로 자신에게 연결된 고리들은 품위 없이 열악하냐, 원망스러웠다. 철없던 날의 수가 해낼 만한 기억들이 그랬다.

교육을 받은 똑똑한 사람도 없고 사는 형편이 그만그만해서 누구에게 쉽사리 내놓고 말할 계제가 안 되는 외가나 친가 모두를 합해 봐도 존경하고 자랑삼을 사람이 없다는 게 어린 맘에 그렇게나 서운했다. 농촌살이 거기서 거기였던 사정일 텐데 한결같이 넉넉지 못한 수의 집에서 도움의 손길을 내 줘야 할 만큼 못살았던 일가붙이들, 외삼촌처럼 노대고 민폐를 끼치는 사람도 있고 알게 모르게 고민을 안겨 주던 친인척 관계란 것이 발을 옮기려고 디디면 더 깊이 빠지던 뻘흙의 느낌이었다. 이강애 여사가 늘 짜증을 내는 부분도 그런 사정들에 한 끝이 닿아 있었으리란 짐작은 나중에야 수에게 든 생각이었다.

"비렝이 자루찢는 소리두 아니구 웬 소리여? 지지배가 새살스럽긴!"

외할머니와 외할아버지가 나란히 앉아 풋콩을 까는 툇마루 곁에 가까이 가지도 못하고 쭈뼛쭈뼛 심부름 온 까닭을 전하는 외손녀한테 하시는 할아버지 말씀이었다. 엄마 심부름을 갔던 길이니 할머니께 전하는 말을 하고 있는 학령기도 안 된 아이에게 하시는 말의 결이 그러셨다. 물론 할아버지를 제쳐놓고 할머니 하고만 속닥거리는 게 귀가 어두우신 할아버지에게 좀 거슬렀다고 하더라도 그런 천한 말을 하시는 할아버지가 싫었다.



가난하여 호구가 어려운 세월을 아둥바둥 살아온 사람들 중에는 말씨가 사납고 거친 이들이 많다고 생각했다. 작은 일에도 자기 방어가 센 성향을 지니거나 가시가 필요 이상으로 뾰족하다고 해야 할까. 그런 특징은 외가나 친척붙이 들에게서 잘 찾아지는 건데 마음에 싫은 느낌이 자주 들었다. 그런 싫은 느낌을 주는 유형은 외가의 특징이고 반대로 아이들일 경우라도 갈룽스럽게 대하는 성격은 친가쪽 숙모들이나 삼촌들의 태도여서 그게 어려운 삶을 꾸려온 시난 고난에 끼던 버케 같은 무엇일거라고 생각했다. 외가 쪽이 왈그락 거리는 성격들이라면 비겁할 정도로 깊이 숙이는 숙모들이 포함된 친가 쪽은 너무 갈룽스런 쪽이었다.

심지어는 숙부들의 목소리가 여자 목소리 쪽에 더 가까울 듯 부드럽고 가는 것마저 무턱대고 싫었다. 나중에 보니 그게 우리나라 평균치 남자 목소리라는 걸 알게 되었는데도 싫어하는 일을 멈추지 못했으니 도대체 가족 간에 그런 감정들이 생겨날 수 있었던 무슨 이유라도 있었다는 걸까.

"남자 목소리가 뭐 그러냐?" 같은 형제면서 우리 아버지는 안 그러신데 삼촌들만 그런 게 그분들이 무슨 잘못이라도 해서 생긴 흠집인 듯 수는 말도 안 되는 느낌을 갖고 살았다.

양쪽 다 마음에 안 들었다. 억센 쪽이 두렵고 싫은 건 이해가 되는 일이나 무슨 이익이 있겠다고 이강애 여사에게 당하면서도 굽히고만 사는 것인지 숙모들의 면면은 수 어릴 때 별명이 무굴쳉이였듯이 그 무골충이란 말이 꼭 들어맞는 공통점이 싫었던 게 아닌가 모르겠다. 그게 드센 큰동서를 받드는 순종의 자세였으리라는 생각보다 힘이 없는 약자여서 자존심도 없이 굽히는 걸로 보였다. 생각이 그럴 지라도 어른들끼리 무슨 충하가 져서 저러는 것일까. 잘못도 안하고 야단맞는 숙모들을 볼 때마다 이상하다는 생각이 들곤 했다. 치받고 덤비는 일보다 손위 사람을 공경하는 태도가 격조 있는 일이었다는 건 나중에 저절로 알게 되었지만 마음이 유하다는 건 약자들이 갖는 특징이라는 생각을 하게 되고 저절로 바로잡아지기까지오래 부대끼던 오류들이었다.

수의 눈에 비친 기은리 한 양 이모댁은 부러울 수밖에 없었다. 고풍스러운 집이며 육중한 대문을 밀고 들어서면 거기 사는 분들의 성품이 그랬다. 큰소리를 내는 법이 없는데도 거역할 수 없는 힘이 느껴지는 사람들, 말로는 겉보매로 사람을 평가하지 않는다고 하면서도 사고가 닿는 곳은 고작 눈에 보이는 부분이 전부였던 모양으로 어쩌면 농촌 사람들이 저런 여유와 기품이 흐르는 것일까, 감탄스러웠다.

그분들은 다급이 무엇인지 짜증이 어떻게 내는 건지 처음부터 알지 못하는 사람들 같았다. 그 집 여자애들이 노는 양을 보고 있으면 쥐어박혀도 여러 번은 쥐어박힐 버릇없는 짓을 하는데도 귀여워 어쩔 줄 모르는 어른들, 한 마디 심한 말이나 기를 죽이는 독한 눈빛을 찾을 수 없던 정경이었다. 그런 걸 보면서 여유가 곧 품위라는 생각을 하게 되었다.

순한 말을 쓰는 여유, 독하지 않게 쓰다듬는 마음으로 사물을 보는 여유가 거저 얻어진 것이랴, 오랜 세월 그들의 주변을 감싸고 돌았을 풍요와 안정된 삶이 가져다준 품격이라면 먼저 정신에 평화의 깊이부터 만들었을 터라고 생각되어서 더더욱 부러웠다. 뒤뜰에 내리는 고즈넉한 봄 햇살 같은 분위기를 지닌 그 집은 평화의 균형이 깨질 까닭이 없어 보이니 그렇게 두고두고 다사로울 가정, 물론 수가 눈으로 본 게 겉모습뿐이지만 그런 믿음을 주는 모습이라면 틀림없이 내일도 모레도 그럴 것이었다.

농가라는 건 같은데 그 댁은 농가 같지도 않게 한가해 보이고 아웅다웅이 어디에 스며들 틈이 없을 듯 점잖은 분들이었다. 수가 생각해 낼 수 있는 농가란 편안하게 밥상에 둘러앉아 밥을 먹을 계제조차 안 되는, 언제 깨질지 모르는 살얼음 같은 평온이 조마조마하던 곳, 언제 큰소리가 튀고 어려운 일에 내몰릴지 시시각각 불안하던 곳, 어서어서 후딱 밥을 떠먹고 논밭으로 나가라고 독한 말로 재촉하는 이강애 여사의 시퍼런 핀잔과 함께 하는 곳은 그게 밥상머리라도 예외는 없어서 나뭇가지에 앉은 새처럼 흔들리던 자리였다. 우리 형제자매들이 걸핏하면 체하거나 탈이 나는 것도 따져 보면 타고난 약골이어서가 아니라 그런 환경 탓이었을라 짚이는 생각이 그랬다.

같은 서산 사람이면서도 똑같은 서산 사투리를 쓰며 사는데도 한 양 이모 댁과 빗돌머리 수네 집의 언어는 격이 달랐다. 이강애 여사부터 빗돌머리 동네 어른들의 핀잔 투의 말과 한 양 이모 댁의 순하고 정다운 언어를 비교할 수 있을 정도로 자라서 집을 떠나 살아 본 그때부터 빗돌머리 말투가 싫다는 감정으로 닿았다. 누가 뭐래도 다른 지방에서 사용되는 말들이 훨씬 살갑다는 생각이 드는 것이다.

한 양 이모 댁을 보면 농촌이어서 일이 고되고 사람 꼴이 어떻다는 것은 오해였던 모양이다. 농사지으며 사는 일이 애옥살이라고 규정지어 치워 놓을 일이 아니라는 것도 그곳에서 알았다. 농가 규모가 얼마나 크냐에 따라 윤택하고 편안하게 살 수도 있다는 걸 본 것도 그곳 한 양 이모 댁을 드나들면서였다. 농사짓는 일이 문제가 아니라 어떻게 짓느냐, 영농법이 문제였고 농사도 경영이어서 자본이 많고 적은 차이가 농촌 삶의 질을 좌우한다는 당연한 이치를 거기서 알아챈 일, 무엇보다 그집 어른들의 성정이 환경을 좌우한다는 것을 새삼스러워했다.

이강애 여사의 영농법은 새벽부터 어린 딸들을 논밭으로 내모는 일이 전부라서 그 시행착오를 여과 없이 감당했던 수의 자매들은 농사일이라면 두려움에 질리는 일부터 시작했으니 일마다 고생이란 생각부터 들던 것이다. 연장을 들어 일할만큼 자라지도 않은 어린 날부터 해온 일이 그랬다. 일테면 보리 수확 철, 보리가 다 익어서 고스러질 정도로 마른 다음에 베어야 하는데 다른 집들은 마르기를 기다리는 때에 성미 급한 이 여사는 밭가로 푸릇푸릇 덜 익은 보리가 보일 정도로 황숙기에 이르자마자 남의 밭보다 보름쯤 빠르게 보리를 베라고 하신다. 그렇게 풋보리를 베었으니 날이라도 궂는 경우 말로 다 할 수 없는 고생길이 되는 것이다.

비구름이 모여들기 시작하면 천여 평이 넘는 밭에서 베어낸 보릿단을 끌어들여 사랑방에도 쌓고 부엌 토방 할 것 없이 비를 가리는 곳이라면 모두 들여놓는다. 일이 겨우 끝나고 빗방울 듣는 소리가 후드득 거리면 그 아늑함이라니, 그때부터는 방에 들어가 잠시 아픈 허리를 펴고 쉴 수 있는 여유의 시간이다. 그러나 소나기구름이 그냥 지나고 해가 나오거나 비도 비답지 않게 몇 방울 던져 보다가 개이면 우리의 노동은 헛짓이 되는 것, 수의 자매들이 그중 미워하던 게 그런 경우의 햇살이었다. 비가 올 것 같던 시간에는 보리가 젖을까 겁을 먹었으므로 혼신을 다해 그 어려운 일을 경황없이 해냈는데 힘을 다 써 버린 아픈 몸으로 다급이 사라진 느슨해진 마음으로 보릿단을 끌어내서 해 아래 말리는 작업이 얼마나 어려운 일이었나,표현해 내는 것조차 적당한 말이 없을 지경이었다.

그런 고약한 계절은 거르지도 않고 해마다 닥쳐 왔다.

"저거 허넌 짓 봐라! 밥 쳐 먹고 보리 한 토매도 번쩍 뭇 들어서 질질 끌고 다니는 꼬라지! 아무짝에도 쓸데없는 것 덜."

우리는 늘 듣는 말, 우리를 지칭하는 것도 인격이 아닌 이것, 저것이 되는 컷속을 살만큼 살았는데도 그게 뭘 뜻하는 건지 몰랐다. 우리 마음에는 끔찍한 말의 폭력이 쏟아졌으므로 듣다보면 눈물이 앞을 가려서 일은 더디고 숨이 맞닿는 상황은 더 속히 다가온다.

보리꺼럭에 찔려 따갑고 날씨는 더워 구중중한데 몸이 젖는 걸 질색하는 자매들은 땀에 젖어 눈물바람으로 일을 해냈다. 며칠을 그러다 보면 나중에는 보릿단마다 곰팡이가 피어오르고 보릿단과 실랑이를 하고 나면 숨을 못 쉬는 증상, 곰팡이 탓에 수에게로 온 기관지천식의 시작이었다. 숨을 몰아쉬며 호흡을 못하는 걸 눈앞에 보면서도 게을러서 그런다고 엄마는 '쓸데없는 것'이라는 누명을 씌우곤 하셨다.

"저렇게 게으른 종자덜, 워디다 쓴다, 저런 것들이나 멕여 살리는 이내 팔짜야!"

이강애 여사의 사설이 엮이는 상황도 비 오려다 해가 나는 그것과 한 가지로 끔찍한 노릇이었다.

"저 손가락 꼬라지 좀 보라지, 저레 가지고 게으르지 않은 걸 보질 못했다."

수와 자매들은 아버지를 닮아서 손가락이 길고 가느다랗다. 농사일에서 사흘쯤만 손을 떼면 하얗고 부드러워졌는데 그걸 숙모들은 살성이 좋다고 손이 이쁘다고 칭찬하셨다. 살결이 흰 것 마저 야단맞을 빌미였으므로 생각날 때마다 우리는 해를 바라보며 손등을 펴서 해에게 보여 주는 짓을 잘했다. 이강애 여사가 그토록 미워하는 대상은 우리 아버지, 돌아가신 아버지 모습이 우리에게서 보일 때마다 그렇게 말이 사금파리가 된다는 걸 짐작한 것도 세월이 많이 흐른 뒤일이었다.

힘이 약해서 일에 능률이 오르지 않거나 앓아 눕는 상황을 게으름이라 알고 자랐을 정도로 게으르다는 말은 부끄럽고 싫었다. 그야말로 누명이었고 저주였는데 한 번으로 지나가 버릴 말이었다면 뒤끝이 있는 성격이라 해도 잊어먹었을지 모르겠다. 그러나 사사건건 수를 따라다니는 말이 그랬으니 어찌 하시라도 잊으랴, '쓸데없다'가 스스로의 가치라 여기며 자랐다. 일제 강점기에 징용으로 끌려갔다가 돌아오신 젊은 아버지가 병석에 누우셨던 말년을 그렇게 칭했다는 것도 나중에서야 기억에 떠올랐다.

별 생각 없이 습관처럼 후렴처럼 아니면 추임새 같은 의미로 하셨을 별 뜻 없는 이강애 여사의 핀잔은 평생을 수에게 저주로 붙어 버려서 무슨 일을 하거나 재수 없는 실패의 예감부터 먼저 나오는 사람이 되었고 그런 마음이니 일마다 어그러질 셈부터 대는 참 '쓸데없는' 열등감에 찌들려 살았다.

그러나 잠깐 들른 한 양 이모 댁이거나 한복점 근처 농가에 바쁜 일이 몰려 있을 때, 바느질감이 뜸한 날은 산책하러 나가다가 일하는 사람들을 그냥 지나치기 어려워서 일손을 도울 때가 있다. 그럴 경우 수의 일손이 재다는 건 금방 나타나는데 다른 사람들은 감탄하는 사실이 이강애 여사만 모를 이유가 없는데 이상하다는 생각을 하곤 했다.

한 양 이모나 그 시어머니 되시는 기은리 할머니는 수를 향해 내는 말마다 모두 칭찬이신데 그분들도 손끝이 여물고 보통 살림솜씨가 아닌 것은 한눈에 보인다. 이강애 여사가 수에게 잠깐 씩이라도 저렇게 따뜻하셨다면 어땠을까? 마음은 자꾸만 비교가 안 되는 분들을 한자리에 세워 보곤 했다. 그런 기은리 할머니를 도와 팥꼬투리를 따고 있었다. 한 양은 자기 이모와 먼 밭에 나갔는가 안 보이는데 할머니와 도란도란 마른 일을 하는 게 무척 좋았다.

"손님을 일 시켜서 어쩐다니, 몸도 약할 것 같은디 일손은 웨그리 재다냐, 눈결에 다른 사람 한나절 일 맞잽이네. 집이 부석이라지?"

"예."

부석이라는 지명을 확인하신 할머니가 일손을 멈추면서 친가는 민 씨고 그럼 외가는 성씨가 무어냐 물으셨다. 전주 이씨, 외가의 성씨를 말씀 드리니 다시 외할아버지 함자를 물으셨다. 어른들을 만나면 그러려니 하면서도 외할아버지까지 묻는 경우는 드문 일이어서 대답하다 말고 수는 기은리 할머니를 건너다본다. 무슨 말을 잘못했는가, 수는 얼른 자신이 한 말을 돌아본다. 엄중한 표정으로 수를 오래 보시던 할머니가 "니가, 강복동이 외손녀구나. 시상이나 니가…."

어떻게 우리 외할머니 성함을 아실까? 이모들도 모르는 이름, 외할머니의 유품처럼, 수에게만 소중하게 간직되어 온 그것을 기은리 할머니가 말로 내셨다. 할머니는 팥꼬투리가 가득 담긴 바구니가 엎어지는 것도 모르고 수를 와락, 끌어안으셨다.

"니가, 애기…니가…." 바들바들 떨리는 팔에 안겨서 이게 무슨 일인가, 영문을 모르는 수가 간신히 할머니 품을 벗어나서 무슨 일이냐 물을 때까지 할머니는 "니가…"를 매듭처럼 건너가지 못하시고 벌벌 손을 떨면서 그러셨다. 뵌 지 얼마 되지도 않은 아직은 낯이 선 할머니가 부른 외할머니 성함이 충격이듯 상황 판단이 더딘 수는 얼핏 기은리 할머니 연세를 생각하고 있었다. 동네서 가끔 나이 많은 어른들이 그러시듯 정신이 넘나들던 기억이 따라 나왔던 것, 밭에서 돌아온 사람들이 점심상에 둘러앉도록 할머니는 마음을 진정하시느라 힘드신 모양이었다. 옷고름으로 눈물을 찍어 내는 할머니를 부축하여 방으로 든 한 양의 이모부가 잠시 후에 수를 부르셨다.

"심부름꾼을 시켜서 몇 번이나 부석 이씨 댁을 다시 찾아보려고 했넌디, 눈앞에 민 양을 두고도 생각두 못해봤네. 민 양 외할머니와 우리 어머님은 친형제처럼 사신 분들이셔, 우리가 찾으려구 애쓸 때는 어르신들이 다 돌아가신 뒤라서 어머님도 이젠 포기하고 사셨는디… 어떻게 이런 인연이 다 있었다나, 꿈같은 일이구먼, 아무튼 반가우이, 그냥 봐도 보통 아가씨들 허구는 다르다구 했더니 그런 댁 손이었구먼. 이제 자주 들러서 외할머니 얘기두 허구… 부탁좀 허세, 우리 어머님은 안정을 허셔야 허니께, 지금은 약을 드셨으니 저녁나절이나 되어야 일어나실껴, 민 양은 어서 점심 먹고 쉬다가 어렵더라도 우리 어머님 좀 뵙고 가. 하실 말씀이 태산일껴."

한 양 이모부는 소문대로 지극한 효자였다. 무슨 일이 일어났는가, 얼떨떨한 수가 점심상 앞에 앉자마자 한 양과 그 이모는 무슨 일이냐고 묻는다. 한 양 이모부가 나오셔서 답을 해주기까지 대답다운 답을 못했던 수는 살갗으로 파르르 떨려오던 할머니 손의 느낌을 생각하고 있었다. 몽매에도 그리던 외할머니 소식이라니, 그날의 우연은 두고두고 가슴이 뛰는 사건이었다. 한 양과 수가 한복점으로 돌아온 뒤에도 기은리 할머니가 많이 우셨다는 얘길 전해 들으며 어릴적 동무의 외손녀,

그 아득하게 먼 인연을 생각했다. 별로 가까울 일도 없는 관계라고 생각했다. 그리움이란 고리가 없었다면 세상에 존재하는지조차 몰랐을 인연.

그날은 할머니를 더 자극해서는 안 될 것 같다고 해서 기은리 할머니께는 인사도 못하고 저녁나절에 기은리를 떠나 한복점으로 돌아왔다. 외할머니, 피붙이 같은 분을 만났다는 일은 수가 생각해도 꿈 같았다. 아버지 돌아가시고 몇 년, 혼자 된 딸을 위해 늦은 밤이면 가쁜 숨을 몰아쉬며 들어서던 외할머니, 늦은 밤까지 품일을 하시다가 빗돌머리를 넘어오시던 할머니의 기척은 수에게 구원의 시간이었다. 이강애 여사는 놀이판에만 정신이 팔려 살림살이나 애들에게 뜻이 없으셨던 세월이었다. 그런 집에 외할머니의 숨결이 닿으면 황량하던 집구석이 거짓말처럼 포실하고 따듯해지던 요술의 시간, 그러니까 밤에만 돌아오는 따스함이었다.

하루 종일 남의 집 품일을 하셨을 외할머니 사정을 아이들이 어찌 알았으랴, "할머니는 왜 맨날 늦어?" 툴툴대기도 했던 우리를 씻기고 먹여 재우던 그날이 없었더라면, 사람이 낼 수 있는 가장 따뜻한 기운을 그렇게 받아 보지 못했더라면 수는 어떤 사람이 되어 있을까, 생각해 볼 때가 있다. 외할머니가 밤새워 수에게 들려 주시던 무궁무진한 옛날얘기가 없었더라면 정말로 수는 무엇이 되었을까?

우리 외할머니를 그리 살뜰하게 그리워했던 동무가 있었다는 사실이, 눈앞에 손 내밀면 닿을 실물로 존재한다는 일이, 얼굴에 손등에 검버섯이 피어서 얼룩덜룩하고 쪼글거리는 주름에 덮인 모습만 외할머니라 여겼던 수에게 그리움의 영역이 넓어져 그토록 귀엽고 이쁘셨다던 소녀적의 외할머니, 또한 고운 여인의 자태였던 할머니로 그리움이 확대되는 효과였다. 그러고 보니 기은리 할머니의 모습은 외할머니와 닮으셨다. 아리잠직한 체구며 도도록한 얼굴모습이며, 점잖은 음성, 외할머니의 발, 어렵고 경황없는 살림에도 버선발이 언제나 단정하시던 모습조차 새삼스러웠다. 외할머니 돌아가신 지 십년도 더 지났으니 지금쯤 살아 계시다면 기은리 할머니와 비슷한 모습일 것이었다. 그토록 모진 고생을 하셨어도 기품을 잃지 않으셨던 모습, 아무 일을 해도 허드레로 보이는 구석이 없으신 부분까지 꿰어 맞추려는 뜻 없이도 두 할머니는 닮으셨다. 자매도 아니고 어찌 그럴 수가 있을까? 그 부분은 수가 착각하여 생겨난 의문이라도 감사한 일이었다.

"아이구! 이런 걸 어떻게 사람이 먹어? 당장 치우고 쌀 갇다 먹어!"

읍내에 나왔다가 한복점에 들러 쌀그릇을 열어 본 한 양 이모가 기겁을 하듯 놀란다. 수가 가져온 보리쌀을 섞은 쌀이었다. 가슴이 덜컹 내려앉는다. 그 정도는 보리를 섞었다 할 수도 없이 반도 못되게 드문드문 보이는 보리를 보고 사람이 먹을 것이 아니라고, 어떻게 먹느냐고 한다. 그 말에는 두 가정의 격이란 게 또 들어와 앉는다. 사람이 먹을 게 아니라면 모든 못사는 사람들의 이름은 사람이 아닌 뭐였을까? 세상에는 그런 분류법도 있는 모양이어서 수만 몰랐던 노릇이었나 보다. 한 양이 수의 눈치가 보여 안절부절 못하는 것도 그렇고 자리가 불편해서 화장실 가는 척 슬며시 일어났다.

수가 격조란 말을 붙여 준 그 모든 품위 비스름한 것도 잘 사는 사람들에게나 통용되는 손쉬운 것이겠다. 쌀에 잡곡을 섞어 먹는 정도에 사람 격에서 내려가야 하는 일이라면 어디서부터 격조라는 것을 구해야 하는 일이냐? 그러니 그 단어의 용처는 다시 짚어 볼 일이었다. 격조 없이 살아 온 수에게는 그런 정도의 말에도 눈물부터 나온다는 사실이 마음 상했다. 빗돌머리 가정들이라면 벌써 쌀이 떨어지는 집이 생겼을 것이다. 그러니 춘궁기 근처를 지나온 지금쯤 풋보리를 잡아다 꽁보리밥 먹는 집이 생겼을 터이다. 좋은 말로 한 양 이모가 뭐라고 한 부분은 그래도 품위를 지킨 일이었을 게다. 그분들이 시집 안 간 조카딸 한 양을 대산에 불러 앉히고 돌보는 정성이라면 수에게 더 심한 소리라도 하고 싶었을 일이라고 이해하자 했다. 그러나 전혀 상상이 안 되던 호들갑을 보면서 격이라는 말에 대해서 아직 자리를 못 잡은 마음 안에서 떠도는 것들을 생각해 본다.

한 양 이모가 대산 저잣거리로 걸음하는 날이면 한복점으로 밑반찬이며 간식거리를 잔뜩 가져오는데 한 양이 자취하며 사는 것을 안쓰러워 어쩔 줄 몰라 하시는 걸 보면서 사람의 격이란 게 뭘까 다시 생각하곤 했다. 생판 모르는 수에게까지 다정해서 저런 일가붙이가 있었으면, 부러운 생각이 들었었다. 그분들은 두고두고 한 표본처럼 좋은 느낌으로 남아 사람의 삶이 그 정도의 격은 되어야 하는 게 아닐까 했었다. 그런데 사람이 어찌 이런 걸 먹느냐는 말은 가시처럼 박혀 빼낼 재간이 없다. 수가 기은리 할머니와 가까워진 뒤로 얼핏 느껴지던 석연찮은 구석들이 조명을 받은 듯 얼비치던 느낌이다. 또 오독인가? 수는 제발 그 말이 잘못 알아들은 오해였기를 바랐다.

아무리 화가 나도 뼈 박힌 말 한 마디 안 할 것 같은 사람들, 한 양의 외가 쪽의 그런 부분은 수가 대산에 사는 기간 내내 부럽고 그만큼은 또 쓸쓸한 느낌이 되는 노릇이기도 했다. 농촌을 저렇게 사는 사람들도 있었구나, 스스로 골라잡은 건 아니지만 타고난 주변이 너무 열악했다는 생각을 다시하게 되던 것이어서 수 외가 어른들은 그토록 강파른 성격이 되기까지 주변 환경이 얼마나 그 성정에 해를 끼친 것이었을까. 뭐가 어떻다고 수월하게 갈라치울 쉬운 노릇이 못되는 일이어서 닿지도 않는 생각에 골몰하던 때였다.

그 일로 품격이란 것, 격조란 말의 진의를 다시 찾은 것 같았다. 외할머니라면, 한 양 이모님 자리에 우리 외할머니가 계셨다면 어떤 반응을 하셨을까. 모르면 몰라도 외할머니라면 한 양이 있는 자리에서 그렇게 무안을 주지는 않을 것이었다. 요즘 일도 고된데 소화 잘되는 밥을 먹으라고 우회하여 말씀 하셨거나 슬그머니 쌀을 가져다 부어 놓으셨을 터이다.

효녕대군 몇 대손이라는 긍지가 대단한 전주 이 씨, 이강애 여사는 말이 사금파리가 되셨지만 진주 강씨 외할머니는 전주 이 씨 집안으로 시집와서 고생만 하셨는데도 향반이라 불러 알맞은 처세를 하셨다. 없는 살림에 두루 공평하고 따사로운 성품, 그 성품의 안과 밖이 같아서 뒤에 대고 남의 말 하는 걸 들으면 그게 누구건 크게 꾸지람을 하셨다. 격조란 것도 겉만 좋은 품성이 아니었을 것이니 오히려 속이 더 반듯한 상태를 그렇게 일컬어야 맞을 일이었다. 그러고 보니 외가 쪽으로 어쨌다고 몰아넣고 불평한 것도 취소해야겠다. 계제에 불안정하던 개념 몇 개가 정리되었다. 제자리를 못 찾아 삐걱거리던 말들이었다.

한 양이 처음에 대산에 온다는 수를 환영한 이유가 뭐였나, 돌아보면 수가 한복점에 함께 있으면 이모네 가족들이 노심초사를 안 할 것이므로 아마도 과잉보호를 벗어나는 일 때문이었다는 말을 들었다. 날마다 먼 길을, 걸어서 기은리로 들어와 할머니 곁에서 편히 자고 가라는 게 어른들의 의견이었으니 편히 자는 부분만 생각했지 먼 길을 그것도 밤길을 걸어오라는 건 더 어려운 노릇일 수밖에 없었으리라. 한복점에서 일을 하고, 자고 먹는 게 한 양에게도 마음이 편할 수 있는 부분이었겠으니 말이다. 어린애도 아닌데 과잉보호라니, 사랑이 지나치다는 것도 성가신 일이라는 걸 안 것은 그런 관계를 보면서 든 생각이었다. 여전히 그런 인맥이 부러웠음에도 말이다.

일거리가 좀 뜸해지면 근처 논밭 길을 걸으며 한가해질 수도 있는 일인데 한 양은 할 일없이 걸어 다니는 그런 걸 별로 좋아하지 않아서 수 혼자 주변 길을 걷곤 했다. 봄볕을 쬐러 나온 우렁이들이 논가 흙덩이 위로 올라온 걸 보면서 우렁이 잡던 날이 그리워진다거나 고생스럽던 지난날도 그렇게 물큰한 그리움으로 논물 위를 찰랑댄다. 동생을 저만치 물안개 속에 세워놓고 우렁이를 건지면서 두렁을 넘다 궁금해서 "옥아!" 부르면 안개 너머에서 대답하던 동생이 무서움을 참고 있었는지 수의 목소리에 울음을 터트리기도 하던 봄날이 손에 잡힐 듯 가까운데 우리는 뭐하느라 이렇게 떨어져 먼 외곽길만 골라서 걷고 있는 걸까.

"옥이는 어떻게 살고 있나…."

수가 입 밖에 낸 이름이 귀에 들리는 정도에도 목부터 메이는 동생 이름, 수가 능력이 없어 진학을 못 시키고 객지로 떠돌게 만든 것만 같아 가슴 쓰리지만 그래도 빗돌머리 집에서 농사짓는 일이 아니라서 조금은 안심을 한다.

실바람이 지나며 어룽어룽 물그림자가 지던 논둑에 앉아 물멀미가 일도록 오래 물을 보고 있으면 써레질 하시던 아버지 목소리가 어제인 듯 가까이 오고 수가 동생을 부르듯 안개 너머에서 아버지가 부르시던 이름.

"수야!"

그런 다정한 이름이 있었구나, 다정하다는 건 이름이 아니라 아버지 목소리였을 테지만 수는 자신의 이름에다 '다정한'이라는 꼬리표를 단다. 금방이라도 다시 들릴 것 같은 목소리, 논물에 산란하는 햇빛이 눈을 찌르듯 물결 따라 출렁대면 수에게로 닿는 정감들이 있다. 수를 감싸고도는 유현한 물안개의 느낌으로 그것은 세상에 수가 보이지 않도록, 차갑고 날카롭고 위험한 것들이 수에게 닿지 않도록 보호막을 치는 듯한 그게 빛인지 빛을 차단하는 무엇의 결인지 모르겠지만 눈물처럼 안개처럼 고운 결이어서 다발이지다 흩어지다를 반복하고 은결에 촘촘히 둘려 아늑하던 기억 속이 된다. 이제는 잊혀졌다고 생각했던 것들이 거기 물안개 속에 울먹이고 있었다.

외할머니의 지극한 사랑을 받고 자란 부분은 자존감이라 불러도 좋을 그런 믿는 구석이 되어 난관에 부딪치게 될 적마다 '나는 적어도' 곧장 머리를 드는 무엇의 정체였고 아주 주저앉지는 않게 수를 일으켜 세우던 뼈의 힘 같은 것, 적어도 그런 정도에 무너질 시시한 사람이 아니라는 믿음이었다.

그건 그렇고 세상에서 그중 좋아하는 외할머니, 그분은 전주 이 씨들의 피가 섞인 분이 아니라서 그러신가, 그분의 자녀들이나 가족들처럼 강파른 성격도 아니고 살벌한 가시도 없으셨다. 그게 수한테만 그랬다고 나중에 이모들에게 듣기는 했어도 어린 수가 그런 부분까지 구별할 깜냥이 있었으랴, 그러니 남겨진 기억으로 봐서 다감하고 지혜로우셨던 외할머니, 어려운 가계를 꾸리면서도 격조를 놓지 않으셨던 부분만 심상에 그려져 있으니 그건 누가 손댈 수 없는 자산이었다. 거기다 '적어도'를 또 적용한다면 외할머니도 수의 기를 살려 이 땅에 남기기 위해 거기 계셨던 수호신이라는 이기스런 생각이 들던 날이 있었다.

'나는 누구인가.' 숱한 것들을 겪었다는 생각을 했고 심지어는 죽을 뻔한 고비들도 여럿 지나면서 여기까지 와서 돌아가고 싶은 것이 겨우 어린날일 건 뭔가. 그렇게 논두렁 밭두렁을 거쳐 시간을 밖에서 보내다 돌아오는 날이면 한 양은 수를 바로 쳐다보지 않는다. 애써 외면하는 태도가 뭔가 서먹거렸는데 어느 날인가는 논두렁에 앉아 있다가 들어오니 이병장과 김병장, 공군들이 수를 기다리고 있었다.

"누님, 우셨습니까?"

들어오는 수를 보고 풀썩, 실수처럼 말을 내놓고 뒷감당을 못해 쩔쩔 매는 이현우를 보면서 수는 자신이 그런 흔적을 갖고 왔나? 그래서 한 양이 바로 보지도 못하고 그랬었구나, 짐작을 했다. 언제 울었지? 그걸 알았다면 개울물에 세수라도 해서 부은 눈을 수습하고 들어왔을 테지만 운 기억이 없으므로 아무렇지도 않게 얼굴을 들었던 모양이다.

"흙바람이 불어서…"

흙바람이란 것이 또 물기 많은 것들을 데려올 것 같아 조심하며 말을 받는다. 어디에도 안주를 못하는 수의 영혼은 다시 떠돌고 싶은 것일까? 뭐라고 이름 지을 수는 없지만 '적어도 나는'처럼 막강한 자존으로도 막아지지 않는 무엇에 시달리는 중이다. 여기를 떠나면 또 이 자리는 저기가 되어 그리움이 될 것을 알고 있으면서도 그렇다. 수에게로 오는 그리움은 늘 저곳에 있어서 현재 진행이 아니라 유예된 상태가 아니면 단절된 과거 쪽에 존재한다. 그런 까닭일까. 어디에 몸담아도 곧 못 견뎌 서성거릴 일이니 무엇이 수를 떠돌게 하는지 족집게처럼 집어낼 수는 없어도 또 떠나야 하리라는 막연한 두려움이 인다.

"내 마음을 아실이…."

"내 혼자 마음 날 같이 아실이…."

수가 입버릇처럼 내놓은 시구를 얼른 김영찬이 받는 바람에 난감한 분위기가 되었다. 뒤 구절들이 나오면 안 되는 시였던 것이다. 김영찬이 듣는 자리에서는 한 번도 입 밖에 내지 않았는데 그걸 어떻게 알고 외우는 것일까. 숱한 시들을 암송할 수 있다는 말일까? 궁금증이고 뭐고 우선 뒤 구절들을 입 밖에 내지 않도록 하는 일이 급했다.

'… 나 혼자 마음 날같이 아실이 / 꿈에나 아득히 보이는가 // 향맑은 옥돌에 불을 달아 사랑은 타기도 하오련만 / 불빛에 연기인 듯 희미한 마음은 / 사랑도 모르리 내 혼잣 마음은.' 마지막 두 연이 그렇게 되어 있는 연시, 거기까지 가지 못하게 막아야 했다.

"아 참, 저번에 가져간 6월호 다 읽었어? 거기 소설은 읽다 말았는데…." 시가 더 안 나오도록 둘러댄다는 것이 책을 돌려 달라고 말한 꼴이었다. 아무튼 화제를 바꾸는 일은 성공했으나 돌려주지 않아도 된다고 했던 헌책을 가져오라고 해놓고 또 아차! 한다. 수가 변덕을 부리는 꼴이 된 것이어서 얼굴로 확, 열기다 오른다.

수와 한 양이 싫어하는 것, 말을 뒤집거나 변덕을 부리는 일이다. 그게 뭐 큰일이라고 절절매는 분위기라니, 얼핏 영기 오빠 생각이 난다. 그 시 구절은 농담삼아 써먹는 경우는 본래 시가 지닌 심상이 아닌 "니가 뭘알아?" 쯤으로 이용되던 말이었으므로 그걸 잘못 알고 끝까지 읊어가면 어떤 분위기가 될까, 변덕부린 게 조금 무안했더라도 그러기 망정이지 머쓱한 자리가 될 뻔했다.

한 양 이모에 대한 실망 때문에 착잡해서 바람마지에 오래 앉아 있었던 탓일 게다. 외할머니를 만난 듯 기은리 할머니와 오래 다정하리라고 마음이 설레던 것도 잠깐, 뜻하지 않은 곳에 수의 마음을 막아서는 장애물처럼 한 양 이모의 싫은 내색이 기다리고 있었다. 할머니가 자기 조카 한 양을 제쳐 놓고 수에게만 마음을 쏟는 게 그렇게 싫은 노릇인가 보다. 고부간이란 어떤 인품일지라도 어쩔 수 없다는 걸까? 그분들, 바르고 품위 있는 분들이라고 알고 있었는데 경우 바른 마음이 그런 작은 것에 바닥이 보인다는 게 실망스러웠다.

일의 빌미는 기은리 할머니가 수에게 보낸 인삼정과였던 모양이다. 한 양이 그걸 수에게 건네주면서 한마디 했다.

"우리 이모 손으로 만들었으면서도 자기도 못 얻어 먹는 귀한 거래, 덕분에 내 몫도 받아왔지. ㅎㅎ."

한 양 이모의 심정을 수가 헤아려 봤어야 했다. 기은리 갈 적에 할머니가 좋아하신다는 '크라운산도'를 사갔는데 그걸 받아든 한 양 이모가 "엽렵도 하시지, 어떻게 민 양은 이런 것도 잘 알아?" 이죽거리듯 그러셨다. 그 자리에서 수가 눈치채지 못했던 일을 나중에 생각하니 비꼰 말이었다는 걸 깨달았다. 한 양 이모한테는 할머니가 늘 싸늘한 기운이 도는 분이라는 말을 들었다. 무서운 시어머니라는 것이다. 그런 저런 걸림에 기은리로 할머니를 찾아뵙는 일이 점점 무거워졌다. 자주 기은리로 가야지 했던 기쁨이 휘발하여 발길을 막기 시작했다. 무엇보다 슬픈 일이었다.

수의 미래는 늘 기대와 두려움으로 뭉뚱그려진 형상으로 안정을 못하고 보이다 안 보이다 하는 가변성이었다. 그런 수에게 기은리 할머니는 갑자기 나타난 불빛, 그리움의 원천이셨던 외할머니의 현현 같았다. 언제 또 수가 사는 이승에서 사라질지 모를 안타까움으로 밝혀 주는 그 빛이 무작정 좋아서 마음 설레면서 한 양에게 기운리 가자고 보채면서 살았다. 더러는 수 혼자서라도 들어가곤 했는데 혼자 보낸 길이 안 되었는지 뒤따라 한 양이 오면 그렇게 또 좋았다. 겸상으로 잘 차려낸 음식을 먹고 할머니 수저에 반찬을 올려 주며 착각하는 일, 열 살 안팎의 아이로 돌아간 듯, 마냥 따뜻하고 행복했던 수의 시간은 길지 못했지만 주변의 모든 상황들을 덮을 만큼 좋았다.

수에게는 상향하려는 의지가 있고 한 곳에 안주하지 않으려는 특성이 있다. 거기다 편안하게 퍼지는 꼴을 참아내지 못하는 가학적인 요소도 있어서 채찍질을 멈추지 못하는 것 같다. 그런 성향이 왜 형성된 것인지는 모르지만 '쓸데없다'의 반대 개념에 서기 위해 시작되었을지도 모른다. 아무 곳에 놓여도 수준 이하의 선에 있다는 자신의 가치, 기준을 누가 정하는지 알지도 못하면서 그 기준이 심히 부당하다는 사실을 바로 보려고도 안 하고 스스로를 괴롭히는 마음자리였으니 그게 비록 쓸데 있는 사람이 되기 위한 안간힘이라 하더라도 살아가는 길에 보탬이 될 수 없는 부분이었다.

놀러 온 두 병장에게도 다른 날과 달리 기분을 감추고 "오늘 주제는 뭔데?" 얘기를 재촉하는 농담도 건네게 되는 것은 이곳이 길게 수가 있을 자리가 아닐 것이라는 자각 탓이다. 아까운 사람들, 이런 분위기가 마냥 좋다고 여기 안주하려는 마음이 들까 봐 스스로를 경계하려는 조심성도 접고 오늘은 저 생기발랄한 젊음들이 내는 소리에 귀를 열어 보자 한다.

수는 또 변화할 것이니 무엇에 닿은들 용납 안 되는 노릇이 있으랴. 여기가 그리울 어느 날을 생각해서 나이 많은 동생들에게도 친절해야겠다는 생각이 들었다. 우리가 만나면 무슨 놀이판을 벌이는 것도 아니고 다만 문학이 어떻고 하면서 이야기를 하고 듣는 게 전부인데 그럼에도 우리는 빈약한 토론이 진정어린 대화라 여겼고 밤이 늦어 그들이 병영으로 돌아갈 시간이 되어 일어서는 순간이 아쉬웠다. 그들은 다시 찾아질까 싶지 않은 좋은 사람들이었다. 한 양은 고스톱이라도 치지 재미없는 잡담을 그렇게 오래한다고 별쭝맞고 이상한 사람들이라 했지만 그런 정경은 상상도 안 되는 노릇, 우리는 그래도 품위와 격조를 지키려는 젊음들이었다.

차마 어떻게 그런 놀이로 우리 수준을 내릴 것인가. 화투장에 혐오감까지 갖고 있는 수가 끼어 있으니 그런 쪽으로는 추구할 일이 없는 사람들, 오월의 신록다운 우리에게는 꿈이 있고 빛깔이 있는 인격이라는 자부심이 속을 채우고 있어서 아주 하찮고 작은 일에 격을 내리는 일은 없을 것이라 하였다. 화투라는 단어에서 느끼는 것, 이강애 여사는 별걸 다 혐오감을 갖도록 가르치셨구나. 씁쓸하면서도 교육 효과 면만 본다면 출중하다는 걸 인정하지 않을 수 없었다.

그간에 마음에 남아 무겁던 '영기 오빠'를 기대는 마음에서 비켜 보자 했다. 손 한 번 마음먹고 잡은 바 없다는 기억이 우습게도 노력을 수월하게 할 거라는 생각이 드는 것이었는데 그 생각이 오류였을까? 아직 연애 감정이라는 게 어떤 것인지 그 지점에까지 끌어올리지 못하고 있었던 게 더 근접한 답일지도 모르겠으나 이것도 저것도 아니게 마음만 무거워지는 일이 답답했다. 눈앞에 나타나 호감어린 말로 마음을 사는 김영찬도 그 대상이 아닌 것인가? 마냥 좋아서 기분이 들뜨고 설레는 것만도 아니고, 만나서 반갑고 내일은 또 무슨 얘기를 듣고 어떤 느낌을 말하게 될까, 기다리는 정도가 수가 원하는 그것은 아닐 것인데 수가 모르는 그런 감정들은 참으로 탐나는 영역이면서 동시에 두려움이었다.

그런 부분도 스스로를 구경하려는 장난기가 끼어 있었으니 수는 자신의 정신을 분열시켜 놓고 들여다보는 거라고 생각했다. 그런 마음으로 무슨 연애 감정의 한가운데로 빠져 보겠다는 건지 누가 들으면 웃긴다고 하겠지만 스무 살, 턱을 넘어 해보는 처음 생각이어서 유치하다고만 몰아치울 일은 아니었다. 어느 종교에 심취하거나 연애에 빠지거나 이성을 잃도록 자신을 수습할 수 없는 경지에 들어보고 싶다는 게 스스로 원한 자리였으니 뭐 재미있는 삶에 한 방점은 찍히지 않겠느냐, 그 부분은 친구 한 양에게도 내색한 바가 없었는데 그런 말을 내놓으면 틀림없이 수의 생각을 어린애 같다고 할 터였다.

그게 아니라는 설명을 길게 하자면 구구절절 구차스럽고 김이 새는 노릇일 것이었다. 농담에 웃지 않는 상대방을 향해 그 농담의 맥락을 자세히 설명하는 꼴이 될 일이라 혼자만의 게 임으로 남겨 두기로 했다. 그래, 억지로 감정을 몰아가는 식으로라도 그런 와중에 빠져 보자는 일은 그날의 수가 해낸 생각 중에 그중 혁신적인 한 동력으로 쥐도새도 모를 그 짝사랑은 삶의 한 구간을 빛내줄 것이라 기대해 볼 참이다.

그런 마음만으로도 수는 세상이 다시 새롭게 굴러가는 걸로 보였다. 늘 생활보다 정신이 남아도는 듯 바쁜 일손 위에 일을 보태 봐도 마음에 채워지지 않는 허청같은 공간, 쓸쓸이라는 것들의 서식처가 넓어서 애를 먹는 일을 조금은 줄여 보는 일, 그게 장난스런 시작이었거나 말도 안 되는 희떠움이거나 이름이야 뭐가 되었든 좋을 일이었다. 모쪼록 '격조'를 시험하는 일도 거기 섞여 있었을 것이므로 늘 같은 풍경이 달라 보일 계기로 삼을 무엇이 오고 있다는 예감을 장치해 보는 것이다.

산다는 게 너무 심심했다. 바느질만으로는 메꿀 수 없는 공백, 기은리 할머니를 만나고부터는 그 빈터가 채워지는 것 같았다. 그분은 우리 외할머니가 아니라는, 누구의 시어머니, 누구의 친할머니로 수가 끼어들어서는 안 될 영역이라는 판단이 서기까지 잠깐이었지만 머리가 복슬복슬해지는 느낌이 들었다. 뾰죽한 촉이 솟는 느낌에서 복슬거리는 자리까지는 간극이 먼 거리였다. 무얼 해도 꾸역꾸역 정신이 남아도는 느낌이 무엇에 연유했거나 생에 밀착된 삶이 아니라는 생각 탓일 것이다. 몸에 꼭 맞는 옷이듯 주변을 싸고도는 일들이 겉도는 느낌이 없이 살갗에 닿아 실감을 주는 그런 무엇이길 바라는 것,

어느 게 먼저 든 생각인지 모르지만 김영찬이 수에게 평범 이상의 감정이라는 게 읽히고 있던 터라서 그랬을까. 이상한 감정을 끌어낼 것 같은 시 구절을 막는 일에도 필사적일만큼 버겁게 다가설 미지의 무엇이 두려웠던 것이다. 거기부터는 바라보는 한 인격을 빼내서 따로 세워 두는 일, 구경하는 눈을 따로 만들어 두는 한은 수가 어느 정황에 처하더라도 치명까지는 이르지 않을 것이라 믿었다.

❁

써레질이 한창인 논을 지나 개울둑을 따라 주욱 내려가 본다. 버들 밭을 헤치고 언덕을 넘으니 낯선 동네가 나왔다. 낯설다고 했으나 어디에든 있고 별다를 것도 없는 너무나 낯익은 동네, 그러니 낯설 일도 없는 동네, 누가 큰 손으로 마음먹고 눌러본 것처럼 납작한 초가집들이 옹기종기 모여 해바라기 하는 동네를 가로 질러 처음 들어와 보는 길인데 이 눈물겹도록 친근한 느낌은 무엇일까.

울타리도 없이 낮은 추녀 안쪽으로 내걸린 맷방석이며 얼멩이, 키 따위 농가 살림살이 도구들이 위에 걸려 머리가 되고 그 아래 벽에 기대서 세워 놓은 쇠스랑이며 괭이 따위 연장들은 다리처럼 보인다. 눈이 없으니 표정도 없는 것들, 벽에 기대 서 있는 농구들이 이 집이나 저 집이나 엇비슷하다. 처음 들어선 동네서 만나는 낯익은 느낌이라면 수가 어느 전생에서 보고 온 풍경인가? 생각에 딴지를 걸다가 빗돌머리에서 쉽게 보던 집들이고 아무 곳으로 발길을 해도 우리나라 농촌이면 어디서나 비슷한 풍경이었으리라고 답을 단다. 다시 봐도 고무래나 삽, 쇠스랑 따위가 저 납작한 집을 떠받들어 지키고 있는 호위무사인 듯 삼엄한 걸 보면 아무래도 이 강산 민초들의 안녕은 그것들이 지켜내는 거 같다. 날이 밝으면 들고나가 해가 지도록 흙을 다루는 것들. 무쇠가 닳고 닳아…, 날이 희게 빛나도록 닳아, 뭔가 트집 잡을 말을 찾다가 그만둔다.

빗돌머리는 별로 유쾌한 추억은 없지만 수가 나고 자란 집은 방도 서너 개는 되고 방아 찧는 절구 따위가 놓인 헛청이거나 광, 고방에는 쌀을 담아 둔 두멍이 몇 개 있었는데 수의 집에서 그중 풍성한 게 그곳이었다. 고생스럽던 느낌을 고스란히 담고 부엌이 둘, 담 밑으로 돌아가면 으슥한 구석도 있어서 울기 좋은 자리도 많았다. 흙담이지만 담도 이엉으로 지붕을 해 얹은 제대로 된 형태로 둘렀던 것이니 동네 다른 집들 보다는 사정이 좀 나았다는 말일까. 마루 두께가 아이들 뼘으로 벅차던 걸 보면 가난한 농가 집 치고는 쓸만한 목재로 지어진 집이었던 셈이다. 그게 수의 증조부께서 지으셨다고 했다. 오래된 구옥이었음에도 빗물이 샌다거나 어디가 무너진다거나 하지 않아서 온전한 모습으로 수와 자매들이 다 자라도록 기다려 준 집이었다.

그 집을 떠올리면 그 안에 든 신산스럽던 농가의 하루하루가 손에 잡힐 듯 세월 저 쪽에 적나라한데 논갈이 하는 어른들이 내는 소몰이 소리에 깜짝깜짝 놀라면서 걷는다. 큰소리는 모두 꾸중으로 들리는 탓이다. 아버지 생전에는 귀여움을 받고 크다가 돌아가신 다음부터는 이강애 여사의 사금파리 같은 핀잔으로 그들먹하던 집, 수는 아버지 생전과 사후로 가정의 명암이 갈렸다고 생각했다. 환하고 따뜻했던 봄날은 가고 찬서리 품은 바람은 계절도 없이 불어 닥쳐서 서러움을 쟁이며 살아야 했었노라고 마음에 쓰기도 전에 그렁그렁 풍경이 번진다.

그날도 지칠 만큼 걷다가 늘 앉아 있던 개울가로 돌아오는 길이었다. 그런데 누군가 수가 늘 앉던 자리를 차지하고 앉아 있는 게 보인다. 청승맞다. 저무는 개울에 나와 앉아 뭐하는 거지? 저러고 있는 게 보기좋은 노릇은 아니었구나, 남에게 잘 보이려는 것, 남의 평가에 민감한 성격은 이강애 여사의 물림이다. 꼭 나쁘다는 것은 아니지만 그러다 보면 실체는 사라지고 남 보기 좋으라고 매사에 조심스럽고 반듯해야 하는 애어른만 남았다. 아무려나 어른들이 칭찬하는 아이, 아무 일에도 말썽 피울 일이 없는 삶은 재미없는 노릇이었다.

수가 앉았던 그 돌 위에 흉내를 내듯 양 무릎을 세우고 쪼그려 앉은 저게 누굴까, 가는 길이 개울 쪽이니 뭐 별로 궁금할 일도 아닐 터여서 가 보면 금방 알아낼 일을 두고 궁금해 하며 걸음을 옮긴다.

기인자라는 아가씨였다. 흔치않은 성씨라서 이름까지 이상하게 들렸던지라 전에 한 번 들었던 이름을 기억하고 있었는데 시골 또래들 속에서 얼굴이 유난히 희고 곱던 그 애는 수를 기다리고 있었던 모양이다. 풀잎을 따서 흐르는 물에 한 잎씩 놓아 주는 일, 물이 데려가는 풀잎의 길을 안 보일 때까지 시선이 따라가다 포기하고 돌아서는 그 소실점을 마음에 쟁이는 짓은 소월의 '개여울'을 데리고 나와 마음 벽에 쓰면서 흥얼거리게 했었지.

'당신은 무슨 일로 / 그리합니까 / 홀로히 개여울에 주저앉아서 // 파릇한 풀포기가 / 돋아나오고 / 강물은 봄바람에 해적일 때에 // 가도 아주가지는 / 않노라시던 / 그러한 약속이 있었겠지요 // 날마다 개여울에 / 나와 앉아서 / 하염없이 무엇을 생각합니다. // 가도 아주 가지는 / 않노라심은 / … .'

시어들에서 사무쳐 오는 것을 잡아 내고 싶었다. 대상이 없음에도 그렇게 사무치는 일이 무엇일까. 오래 그렇게 앉아있으면 가상의 대상물이 실재하는 인물일 듯 가슴 메이던 날도 있었다. 그런 은유 속에 감춰 두고 싶은 뭐가 있다면 얼마나 좋을까, 여러모로 현실 도피에나 적합할 그리움을 담고 소월의 시는 개울물에 한 잎씩 떠가는 풀잎처럼 그렇게 흐르던 것이었다. 아마도 누가 뚜벅 걸어 나와 손을 내민다면 기겁하고 달아났을 심사를 지닌 수에게는 그런 꿈꾸기 같은 먼데 것을 그리워하는 쪽으로나 감정들은 자라날 터이므로 약점이었으며 또한 내밀하게 간수된 강점이었다.

저절로 흘러나와 입 밖으로 중얼중얼 내기도 하며 수가 그랬던 것처럼 기인자도 심심해서 그런 시 구절을 떠올리고 있었는지 그냥 그렇게 풀잎만 따서 개울물에 던지고 있었는지 미처 떠내려가지 못한 풀잎들은 여울목에 걸려 뱅뱅이를 돌고 있었다.

한 잎을 따서 물 위에 놓아 시선이 닿는 소실점까지 보내고 그게 가뭇없이 가 버리면 다시 새 잎을 물에 놓는 식이 아니라 되는 대로 웅큼에 잡히는 대로 풀을 뜯어 던진 모양으로 풀잎이 물목에 엉켜 있으니 어지러워서 여러 갈래의 풀잎의 길들을 어찌 따라가고 말고 했을까, 여울목에 엉킨 풀들을 보다가 기인자를 본다. 저 애도 가슴에 부글거리는 무엇에 부대끼는 건 아닐까? 좁은 개울에 빽빽하게 막아서서 길을 못 찾는 풀잎들의 소리가 아우성 같아서 해보는 생각이었다.

좀 새침해 뵈는 그 애는 양장점에 모이는 아가씨들 중 한 명이었는데 따로 한 사람만 떼놓고 보니 조심스럽고 조용한 사람 같았다. 뭔 일일까, 입이 열리길 기다린다. 손에 남은 풀잎 몇 개를 마저 던지고 손을 턴 기인자가 수를 향해 돌아앉아 낸 첫마디가 "만나서 반가워"였다. 내내 보던 얼굴인데 이건 또 무슨 생뚱맞은 소린가, 나머지 말은 기다릴 새도 없이 차곡차곡 서려놨던 실이 풀리듯 얘기가 이어진다. 오랫동안 수를 눈여겨 봐 왔는데 저랑 성격이 꼭 맞을 듯해서 언제 따로 만나보리라 하였단다. 이런 저런 얘기를 하는데 끼어들 행간이 없어서 입을 뗄 기회를 못 찾고 수는 뻘쭘하게 섰고 그녀는 장황하다.

잠자코 서 있는 수가 부담스러운 탓인가, 이 얘기 저 얘기 두서없이 빠르게 말을 이어가는 기인자, 그녀는 저와 또래여서 좋고 신중한 사람이어서 맘에 들고 뭐가 어떻고 어떻다는 듣기 좋으라고 하는 말 일시 분명한 얘기들을 하는 것이었는데 모기 날갯짓 소리처럼 앵앵 거리다말다 냇물에 떠서 쉽게 빠져나가지 못하는 풀잎들처럼 귓가에서 돌았다. 어제부터 시작된 이명이 아직도 남아 소리를 왜곡시키는 짓을 하는 까닭이었다.

듣다 보니 자기 이름이 기인자라고 강조하던 아가씨, 성냥을 가지고 다녀서 담배를 피우나? 얼른 술집을 연상시키던 그 기인자였다. 생일 케이크 초에 불을 붙이던 일이 떠올랐다. 희고 긴 손가락을 보며 너도 게으르다고 욕깨나 먹겠구나 수가 속으로 냈던 소리까지 기억 위로 떠오른다. 억양이 이곳 사투리가 아니고 반듯한 표준말이었다. 그럼 토박이는 아니겠고 그녀의 말은 얼른 의도가 겉으로 나서지 않아서 궁금증만 키우고 있었다.

"갑자기 이런 말을 해서 이상하지요?"

친구하자면서 말을 시작할 때는 반말이다가 어느 결에 존대 말로 바뀐 걸 아는지 모르는지 기인자는 많아진 말이 감당이 안 되는 것처럼 제풀에 허둥대고 있었다. 말을 안 내고 듣기만 하는 수가 부담스러운 모양이다. 일부러 그런 건 아니지만 점점 그 애를 구경하는 심사로 마음이 물러나서 그 애가 거느린 처음 말을 걸던 순간의 분위기가 흐트러지는 걸 보면서 이건 뭐지? 말이 나가는 게 아니라 생각이 나가고 있었다. 그녀의 특징은 상대가 끼어들 기회를 안 주는 거구나, 충분하게 수가 대답할 여백을 줘야 무슨 말이든 하는 건데 나설 틈이 없이 말이 촘촘한 사람, 수가 저를 괄호 속에 넣고 있다는 사실을 모르므로 더 바빠지는 기인자의 말은 결국 수의 대답이 긴한 게 아닌 것 같았다.

남자애라면 어설프게 작업 거는 수순일라 짐작할 만큼 다 큰 여자애가 이렇게 친구하자고 적극성을 띠는 것은 처음이라서 듣고 있을수록 아리송하여 수는 얼굴에 묻은 물을 훑어내듯 턱으로 손이 간다. 속내가 다 읽히거나 말거나 얼굴이 가려운 느낌이 들어서다.

뭔가 폼나는 말로 그럴싸하게 말할수록 상대방에게 잘 보이려는 의도가 먹히지 않는 일, 그렇게 앞뒤가 흐트러지는 일이었다. 수가 알고 있는 바로는 상대를 자기 뜻 쪽으로 끌어오려면 상대로 하여금 많은 말을 하게 하라했던가? 그런데 기인자라는 이 아가씨는 지금 뭐하자는 노릇인가, 이렇게 정색을 하고 마주앉아 우리 친구하자고 할 필요가 뭔지 모르겠다. 그냥 가다오다 말을 걸어 가까워지거나 멀어지거나 마음이 통하면 친구가 될 수도 있고 안 될 수도 있는 것 아니냐? 점잖 빼고 앉아서 그런 설명들을 하는 기인자는 이름처럼 낯설고 헤석어 기이하다는 느낌이다.

아무려나 그렇게 해서 수에게 친구 하겠노라 나선 기인자는 그러마고 동의한 적은 없어도 수가 한복점에서 나와 개울쪽으로 나서는 기미가 보이면 어디에 있다가 나오는지 자취도 없이 따라와서 그림자처럼 곁에 바짝 붙어 앉는다. 처음에 그런 식이었듯이 그녀가 혼자 말하고 수는 듣는 쪽으로 편이 갈라진 채 그렇게 시간이 흘렀다.

꼭 무슨 일 때문이라고 제목을 붙일 수는 없지만 속에서 무언가 치밀기 시작하면 아무하고도 말이 섞기 싫고 기분이 가라앉아 한복점을 나와 들길을 걷거나 개울가에 앉는 건데 그런 수 곁에 기인자가 그림자처럼 따라다녔다. 앞길에 대해 갈피가 서지 않고 속이 시끄러워지는 참에 나서는 개울가였으니 기인자가 반가울 일도 아니었고 호젓해서 좋아하는 개울가, 모처럼 혼자여서 좋은 시간을 훼방하는 사람이 반갑기는커녕 내키지 않는 대상이었다. 수가 달근다워하지 않는다는 뜻은 내비친 적이 따로 없었다 해도 낌새는 알아챘을 일인데 기인자는 여전히 적극적으로 수를 따라다녔다. 무엇보다 경박스럽지 않아서 말동무가 될 수도 있겠구나, 처음엔 귀찮으면서도 후한 점수를 주게 되었는데 뭔지 모를 거북스러운 느낌이 얘기 행간에 끼어드는 게 날이 갈수록 더해지면서 수는 그런 것들을 왜 자신이 견뎌야 하는지 의문이 들고는 했다.

기인자와 수는 누가 봐도 친구처럼 느껴지지는 않을 것이었다. 옷을 잘 갖춰 입고 머리손질도 미장원에서 하는 데다 도회풍으로 세련된 기인자가 촌스러운 그대로 달리 외모를 가꾸는 일에 관심이 없는 수와 붙어다니는 일은 별일로 보일 것이다. 수의 불친절과 기인자의 살가움이 그렇게 우스운 동행을 하는 것도 벌써 한두 계절이 지나고 있었다.




타동에서 만나 별로 취할 점이 없어 보이는 수를 드물게 아는 체 해주는 또래였음에도 느낌이 그런 거야 어쩌랴. 물어보지 않았으나 그녀가 서울서 학교를 다녔다는 말이나 아버지가 사업에 실패해서 고향도 아닌 이곳으로 농사를 지으러 숨어들듯 들어온 얘기들은 저절로 들을 수 있었다. 그런 얘길 하기가 쉽지 않을 터인데도 그 애는 그런 구차스러울 수 있는 사실도 잘 포장해서 내놨으므로 잘 살던 도시에서 여기 삶을 택하기까지 겪었던 것들도 얼핏 들으면 좋은 추억이라 착각할 만큼 예쁜 끈으로 묶고 리본을 달아 놓는 느낌이 들게 말을 잘했다. 말솜씨가 남다르게 좋다고 해야 하나?

이상한 것은 기인자는 한복점으로 놀러오지 않고 수가 개울가로 나가거나 논둑길을 걸을 때만 동행하는데 한 양에게는 제 말을 하지 말라고 만날 때마다 다짐하듯 하는 것이다. 누구에게 무슨 말을 하거나 한 양에게 비밀로 한다거나 하는 부분은 수의 몫이어서 하거나 말거나 참견할 일이 아닌데 살다 보면 더러 남의 오지랖까지 참견하는 사람들도 흔해서 그 애도 그런가보다 했다. 우리가 비밀로 만날 이유가 없고 입을 다물어 지켜 내려는 게 뭔지 알 바 없으니 그냥 놔둬도 좋을 것이다.

인자라는 애는 처음의 조심성이 사라지면서 수에게 무얼 하지 말란 말을 많이 하기 시작했다.

"누가 보면 중학생인 줄 알겠다. 머릴 조금만 더 길러서 웨이브를 넣으면 훨씬 나을 텐데, 애 같은 티를 지우면 세련돼 보이는 거 모르지?"

"…"

"치마 기장도 이건 아냐 얘, 잘라서 두 개 만들어도 길겠다. 무릎 아래 내려오는 건 너무 길어, 너 다리 이쁘잖아? 미끈한 각선미 놔뒀다가 뭐할라고?"

"…"

그냥 두고 보자니 듣기 좋은 노래인 줄 아는가, 자꾸만 후렴구를 끌고 나온다. 수는 자신이 고칠 것이 수두룩한 사람인 걸 알기는 하는데 반감이 일도록 점점 지적하는 말이 많아지는 이건 또 무슨 경우인가. 잔소리가 많은 인자가 성가셔서 일어나고 만다.

"어휴, 시끄러워, 나 들어갈란다."

하긴 미니스커트가 대유행을 하던 시대였고 도시에선 무릎 위 몇 센티 이상 올라간 치마를 입고 다니면 단속에 걸린다는 웃지도 못할 소문이 돌았다.

"설마, 그럴라구? 경찰이 할 일이 없어 장발이나 단속하고 여자들 치마 기장 재자고 덤비겠냐?"

웃고 말지만 시골 소읍인 이곳에도 노출이 심해져서 이대로 올라가다간 치마를 머리에 이고 다닐 거라는 농담들을 했다.

기인자는 수가 저를 전격으로 좋아하는 줄로 알아서 그러는 것 같은데 심지어 수가 화장을 안 하는 일까지 무람없이 입에 올린다.

"그렇게 기초 화장도 안 하고 다니면 피부 망가져, 나중에 뭘로 감당할래?"

"화장품 외판 시작했냐?"

그때마다 말도 안 되는 말로 무지르고 말지만 그 애의 간섭은 숙어들 기미가 아니었다. 정색하면서 핀잔을 하는 게 아니라 혼잣소릴 하면서 돌아서는 수에게도 잘못은 있는 것 같다. 될 수 있으면 싫은 소리를 안하려는 버릇 탓이다. 와글거리는 속을 다스리고자 나오는 개울가를 포기해야 할 때가 된 것 같다. 간단하게 그 애를 따돌려 버릴 방법이 그것이어서 그나마 기인자가 한복점에 발걸음을 안 하는 부분은 다행스러웠다.

자기 미모를 방패삼는 사람들이 늘 그렇듯 기인자는 자기가 그렇게 다가서면 모든 사람이 다 좋아하리라고 믿고 있는 듯했다. 물론 개울이 수의 것도 아니고 할 일없이 멀거니 앉아 있곤 했으므로 수에게 방해가 된다는 생각은 못했을 일이겠다. 개울로 따라와 곁에 앉아 제 말만하다 가는 기인자, 분위기 파악이 잘 안 되는 모양이었다. 그 애는 누가 봐도 곱다 할 용모였고 늘씬한 몸매여서 입만 다문다면 도회 냄새가 물씬 나는 세련된 느낌을 풍기는 아가씨, 왜 수에게 따라붙어 이런 탐탁치 못한 평가를 받는가 모르겠다. 한 양에게 제 말을 하지 말라고 할 때마다 이게 뭐지? 미심쩍어서 기분이 나빠지는 일도 싫었다.

"그렇다고 내게 무슨 사연이 있는 건 아니고 우리 둘만 아는 추억이면 좋겠어서 그래."

어느 날은 한 양에게 저를 만난다는 말을 하지 말라기에 이유를 물었더니 내놓는 말이 그렇게 되지 않은 소리였다. 정이 들거나 호감이 가는 대상이 아니라서 기인자가 수의 사고 반경 안으로 들어올 일이 없다고 여겼으니 크게 거슬릴 일은 없었다.

농가라고는 해도 인자네 집에선 다 큰 딸에게 농사일을 거들라고는 안 하는 듯 저자거리에 매일 놀러 나오는 모양이었다. 그러니 수가 바느질거리를 밀쳐 놓고 개울에 나갈 때마다 쉽게 따라나설 터인데 달리 싫어하는 일에 기운을 뺄 일도 없고 호기심이 샘솟을 경우도 아니니 그냥 얘기를 흘려들으며 무심한 일이 되었을 즈음 하루는 인자가 공군을 소개시켜 달라는 말을 했다. 처음엔 무슨 소린지 얼른 알아듣지 못해서 수가 되묻는다.

"내가?"

"한복점에 자주 오는 그 김병장, 알아봤는데 한 양이나 너와는 별 관계가 아닌가 보데? 그래서 말인데…."

"…?"

"얘기를 들어 보면 수준 있는 말들만 하더라, 혹시 다른 데서 따로 만난 적 있니?"

"??…"

"아무리 봐도 한복점 말고는 가는 데가 없는 것 같아서 궁금했어."

앞뒤를 다 자르고 불쑥 내민 뜬금없는 말이라 말귀를 얼른 못 알아듣는 수에게 그녀는 김영찬을 오래 눈여겨보았다고 했다. 그가 한복점에 오면 옆집에 와서 우리 얘기를 엿듣다 가기도 했다는 것이다. 김영찬이란 이름을 다른 사람의 입을 통해 듣는다는게 이상했다.

합판으로 칸막이가 된 이웃 가게들이니 어느 쪽 집에서 들었다 해도 같은 자리에 함께 앉아 말한 듯 환히 들릴 소리를 꼭 엿들었다고 하기는 뭣하지만 기분이 상했다. 우리가 남이 들어선 안 될 소리를 한 적은 없지만 어찌 되었거나 누군가는 다른 목적으로 귀를 세우고 듣고 있었다니 불결한 느낌이랄까,

논리가 아닌 느낌이라서 그것도 어쩔 수 없는 부분이었으나 인자가 수에게 말을 걸어온 것도 그런 쪽으로 이용하려는 행동이었다는 것이므로 왈칵, 불쾌감이 드는 것이다. 처음부터 접근한 목적이 있었구나, 기분이 좋을 리 없었다.

"너, 참 기막히는 사람이다. 어떻게 남의 집을 엿들어?"

"…"

"김영찬에게 소개시켜 달라고? 니가 직접 하지 왜? 뭐 대단해서 대변인까지 필요하냐?"

"…"

수는 자신도 모르게 발끈했던 모양이다. 그런 게 아니고 뭐가 어떻다고 변명하는 인자를 뒤에 두고 그냥 한복점으로 들어왔다. 그런 속 좁은 대응을 했다는 생각이 떳떳치 못한 느낌이었으나 그런 말을 듣는다면 누구라도 화가 났을 것이라고 자신을 변명한다.

누구네 집에 들어갈 때거나 소곤거리는 사람들 곁을 지날 때면 큼, 큼 밭은기침을 하거나 발소리라도 내서 사람자취를 하는 건 어디서나 바른 예절이었다. 빗돌머리만 특별나서 그런 예절이 있는 게 아닐 터였다. 담이 없고 길에서 바로 방문, 창호지 한 장으로 안과 밖이 갈리는 주거 형태로 사는 농촌에서는 반드시 지켜야 하는 범절이어서 그건 새삼스레 일깨울 일도 못되는 노릇이었다.

다른 동네일은 잘 모르므로 기인자를 몰아세우는 일도 옳은 일인가 판단이 안 서는 일이긴 했다. 그러나 오다가다 한두 마디 귀로 들리는 말을 들은 게 아니라 작심하고 들어앉아 처음부터 끝까지 한복점을 엿들었다는 건 비난을 심하게 들어도 싸다는 생각이었다. 얘기의 내용은 낱낱이 분석되어 우리 사이가 어떤 건지 알아냈을 것이니 변명의 여지없는 일이었다. 무슨 비밀 모임이었거나 은밀한 말이 오갈 자리가 아니더라도 누군가 무슨 목적으로 따로 엿듣는다는 것은 아무리 좋은 쪽으로 생각하자 해도 불쾌했다.

사실 기인자의 행동은 너그럽게 이해하자 한다면 큰 잘못이 아닐 수도 있는데 그 엿들었다는 부분이 괘씸해서 입에 올리기조차 싫었다. 그냥 옆집으로 놀러가서 우리의 말이 들려오는 걸 들었노라고 말하지 않고 무얼 잘 했다고 그리도 당당하게 제 입으로 엿들었노라 할 것은 또 뭔가. 그렇게 말해도 수가 속 좋게 웃어넘길 사람으로 보였다는 부분이 더 속이 상하게 하는 모양이다. 그동안 함께 어울려 다닌 일이 순전한 기인자 뜻이었으니 우리의 관계에 대한 평가도 그 애 마음대로 매겨져 있었을 터다. 수가 얼마나 만만해 보였으면 그런 일조차 유야무야 넘겨줄 것이라는 확신이 들었을 것이냐, 결국은 물러터진 자신에게 스스로 화가 나는 일이었다.

"귀신도 아니고 빨갱이도 아닌데 어떻게 남의 말을 엿듣고 다녀?"

느닷없이 나간 수의 말은 영락없는 이강애 여사 어투여서 속으로는 실소를 했지만 사실이 그랬다. 그런 행동은 천박한 거라고 귀에 딱지가 앉을 지경으로 듣고 자란 것, 전주 이 씨의 긍지가 대단한 이 여사의 훈육으로 자랐으니 여부가 있으랴.

누가 누굴 좋아한다는 걸 가지고 뭐라 할 것은 아니라 해도 뜻밖이어서 그 애에게 필요 이상으로 사나운 말을 해놓고 보니 가시가 너무 겉으로 드러났다는 게 느껴졌다. 수는 격조가 어떠니 품위가 저떠니 했던 자신이 창피하기도 해서 개울로 나가는 일을 삼가기로 했다.

김영찬, 그 사람은 지난겨울 눈길에서 만난 이후로 둘만 따로 만났던 적이 없다. 뭐가 어색해서 그러는지 말 수가 적어진 건 물론이고 눈길을 마주치는 것조차 조심하며 이현우 병장과 함께가 아니면 한복점에 놀러오는 일도 삼가는 것 같았다. 얘깃거리가 될 만한 문학 작품을 읽었다거나 그런 공통의 화제가 생긴 때라면 열띤 공방을 펼치면서도 시선이 마주치게 되는 경우 표나게 눈길을 돌리는 낌새인데 그러고 보니 정면으로 한 양이나 수를 지칭할 때 누님이라는 깍듯한 호칭을 쓰던 사람이 뚜렷한 호칭을 안 쓰고 어물쩍 넘어가곤 했다. 확고한 신념을 지닌 사람 특유의 침착하고 대범하던 자세가 김병장 모습인 줄만 알았다가 얼굴이 붉어진다거나 머뭇머뭇 눈길을 바로 받지 못할 때면 뭔가 마음에 허둥거리는 게 있는 것처럼 보여 이유가 뭐였든 조금씩 불편하고 서먹거렸다. 어느 날엔가는 저절로 속내를 털어놓고 전처럼 믿음직한 모습이 될 테지, 따로 물어볼 일도 아니어서 그냥 미진으로 놔 두자 했다.

그런 분위기에 대고 기인자 얘기는 하고 싶지 않았다. 분위기 망쳐 가며 그런 심부름을 왜 하냐? 마음이 내키지 않아 인자의 부탁은 그냥 묵살하고 말았다. 논마다 거름 싹이 오른 벼들이 실바람에도 허리를 숙였다 일어서는 초여름 어느 날, 그 날도 마음이 답답해 천천히 꿰매도 되는 옷들을 주섬주섬 개어 구석에 밀어 놓고 일어섰다.

"어디 가?"

드물게 한 양이 물었고 "정처 없어" 대답답지는 않겠지만 노상 하는 소릴 하고 나올 때까지는 정말로 정처가 없었는데 오늘은 개울가를 놔 두고 서산 쪽으로 걸어 보자 했다. 정처가 생긴 것이다.

개울 쪽으로 쫓아 나왔을 기인자를 따돌린 것도 곰지고 해가 구름 속으로 숨어서 따갑지 않아 걷는 일은 홀가분했다. 찻길을 놔두고 논두렁 밭두렁으로만 서산이라 짐작되는 쪽을 향해서 걸었다. 아직 덜 마른 이슬이 운동화를 적시는 것도 가뿐한 걸음을 막지는 못해서 인적 없는 논밭 길을 간다. 저만치 김매는 사람들이 보이면 외 둘러 사람을 만나지 않을 곳으로만 가는 길, 어느 길은 사래 긴 논을 한 바퀴 다 돌아서 자신의 발자국을 되 디디며 지나기도 했다. 풀 한 포기 없이 정갈하게 가꿔놓은 밭이며 논의 곡식들은 반듯하게 정성들여 쓴 글씨처럼 보기에 좋았다. 휘파람을 불 줄 알았으면 좋겠는데 그게 마음을 따라 갈 만큼 잘 되지 않는다. 연습은 안 하고 결과만 바라는 일이 제대로 될 리가 없다. 이런 길에 휘파람을 날리며 간다면 얼마나 멋진 일이랴만 수가 못해 본 노릇 목록에 올라 있는 휘파람, 그게 호젓한 길을 갈 적이면 애조띤 가요곡이라도 거칠 것 없이 창공으로 퍼져나갔다가 누리를 감싸듯 되말려 돌아올 소리가 그리웠다.

수가 좋아하는 말 중에는 사무친다는 말이 있다. 뭐가 그리 사무칠 것은 많은지 시도 때도 없이 사무쳐 오는 것들, 그게 울보 기질의 어린 시절에만 그런 것이었다고 하고 싶은데 이제 애가 아니라고 큰소리치는 나이가 되어도 정황의 차이나 있을까 그야말로 시도 때도 없이 글썽거리니 뭐하는 짓이냐, 쓰잘데 없다는 생각이 들기도 한다. 혼수 치마를 꿰매다가 매화꽃 무늬에서 향기가 날릴 때 그게 정말 매화 향기였나? 한 양 눈치 안채게 킁킁 거릴 때라거나 하등의 눈물일 필요가 없는 장면에서 바보 같은 포즈가 나오는 그 사무친다는 정황을 뭐라고 해야 할까?

"인생의 부적격자!" 한 양이 우스갯소리 끝에 한 말이었다. 수가 사무침에 대한 말을 낸 다음에 나온 말이었다. 물론 농담이었고 시시덕거려도 무난할 분위기에서 한 말이니 아무 문제가 없었지만 간신히 눈물을 참아 넘겨 모면한 자리였다. 그건 너무 심한 말이었다는 걸 한 양은 알까? 목이 메어 수저를 놓고 싶게 사무쳐 오는 것, 명치끝이 뻐근하게 저며 드는 듯한 서러움을 말한 것인데 세상에는 상대방이 알아들을 만큼 설명이 안 되는 것들이 너무 많다.

음정이 제대로 나오지 않아 삐뚤빼뚤한 소리가 되는 휘파람, 수가 어려워 잘 할 수 없는 것들을 예사로 하는 영기 오빠는 휘파람도 잘 불었다. 달빛 후영청한 한머리 앞 바닷가에서 듣던 그 소리, 저 멀리 썰물이 되어 굴러가 버린 파도 소리를 배경삼아 들려오던 소리, 은방울꽃 향기처럼 청아한 휘파람 소리를 가슴을 누르며 목이 메어 들었던 기억들이 새롭다. 상큼한 초여름 아침 같고 화아한 박하 향 비슷하기도 하던, 때마다 달라지던 소리의 추억은 곧바로 그 오빠를 소환한다. 그러나 남자들만 경험하는 군대, 병영 생활이라는 게 상상이 안 되므로 휘파람을 불고 있을 영기 오빠의 배경을 떠올리는 건 불가능한 일이라 접어 두기로 한다.

나중에 안 사실이지만 수처럼 폐활량이 형편없는 사람은 휘파람도 잘 안 된다고 했다. 그래서 그랬구나, 음정이 제대로 안 나오던 까닭을 깨닫기는 했지만 그게 무슨 곡조의 노래건 휘파람으로 들으면 여전히 아쉽고 애달픈 소리, 설레던 게 휘파람 소리였다. 왜 휘파람뿐이겠는가.

솔밭 길을 지나고 언덕도 넘으면서 수가 가는 길, 이렇게 나서면 술술 잘 풀려나가는 길을 수는 자기 앞의 길들만 왜 모두 끊어졌거나 막혀있다고 단정하는 것이냐. 문제는 떠나지 않고 머뭇거리는 마음이라고 생각해 보지만 어디를 향하거나 외롭고 쓸쓸하여 댈 데 없는 심사가 되는 것, 그게 버릇이라면 들어도 고약한 버릇이 든 것은 맞는데 그게 왜 수에게로 들어와 해찰을 하는지 알 수 없으므로 고칠 방법도 없는 거겠다. 무얼 향해 가야 하는가, 무얼 살아야 제대로 사는 일인지 모르고 가는 걸음이다. 누구라도 갈 수 있는 아무 의미 없는 노정에서서 머뭇대는 게 한심하기 짝이 없고 한편으로는 가여운 길이라 했다.

한 고개를 넘을 때마다 한 마을을 지날 때마다 퀭한 눈자위처럼 빈집들이 보인다. 새마을 사업으로 잘 살아 보자는 구호로 들떴던 것도 잠시 농촌은 여전히 못살고 여전히 떠나야 할 자리로 여겨지는 모양이었다. 농가들이 도시로 나가면서 빈 허물처럼 벗어 놓고 떠난 집, 어느 동네로 들어서거나 한두 집은 빈집이 꼭 있어서 답답한 마음이 된다. 가세가 넉넉한 가족이 도시살이 하러 떠났을 리는 없고 호구를 위해 농토를 팔아 떠난 사람들이라면 안 봐도 뻔한 일만 같아서 세상 돌아가는 이치를 뭐라도 알고 있다는 듯이 주제 넘는 생각을 하면서 걷는다. 남겨 놓고 떠난 빈집처럼 굽이굽이 어이없고 신산스러울 것만 같은 낯모르는 어느 가족의 앞날을 상상하며 간다.

서산 시내까지는 못 갔지만 찻길로 바로 갔다면 해전에 너끈히 다녀왔을 거리를 이리 돌고 저리 꼬부라진 굴곡을 만들며 헤매느라고 어둑발이 들 때 쯤 한복점에 들어섰는데 한 양은 어이없는지 표창을 겨누듯 뜨거운 인두를, 자기가 들고 있는 게 인두인 줄도 모르고 오래도록 겨누고 있다.

"너, 너… 바다로 아주 간 줄 알았잖어."

그 살벌한 자세에 비해 짧게 한마디만 하고 마는 게 고마웠다. 바다가 걸어서 닿을 거리라는 게 새삼스러운 양 다음엔 그래 보지 뭐, 맞받으며 모처럼 괜찮은 하루였다는 마음이 된다. 제대로 마음을 잡으면 일거리 축에도 못 낄 바느질이 손에 잡히지 않아 헤매는 사람을 한 양은 어찌 참았을까. 그래도 서로를 퍽이나 존중했던 친구였으니 싫은 소리 한 마디 않고 잘 견뎌준 그 부분은 수도 사무치도록 고마웠다.

그날 김 병장이 혼자 한복점에 와서 한나절을 기다리는 걸 보다 못한 한 양이 "민 양은 개울가에 나갔을 텐데…." 했다니 수가 한복점을 나서는 걸 기인자도 어디선가 보았을 테고 틀림없이 개울로 나갔을 것이어서 시간 차가 안 났다면 그들은 우연히 만났을 것이다. 어쩌면 소개시키느니 뭐니 내키지 않는 심부름을 안 해도 될 일이어서 짐 하나는 덜어 낸 셈이었다.

이슬도 마르기 전에 떠나 저녁 어스름에 돌아오기까지 수가 걸었던 게 길이었을까. 정말 글자 그대로의 길이었을까? 잠자리에 들면서 시작된 생각들이 모두 트집거리라도 되는 듯 아무 곳에나 물음표가 선다. 그런데 언뜻 김영찬! 이름이 떠오르니 마음에 이는 파문, 그가 오늘 기인자를 만났으리라는 생각이 뭐 별다르게 좋고 그를 것도 없을 것 같은데 속이 쓰릴 건 뭔가, 뒤척이는 잠결 내내 파문이 따라다니고 있었다. 심지가 굳고 인간에 대한 정이 깊은 사람, 김영찬의 섬세한 심성의 결을 안다면 누구라도 호감을 갖게 될 일이었다.

기인자에게 '아주 빼어난 미모는 아니지만'이라고 단서를 다는 것은 수에게 있는 시기심의 작용일 것이다. 어디다 내놔도 여자답고 고운 자태라는 걸 부정할 사람이 없을 것인데 왜 수는 기인자, 그애를 깎아 내리려는 심사가 되는 것인지, 어떤 남자라도 호감 가질만한 모습이라는 점을 부정하고 싶은 유치한 마음의 작용은 누르려 하면 할수록 뭉게뭉게 피어오르던 것이다.

인자가 김영찬을 소개시켜 달라고 하던 부분부터 이상하다는 생각이 들기는 했다. 그 용모로 뭐가 부족해서 사람 마음 하나 휘어잡지 못하고 소개시켜 달라거나 다리를 놓으려고 부탁하는 것일까. 참 성격도 가지가지다. 아무려나 인자와 김영찬은 그들의 훤한 외모가 그들의 접점이 될 것이라는 곳까지 생각에 닿고 보니 이젠 끝이구나, 뭐가 시작이고 끝인지 알지도 못하면서 그런 생각이 들었다.

잠은 안 오고 검은 천정에 먼저 하얀 종이를 준비해 두 사람을 그리자, 별로 특징도 없이 어디에 묻혀도 보이지 않을 쑥스러운 모습, 주눅이 들어 잔뜩 웅크리고 있는 외양을 강조해서 수, 자신을 그리자. 사람들이 더러 겸손으로 착각하기도 하는 숙기 없이 수그리는 어색한 자세를 그리고 잘 웃지 않는 어두운 표정도 가감 없이 그리자. 거기다 단순 명료하지도 않은 까탈스런 성격이며 세상 고뇌를 모두 모아지고 가는 듯 절망스런 표정은 강조되어야 하리라. 깜깜한 천정에 깔아 놓은 다음 종이엔 환한 외모로 기인자가 복사꽃보다 곱게 저절로 피어나고 있다.

아주 상냥한 눈웃음, 버들잎처럼 시울이 긴 눈으로 웃는 눈웃음이 옛날 미인도에서 금방 빠져나온 듯 아름답고 뚜렷하고 가지런한 이목구비는 어느 한구석 흠 잡힐 곳이 없는 균형을 잘 이룬 자태로 들어선다. 무얼 걸쳐 놔도 돋보이는 옷매무시가 예사롭지 않은 몸매를 그리고 거기에 솜씨가 닿는 대로 품격을 더해 그리자. 이건 샬롯브론테의 소설 『제인에어』에 나오는 자기생략 기법이다. 경우나 격이 다르지만 그냥 한 번 해보자 싶었는데 소설 속 얘기가 읽은 지 오래 되어 그 부분 어떤 섬세한 결론에 닿았는지 기억에 없는 대로 그래 본 건데 나름으로 수가 어디쯤에 있는지 위치 추적하는 일에 보탬은 되는 듯했다.

너라면, 네가 남자라면 어느 쪽에 눈길을 주겠느냐, 혹독해야 한다. 착각하지 마라. 이상이 어떻고 이념이 어떻고 헛소리도 마라, 정신세계? 웃기지 마라, 그게 보이는 것이어서 재 볼 수 있다 한들 그게 뭐겠느냐, 그렇다면 답은 나와 있는 것, 오늘 그들이 만나지 못하고 길이 엇갈렸다면 내일이라도 당장 그 두 사람을 만나게 해 줄 일이라는 결론에 닿으니 세상에, 암막커튼이 내려오는 듯 빛이 차단되는 느낌이다. 수가 기인자를 전격으로 뜨악하게 대하기 시작한 시점, 김영찬을 소개시켜 달라고 했던 부분부터는 아예 상대를 안 하려고 했다는 생각을 한다.

야비하게도 기인자의 면면을 향해 형편없이 폄하하려는 노력을 하고 있었던 거였구나, 그래서는 안 되는 일이었다. 수는 스스로 격을 내려놓지 말고 자신에게 부끄럽지 않아야 한다는 내면의 소리가 세차지는 걸 듣는다. 그 둘을 소개시켜 주고 김영찬의 처신을 지지할 일이있다. 무슨 소유권을 선점하려는 다툼처럼 사이를 가르려고 들 일이 아닌 것이다. 더구나 필요 이상으로 기인자가 엿들은 일에 화를 냈던 부분까지 자신이 작아지는 일이었다. 김영찬을 향한 기인자의 감정이 그토록 절실한 것이었다고 말을 바꾸자, '너라면 그런 적극성을 가질 수나 있겠느냐?' 했다. 수가 평정심을 잃은 것은 그야말로 못난 짓이었다고 치자, 했다.

밤새 뒤척이며 닿은 게 그쯤의 결론이었다. 커튼 틈새로 빛을 잃어 가는 새벽달이 퉁퉁 불어 빛이 번진 채 들여다보고 있다. 수에게 어떤 확신이 있다 해도 스스로를 향한 열등감이며 유별난 이강애 여사를 극복할 용기가 없다는 점을 잊고 있었나 보다. 우리 자매들이 어려서부터 귀에 딱지가 앉을 지경으로 연애결혼을 안 시키겠다고 하셨다. 주변에서 자주 일어나는 사건은 아니라도 동네에 더러 그런 소문이 돌면 그 집 부모

흉을 심하게 보셨다. 그걸 그냥 둔다고 비난하는 것이다. 그게 무슨 자식이냐고 그 딸자식도 그렇지만 기른 에미도 세상에 얼굴을 내놓고 살다니 뻔뻔스럽다는 것, 간단한 해법인 양 비난에 군더더기가 없이 단호하셨다.

아무튼 이현우 거나 김영찬, 그들과 읽은 책을 얘기할 때, 심도 있는 깊이로 들어가지 않았다하더라도 독후감 수준의 대화였다 해도 서로 지지 않으려고 결사적이었다. 그것의 이름이 뭐였거나 긴 얘기들이 이어지던 순간마다 수는 그들의 정신을 만났다고 생각했다. 자신이 지닌 것들이 모두 하잘것 없다고 스스로 주눅 드는 여건을 잊고 동등해지던 그런 마음에는 그들의 정신과 맞닿아 있다는 확신을 갖게 되던 까닭이다. 그게 비록 견해 차이로 티격태격하는 문제를 올려놓고 하는 설왕설래였더라도 마음에 피어나는 것들은 비길 데 없는 기쁨이었다.

인생길에 만나는 숱하게 많은 사람 중에 닿아 온 정신이란 게 얼마나 되겠느냐, 따져 보면 그 소중함이란 어디에 쉽게 비길 수 있는 게 아닐 것 같았다. 말로 형상을 지으려 하면 할수록 휘발되어 버릴 부분이 그 아니겠나 싶어서 누구에게 짚어 설명할 일도 못되지만 그 세월 무언가 내밀하게 벅차오르는 기쁨이 있었다. 수에게 세상을 살아갈 가치를 일깨워 주던 사람, 모처럼 괜찮은 사람일지도 모른다는 마음이 들게 되던 그런 순간들이 좋아서 문득문득 우리는 좋아해도 되는 친구들이 아닐까, 믿고 싶었던 것이다. 그렇게 살았고 장차도 그렇기를 소망하는데 기인자의 출현으로 인간 김영찬을 재해석해야 하는 숙제가 생겨난 것이다. 뭔지 모르지만 수의 생애에 큰 영향을 끼칠 것 같은 예감이었다.

수가 서산으로 걸어갔던 그날 기인자와 김영찬은 만나지 못했고 그들은 그 후로도 곧바로 인연으로 이어지지는 않았다. 밤새 종류도 분명치 않은 생각으로 잠 못 들어 했던 기억은 김병장의 입지가 마음에서 재편성되는 계기였다. 그는 영기 오빠를 대치할 사람이었고 어느 면 아버지의 소리를 들었다 여겼을 만큼 안심스런 사람이었다. 방황하는 정신의 버팀목 역할을 하려고 나타난 수호신, 그렇게 어렴풋하던 심상에 이름을 붙이고 셈을 대었더니 그는 전보다 훨씬 더 괜찮은 큰바위 얼굴 같았다. 그런 상징성을 띤 사람이란 마음 안에서 밖으로 나갈 수 없는 그야말로 상징이어서 수의 마음 밖으로 걸어 나와 이 세상에 존재하는 누구여서는 안 되므로 현실에서 존재하되 정신의 교류 정도가 전부여야 할 터이었다. 속으로 미진을 쌓던 수에게 답을 찾아주는 역할이면서 또한 피가 도는 생명력에선 멀어지는 제한적인 인물이라고 이상한 답을 내려서 스스로를 단속하고 여미는 일을 할 것이었다. 큰바위란 속된 삶의 자리에 발을 디디고 내려서선 안 된다는 뭐 그런 따위로 묶어 놓겠다는 애달픔이었다.

그러므로 기인자의 출현은 여러모로 고마워할 일이었다. 수에게 자신을 읽을 수 있었던 기회를 줬으며 그토록 쓸쓸하고 애달픈 느낌들이 어디서 왔는가를 알아낼 계기를 그렇게 우회하여 섭리하시는 손길의 기척을 느끼게 했다. 수가 자신이 무슨 신앙에 심취한 사람인 양, 고상하게 핑계를 댈 수도 있었으니 말이다. 어찌 되었거나 수가 김영찬에게 당치않은 사람이라는 답을 찾았으니 될수록 멀리 달아나는 일에 최선을 댈 것이다. 수에게는 멀고 아련한 것을 바라는 습성이 있어서 호흡이 닿는 가까운 사람을 좋아해서는 안 될 운명이라고 단정 짓고 살 때였고 그곳이 비록 이강애 여사의 손이 닿지 못할 자율의 땅, 스스로의 의지로 살아도 될 큰산의 땅이라 한들 달라질 아무것도 없다는 생각이었다.



이웃집 곤로가게로 이강애 여사의 전화가 왔다. 아마도 빗돌머리 이장네까지 가서 어렵게 건 전화였을 거여서 그렇게 한 손을 들고 선서하듯 목소리조차 엄숙하셨을 터였다. "…우리는 민족중흥의 역사적 사명을 띠고…" 혁명공약 낭독하듯 모서리에 각을 세우며 글밭을 매야 한다, 말하고는 수의 대답은 듣지도 않고 전화를 끊으셨다. 전화라는 이기에 익숙하지 않고 다른 사람들이 지켜보는 탓으로 어색해서 그렇게 더 쌀쌀한 음성이 되셨을 게다. 모내기철에 그런 전보문 같은 전화를 받고 다녀온 지 얼마 안 된 것 같은데 벌써 글밭을 맬 때가 된 모양이다.

모내기철 며칠 빗돌머리에 머물 때도 또 무슨 일을 꾸미기 전에 잽싸게 달아나듯 그곳을 떠나왔는데 이번에는 콩밭매기라니 시일이 더 잡힐 노릇이어서 걱정이었다. 오뉴월 뙤약볕 아래서 해야 하는 일도 쓰러지지 않기 위해 최선을 대야 할 일이고 풀을 뽑는 밭머리로 수상쩍은 몸짓의 사람들이 와서 말을 걸거나 하는 일이 생기지 말란 법이 없어서 그 부분도 께름한 것이다. 맞선을 안 보겠다고 버팅기는 수에게 몰래 와서 훔쳐보고 가는 아주머니들이 나중에 알고 보면 맞선과 관계된 사람들이었던 것이다. 참 못 말리는 이 여사의 마당발은 수가 불평을 하고 차단할 규모가 아니라서 대책이 안 서는 일이었다. 그 구차한 계층에 대고 우리 집 애물단지 하나를 치워야겠다. 사발통문을 돌려 놓으면 나머지는 계산도 안 되는 일이 벌어지던 것이다.

뭐가 어찌 되었거나 글밭 매러 오라 하시니 가야 했다. 글밭을 맨다면 글을 쓰고 퇴고하는 과정을 일컫는 느낌을 주는데 보리를 베고 난 뒷그루로 콩을 심어 어슷 베어진 보리 끌에 손가락을 찔리면서 김을 매는 일이 글밭 매는 일이었다. 하루 일을 끝내고 씻으려면 피딱지가 앉은 손가락이며 손등 어디 성한 데가 없이 상처가 촘촘하여 물에 닿는 족족 쓰려서 쩔쩔 매게 된다. 뙤약볕에 나앉는 어려움 위에 어려움 하나가 더 추가된 일이 손에 상채기 투성이가 되는 글밭매기였다. 마음 준비를 단단히 하고 들어붙어야 무사히 일을 마치고 돌아올 수 있는 일이었고 장갑은 일손이 둔해지는 게 싫어서 끼지 못하는 성격 탓에 수는 맨손으로 풀을 뽑으며 호미질을 해내다 보면 대산에 사는 일은 호강에 겨워 뭐가 어떻다고 불평을 했던 사치스런 구간이라는 생각을 하게 된다.

농사일은 어느 일을 막론하고 생각이란 게 깃들 겨를이 없도록 몸이 고달프고 힘든 노동이었으므로 그렇게 며칠을 몸이 낼 수 있는 최대치의 출력으로 일을 하고 나면 틀림없이 며칠을 앓아눕는 탓에 또 이강애 여사의 심한 소리 앞에 노출되어 곤욕을 치러야 한다. 이 여사의 보통 언어가 수에게만 그렇게 날선 검을 휘두르듯 살벌하게 들리는 거라고 언제나 자신의 귀가 문제라고 아무리 타일러도 폐부를 찌르듯 숨이 턱턱 막히는 센 소리들은 언제나 싫고 무서웠다. 그런 공식 같은 순서가 이미 정해졌으니 호출하시는 대로 가긴 가면서도 지레 힘이 빠지고 어깨 근육이 미리 뭉치던 일이었다.

내일 날이 밝는 대로 부석으로 가야 하므로 일찍 자야 하는데 김영찬과 이현우가 어스름 녘에 한복점으로 들어섰고 밤이 이슥하도록 얘기가 길어지니 걱정이 되는지 한 양이 말을 낸다.

"민 양은 내일 이른 아침에 집에 일하러 가야 할 텐데…, 어떻게 하지… 요?"

일찍들 가라는 말로 자르지 못하고 어물어물 말끝을 흐리며 수를 바라본다. 한 양은 아직도 그 공군들을 바로 보지도 못하고 말을 놓지 못해서 각단지게 해라체의 어법을 안 쓴다.

"나도 따라가면 안 돼요?"

이구동성이라더니 두 사람이 동시에 낸 소리가 어이없어서 와그르르 웃었다.

"우리가 가면 누님 일주일 할 꺼 하루에 끝낼 건데."

"더 일찍 할 수도 있어요. 약한 누님이 무슨 일을 한다고… 우리가 쓱싹 해치우고 오면 안 됩니까? 하하하."

"마침 내일이 외출 가능한 날입니다! 민 양 누님네 가 보는 게 우리 소원 아닙니까?"

밭매기가 뭔지도 모르는 책상물림들 주제에 큰소리치는 노릇이라니, 숫제 떼를 쓰는 수준이었다. 저들은 자기들이 일을 도우면 된다고 생각하는 모양이라 정말 따라나설 기세다. 세상물정 모르는 저들을 어찌 처리하나, 여러 말을 해서 그들을 포기시킬 일이 귀찮았다.

"황발이도 아니고 밭고랑에 풀어 놓으면 볼만 허겄다."

한 양만 알아듣도록 서산 말로 슬그머니 말했더니 한 양이 웃음을 참느라 얼굴이 벌개지는 걸 외면하며 조금 고민이 되기는 했다. 정말로 따라나서면 힘으로 당할 것도 아니고 큰일이다. 다급한 일이 될 수밖에 없겠다. 수의 사정을 잘 아는 한 양이 그랬다간 맞아 죽을 수도 있다고 막아 본다.

"그랬다간 민 양 엄마한테 장작개비로 언어맞기 십상일 텐데… 요."

"우와, 재미있겠다. 요즘 듣던 말 중에 가장 활력이 넘치는 흥미로운 일입니다!"

일찍 일어서라는 말을 하려다가 말려들어 쩔쩔 매는 한 양을 바라보며 풀썩 웃고 만다. 저 철딱서니들, 그렇게 재미있어 할 사항이 아닌데 수는 만류할 말을 생략하고 만다. 그 구차하고 누추하여 보여 주기 싫은 것들의 집합 처인 집, 절대로 이 사람들에게 공개하기 싫은 원관념의 자리를 어떻게 설명해야 할지 모르는 노릇이어서 입을 다물긴 하지만 참 씁쓸한 노릇이었다.

그러고 떠나 왔던 대산인데 주소를 일러 주지 말라고 한 양에게 당부해 놨더니 그들은 다행하게 빗돌머리에 나타나지 않았다. 말을 안 듣고 함부로 오가는 일도 싫은 노릇이고 뙤약볕에 나앉아 땀범벅 흙투성이로 일을 하는 꼴을 보여 준다는 것도 싫었다. 그 싫은 노릇까지 힘 드는 노동에 보탤 일이 뭐냐고 짜증을 냈더니 수의 심사를 잘 아는 한 양은 두말 않고 그런 상황들을 차단해 주었다.

일을 하고 나면 곧 몸살이 따라 나올 것 같은 예감은 적중해서 닷새 일하고 몸살이 나 버렸다. 열을 끓이며 갱신을 못하는 수에게 이 여사의 싫은 소리가 쏟아질 줄 알았는데 콩밭을 매는 일이 거의 끝자락이어서 그러시는지 별 말을 안 하셨다. 나중에 알고 보니 낼 모레로 맞선자리를 잡아 놓은 탓에 수의 비위를 맞추느라 비틀리는 속을 참고 계셨던 모양이다.

열을 끓이며 끓는 열만큼 들끓는 머릿속에는 얼른 대산으로 가야 한다는 걱정뿐이었다. 차에 오를 만큼만 몸이 회복되면 좋겠는데 열과 두통은 가실 줄을 모르고 뙤약볕에 화상을 입은 얼굴이며 팔뚝이며 욱신거리지 않는 곳이 없었다. 통증들을 참다가 잠깐 잠이 들면 개울가였다가, 한겨울 눈밭이었다가 종잡을 수가 없었다. 개울가에 나와 앉은 기인자를 만나기도 하고 추운 별밤 눈길에 헤매던 사람이 김영찬이 되고 그를 찾아나서는 쪽이 수가 되기도 하는 두서없는 꿈들이었다. 그 사람을 왜 마음 안으로 끌어들이는지 꿈속에도 이상한 짓이라 질색하면서도 끓는 신열 사이로 넘나드는 꿈자리들이 어지러웠다.

성냥팔이 소녀처럼 얼굴까지 폭 싸이게 감싼 시폰 머플러가 실바람에 미세하게 흔들리는 기인자가 등장하는 꿈, 머플러 무늬였던 나비가 팔랑팔랑 날아올라 곡선의 길을 내면서 기인자 주변을 도는 그림이며, 유현한 안개가 감고 도는 기인자는 신령스러울 정도로 아름다웠다. 감탄을 하다가 다시 보면 그건 기인자가 아니라 수가 돼 버리는 이상한 꿈, 다시 원경으로 물러나 아득하게 물안개 낀 개여울이 소실점으로 찍히도록 멀리 밀어 놓고 누가 보고 있는 것일까, 자신이 원경으로 밀려나고 바라보는 주체 또한 수 자신인 이상한 꿈이었다. 꿈속에서도 이런 꿈은 정신에 문제가 있다는 생각이 들어 걱정을 한다. 열 때문일 것이라고 생각했다. 거기 등장하는 수는 누가 봐도 그만하게 괜찮은 사람으로 나서기도 하는데 소망 충족형 꿈은 드물게도 아픈 수에게 와서 위로의 손길로 이마를 짚어 주는지 깨어 보면 두통이 조금 묽어진 듯도 했다.

밖이 두세두세 하는 걸 보니 누가 왔나 보다. 수는 눈을 뜨기도 싫은데 방문이 벌컥 열린다. 우려하던 이강애 여사의 그 사람들인가 했더니 대산에 사는 향이 엄마 목소리였다. 그 아줌마는 이 여사의 옛날 친구인데 남편이 서산경찰서 부석지서 차석으로 있을 때 빗돌머리에 살았다. 그 시절 휩쓸려 다니던 춤바람 아줌마들 중 한 사람이었다. 한복점에 들렀더니 한 양이 바빠서 눈코 못 뜨더라고 했다. 갑자기 혼수 바느질 거리가 밀려들어 와서 혼자 고생깨나 하더라는 것이다. 열을 끓이면서도 쾌재를 부르고 싶도록 좋은 소식이었다. 이강애 여사의 싫은 소릴 제하고 떠날 수 있겠으니 말이다. 썩 괜찮은 핑계가 생긴 것, 오늘 일진을 봤다면 아마도 서북쪽에서 귀인이 도우러 올 괘가 나왔을 게라고 속으로 웃는다.

서둘러 대산으로 온 것은 물론이다. 향이 엄마 수선스런 입담 덕이었다. 절친이었다지만 오랜만에 만난 터라 할 말이 궁해서 그러는지 마치 수의 입지가 대단한 듯이 민 양이 얼른 가봐야 되지 않겠느냐고 되지도 않는 칭찬을 섞어 너스레가 쏟아졌으므로 이강애 여사는 내심 우쭐하셨을 터이라 다시 생각할 겨를이 없으셨을 것이다. 한때 절친이던 사람의 입을 통해 듣는 딸의 칭찬을 입에 발린 소리라는 것도 모르고 좋아하셨을 이 여사가 잠깐, 아주 잠깐 가엾다는 생각이 스쳤다. 수가허영심을 충족시킬 만한 딸이었더라면 좋았을 텐데 영락없는 청개구리 같아서 들을 말 다 받들면서도 가시부터 준비하는 게 이강애 여사의 딸들이었으니 말이다.

대산에 들자 언제 열을 끓이며 앓았나 싶게 두통까지 말끔해졌다. 그게 대산에 온 덕인지 앓을 만큼 다 앓아서 몸살이 끝이 난 건지 모르지만 이 여사에게 잡히지 않고 빗돌머리를 떠난 게 곰지기만 했다. 빗돌머리란 곧 이강애 여사의 치마폭 같아서 거기서 빠져나오면 영향력도 약해져 어떤 힘센 주술이라도 미치지 못할 것 같은 안도감이었다. 해방구에 들어온 기분이다.

수가 못돼 먹은 딸인 건 부정할 수 없는 일이겠지만 사실 이 여사의 계획을 틀어지게 하여 맞선자리가 취소되길 바라는 것도 급한데다 더 조바심을 내고 허겁지겁 달아나듯 부석을 떠난 것은 며칠 후에 영기 오빠가 휴가를 나온다는 소식 때문이었다. 영기 오빠를 만난다는 반가움은 처음 들었을 때 잠깐이고 얼른 달려든 생각은 우리 집에 곧 들이닥칠 선보러 온다는 사람들을 어찌 처리하나, 근심이었다. 그 맞선 소식은 운이 나쁘다면 소식이 아니라 현장을 고스란히 오빠에게 구경시킬 판이어서 불을 피하듯 그 자리에서 도망하는 게 상책이었다.

시골 처녀들 사정이란 게 다른 지역은 어떤지 모르지만 그 시절 빗돌머리는 남자 쪽 여인네들, 어머니 고모 백모 숙모 할 것 없이 영향력이 큰 사람 순으로 전부 대동하고 나타나는데 먼저 여자네 집을 염탐하듯 다녀가고 남자 쪽 안목에 탐탁하다 싶으면 장가들일 총각을 옹위하고 우우 몰려오는 것이니 온 동네가 다 아는 사건이 되고 만다. 그렇게 선보러 온다고 들이닥치는 일이 보편적이어서 후에는 그런 형식이 상견례라는 이름으로 굳어진 절차였는데 맞선자리에서 아예 상견례까지 치르자는 뜻이었던 것 같다.

맙소사! 탄식이 절로 나올 만큼 싫은 것들의 극치라서 그게 수에게 떨어질 불행이 아니라 건너동네 누구 얘기라 해도 얼굴로 쥐가 기어가는 느낌부터 들었다. 그러니 거기서 도망 나오는 일에 어찌 필사적이지 않겠는가. 다급해서 정신을 차릴 수도 없는 상황에 몸살은 얼른 나을 생각을 안 하지, 결국 모녀가 부딪쳐야 할 판인데 향이엄마라는 은인의 출현은 수가 이강애 여사와 대립각을 세우지 않고도 무난하게 집을 빠져나올 수 있는 명분을 만들어준 일이어서 차멀미도 깜빡 잊은 채 대산에 닿았던 것이다.

❀



버스에서 내려서면서 살 것 같다는 생각이 우선 들었다. 언제는 죽었었냐? 스스로 핀잔을 하면서도 정말로 대산은 수에게 살 것 같다는 안도감을 주는 곳, 우선 깊은 숨부터 쉰다.

"민 양 아가씨 오는구나? 향이 오메 말이 앓더라더니 반쪽되었네, 이제 괜찮어?"

건너집 양은가게 아줌마가 반색을 한다. 골을 내고 있어도 웃는 인상이어서 한 양과 수는 '무골호인'이라는 별명으로 부르는 아줌마다.

"더운 데서 뭐 하신대요?"

가게 앞에 앉아 바지락을 까고 있는 걸 보면서도 반가워서 뭐하냐고 다시 묻는 다. 수를 보면서 말을 하고 웃으면서 과도를 든 손을 한 치 오차 없이 조개를 까는 솜씨는 언제 봐도 신기했다. 이집 저집 열어 놓은 유리창으로 내다보는 이들에게 아는 체 하면서 이렇게 반가워하는 사람들 속에 섞여 살았으면, 이런 풍경이 오래 이어지면 좋겠다고 생각했다. 저만치서 기성복집 아줌마가 손을 높이 들어 흔들어 주고 사라진다. 아! 그렇구나 수가 처음 대산 땅을 내려서며 어리둥절하던 아침, 총각무 다발을 안고 가던 아낙이 기성복집 아줌마였다는 생각이 났다. 너무 낯이 설어 주저앉을 것만 같던 추운 아침, 그니들의 아침 밥상을 잠깐 상상했던 기억이 난다. 가족이 둘러앉은 따뜻한 일상, 그것은 언제나 수의 감정을 누그러뜨리는 힘이었다. 가시를 발라 낸 생선을 밥 수저에 올려 주던 긴 손가락의 기억, 결국 아버지가 들어 있는 그림이면 어느 경우라도 마음이 푸근해지던 것이다. 기성복집 아줌마가 사라진 골목에 대고 수도 손을 흔든다.

그동안 열을 끓이며 호된 몸살을 앓느라 애쓴 뒤끝이라 좀 어지럽긴 하지만 통증이 물러간 몸과 마음에 뭉게구름처럼 피어나는 상큼한 무엇이 있었다. 무슨 일인가 아주 탐탁한 일들이 자신을 기다릴 것 같은 좋은 예감이었다. 그러니 누굴 만나도 반가운 마음이 앞을 선다.

집에서 지낸 열흘이 얼마나 힘들었으면 마음이 이럴까, 돌아보면 더위와 싸우며 지글거리는 해 아래 일을 하는 거야 농촌에 사는 누구라고 안하고 살 수 있으랴만 더 힘 드는 캇속은 노동도 노동이지만 뭔가 옥죄는 것, 의지와는 상관없는 쪽으로 밀어 넣으려는 이강애 여사의 수군수군 거리는 속내가 문제였을 것이다. 스무 살을 넘겼으니 시집보내야 한다고 언제 무슨 일을 벌일지 수가 짐작도 못할 노릇이어서 허방을 디디지 않으려고 걸음걸음을 의심하며 옮겨야 하는 조심스런 나날이었다. 모녀가 부딪치지 않으려면 말수를 줄이고 하라는 일이나 죽어라 해내는 것, 수가 집에 들면 사는 식이었다.

아무튼 궁지를 빠져나온 기분이라 의기양양까지는 아니라도 한동안은 기를 펴고 살아도 된다는 허락이라도 받은 것처럼 눈에 닿는 것마다 새로운 느낌으로 다가왔다. 아주 오랜만에 보는 듯 반가운 동네, 그러니 한 양의 한복점은 더 말해 무엇하랴, 한복점 문을 밀며 조금 설레기까지 했다. 그런데 저고리 옷고름을 달고 있던 한 양은 수에게로 얼굴을 돌리지도 않고 일손을 놀리고 있었다.

"왔어?"

그뿐이었다. 말을 하려다 풀썩 웃고 만다. 향이 엄마가 빗돌머리 다녀와서 앓더라는 얘기를 전했을 터인데도 무심한 척 그렇게 대하는 게 여일해서 수가 한 양을 좋아하는 게 호들갑이 없는 저런 단출한 태도 때문인지도 모르겠다는 생각을 하면서도 앞으로 달려가던 마음이 멈칫 멋쩍음에 막히고 만다.

무슨 환대를 받을 대단한 짓을 하고 돌아온 것은 아니더라도 바쁜 일거리를 혼자 다 처리하느라고 힘들었을 걸 감안한다 해도 무뚝뚝하다는 일은 어느 면 주변 사람들을 맥 빠지게 하고 잠깐씩 서운하게 한다. 누구에게 위로받고 싶은가? 웃기는 일이라 일축하지만 너덜너덜 해진 듯 지친 마음으로 돌아온 친구에게 몇 마디쯤 따뜻한 말을 해줄 수는 없는가? 당치 않게 트집이라도 잡으려는 것처럼 수는 어린애 투정하는 시늉이라도 하고 싶었다.

뭔지 모를 것이 벅차오르던 기분에 일순 쓸쓸한 느낌이 스치고 거품처럼 떠오르고 싶어하던 것들이 사그라지고, 한 양이 자신을 바라보기 전에 옷을 갈아입는 일도 그만두고 수는 얼른 바느질감을 당겨 앉는다.





민수가 돌아왔다. 그 애가 집에 가 있는 동안 많은 생각을 하게 되었다. 이모가 한복점에 자주 들렀는데 민 양이 없는 틈을 타 작심하고 오시는 모양이었다.

"이번 참에 그애 오지 말라고 전화해라."

처음엔 잘못 들은 줄 알았다. 평소 이모의 말투가 아니었다. 농담인가 얼른 바라본 이모 표정에는 웃음기가 없는 단호함, 그런 드물게 보는 낯빛이었다. 민 양을 자르라니, 그간에 이모가 내비치는 심중을 간간이 짐작은 했으면서도 그토록 민수를 마뜩치 않게 생각하시는 건 의외였다. 어디서부터 일이 꼬였는가 짐작을 아주 못하는 건 아니지만 그런 생각까지는 못해본 나는 뭐라고 대꾸조차 못하겠어서 잠자코 이모를 바라보기만 했다.

이모가 저렇듯 마음이 격해지신 건 할머니 때문이다. 속으로야 어찌 되었건 아무 문제없이 살아 온 고부간인데 요즘 들어 이모가 티 나게 할머니 뜻에 반기를 드는 느낌이다. 곁에서 보고 있으면 아슬아슬한 선까지 갈 것 같아 마음 조리게 된다. 이모부가 아시면 경을 칠 일이었다. 손 귀한 가정에 시집와서 사남매나 낳았으니 이제는 유세를 할 만한 때가 이른 것일까? 시어머니 봉양 잘한다고 소문난 효부였던 이모가 사사건건 할머니 말씀에 입을 삐죽거리는 일은 곁에서 보는 내게도 올곧게 보이지 않는다. 민수의 등장이 몰고 온 변화라고 하기엔 뭔가 내가 모를 깊은 골이 있어 보이는데 아무튼 할머니가 민수한테 지나치게 마음을 쓰시는 대목이 되면 평소에 조신하던 이모가 여느 시골 아낙들이 하듯 퐁퐁 말대답이 나온다거나 전에 못보던 광경을 연출한다.

그런 이모의 변화를 모르실 리 없는 할머니는 여일하게 평온하시지만 뭐가 그런 느낌을 주는지 조마조마한 기운이 감돈다.

"내가 그동안 어떻게 당하고 산지 아니? 그 깔끔하고 차가운 노인네 기운 때문에 숨도 못 쉬고 살었어, 나도 이제 청춘이 다 지났는디, 좋은 세월이 다 가 버렸넌디. 내 한평생은 뭐냔 말이다. 민 양이 오기 전꺼정은 원래 그런 분이시다, 차갑기가 동짓달 새벽바람이다, 싫어도 그러려니 살었어, 그런 매몰찬 속에 어찌 그런 따뜻한 기운이 있었다니? 이 더위에 수삼 구하러 풍기 당숙네로 사람을 보냈단다. 민 양헌티 허넌 거 네게 반만 했다구 헤두 이렇게 서운허진 않겄다.”

“이모, 그건 이모가 오해야, 밤에 나랑 둘이만 있으면 할머니가 내게 얼마나 다정하시다구, 어느땐 밤새워 얘기를 해주시는데… 민 양이야 언젠가 떠날 남이잖어? 곁에 두구 볼 것두 아닌디 뭐 할라구, 이모가 속을 끓여?”

“그걸 누가 모르니? 이 나이 되도록 나는 뭐했나, 회심해서 그런 맘이 드나, 민 양 그애 앞에서 다른 사람이 되듯 노인네가 딴 얼굴을 쓰고 나오는 꼴을 보면 속이 뒤틀려서 나도 모르게 툴툴 거리게 되더라. 거기다 이모부까지 같은 장단이니께, 속이 보깨는 거지, 오죽허면 너 속상하라고 이런 말을 네게 허겄냐?

“이모….”

이모가 미워할 대상을 잘못 잡으신 건 맞는데 고집이 있으신 분이라 민수를 자꾸 걸고 넘어가면 큰일이었다. 고부간의 갈등이라도 그렇지 그게 우리 이모에게 이제껏 닥친 가장 거대한 난관 같았다. 내둥 잘 사시다가 갑자기 돌출한 일이어서 무슨 말로 단호한 저 결기를 설득해야 할지 난감한 문제였다. 내 말이라면 무슨 말이건 그래, 그래 하시며 새겨들으시는 이모가 막무가내처럼 자신의 뜻을 내세워 민 양을 내보내라고 하는 부분은 충격이었다.

사실 한복점을 차리라고 장옥을 얻어 준 것도 이모였고 한복을 배우라고 서울로 보내 주신 것도 이모였다. 우리 집에서는 아버지는 사업에 바쁘시고 엄마는 내놓은 자식처럼 내게 관심이 없으셨다. 뭐라고 의논이라도 하려고 하면 "니가 잘 알어서 헐 텐디 우리가 무슨 의견이 있겠냐." 말을 막으셨다. 그러니까 조언을 구하는 것 자체를 자금을 대 달라는 말로 들으시는 것만 같아 이제는 아무 말도 의논을 안 하고 이모나 이모부에게 말씀드린다. 다 큰 여자애가 타동에 와서 집을 구하러 다니는 일도 꼴이 사나운 일이라서 집을 얻는 것도, 미장이를 대서 헌 집을 수리하는 일도 이모부가 다 알아서 해 주신 일이었다. 그런 일련의 일들을 자기 살붙이처럼 살갑게 허락하시는 할머니의 뜻이 뒤에서 받혀 주셔서 가능했던 것인데 이모는 할머니가 내게 정을 안 주신다고 불평이다.

"이모 그러지 말고 우리 수제비 끓여 먹으까? 애호박 숭숭 썰어 볶아 넣고, 우리 이모 평생 밥해 내느라 고생허셨으니 오늘은 이모 손가락 하나 까딱 말고 앉아계셔. 금방 이모 좋아하는 특제수제비 대령허께."

끝내 이모가 민수 문제를 들고 나온다면 한복점을 접어치우거나 무슨 방법이 필요한 국면이었다. 이야기 끝에 기어이 눈물바람을 하시는 이모를 다독거리느라 수제비를 끓여 먹자고 말은 했지만 요즘 일이 고되서 그런가 소화가 잘 안 되는 나는 이모가 좋아하시는 수제비 얘기를 해 놓고도 걱정이다.

무엇보다 민수가 이런 속사정을 알게 될까 속이 탄다. 그 애 자존심에 손톱만큼이라도 이런 이모의 의중이 읽히는 날이면 그 날로 보따리를 쌀 것이었다. 민수를 그렇게 보낼 수는 없는 일이었다. 민 양을 보내라는 이모의 말은 평소의 이모라면 할 수 없는 말이었다. 그 애가 잘못한 게 없는데 경우 바른 이모는 요즘 뭐에 들린 것마냥 그러신다. 어느 쪽으로도 치우치지 않게 좋은 해결책이 나와야 할 텐데, 민수가 곧 돌아올 텐데 묘책이 없으니 탈이다.

지난봄에 민수와 나는 서산 포목점에 들렀던 적이 있었다. 일감이 안 들어오면 유난히 따분해하는 민 양을 위해서 그렇기도 하고 맘에 드는 신식 옷감이 나왔는가 보기도 할 겸 우리가 바느질해 놓은 색동 깃을 단 한복을 곱게 차려입고 나섰던 길이었다. 포목점 거리에서도 가장 큰 '오로라주단'이 우리의 단골인데 그곳은 언제나 손님으로 북적거리는 상점이었다.

포목점 주인은 이모의 여고 동창생이라는데 노련한 장사 수완과 자금력이 탄탄해서 무슨 사업이든 번창한다고 했다. 상대하던 고객들을 보조에게 맡겨 두고 우리를 향한 사장 아줌마는 세상 반가운 듯 반색을 한다. 내가 바느질을 배운 서울의 그 포목점과도 인연이 있다고 했는데 자기와 손잡고 일해 보자는 말을 잊을 만하면 다시 하는 사람이었다. 말이 좋아 손잡고 일하자는 거지 자기 수하로 들어와 하청을 받으라는 말이다. 가까운 곳에 규모가 제법 큰 공방을 갖고 있는데 바느질 아줌마들 솜씨가 맘에 들지 않아 속을 태우는 중인 것 같았다. 아무래도 시골 동네서 하던 바느질일 테니 도시 바느질과는 격이 질 것이었다. 우선 옷감이며 그 안에 들어가는 부재료들이 획기적으로 변한 걸 감안한다면 그럴 만했다. 사장이 민수를 보고, 정확하게는 민수가 꿰매 입고 나온 한복을 보고 혹하는 것 같았다.

"아, 진짜? 이 아가씨들 일 내겠네, 한복 모델덜 같애, 이 깃 달린 거랑 도련 돌아간 것 좀 봐, 그 구석에서 이런 솜씨들이 묻혀 있었네? 그러지 말고 서산으루 나와라, 한 양두 그렇고 민 양두 대단허다. 내가 방 얻어 주께 나와. 골치 아픈 뒤치다꺼리는 다 내가 알아서 허께 그냥 따지지 말구 나와."

우리의 손을 잡고 놓아 주질 않는다. 대산 한복점에 같이 있는 친구라고 민 양을 소개했으니 누가 봐도 민수는 '시다'로 보였을 터인데 그 애가 해입고 간 바느질 덕에 나와 동등한 자리로 치던 것이다. 우리를 환대한다는 건 주인이 직접 커피를 내오는 거나 바쁜 사람이 우리를 오래 붙들고 있으려고 말을 많이 한다는 것만 봐도 알 수 있었다. 한사코 잡는 손을 놓고 거기를 나와서 민수는 볼일이 있다고 우체국 쪽으로 가고 나만 차부 쪽으로 걸었다. 아까 대산 한복점에서 나설 때 민수가 두툼한 봉투를 핸드백에 넣는 것을 보았다. 보통 우편으로 부칠 수 없이 묵직해 보이는 편지여서 우체국까지 가야 하는가 싶었다. 아니라고 부인하면서도 그애의 마음은 그 편지의 수취

인에게 가 있는 것 같았다.

윤영기, 먼빛으로 바라만 봐도 가슴이 뛰는 그런 사람의 마음을 사는 민수가 은근히 질투가 난다. 대체 어디에 매력이 있나 모르겠다. 김영찬도 이현우도 해바라기하듯 민수를 향하는 컷속은 이상한 일이다. 친절하지도 명랑하지도 않은 그저 그만한 아가씨, 어쩌면 그 애가 거느린 그늘, 백번 잘 봐서 우수라고 한다 해도 그게 뭐라고 그럴 수 있는 것일까? 세상을 다 산 듯 시들한 것 같은, 그러면서도 애달픈 반투막 뒤에 선 듯, 확연하게 안 보이는 것, 제 속으로 들어가 내다보지 않을 것 같은, 아무튼 내가 이름붙일 말이 없는 뭔가 민수의 단점일시 분명한 게 있는데 알 수 없는 일이다. 재봉틀 소리가 어느 결에 멎어 돌아보면 창밖 먼 데를 바라보듯 하염없는 모습은 바라보는 사람의 속을 턱, 막히게 하는 부분인데 저걸 어쩌나 싶은 것, 등 뒤에서 쓸어안고 싶어지는 안쓰러움에 싸인 민수는 그런 안된 면이 있다.

민수 자신은 그걸 아는지 모르는지 상대의 마음을 저리게 하는 것, 손에 잡히지 않는 그림자 같이 어른 거리는 것, 쓸쓸한 무엇을 거느리고 다닌다. 문득 물기가 서리곤 하는 크고 맑은 눈 때문인가? 마음에 끼는 듯 하면서 뭔가 있어 보이는 것, 물론 또래들에게는 없는 깊이, 그 속 깊은 무엇이 매력일 수도 있다면 그게 꼭짚어 뭐라고 이름 지을 말은 없지만 분위기라고 해 두자. 그러면서도 남자들에게 크게 관심이 없는 무심한 것이 그들을 끄는 힘인가? 아무 말 안 하고 있어도 전에 오지 않던 이웃 어른들이 한복점에 모이는 것도 같은 현상으로 보여서 갸웃하게 만든다.

"너 뭐야?"

농담인 척 묻고 싶은 적도 있었다. 어른이나 애들이나 쌀쌀맞은 듯 불친절한 민수를 좋다고 한다. 그 부분은 내가 어째볼 수 없이 닿을 수 없는 부분이니 치우자 해도 미워할 수 없는 반듯한 행동거지며 제 자신에게 철저한 면은 존경스러운 친구다. 그 애가 나를 몰라서 그렇지 어렸을 적부터 눈여겨보던 친구였다. 기실 친구하자는 말은 내가 먼저 내놓은 말이었다.

"그래도 그렇지 내가 두 살이나 위인데 친구 하잔다고 얼른 순열아! 하는 게 어디 있니?"

내가 한마디 했더니 까르르 웃고는 그 길로 민수는 나를 친구로 받아들였다. 시골 동네선 한 살만 더 먹었어도 언니라 불러야 하는데 보아 하니 그럴 살가운 성격이 아니라서 그 애를 가까이 두려면 어쩔 수 없는 노릇이었다. 그런 깨알 같은 부분까지 굽히기 싫어하는 성미를 잘 아는 사람들이 주변에 모여드는 일은 그 애 엄마를 닮은 덕일 터라고 짐작되는 부분이다. 민수가 파르르 성질을 낼 정도로 싫어하는 게 '여장부'라는 자기 엄마 별명인데 그게 어때서 그러는지 모를 일이다. 민 양 생각을 하면서 걷는 참인데 누가 헐레벌떡 따라와 앞을 가로막는다.

"우리 사장님이 잠깐 보구 가시래유." 포목점 허드렛일을 돕는 사환이었다. 다시 돌아가 만난 포목점 사장은 대뜸 그랬다.

"한 양 정말루 서산으로 나앉을 생각움써?"

"…"

"정히나 안 된다면 민 양 아가씨만 어떻게 안 되까?"

그냥 웃고 돌아섰지만 언젠가는 민 양에게 촉수가 닿겠구나 했다. 내가 봐도 민수의 바느질은 수준급이었고 거기다 손이 빠른 것까지 알면 별별 수단을 다 동원해서 끌어가려고 할 판이다. 나한테 동의를 구하지 않고 그럴 민 양이 아닌 걸 알면서도 지레 서운한 기분이 들었다.

전에 하던 대로 한다면 보조 없이도 한복점은 그냥저냥 꾸려갈 만한 일이었다. 그러나 급한 일거리가 몰리면 어려울 거라는 생각이 드는 걸 보면 민수가 온 뒤로 내가 좀 느슨해진 것은 사실인가 보다. 척척 알아서 시다가 할 일을 다 해내면서 좀 덜 까다로운 바느질은 다 받아내 주므로 일거리가 늘 부족한 듯 하지만 민수가 빠진 한복점은 재미가 없을 것만 같다. 일종의 중독이다. 별로 말수가 많은 것도 아니고 곰살스런 구석이라고는 없이 제 고집대로 내 말을 들어 볼 것도 없이 일을 해치우는 그 애가 온 뒤로 매상이 많이 올랐다. 물론 다른 한복점처럼 민수를 보조 취급해서 일당으로 급료를 박하게 준다거나 하지 않고 자기가 꿰맨 삯은 모두 내주는 형식을 취하고 있는데도 내게 돌아오는 액수가 전보다 많다졌다는 것은 민 양 일

솜씨 덕이다.

내 예상이 맞아떨어져서 그 애는 무엇을 해도 허투루 설렁설렁 하지 않아서 두벌일을 하게 만드는 일이 없었다. 어느 때는 손이 남는 순서대로 둘 중에 아무나 마름질을 하고 어느 바느질이나 해 나간다. 누가 말하고 정해서 나오는 질서가 아니라 어느 날 보니 아무나 먼저 일감을 잡으면 되는 컷속이 생겨 있었다. 지난번에 두루마기며 마고자, 남자 한복을 한 번 해 본 뒤로는 못 다루는 품목이 없어졌으니 사실 누가 보조고 누가 선생이라고 갈라 볼 수도 없이 되어 버렸다. 애초에 그 애 선생노릇 해 보자고 민수를 부른 것은 아니었을지라도 가까이서 겪어 볼수록 그 애는 기대보다 늘 윗길이었고 만만하고 허술한 구석이 없었다.

그런데 뭐가 그 애를 들볶는 것일까. 어느 결에 후딱 그날 할 일을 끝내 놓고는 밖으로 나돈다. 겨우 논두렁을 어슬렁거리거나 개울가에 앉았다 오는 게 전부인데 어느 때는 눈이 퉁퉁 붓도록 울고 들어온다. 뭐가 그리 심각하고 뭐가 그리 슬픈 거냐, 물어볼 수도 없으니 위로할 길도 없다. 자기 엄마와의 불화도 전처럼 심하지는 않은가 본데 집에서 오라는 전갈이 오면 꼭 도살장에 들어가는 소를 연상케 한다. 그렇게 싫은 곳이 민 양의 고향집이라면 그건 내가 이해할 수 있는 영역이 아니다. 상처 없는 인생이 어디 있으랴, 말을 해 주고 싶은 대목인데 그 애를 대면하면 말이 막혀 할 말이 없다. 그 애가 그런 말을 모를 리 없어서 허드레소리로 들릴 것 같아서다.

민수가 돌아왔다. 며칠 사이 초췌해진 몰골로 들어서는 얼굴을 정면으로 볼 수 없어 바느질감에서 눈을 못 떼는 척했다. 어제가 대산 장날이라 이모가 또 날을 잡아 나를 만나러 오셨었는데 이모와 하루 종일 얘기한 말들이 생각나서 차마 민 양의 눈을 바로 볼 수 없었다. 앓고 있더라는 소식을 들었는데 아직도 열기가 남은 듯 떨리는 손으로 바느질감부터 당겨 놓는 민수.

뭐가 저렇게 대꼬챙이처럼 스스로를 괴롭게 하는 걸까. 열에 휘둘린 표가 나서 그냥 좀 쉬라고 하고 싶은데 아무 소리도 못하겠다. 민 양의 행동거지나 마음자리는 여전히 짚어 낼 수가 없지만 "애썼다, 고생했다." 빈말이라도 역성을 들어주고 싶은데 입이 떨어지지 않는다. 눈치가 빠른 그애가 우리 이모의 달라진 면면을 모르겠는가, 싶으니 무슨 말을 하든 내가 뻔뻔스러운 것만 같아 위로의 말조차 못하겠다.

행길에는 7월 햇살이 삼복더위를 뽐내며 이글거리는데 바라보는 일도 숨이 턱 말힐 것 같다. 그 길을 아무렇지 않게 지나다니는 제복의 사람들을 하염없이 바라보는 것일까, 민수의 시선을 따라가 보지만 어딜 보는지 모르겠다. 다른 지방이나 별다를 것도 없는 산천, 특색이 따로 없는 산천을 눈에 새겨 넣고 있는 것도 같다. 민수에게 건너가던 시선을 거두고 그 애의 시선을 따라 나도 하염없이 그러고 있으니무엇을 기다리고 있었구나. 자각이 든다. 김영찬과 이현우, 보무도 당당하게 들어설 그들인가? 이건 형체가 지어진 그런 것이 아니라 관념 쪽 문제일 것 같다. 열기로 어룽대는 길을 오래 바라보는 일도 민양에게나 당당한 일이지 내가 그러는 건 엉뚱하게 읽힐 것 같아 유리창에서 눈을 거둬 바느질에 여념이 없는 척하려는데 일감이 밀려 혼자 고생했겠다고 민수가 먼저 말을 건넨다.

"날마다 밤을 새웠겠네?"

옛날에는 초복이 가까워지면 침방에서는 바느질을 멈추고 쉬었다는데 손에 땀이 나서 바느질하기가 고약한 계절이 오기 전에 서둘러 그간에 입을 옷들을 꿰매 놓았다는 얘기를 했던 건 민수였다. 책에서 읽었다고는 하지만 우리 전통 복식에 대해서도 내가 물어봐야 할 정도로 해박했다. 에어컨이 없던 시절, 여름 바느질을 할 수 있었던 것은 다행스럽게도 우리가 손에 땀이 잘 안 나는 체질들이어서 가능한 일이었다. 손에 땀이 많이 흐른다면 꾸득꾸득 해서 바늘이 잘 넘나들지 않았을 터이니 그 부분도 우리는 타고난 바느질 장인 체질 같다고 농담을 하곤 했다. 물론 움직임의 폭을 줄여 몸에 땀이 날 일이 없게 삼가면서 살긴 하지만 말이다.

들어서면서부터 횃대 쪽은 보는 것 같지 않았는데 즐비하게 걸렸던 옷들이 사라지고 안 보던 옷들이 대신 내걸린 걸 민수는 어느 결에 알아챘을까. 먼저 바느질 해 놨던 것들은 모두 찾아가고 새로 들어온 바느질거리를 다루고 있었던 내게 열흘도 못되는 기간에 일을 많이 했구나, 더운데 수고했다고 치사를 했다. 민수가 비워 놓고 간 자리에서 그애 몫까지 대신해 냈다 해서 내가 투덜거릴 성격은 아니지만 민수는 그 부분 미안해 하는 것 같았다. 그늘에서 바느질을 한 나와 뙤약볕 아래서 코에서 단내가 나게 중노동을 한 쪽을 단순 비교해서는 안 될 일이었다. 그러니 민수에게 수고 했다, 고생했다 내가 먼저 말을 하는 게 맞다. 내가 혼자 많은 바느질을 한 거나 민수가 자기네 집 글밭을 매고 온 것은 온전한 자기 몫의 일들을 한 것일지라도 그랬다.

"아구구" 민수는 자신도 모르게 자세를 바꿀 때마다 비명에 가까운 신음소릴 낸다. 아무리 조심해도 깜빡하면 다시 나오는 소릴 들으면서 내게로 드는 통증인 양 딱해서 한마디 했다.

"너두 농사일 할 뼈는 아녀, 잘 따져 보고 시집가!"

"그게 가능한 소리 같어? 아구구, 우리 엄마를! 누가 말리냐."

"너네 엄마도 참 극성이시다. 시집가기 싫다는 딸들을 그렇게 몰아치면…."

"…"

분위기에 말려 선을 잘못 넘은 말이라는 걸 알고 아차! 한다. 민 양이 멈칫 말꼬리를 접는다. 민 양은 자기 엄마가 아무리 심한 처사로 자식들을 잡도리하신다 해도 그걸 남이 어떻다고 평가하는 일은 옳지 않다고 생각하는 것 같다. 남의 가족을 서로 말길에 섞을 때는 조심을 하는 편인데 오늘은 내 마음이 좀 느슨해졌던 듯 민 수에게 결례를 한 것이다.

민수는 자기가 살아갈 앞날이 몸과 마음에 후유증이 남고 삶의 질이 떨어지는 뙤약볕 아래의 노동이 아니었으면 좋겠다는 말을 더러 했다. 앓는 구간만 없다면 농사일을 하는 어려움쯤 견딜 만하겠는데 그 애에게 달려드는 몸살은 언제나 수명을 잘라 내듯 혹독하다고도 했다. 하고 싶은 것도 많고 가고 싶은 길도 많은데 자기에게 허락된 순탄한 곳은 어디일까? 세상이 민수에게 호의적인 구석이 없다고도 했다. 아무 길도 내주지 않을 것 같다는 지레 짐작이 어느 곳으로도 움직일 수 없게 하는 것일 텐데 몸살 정도에 마음은 아무 것으로도 채울 길 없는 허청이 돼 버리곤 한다는 말을 정확하게 이해는 못한다 해도 그 애의 심정이 내속을 파고드는 것 같았다. 하루 종일 문에 눈길이 가는데 기다리는 사람들은 안 오고 민수와 나의 말도 간격이 떠서 공기가 희박해지는 기분이다.

"그동안 내가 놀다온 게 아냐, 자 봐라, 혼신을 다해 연마한 이 찬란한 실력!"

서로 골이 난 듯 입을 다물고 일거리에 몰입하는 척하는 게 지루한지 민수가 장난을 친다. 글밭을 매다 온 손이 거칠어서 만지는 대로 소리를 내며 따라 오르는 나일론 옷감들, 손을 쫙 펴서 옷감에 댔다가 떼면 그대로 편 손바닥에 얇은 옷감들이 붙어 공중으로 올라오는 재주를 부린다. 손에 기를 일으켜 상대방을 확, 밀어 던지거나 공중에 붕붕 띄우거나 만화로 본 무협지 장면들이 떠올라 무림의 고수처럼 멋지지 않으냐고 허튼 소리를 하는 것이다. 어지간히 무료한 모양이다.

"장풍의 고수가 되면 미싱은 절로 돌아가게 할 수 있을 텐데, 이거 네 발 다 쓰는 건 진화가 덜된 것들이나 하는 노릇 아니냐?"

민수가 실없는 소리를 해서 웃던 참에 이병장과 김병장이 쌍둥이 인형처럼 들어섰다. 선발해서 고른 것도 아니련만 이 공군들은 너무 잘 생겼다. 거기다 똑똑하고 예절 바른 청년들, 그래서 다시 수를 바라본다. 뭘까? 출중한 외모가 아니라면 그 끌려오는 힘이 될만한 게 뭐가 있을까? 하긴 그런 겉에 보일 리 없는 마음, 그 애의 정신이라면 할 말이 없다. 그 하늘 높은 줄 모르는 자존심이 결코 겉으로 나오지 않으니 민수는 누가 봐도 겸손하고 어느 일에나 주눅든 걸로 보이므로 그런 부분을 장점이라긴 뭣하지만 다른 사람에겐 없는 묘한 분위기를 두르고 다니는 건 맞다.

"뭐 좋은 일 있으세요?"

우리가 웃는 영문을 모르면서 김영찬과 이현우가 함께 웃는다. 이 사람들은 이름마저 그렇다. 순정만화 주인공 같은 이름들이라니! 동네서 부르던 덕칠이 돌쇠 만동이 순구, 남자애들 이름이 떠올라 피식 웃게 된다. 그렇게 기다렸으면서 민수는 심드렁한 듯 겉으로 드러나는 게 없다. 민 양, 저는 그러면서 나한테만 뭐라던 게 생각난다. 웃감이 날리므로 벽 쪽을 향해

바람을 보내도록 돌려 놨던 선풍기를 얼른 그들에게로 향해놓고 나는 잽싸게 바느질감을 바투 잡는다. 속을 들키지 않으려는 짓이다. 민 양 말대로 나는 이제 또 누가 건드린 달팽이처럼 껍질 속으로 들어가서, 가뭇없이 들어가서 촉만 세울 것이다. 마실꾼들이 돌아갈 때까지 무슨 그림자처럼 웅크리고 앉아 바느질만 하고 있는 것 같아도 나는 저들이 하는 말을 토씨 하나 놓치지 않고 듣는다. 중간중간 내 생각도 섞어 넣으며 듣는 일도 좋고 민수가 우울을 벗고 재기발랄이 되는 그 시간이 좋다. 저 애가 내 친구라고 두 공군에게 내놓고 자랑하고 싶은 기분이 들 때도 있다. '자, 봐라! 나도 이 정도의 사람이다!'

귀밑 턱에서 목으로 내려가면서 크게 난 화상 흉터가 있는 쪽을 보이지 않게 돌아앉아 다소곳한 듯 자세를 잡은 나는 바느질을 한다지만 옷고름 하나를 달아도 민수가 고름을 접어 박아서 뒤집어 다림질을 해 줘야 가능한 일, 그럴 때 생각하면 그런 허드레 일들이 바느질의 기본이 된다는 걸 새삼스러워 한다.

속이건 겉이건 확, 터놓고 사는 민 양이 부러운 순간이다. 열등감에 찌들려 말을 못하는 내 자신이 싫다. 말이 안되면 막무가내로 억지를 써서라도 잘난 두 공군을 이겨 먹는 민 양의 당당한 면면은 그럴 때 보면 다른 인격 같다. 그들이 돌아가고 나면 풀썩 주저앉듯이 우울 속으로 다시 빠져들지라도 그랬다.

민수와 그들이 옆집에 다 들리도록 어느 때는 목소리를 낮추는 일도 잊어먹고 조심스런 마음도 들지 않는지 만남이 무작 반갑기만 한 것 같아 곁에서 보는 나까지 들뜨는 것 같았다. 그들의 대화가 무의미하다거나 소용에 닿을 게 없다고 한다 해도 마음으로 차오르는 기꺼움만으로도 굉장한 거 아니냐? 고양되는 정신이 그렇고 밀물처럼 사무치는 활기가 그렇지 않으냐, 민 양을 내 대변자처럼 거기 앉혀 뒀다는 자부심도 들어서 누가 뭐란다고 마음은 변명을 만드느라 바쁘다. 그동안 민 양 집에 밀려 놨던 철지난 책들을 이번에도 싸온 모양이니 오늘 밤도 늦도록 저러겠구나 했다. 그런데 그들은 무슨 일인지 책을 한 권씩 뽑아 들고 곧 일어섰다. 그렇게 왔다 일찍 일어서는 그들이 서운했어도 왜 일찍 가느냐, 따위의 말을 내본 적 없는 게 우리가 지키는 불문율인 것처럼 그렇게라도 왔다갔으니 되었다고 하루를 잘 지냈구나, 방점이 찍히는 순간인데 김영찬이 다시 돌아왔다. 부대까지 갔다 올 시간이 아닌데 아마도 뛰어서 갔다 온 모양이다.

밤이 오면 공방이 곧바로 침실이 되는 한복점, 우리는 일거리를 치우고 이부자리를 내다가 까는 참인데 후다닥 들어서는 김영찬, 그가 먼저 놀란 듯 멈칫 서 버렸다.

"죄송합니다!"

당황한 것은 우리가 아닌 그쪽인 듯 주머니에서 무얼 꺼내 이불 위에 놓고 도망치듯 급하게 밖으로 나갔다. 치약처럼 생긴 튜브에 든 손크림, 그런 게 다 있었나? 어디서 본 적도 없는 그걸 내놓고 도망치듯 갔다.

"이게 뭐야? 알아먹지도 못할 쏼라쏼라, 그냥 놓고 가면 이걸 삶아 먹으란 말인가? 구워 먹으란 건가?"

누구의 배려를 받는 일도 낯설고 서툴러서 무안한 걸 눙치느라 튜브 겉면에 손이 그려져서 그게 뭐에 쓰는 건지 알 만한 일인데 생판 모르는 척 민 양은 나에게 들으라는 듯 혓소리를 한다. 민수의 손이 상처 투성이로 거칠다는 걸 어느 결에 보았을까. 장갑도 없이 성깔대로 글밭을 맨 탓에 손가락이며 손등 어디랄 것 없이 여기저기 피딱지가 촘촘하게 앉은 손을 비비며 투덜거려서 멋쩍음을 무마하려고 애쓰는 민수를 보다가 풀썩 웃음이 난다. 김영찬에게 우리의 초라한 잠자리를, 삶을 들킨 게 멋쩍어서 그런다는 걸 안다.

"그 사람, 민수 네 손만 뚫어지라고 보더라, 손이 두툼해서 망정이지 어디 구멍났을 걸?"

말에 결을 맞추려는 게 아니라 퉁박을 주려고 내뱉은 소리에 민수가 얼굴이 빨개진다.

"손 크다고 나 혼내는 겨? 아니라구? 그런데 왜 자꾸만 나는 혼나는 기분이지? 쏼라쏼라가 문젠가?"

그렇게 멋쩍어 할 일이 아닌데도 내 앞에서까지 쩔쩔 매는 아이, 그럴 때 보면 스무 살이 어떻다고 큰소리만 쳤지 민수는 아이 같다. 수가 분위기 무마용 너스레를 떨어도 못들은 척, 말을 받지 않고 듣기만 했다. 그러면 그 애의 너스레는 좀 더 이어질 것이고 그건 좋은 분위기를 만들게 될 것이다. 나는 김영찬과 이현우가 민수없는 동안 한복점에 얼씬도 안 하는 부분이 서운했다. 그 부분 지나가는 소리처럼 말했지만 서운한 속내를 보이는 내 진심인 것이다. '니가 아니면 이곳에 발길을 안 할 거'라는 말이 사실 과장이었다 해도 민수, 너 아니면 저들이 뭐하러 여기 오겠냐는 일종의 항의다.

민수가 집에서 돌아온 지 며칠이 지났다. 바람 끝에서 비 냄새가 묻어나는 날,잔뜩 흐려서 곧 빗발이 듣을 것만 같은 하늘을 보며 민수는 개울가로 나가면서 할 말이 있으니 김영찬이 오거든 개울로 보내라고 내게 일렀다. 그러니 곧 김영찬 그가 올 것이다. 물론 그들은 약속을 하지는 않았을 것이다. 그러니 반드시 온다는 보장은 없는데 그냥 느낌을 잡고 민수가 그런 말을 하면 묘하게도 그는 오던 것이다. 내게 무슨 비밀을 두려는 것 같아 마음이 안 좋았다. 언제 봐도 설레는 김영찬 그 대신 이현우, 착하고 상냥하지만 재미가 적은 사람을 남겨 놓고 혼자만 보내라는 부분도 생각하기 따라선 기분이 상할 일이다.

구름이 끼었다곤 해도 한여름의 폭양이 숨어 있는 하늘, 마파람이 후덥지근했다. 수는 기인자와 김영찬을 소개시켜 줘야 하는 일을 더 미루고 싶지 않았다. 이현우가 같이 오더라도 한복점에 남게 하고 김영찬 혼자만 시냇가로 보내라고 했는데 그 부분 한 양이 오해할 수도 있을 터라서 조금 마음이 쓰인다.

김영찬과 기인자를 소개시켜 주기로 마음을 고쳐먹은 건 속에서 이는 어떤 감정 때문이다. '내가 뭐라고 그들을 가로막고 있나?' 자꾸 속에서 무언가가 걸리는 것이었는데 기인자의 속마음을 알면서 그냥 모르쇠 하는 일이 께름했다. 그들의 일은 그들에게 맡기고 개운해지자는 셈속이기도 하고 어쩌면 김영찬이란 사람을 속이는 짓만 같아 시간이 갈수록 전처럼 허심탄회한 대화가 어려워지고 있는 느낌 탓도 있었다. 뭔가 기이는 게 있는 속으로 아무래도 그래선 안 된다는 생각이 어째볼 수 없는 미진으로 가칫대고 있던 것이다.

얼마를 기다렸을까, 기인자보다 먼저 와야 할 사람이 나타나지 않으니 수는 마음이 급해졌다. 풀잎을 따서 개울에 던지는 짓도 시들하고 그가 걸어 나올 골목길만 자꾸 바라보게 되는데 드디어 김영찬이 나온다. 멀리서도 웃는 듯한 표정이 보이고 걸음, 어느 속에 섞어놔도 유난히 보폭이 시원하고 큰 키 탓에 건들건들 걷는 듯한 특유의 걸음이 아주 좋은 기분을 말해주고 있는 듯, 참 드물게 좋은 분위기를 거느린 사람이라는 생각이 든다.

건들건들 걷거나 말할 때 목소리나 몸 전체에 흐르는 그 사람만 지닌 고유의 리듬이 사람의 매력을 결정짓는다는 말이 맞다면 주변에서 본 어느 누구와도 같지 않은 분명한 무엇, 자기 리듬을 갖고 있는 사람이 김영찬인데 언어로 묶어지지 않는 그게 무엇일까 생각한다. 몸이 가지고 태어나는 리듬이라니, 그 막연한 말을 어떻게 이해할지 모르겠다. 그가 지닌 언어의 결이라면 말이 될까? 리듬이라니 그럼 뭐 춤 얘긴가? 생각은 우스갯소리도 못되게 헝클어져 버리고 얼른 다가온 김영찬이 자리에 앉자 마자 어디선가 나타날 기인자, 그녀가 오기 전에 얘기를 서둘러야 하므로 분위기고 뭐고 급해서 얼른 말을 꺼냈다.

"저기, 있지? 기인자라고 예쁜 아가씨 한번 만나 볼래? 호감을 가지고 김영찬을 오래 지켜봐왔다는 사람인데…."

해맑게 나타난 사람에게 던지듯 두서없다는 생각을 하면서 저절로 허둥거리게 된 일이다. 묵묵부답 아무 대꾸가 없어 돌아본 김영찬, 곧 비를 쏟아 낼 하늘을 닮은 엄한 표정으로 좀 전에 하얀 이를 드러내고 웃던 그가 아니었다. 수는 내가 뭘 잘못했나? 얼른 한 말을 뒤적여 봐도 무엇이 탈을 냈는지 모르겠다.

분위기를 수습하기도 전에 기인자가 저기 오고 있었다. 팔랑팔랑 나비가 날 듯, 쉬폰 소재의 하늘색 플레이어원피스가 썩 잘 어울리는 그녀가 쭉 곧은 예쁜 다리로 그렇게 춤추듯 사뿐사뿐 논두렁을 건너오고 있었다.

"호랑이도 제 말하면 온다더니 저기 오네."

수가 낸 말에 그쪽을 봤는지 마는지 한 마디 말도 안 내고 벌떡 일어서 그녀가 오는 쪽으로 걸어갈 때까지는 김영찬이 그녀 마중 가는 걸로 착각했던 수는 뭘 저절로 가까이 올 텐데 마중까지 나가나, 했었다. 그런데 좁은 논두렁을 비껴 멈춰 선 기인자를 본체만체 가 버리는 걸 보고는 무슨 일인가 틀어지고 있다는 낭패스런 마음부터 들었다.

기인자와 그간 사이도 서먹거리던 때였고 거기다 만나게 해 주려는 의도가 의심스럽게 어그러진 자리, 다가온 기인자에게는 그가 바쁜 일이 생겨서 그냥 갔다고 했다. 아무리 눈치가 없다한들 그걸 곧이곧대로 듣지는 않았을 게 뻔해서 말이 옹색해질 수밖에 없는 노릇이었다. 김영찬이 화를 내고 거부하는 게 무엇일까. 수는 자신의 말투가 너무 무례했나? 기인자가 널 좋아해서 오래 지켜봐왔다고 했고, 한 번 만나 보자고 해서 오늘 여기로 나오라고 했다, 까지가 수가 한 말의 전부였다. 어느 구석에 크게 그릇된 무엇이 숨어 있는지, 무엇에 화를 내는지 그 속을 모를 일이었다. 김병장이 수에게 처음 보이는 불쾌감이어서 적잖이 당황스러웠다.

요즘 수는 자신에게 다가오는 일들이 너무 거칠고 불친절하다는 생각이다. 뭘 잘못한지도 모른 채 꾸중 듣는 아이처럼 자신의 몫이 아닌 일로 당하는 것 같은 억울한 느낌이 밀려온다. '나한테 왜 그러는데?' 말로 항의할 새도 없이 뭔가 틀어져 선심으로 하고자 했던 일조차 비난으로 돌아오는 정황들이 또 일어나고 있었다. 혹시 잘못한 일이 있다손 그러지 않을 사람, 김영찬이 한마디 말을 섞을 새도 없이 가 버린다는 건 뭘 어째

볼 기회를 다 박탈하고 수에게 벌을 주려는 심사가 아니라면 너무 심한 처사가 아니냐? 우선 뭐가 잘못된 건지 말조차 없었다는 부분에 서운함이 몰리고 있었다.

그날 저녁에 한 양한테 처음으로 기인자 얘기를 꺼냈다. 왜 기인자가 한 양에게 자기 말을 해서는 안 된다는 건지 기인자의 부탁도 궁금했고 눈앞에서 벌어진 일들이 수가 무엇을 잘못해서 그리 돌아가는 곗속인지, 김영찬의 행동도 뜻을 모르겠어서 기인자 얘기를 시작했는데 뭔가 수가 모르는 부분을 알고 있을 한 양은 오늘낭패감으로 마음이 컴컴해진 그 일에 답을 달아줄 수 있을 것 같았다.

"맙소사!"

한마디 탄식 같은 소리만 내놓고 말을 안 하는 한 양, 평소에 말수가 적고 사족을 달지 않는 사람인 건 알지만 말을 그렇게 한마디로 누지르는 경우는 드문데 한동안 옷감 사그락거리는 소리뿐 깃을 다 달고 깃고대를 마무리하도록 말이 없다. 맙소사, 뒤에 딸려 나와야 할 말이 무엇일까 기다리게 했다. 그 말은 어처구니없는 일 뒤에 책망을 담아 내놓는 무엇일 것이 분명했으니 되묻기도 뭣하고 잠자코 기다릴 일이었다. 그런 부분을 주변 사람들이 우리를 이상하다고 하는 점인데 우리는 생각나는 대로 시시콜콜 말하지 않는 이상한 친구들, 마음에 고이는 걸 다 말하는 건 경박스런 일이라 생각하는 점이 같은 친구였으니 애늙은이 같다는 소릴 들어도 싸다.

기인자는 대산 저자 근처 사람이라면 모를 사람이 없는 바람둥이라는 거였다. 과장을 안 하는 한 양 성격으로 봐서 그것도 많이 절제된 평가였을 터여서 가슴이 쿵! 소리를 내는 것 같았다. 수가 대산에 오기 직전까지 어느 공군과 동거를 하기도 했다는데 그게 처음이 아니라고 했다. 그런데 전의 남자들이 그랬듯 그 남자도 제대하고 그냥 가 버렸다고 했다. 그게 한 양은 눈으로 보았고 수는 소문으로 시간이 많이 지난 지금에야 들은 것이니 느낌이 다를 텐데 한 양이 사불사불 억양을 빼고 말하는 소리를 들으면서도 뒷통수를 세게 얻어맞은 폭의 강도로 닿았다. 그런 사정을 모르고 누굴 누구에게 소개시키고자 했을까. 그런 사실을 알 턱이 없을 김영찬은 왜 또 그렇게 화를 내고 갔을까, 실마리 찾기를 바랐던 머릿속은 더 얼크러져 뒤죽박죽이었다.

"겨우 그런 일 꾸밀라고 개울로 그 사람을 오라 가라 했구나? 난 또 역적모의라도 하려는 줄 알았지."

한복점에 혼자 남겨진 이현우에게 미안해서 난처했다고 누굴 빼고 만나는 짓 하지 말라고 했다. 한 양은 좁은 바닥에서 실없는 소문난다고 손아랫사람 잡도리하듯 말하는 투로 봐서 벼르고 있었던 듯 말에 뼈가 들어 있었다. 기인자가 개울에 오기로 되어 있었다는 사실을 모르므로 그럴 수 있는 일이었다.

오늘 일은 기인자에 대한 정보가 없어서 생긴 일인데 '연애를 했다' 정도가 아니라 동거를 했다는 사실은 어떻게 바로잡아 볼 여지가 없는 흠결이라는 걸 기인자가 더 잘 알아서 아무것도 모르는 수에게 김영찬과 연결시켜 달라 했던 것, 그래서 그간의 일을 환하게 알고 있을 한 양한테 제 얘기를 하지 말라고 부탁했던 것 같다. 그것도 기인자가 시간을 들여 수의 마음을 사는 일에 오래 공을 들였다는 사실 부분에서 더 괘씸했다.

그 시절 처녀들에게 가장 흠결로 치는 일이 바람둥이였으니 기인자는 제일의 결함을 갖고 있다는 말이었다. 여자는 모름지기 다소곳하고 순결하여서 한 남자를 만나 어떤 변수에도 불구하고 일부종사해야 한다는 어쩌구가 반드시 옳은 길이라는 고정관념에 이의를 달고 팔매질을 할 일은 아니라도 뭔가 불평등의 켯속에 반감이 일던 것이다. 주변에서 일어나는 연애사건 따위에 따라붙는 세간의 평가들이 그랬다. 남자는 그럴 수 있는 일이고 여자에게 내려지는 그것은 구제 불능의 몹쓸 인격으로 몰리는 꼴이었다. 그래서 쉽게 듣는 소리가 남녀가 바람이 나면 여자만 손해라는 말이었다. 여자의 상대가 누구건 소문의 진의가 무엇이건 상대와 혼인을 하지 않는 한 그녀는 흠결을 평생 지고 다니게 된다는 이야기다. 남의 소문 사흘이란 말이 적용되지 않는 게 그런 류의 소문이어서 동네서 살림 잘하고 애들 잘 키우는 현숙한 여인이라도 처녀 때 고향에서 있었던 연애사건 따위 얘기가 따라와 퍼지면 그녀를 평가하는 엄혹한 잣대가 되는 걸 보게 된다.

그게 꼭 고루한 빗돌머리에서만 통용되는 무엇은 아닐 것 같은데 사람들은 조그만 일에도 그런 약점일시 분명하다 여기는 소문을 들추어 내길 좋아한다. 사소한 말다툼이 일더라도 약점을 가진 쪽이 흠결을 안고 있는 쪽이라서 그게 무슨 천형이라도 되는 것처럼 쥐어 흔들리는 일들이 있었다. 집안에서 남편이란 위인들이 써먹는 야비한 약점일 수도 있고 하등의 이해 상관이 없을 이웃들에게 툭하면 이용되는 '만만한 상투'여서 곧잘 잡혀서 흔들리는 곤욕을 치르게 되는 것이다.

밤새 잠 못 들어 뒤척거리며 생각해 봐도 기인자의 과거를 알지 못했던 게 그리도 큰 잘못이겠느냐, 김영찬의 태도가 괘씸해지고 있었다. 그러면서도 마음 한구석 슬며시 자리 잡는 안도감 같은 게 있었다. 기인자의 행실이 그렇다면 기인자는 김영찬에게 걸맞지 않을 사람, 김영찬의 상대역에서 제외되어야 하는 일이라고 했다. 서로 사귄다는 건 곧 결혼을 전제한 일이라는 인식이 요지부동이던 시절이었으니 그녀가 아무리 좋은 여건을 갖췄다 해도 그럴 것이었다. 용모 하나 빼면 가정환경이며 뭐며 겉에 내놓을 게 없는 그녀, 단정을 하고 나니 은근히 바라던 바였던 듯, 그런 심뽀가 언제 끼어들었나 모를 일이면서도 수는 다시 유치한 생각들이 고개를 들었다.

"어떻게 자기를 좋아한다는 사람에게 다른 여자를 소개하겠다고 나서냐? 그건 그냥 네가 김영찬을 싫어한다고 면전에다 대고 말한 일보다도 몇 배는 심한 모욕일 거다. 결국 사람을 좋아한다는 건 믿음일 텐데 참, 정말로 모르는 건지 시늉을 하는 건지, 기막힐 노릇 아니냐?"

한 양 말을 듣고 보니 되짚을수록 뭐가 잘못되어 돌아가는 구나, 가리서슬을 가릴 줄 모르는 바로 그 자리, 수가 가장 잘 만드는 자리였다. 눈앞에 벌어진 일이 그런 거라면 감당할 노릇이 아니라 모르쇠 숨어 버리는 일이 최선일 것 같았다. 그건 세상 모든 일이 수에게만 억울하고 부당하다 여기는 피해의식이 만들어 내는 공식이어서 아무리 자기반성이 세다 해도 극복이 잘 안 되는 부분이었다.

사람을 읽는 게 재미라면서 사람 마음을 읽는 건 그만두고 일반적으로 통용되는 상식조차 알지 못했던 철딱서니 없는 배역, 그게 왜 자신의 역할이냐고 항의하고 싶지만 그게 수 역할인 것은 어느 쪽을 따져 봐도 맞았다. 그러니 공격을 하거나 싫어할 대상이 자신일 수밖에 없는 노릇이었다. 뭘 어째야 할지 그 후속으로 해야 할 일을 알지 못하므로 마음만 우왕좌왕 갈 바를 모르겠다.

몇 번 바른 걸로도 손이 표나게 보드라워졌는데 무심결에 손크림을 집으려다가 멈칫한다. 철딱서니하고는, 스스로에게 그런 평가를 내리고 보니 그동안 김영찬에게 얼마나 잘못하고 있었는가. 자기에게 닿을 거스러기만 대단해서 그가 받을 상처 따위는 안중에도 없는 듯 '내가 뭐라고 네가 상처를 입겠느냐?' 억지를 쓰기로 작정하고 있었던 모양이다.

자책은 끝이 없고 그게 뭐였을까. 그가 수를 존중한다는 느낌이 들면 들수록 그에게 함부로 해도 된다는 허락쯤으로 알았던 것일까. 그에게서 나오는 생소한 감정,수를 밀어내는 낯선 느낌은 외면하고 싶었다. 변명의 여지없이 그의 정신세계에 머물던 신념 같은 무엇이 불신을 당한 일이라 할 수도 있는 행동 앞에 무언가 짓밟힌 느낌이 들었을 수도 있다는 한 양의 말을 알아들을 법은 한데 어떻게 수습해야 될지 모르겠다. 그의 발길이 끊긴 나날이 무척 다행스러우면서도 창유리 너머로 제복들이 몰려다니는 시간이면 여전히 뭘 어째야 하는 건지 알지 못하는 채로 행여나, 행여나 조바심으로 바라보곤 했다.

"다시 따져 볼 것도 없어, 너는 너무 어린 것 같아, 어쩌면 상식적인 것도 모르냐? 김영찬이 그렇게 허술해 보였어? 그 사람 너에게 그런 대접받을 사람 아냐."

한 양 답지 않게 얼굴이 빨개지곤 하면서 구구절절 아픈 말만한다. 그래도 가만히 있는 게 머쓱해서 큰 소리 치는 척 "내가 뭘? 잘못한 게 뭔데?" 대꾸하곤 한다.

누군가는 엉킨 실꾸리를 풀면서 오고 있다고 수는 믿고 싶었다. 가닥이 잡혀 매듭이 풀리는 어느 날 실의 한끝을 잡고 있다 보면 그는 돌아올 것이라고 확신하는 것도 억지를 부리는 노릇일터이지만 뭘 잘못했다는 정확한 사실도 제대로 알지 못하고 절실한 느낌도 없으니 아마도 올바른 사과도 못할 일이었다. 다시 만날 기회가 온다 해도 전처럼 속을 터놓고 시간 가는 줄 모르는 긴 얘기들에 넋을 빼앗길 시간들이 오지 않을 거라는 생각이 그중 서운했다.

한편으로는 자칫했으면 얼어 죽을 수도 있었던 눈길, 어둠과 추위와 눈뿐이던 무서운 밤에 수에게로 걸어온 그 걸음으로 그는 돌아올 것이라고 믿었다. 앞뒤 없는 맹목의 믿음이었다. 살을 에이는 싸늘한 눈바람을 뚫고 그날처럼 돌아와서 다시 문학을 얘기하고 말장난처럼 그 개울가에선 뭐가 잘못되어서 화를 낸 건지 말해 주는 날이 올 것이라는 난데없는 믿음이 자라나서 그나마 속이 견딜 만해지고 있었다.

혹시 몰라서 며칠 후부터는 틈만 나면 개여울에 자주 나갔다. 수가 쓸모없어졌으니 기인자 마저 따라붙지 않는 개울을 견디는 일이 자신의 몫으로 덩그러니 남아 있는 곳, 여울목에 앉아 그동안 내린 비로 물이 불어나 송사리 떼도 사라진 그곳에 앉아 이제 김영찬의 제대 날짜도 가까이 다가왔을 터인데 떠나면 이런 부채감에 짓눌려 살아야 할 사정이 걱정되기도 했다. 말이 좀 틀렸다. 그건 부채감이 아니라 상실감일 것인데 무슨 잘못을 했는지 종잡을 줄도 모르는 수는 자신이 무얼 해야 하는 건지 아는 게 없이 점점 스스로 입지를 초라하게 만든다는 자각이 쌓여 갔다.

제대로 된 감정의 결을 이해할 수준이 아니었던 터라 만나면 무슨 말을 해야 하나. 열심히 궁리하고 준비한 말들이 허사가 될 것 같았다. 뭐가 어찌 되어 돌아가는지 그의 친구 이현우조차 한복점에 얼씬도 안하는 것이 더 이상하지만 누구에게 물을 사람이 있을 리가 없으니 대책 없는 믿음이 있다 해서 속이 마냥 편할 수도 없는 나날이었다. 더구나 그가 돌아온다고 해봤자 근본적인 무엇도 개선의 여지가 없다는 부분이 문제였다.

그날도 개여울에 나와 앉았다가 빗방울이 돋을 것 같아서 일어서려는 참인데 한 양이 시대양품점 뒷길로 누굴 안내하고 있었다. 먼빛으로 수가 앉은 쪽을 가리키며 뭐라고 하는 듯 하더니 한 양은 돌아가고 그 사람이 수를 향해 성큼성큼 걸어온다. 김영찬보다 키가 약간 작아 보이는 걸로 봐서 그는 아닌 게 확실한데 가까이 온 건 놀랍게도 영기 오빠였다. 육군 정복을 입은 모습이 썩 잘 어울리는데도 제복에 눌리는 듯한 수척한 느낌을 안고 다가온 영기 오빠, 오늘부터 떠나서 서울서 자고 내일 전방부대로 귀대해야 한다고, 시간이 좀 남아서 대산으로 걸음했다는 거였다. 매사에 신중한 그 오빠가 말은 그렇게 쉽게 하지만 가던 길을 돌아서 수에게로 온 것이 그리 쉬운 걸음은 아니었을 게다. 뭔가 할 말이 있는 듯 무거워 뵈는 분위기가 그랬다.

"구름낀 날이 주근깨는 더 생길 텐데, 왜 그러고 있어?"

한 시간 전쯤에 만났던 사람처럼 스스럼없이 다가오는 사람, 그는 전날의 영기 오빠 느낌이 아니었다. 창백해 보이던 얼굴이 약간 그을린 것 뿐 조각처럼 잘 생긴 모습에 뭔지 모를 우수 같은 게 어른거리던 표정이 그대로인데도 그랬다. 오빠가 휴가 나온다는 말을 듣고 부랴부랴 빗돌머리를 도망치듯 떠나왔는데 어떻게 며칠 새 그 일을 까맣게 잊어 먹었던 것일까. 어이없을 정도로 수의 마음에는 그 부분이 먼 옛날 일처럼 희미하게 묽어졌다는 사실이 이상했다. 며칠 사이에 아득하게 과거형으로 물러나 있는 영기 오빠의 일이 스스로 생각해도 모를 일이었다.

수가 한 때 많이 의지했던 정말로 그 사람일까? 의문이 들었다. 한때 뜻이 통하고 말마다 공감되던 다정다감했던 친구, 어떻게 이럴 수 있는가. 스스로도 이상할 정도로 색깔이 바래버린 영기 오빠를 향한 마음을 보다가 '외가로 먼 친척', 더 자세히 말하면 우리는 외증조부 들께서 의형제를 맺었다는 그 후손들인데 그런 말도 안 되는 허술한 장벽이 우리를 굳건히 떼어 놓는 결과가 이거로구나, 어느 면 안도감조차 들었다.

그 오빠 앞에 서면 수는 어렸고 철딱서니 없는 사람이 되어 그냥 좋았던 날들이었다. 뭔가가 휘발해 버린 관계, 애달픈 느낌이던 날들이 지나고 바로 코앞에 앉아 영기 오빠의 얘기를 듣고 있어도 술렁거리는 게 없다는 사실이 이상했다. 수는 그 자리에서 성큼 걸어 나왔는데 영기 오빠는 달빛 교교한 바닷가에서 별로 듣고 싶지 않은 서툰 가요곡이나 치려고 기타 줄을 고르느라 금속성을 지익직 내고 있는 듯한 기분이랄까. 그러니 개울은 금세 지루해졌고 못 견디게 덥고 답답해졌다.

대화 행간이 자꾸만 뜨고 있었다. 밤바다에서 기타를 쳐 주던 오빠, 아픈 수를 위해 휘파람을 불어 주던 한머리 모래사장에 달이 뜨면 무아경이 되던 풍경들은 정말 수가 본 풍경이었을까. 설명이 안 되는 노릇 같았다. 세월이 얼마나 되었다고 사람의 감정을 이렇게 묽게 만드는 것일까. 마음은 딴전을 펴고 있어서 말 따로 마음 따로 성의 없는 대화가 턱턱 매듭에 걸리는 것 마냥 불편하다.

그런데 정말로 한 양이 곁에 있었다면 나왔을 "맙소사!"가 수의 마음 저 아래에서 저절로 깊은 숨을 쉬듯 터져 나왔다. 그 자리에 김영찬이 온 것이다. 정복이 아닌 일상복 차림으로 다가온 여전히 웃지 않는 김영찬, 이제야말로 뭔가 마구 꼬여 가는 느낌이 제대로 들었다. 그래도 약간의 개선의 여지가 남아 있던 관계가 더는 구제할 방법조차 사라진 듯 난파선처럼 산산히 튀는 파편의 형상이 얼른 상상되었다. 더는 손쓸 수 없다는 절망이었다.

김영찬이 수를 만나러 왔다는 것은 다시 얼크러진 매듭을 풀면서 오고 있었다는 말도 되겠는데 전보다 더 심하게 얼크러진 실꾸리를 만들고 있는 것이어서 상황을 수습하지 못하고 절절 매는 사이 영기 오빠가 수의 보호자라도 되는 양 먼저 손을 내밀었고 통성명을 하고는 침묵에 빠져든 두 사람과 마주 앉아 있자니 숨이 턱, 막힌다는 말이 정말로 그 정황에 쓰라는 말 같았다.

깊이 따질 것도 없이 두 사람에게 씻지 못할 결례를 저지르고 있는 것 같은 상황, 무슨 말을 한다 해도 모면할 방법이 없을 듯한 고약스러워 보이도록 꼬여 가는 분위기가 난데 없고 억울했다. 그게 누구든 흠결이 없는 사이를 원하는 수에게 한꺼번에 불어 닥친 불운이라고 해야 할 기분 나쁜 자리가 되어 버렸다. 오해였거나 아니 거나 따질 것도 없이 이제 세 사람의 기억 속에는 같은 그림이 떠오를 터였다. 당황하는 수가 있고 어디 비길 데 없는 옹색한 입지가 자기 것만 같을 두 사람, 우리는 또한 그 정황이 상대방이 만든 것이라고 생각할 터여서 영기 오빠나 김영찬 모두 거스러기가 일어나는 느낌을 안고 흩어져갈 것이었다.

'내가 뭘?'

머릿속이 하얘지던 처음 당황스런 순간도 가라앉으면서 마치 무슨 몹쓸 장면을 연출해 놓은 듯 쩔쩔 맨 건 또 뭔가, 수가 누구와 연애라도 하다가 들통이 난 자리 같은 거북함이라니, 슬슬 심통이 나서 자신의 짓이 아니라고 시위하듯이 상황을 털어 내듯이 발딱 일어섰다. 모든 정황이 '억울'했다, 쪽으로 귀결되고 있었다. 수가 짐 지고 온 것, 어릴 적부터 되는 일 없이 억울한 역할만 맡겨졌다고 우기는 고집이 또 도지는 모양이었다.

상가 쪽으로 나왔는데 한복점으로는 못 들어가겠고 둘 중 누가 그 구성에서 빠져 줬으면 좋으련만 수가 빠질 계제도 아니고 더운 열기가 숨을 쉬기 힘들게 차오른다. 누가 먼저랄 것도 없이 얼른 눈에 띄는 빵집으로 들어갔다. 거기서도 말을 내는 사람이 없어 괜히 들어왔구나, 곧바로 후회가 밀려왔다. 아무도 손대지 않는 찐빵은 포근포근해 보이는데 마음이 답답한 노릇이 지나쳐서 몸이 굳어 가는 것 같았다. 한여름에 빵집이라니 생각이 없었던 건 알겠는데 다방이라는 곳에는 동네 유지라는 사람들이 죽치고 있는 곳이라 담배 연기가 자오록할 것이어서 담배를 피우는 사람이 없을 빵집을 택한 것은 수를 배려한 일일 터인데 그게 두 사람 중 누구였든 선택의 결과가 좋지 않았다. 빵을 쪄내는 열기나 담배 연기나 비슷할 듯 생애에 또 만날까 무서운, 숨이 턱턱 막히는 답답한 경험이었다.

수가 죄인 시늉으로 앉아 있는 노릇을 못 견딜 즈음 김영찬이 일어섰고 뒤따라 영기 오빠가 일어섰다. 소리를 빽! 지르고 싶은 충동에 시달리던 수도 겨우 그런 장면을 연출하는 창피는 면했다. 영기 오빠가 서둘러 서산으로 나가는 완행버스에 오르는 걸 보고 돌아서는 수의 눈길에 저쪽 건물 모퉁이에서 사라지는 김영찬이 얼핏 보였다. 그렇더라도 그쪽을 못 본 척 한복점으로 들어왔다.

셋이 맞닥뜨린 일은 한 양이 먼저 알 일이라서 설명은 안하기로 했다. 한 양도 그렇지 그곳으로 영기 오빠를 안내하고는 다시 김영찬을 그리 가라 일렀다는 것은 고의거나 악의가 없었더라도 좀 심한 짓이었다. 날씨만큼이나 끈끈하고 불쾌한 노릇을 만든 사람이 한 양일 것도 같고 연락도 없이 불쑥 나타난 영기 오빠 탓일 것도 같았다. 김영찬도 그렇지, 내내 기다리던 날들은 코빼기도 안 보이다가 일이 겹치게 거기 나타날 건 뭔가. 이쪽 저쪽에 대고 설명이나 해명 따위는 못할 터이므로 그런 일은 제 스스로들 알아서 챙기길 바라는 게 수가 할 수 있는 일이었다.

"뭘 어쨌다고 내가 나서서 변명을 해야 하는데? 너희가 내게 좀 더 친절해야 하는 거 아니냐? 적어도 이심전심이란 게 작동할 만큼 우리들은 서로 마음을 안다는 사람들, 겨우 이런 일에 무슨 몹쓸 상황이나 만난 듯 불쾌한 낯빛으로 돌아선다는 건 전혀 배려도 무엇도 없는 짓이겠는데, 내가 왜 이런 대접을 받아야 하는 건데?"

말풍선이 퐁퐁 떠올랐다. 수는 잘못이 없는데 사사건건 불리하게 상황이 몰린다는 느낌, 그날은 불운의 집대성을 본 꼴이었다. 그 부분도 남의 탓이나 하고 있었다. 뭘 어쩌란 말이냐. 눈에 보이는 상황이나 마음에 걸리는 일들 모두가 비가 올 듯 올 듯 시원한 빗방울을 끝내 던지지 않고 후텁지근 찌기만 하는 날씨 같아서 짜증이 났다. 수 자신의 인생 축소판이 이렇게 덥고 짜증나는 무엇은 아닐까. 꼬이는 일이 겹쳐 다가오리라는 무슨 예시 같은 건 아닐까? 그래서 결국은 어린애처럼 몰라, 몰라! 철부지 같은 대응밖에 할 줄 모르는 삶의 솜씨 앞에 놓인 생은 일마다 그럴 것이라는 예감이 늘 적중하던 거여서 될 대로 되라는 마구잡이 생각으로 덮이던 것이다.

그러나 아무 잘못도 없다는 고집이 굳건해서 아무에게도 미안할 것도 숙일 뜻도 없다는 마음이 조금 더 커지면 '내가 누구와 연애라도 하다가 꼬인 일이냐? 그들과 아무 관계가 아니라고 그걸 떳떳하다고 내세우는 건지 항의하려는 게 무언지는 모르지만 그 장면 또한 수 자신만 억울하다는 결론을 내리고 있었다. 그동안 수가 어디를 헤매고 있을지 다 짐작하고 있었을 영기 오빠의 뜨아한 태도도 뜻밖의 차가운 대응이었다. 만나면 우선 어디 아픈 데는 없는가, 챙기던 사람이었던 그가 자기감정부터 추슬르러 들었다. 그게 뭘까? 전혀 다른 형질의 사람을 보는 듯한 낯선 모습을 보이던 일은 두고두고 지워지지 않을 쓸쓸함이었다. 김영찬도 그렇다. 수가 뭘 그리 잘못했던가, 기인자를 소개시키려고 했던 건 열 번 잘못했던 일이라고 한 양이 손에 쥐어 주듯 설명을 했으므로 수긍이 된다, 하더라도 그러니 뭘 어쨌다는 말이냐고 항의가 솟는다. 그렇게 휭하니 가 버려서 그만이라면, 뭐 달리 안타까울 앙금이 없다고 한다면 힘이 들 일도 없어야 할 노릇이었다.

그렇게 살갑던 사람들이, 누굴 혼낼 사람처럼 단호한 표정으로 쌀쌀맞은 분위기를 연출하는 그들이, 모두 서운하던 것이다. 그동안 수를 읽을 만큼 읽었을 터, 그런 정도의 일에 얕은 반응을 하는 게 싫었다. 경우 없는 그날 일은 누구도 잘한 사람이 없다는 결론을 만들고 있으면서도 그랬다.

수는 그때까지도 사람의 능력이란 게 훨씬 크고 깊은 줄로 착각하고 있었던 모양이다. 말을 안 해도 앞뒤 정황을 이해할 줄 알았고 구태여 변명 따위를 안 해도 되는 게 인간관계여야 한다고 믿었다. 시시콜콜 다 설명해서 알아듣는 일은 생판 모르는 사람들 끼리나 할 수 있는 노릇이라고 생각했다. 그만큼 오래 수를 겪어 봤다면 그냥 알아차려야 하는 것 아니냐? 눈앞에 어떤 정경이 펼쳐져 있더라도 오해 따위는 하지 않아야 옳다고 했다.

오랜 계절들을 지나오면서 마음속에 머무르거나 일고 잦는 그림자까지 알아차릴 수 있었을 영기 오빠의 그 불편한 표정도 그렇고 그만큼의 세월은 아니더라도 죽이 맞는다 여길 정도로 숱한 대화를 이어 나갔던 김영찬도 그래선 안 되는 일일 터였다. 모르는 사람 대하듯 찬바람이 돌게 쌀쌀맞은 표정으로 그럴 건 뭔가. 두 사람 모두 마음에서 지워 버려야겠다는 생각이 스치고 지나갔다. 저런 사람들, 저렇게 얕은 속의 사람들에게 무슨 기대를 하고 있었던가. 하늘 아래 많고 많은 사람들 속에서 겨우 수에게 닿은 그들이 밴댕이 소가지처럼 그렇게 돌아서 가고 마음이 들들 볶이는 형상이라니, 자신에게 무슨 일이 일어난 건지 제대로 알지도 못하는 사람처럼 갈 바 없어 하는 스스로에게 화가 났다. '내가 뭘 어쨌다고 이런 대접을 받아야 하느냐' 항의가 꾸역꾸역 솟고 있었다. 두통이 일고 속이 메슥거리도록 속을 끓이며 수는 또 못된 한 계절에 들어서는 중이라고 생각했다.

“오늘 삼각관계는 어찌 판정이 났누?”

들어서자 마자 한 양이 하는 소리, 익살맞은 어투로 말은 그렇게 해도 수가 추구해 가는 게 두 사람 다 쉬운 감정속 사람들이 아니란 것을 아는 한 양은 그 정도로 하고 더는 묻지 않았다. 삼각관계? 그 우스꽝스럽고 멋쩍은 낱말이 거기다 댈 일은 아니로되 자신이 퍽 괜찮은 사람이어서 관심을 겹으로 받고 있다는 느낌이라면 그냥 놔 둬도 될 일 같았다. 그래 차라리 둘 다 연인이라면 말이 될 것 같다. 그러면 수는 그들을 배반한 몹쓸 사람, 속되고 저질스런 말로 양다리 걸친다는 말이 수에게 적용될 일이라면 그들은 지금쯤 속이 말이 아니게 괴로울 것이라고 뭉뚱그려 치우면 조금 견딜 만했다.

하루를 어떻게 살아냈을까, 참 덥고 지루하고 경황없이, 거기다 자신의 뜻과는 상관없이 눈앞에 나타났다 사라진 일들이다. 빠르게 돌아가는 환등기 속 그림처럼 어 어? 지나갔다. 그림 속 등장인물들이 지금 어디선가 그들 나름의 생각을 하거나 잠을 자거나 하는 자신과 같은 인격체라는 게 실감이 없이 그들은 환등기 속에 갇혀서 나올 수 없는 그림들이었다. 그들이 그림 속에 있는 한은 소리가 사라진 그 형상대로 존재할 것이라는 이상한 생각이 들자 그들의 목소리가 어땠는지 까맣게 지워졌다는 걸 알았다.

목소리가 사라진 두 사람, 그러고 보니 반나절 넘기 함께 하면서 우리는 목소리를 내지 않았다는 걸 알았다. 소리가 증발된 그 두 사람은 또한 무색무취여서 흑백인 채로 생명감도 없이 그들은 알맹이를 어디에 두고 왔던 것일까. 생각이 섬뜩한 느낌을 몰아온다. 저들의 음성을 몽땅 지운다면 무엇이 남는가. 생각하기도 싫지만 십대 후반기부터 수에게 불어넣은 모든 환한 말은 수에게 양식이 되고 긍지가 되어 몸에 마음에 살이 올라 사람 형상으로 서게 만들어 준 도움일 터인데 목소리가 지워진다는 건 그 모든 것들이 부정되는 순간이었다. 저들의 목소리에 실렸던 그 많은 말들은 수가 바라마지 않았던 연애감정과 맞바꿀 대상물이 아니라는 자각이 밀물처럼 정신 못 차리게 들이차는 것이다. 두 사람을 동시에 잃는다는 의식 저 바닥의 느낌은 곧바로 한기가 되어 복더위 찌는 날에 추워서 떠는 모양으로 표현되고 있었다.

수는 춥고 무서웠다. 비몽사몽의 이마에 물수건을 대 주던 한 양한테서 들은 얘기로 헛소릴 하면서 밤새 앓았다는데 글 발을 매고 돌아온 몸살이 다시 도지도록 자신에게 무엇이 그리 절실했던 것일까. 잠이 드는가 하면 소리 없는 그림 속 그들이 나타났고 수가 깨어나면 두통과 오한이 덮쳐드는 사이 새날이 밝아왔다.

며칠 뒤에 이현우가 제대 인사를 하러 왔을 때도 김영찬에 대해서는 입에 올리지 않았다. 아무것도 모르는 듯 평소처럼 밝은 이현우가 내일 집으로 간다는 말을 했을 때 무언가 쿵! 내려앉는 소릴 들으면서도 수는 대수롭지 않으리라, 아무 일도 아니리라, 주술에 걸리지 않으려고 방어막을 치듯 그러고 있었다. 어찌 생각하면 마주보며 정색을 하고 보내느니 이렇게 조금 틀어진 듯 어긋나게 감정이 상해 돌아서는 것도 한 방법이겠다 싶은 김영찬, 이제 과거형으로 물러난 이름 하나를 참 어감이 좋았구나, 오래도록 기억하게 될 것이라고 생각했다. 또한 어감이 좋은 것과는 별개로 가슴에 둔통으로 남겠구나 싶었다.

영기 오빠를 각별하게 따르기 시작한 것도 자존심이 구겨지던 자리에서 시작되었던 일, 이강애 여사가 무슨 일인가 수에게 배풀이를 하던 장면을 퇴근하던 영기 오빠에게 들킨 일로부터였다. 그런 모진 말을 들으며 사는 아이라는 사실을 처음 목격한 그 일로 남다르게 인정이 많은 그 오빠가 그냥 지나치지 못했는지 수를 달래는 일에 정성을 쏟기 시작했다. 영기 오빠가 아니라도 얼른 못본 척 가 버렸으면 좋을 정황을 시시콜콜 다 구경시킨 꼴이니 버릇대로 하자면 그 오빠까지 싸잡아 반감이 들었을 일인데 들고 있던 책을 빌려 주고 다독거리는 일에 시간을 쏟는 정성이 고맙기 시작했다. 처음엔 얼른 가 버리라고 싫어했는데 시간이 지날수록 섬세한 노력에 조금씩 마음이 편안해지던 것, 나중에는 영기 오빠에게 이런 면이 있었나 싶을 정도로 명석해 보이기까지 해서 그 후로는 말을 섞는 일이 무척 좋았다. 수가 일하는 밭머리로 찾아와 흔한 들꽃을 내밀고 가는 버릇이 오빠에게 든 것도 그 무렵부터였다.

그 구간은 영기 오빠의 따뜻한 마음 덕에 무난하게 건너온 자리였을 정도로 오빠는 수의 마음에 위안이었다. 처음 시작이 이 여사 때문이었듯이 오빠와 마주앉아 얘기가 길어진다거나 읽은 책을 나눠 보는 자리마다 어른들의 간섭이 닿을 때마다 우울해지던 그 만큼씩 마음에 가까워지고 있었다. 그런 사실을 알 수 없는 어른들은 그 '외가로 먼 친척'이라는 혈연도 아닌 허울을 내밀어 한데 어울려 다니는 걸 책잡곤 했으므로 중간에서 잊혀질 만하면 끊어질 듯한 우정을 이어서 돈독해지게 만들던 것이다.

어른들만 아니었다면 영기 오빠와 수는 그리 많은 대화를 나눌 만큼 서로 흥미가 샘솟지도 않았을 것 같은데 아, 그래 거기 네가 있었지, 잊었던 무엇을 찾아내듯 새삼스럽게 할 말이 많아지던 거였다. 그러니 혹시라도 그런 마음에 연민을 넘어갈 감정 비스름한 게 한 올이라도 섞이게 되었다면 그건 전적으로 어른들이 생뚱스럽게 끌어낸 그 간섭 탓이었으리라.

그런데 대산에서 다시 본 오빠는 수가 믿고 의지할 만한 사람으로는 위상이 약하다는 생각이 들었다. 어느 부분을 보거나 희미해져서 이게 전날의 우뚝해 뵈던 사람인가 의문이 들 정도라고 해야 할까. 그게 수십 년이 흐른 세월 뒤도 아니고 겨우 한두 해 전까지 가까웠던 그 오빠에게 미련조차 희미하다는 게 조금은 허무했다. 청포도를 따서 서울 가는 버스를 세우고 뛰어올라 전해 주던 오빠, 그 설레게 하던 사람과 동일 인물이 아니었던 듯 아무리 갸웃거려도 계산이 안 되는 노릇이었다.

마음은 늘 변하고 옮겨 가는 것, 흐르는 속성이 있어서 자리를 달리하는 감정의 이치를 알아내는 계기가 된 것이 영기 오빠의 기억이었으니 김영찬의 기억도 약간의 세월이 필요할 뿐이라고 짐작할 수 있었다. 그렇게 지나가다 보면 어른스러워져서 작은 일에 출렁거리지 않게 단단해지리라는 걸 믿어도 될 것 같았다. 그 둘의 음성이 사라졌던 어느 날 일로 사람의 음성에 대해 많은 생각을 하게 되었는데 결국 수가 그들에게 천착하는 것은 그 음성에 실리는 언어의 격이나 내용뿐만 아니라 음성이 내는 울림이었던 듯하다. 겹이지는 음역이랄까. 행간이 넓은 음색이랄까. 아무튼 이름 지을 수 없는 좋은 울림은 그들이 수에게 얼마나 자상하고 다정하다는 것과는 별개로 호감의 척도가 되었던 것이다. 그러니 그들에게서 말소리를 빼낸다면 과연 그들이 그토록 절실하게 마음에 닿았겠느냐?

생애 전체를 털어 가장 좋다는 묘령 근처를 의미로 채워준 것이 그들의 목소리였다는 건 부정할 길 없는 일이고 살아가면서 혹여라도 청력이 소실되는 날을 만난다면 수가 여축해 놓은 좋은 목소리들의 기억만으로도 불편 없이 살 수 있지 않을까 싶어지던 것이다.

먼데 비가 오느라 찐득거리며 덥던 시간이 지나고 후련한 장맛비가 대차게 쏟아지고 나면 또 조금은 자라서 어른스러운 계절, 가을이 성큼 와 있겠지, 김영찬이 떠나는 날이었고 창문을 때리는 빗소리가 세찼다. 후련한 빗소리처럼 하루 종일 유리창은 빗물막이 생겨 밖이 어룽어룽 흔들리는 풍경을 보여주고 있었다. '나는 안쪽에 있으므로 비에 젖을 일이 없으니 이렇게 아늑한 것' 어룽거리는 빗줄기 사이로 말풍선이 뜬다.

❀

그들, 이현우와 김영찬이 제대하여 떠났다. 민 양이 넋 놓고 비 내리는 창밖을 보고 있는 풍경만 아니라면 아무 것도 변한 것 없이 대산은 이상하게도 그대로였다. 오늘이 어제 같아서 늘 동녘 산으로 해가 올라오고 서녘 바다로 해가 떨어진다는 사실이 심심했다. 뭐가 조금은 달라져야 할 것이라고 생각했던가 본데 아무렇지도 않은 일상이 그야말로 아무렇지도 않게 유지되는 게 이상할 지경이다. 가슴을 쥐어짜듯 슬퍼져야 사람이라고, 캄캄한 절망을 앓아야 정상적인 사람이라고 생각했다. 마음이 아파서 밥도 못 먹고 일도 못하는 게 당연한 수순이리라고 스스로를 지켜보는 나와 씩씩하게 살고 있는 나 사이에 무엇이 있는 걸까? 여전한 우리는 바느질 잘하는 한복점 민 양과 한 양으로 손 적이 착착 맞게 한 치의 어긋남이 없이 일을 잘 해내고 있었다.

어제도 이모가 다녀가셨다. 민 양이 나간 틈에 가져온 음식들을 내놓으면서 이번에도 잊지 않고 민 양을 내보내라는 말을 하셨다.

"그 애는 눈치도 없다니? 저 때문에 불편한 가정이 생긴다면 얼른 옮겨앉을 일이지, 저번 서산장에 갔다가 오로라사장 송자 만났는데 민 양 탐내더라, 거기루라두 보내라. 그러면 기은리 들어올 일이 생기겠냐?"

"이모, 그 사장은 나두 자기네로 오라고 탐내, 지금 사정으루 민 양에게 어떻게 그래?"

"바빠서 그런다면 내가 와서 시다해 주께, 한 파수에 하루 이틀만 나오면 안 되겄냐?"

우리 이모가 그렇게 막무가내였다는 게 믿기지 않게 민 양 일이라면 집요하다. 그러지 않아도 그간에 모아 놓은 돈으로 이모에게서 독립해 볼까 궁리해 봤다. 사람 관계를 그리 간단하게 자르고 붙일 수 있다는 생각을 정말로 하시는 건가? 전과 같지 않은 이모가 서먹해지려고 한다. 이모가 그러지 않아도 여러 가지로 심난한 내게 이모까지 과제를 내미는 격이다.

한복점을 서산으로 옮겨 오로라 사장의 도움을 받으며 일을 한다면 수입은 좀 나아질 것이다. 그러나 남의 밑으로 들어간다는 일이 무엇을 의미하는지 잘 아는 터라 선뜻 그럴 수는 없었다. 우선 친딸처럼 보살펴 온 이모와 이모부에게 면목 없는 일이고 삶의 자리를 흔들어 재편성한다는 일이 어디 쉬운 노릇이랴. 어쩔 수 없는 상황이 닥친다면 몰라도 지금은 때가 아닌 것 같았다.

다른 데 정신이 팔려 그러는지 요즘 민 양이 기은리 들어가자는 말을 안 한다. 다행이다. 우리 이모네와 민 양의 일은 어디서부터 얽혀든 실꾸리인지 짐작은 하면서도 실마리는 알고 있지만 내가 나선다고 풀어낼 일이 아니다. 거기다 아버지는 모아 놓은 돈이 얼마나 되냐고 자주 전화를 하신다. 정미소 기계를 새것으로 갈아야 한다고 하시는데 우선 급한 대로 사업자금으로 돌려쓰고 나중에 시집갈 때 준다고 하신다. 그건 끝이 환히 보이는 일이었다. 무슨 사업을 한다면 그 사업체에서 이윤을 내서 확장을 하려는 게 아니라 먼저 빚을 낼 셈부터 대는 아버지의 사업방식을 나는 찬성할 수 없다. 아버지의 사업수완은 대단하실 것 같은 계획과는 달리 자금을 쏟아 붇는 쪽에만 유능하시고 이윤 추구 쪽에는 맹탕 같아 보인다. 그 부분은 엄마도 마찬가지로 내조라고 할 것도 없지만 홍청망청 새나가는 살림 규모를 보면 정미소 사업도 전망이 어두워 보인다. 부모자식 간에 야박하다고 생각하실지 모르지만 내가 어떻게 성장해서 어느 길을 돌아 여기까지 왔는지 전혀 모르시는 듯한 부모님을 보고 있으면 민수가 이해된다. 엄마라는 호칭이 싫어 이강애 여사라 부르는 민 양, 거기 비하면 내 경우가 좀 나은가? 위안을 삼으면서도 세상에는 너무하다 싶은 부모들도 많다.

아버지께 돈을 다 드린다는 것은 그간 살아 낸 대산과 거기에 이뤄놓은 한복점과 거기를 살면서 닿아 보고자 했던 마음자리에 어림없이 못 미치는 계획의 실패를 말하는 것이었다. 때때로 다시 빈손이 되어 오로라 사장이 하라는 대로 해 볼까? 유혹을 받기도 하지만 청소와 밥당번 하다가 몇 년을 허송한 '시다' 시절을 떠올리면 오싹하다. 음식 솜씨가 좀 있다 하여 주인의 살림집으로 호출되던 일도 많았는데 그 세월이 얼마나 기막힌 절망이었는가, 부모님은 모르신다.



민 양은 무언가 작심한 듯 오늘은 영기 오빠가 보낸 군사우편들을 뜯어 읽고 있다. 편지가 올 적마다 반갑게 받아다가 개봉도 않고 차곡차곡 놔뒀던 편지들이었다. 그 애가 다른 사람과 많이 달라서 별스럽다는 건 알고 있지만 어떻게 편지를 받아 쌓아 둘 생각을 하는 거냐? 김영찬이 떠난 뒷자리에서야 영기 오빠의 글을 읽고 있는 행동이 이해가 안 되면서도 당치 않게 민 양이 올곧고 바르게 보이는 노릇이 뭔지 나도 모르겠다. 이것저것 섞지 않고 재료 특유의 담백한 맛을 내는 그 애가 만드는 반찬들이 그러하듯 아마도 사람의 감정조차 그런 같은 줄기로 생각하는 거 아닐까? 곁에서 궁금증에 눌려 짜부라진다. 해도 말로 설명해 줄 리 없는 친구, 저렇게 민 양이 숨도 안 쉬는 듯 잠잠할 때는 투명인간 바라보듯 모르쇠가 상책이다.

한복점에는 말이 드문 민 양과 내가 침묵을 짓는 것 마냥 한복을 지으며 살고 유리창 밖으로만 활기찬 나날이 굴러 가고 있었다. 한복을 짓는 데 말이나 활기는 사실 필요 없는 항목이라서 그 낡은 유리문이 단절을 썩 잘해 내는 줄도 요즘 들어 알았다. 안과 밖이 별천지로 구별되게 질이 다른 공기층을 이루며 흐르는 자리라서 그나마 괜찮다는 생각을 했다. 더러 들어오는 공군들이 없는 것은 아니지만 그들과 말을 섞을 기분도 사라졌다고 할까, 그 점도 민 양과 내가 같았다.

시대양품점 새댁이 열무김치 보시기를 들고 오거나 선술집 아줌마가 상추 겉절이가 맛있다고 가져오거나 하루 종일 그들이 놀러오는 모든 사람이었다. 전에 김영찬이 대산에 살 때라고 문전성시를 이룰 정도로 누가 자주 찾아왔던 건 아니었어도 그날에 비하면 요지부동으로 적막이 들어앉은 느낌인 것이다. 그러고도 아무렇지 않은 일상, 뭐 아무 일도 없네, 하며 무의미한 날들을 살았다. 민 양이 내색을 안 하고 있어도 나날이 수척해지는 게 보이듯이 나는 그 수척조차 몰골에 그려 내서는 안 되는 위치였다. 민 양이 좋아하고, 민 양을 좋아하는 김영찬을 곁다리로 흠모한다면 그건 말도 안 되는 일이었다. 그렇지만 말도 안 된다는 걸 알면서도 아는 것과 마음이 움직여 닿아 있는 자락은 별개였다.

한 달에 두어 번 이현우가 민 양에게만 안부편지를 보내왔다. 재봉틀 작업판을 책상삼아 답장을 꼭꼭 쓰는 민수의 속마음에는 혹시라도 김영찬과 이현우, 학교는 다르지만 친했던 그들이니 제대 후에도 서로 만날지 모른다는 생각이 들었던 것 아닐까? 그 애 마음도 내 마음과 같을 듯 짐작이 된다. 어떤 감정에 애달플 일도 애타게 기다릴 그리움 따위도 없이 마음에서 저절로 묽어지는 걸 기다릴 것이다. 그래서 우리는 아무 내색 없이 상흔처럼 자국 하나를 가슴에 간직해 둘 것이다.

그동안 밖으로 나갈 생각을 잊은 듯하던 민수가 좀 걷지 않을래? 일어서면서 권했다. 그곳이 어찌 변했을까. 나도 궁금하긴 한데 그곳은 민수의 소유 같아 발길이 쉽지 않았던 개울, 처서가 지났으니 물소리도 서늘해졌으리라. 부쩍 거길 가 보고 싶어도 나설 용기가 없었는데 잘 되었다. 산천은 무섭게 푸른 갈매빛인데 개울 옆에 사래 긴 콩밭이 수수를 사이갈이로 심어 콩보다 수수가 많아 주객이 바뀐 모습으로 변해 있었다. 키가 훌쩍 자란 수수 그늘에 콩 포기들이 웅크리고 있어서 수수가 콩포기들을 디디고 선 형상으로 바람이 스칠 적마다 스, 스, 스- 수수잎들이 내는 소리가 심난했다. 옥수수나 수수밭을 매던 기억 때문일까. 민 양은 수수밭을 지나면 오싹하다고 팔에 돋는 소름을 훑어내렸다. 수수잎 가장자리로 솜털처럼 돋은 돌기들은 자세히 보면 날카로운 톱날 같아 손등이며 팔뚝이며 닿는 대로 베이던 느낌이 살아나는가 보다. 스치기만 해도 베고 가는 것들은 많기도 하여서 억새거나 볏잎이거나 강아지풀 따위 포아풀과 식물들은 보기는 순한데 스쳐 지나고 나면 어딘가를 스윽 할켜 놓는다. 나중에서야 피가 났다는 것을 보게 되고 상처 자리가 쓰린 것도 눈으로 보고 느끼는 것이다.

사람과 만나 생기는 베인 자리는 수수잎에 벤 것과 달라 오랜 시간이 가도 둔통으로 남기 일쑤인데 가만히 호흡을 깊이 하며 기다려야 하는 순간들이 있다. 아픔을 진정해야 하는 순간들은 밖에서 오는 게 아니라 내가 조절해야 할 안쪽의 무엇, 진정이라는 것은 자신밖에는 할 수 없는 것이었다. 그러나 진정할 무엇조차 깃들지 않는 헤어짐이라면 무얼 어찌하랴. 마음에 떠올려 보는 일조차 실없는 노릇인데 둔통이 지나가길 기다리는 일, 어쩌면 그런 것들은 아직 내 눈에 띄지도 않은 상처여서 쓰리다는 느낌은 훨씬 뒤에 나올 것인지도 모르겠다. 어딘지 모를 내면 깊이에 들었을 감정 선에 주름을 만들어 나이테처럼 둘러지다보면 정신이 지긋해지는 신중한 무엇으로 쌓이겠지 했다. 누가 뭘 어쨌다고 그런 걸 싸안고 상처 어쩌고 할 계제도 아닌데 스스로가 지어 놓고 잘 빠지던 허방이라서 거기 어느 누구도 원망이나 탓을 할 대상이 없음에도 물밑 저 아래처럼 조용한 마음 바닥에서는 미진한 느낌이 퇴적물처럼 그렇게 쌓이고 그걸 되작이는 일로 계절이 오고 계절이 간다.

그래도 세월이 가면 역지사지가 되는 일이어서 내가 민 양이라면? 자리를 바꿔 볼 때가 있다. 그러면 적극성을 띠고 김영찬에게 연락이라도 해 볼 것 같은데 그 애는 대체 속을 모르겠다. 영기 오빠의 편지들을 그렇게 꼼꼼히 읽더니 어디 가서 소각하고 들어왔는지 종이 탄 냄새를 묻혀 왔다. 한 번 스윽 보면 웬만한 건 단번에 외워 버리는 기억력이니 그 편지 내용이야 마음 안으로 장소를 옮겨 놓았을 뿐이겠지만 무슨 심사로 그걸 다 태우는지 물어볼 수도 없으니 훈수를 둘 계제도 아니었다.

민수 뜻을 대변하듯 어떻게 안부 한 번이 없냐고 김영찬에게 서운해지기는 했다. 물론 그 편지란 게 온다 해도 민 양한테 올 소식이겠으니 그런 말이라도 낼 수 있었다. 한복점에 일거리가 밀려 바쁜 날은 그럭저럭 넘어가는데 일거리가 뜸해지면 민 양은 또 창밖을 오래 내다본다. 어떤 한 소식을 기다리는 듯, 마치 버림받은 비련의 주인공이라도 된 듯 여러 감정들이 복잡하게 얼킨 표정일까? 바라보면 아무 느낌도 읽어 낼 수 없는 무심한 눈으로 아무 것도 바라보지 않듯 그러고 있다.

민수를 보고 있으면 너도 참 무던한 사람이 되긴 그른 일이라는 생각이 들었다. 그 끈적거리고 더웠던 여름날에 일부러 그랬던 일은 아니라도 가까운 이들을 오해의 여지 속에 밀어 넣고 설명 한 마디 안 하는 태도는 또 뭐냐, 그러는 제 속은 편하겠는가. 민수의 면면은 곧 내가 하는 짓의 투영 같아서 동일시되던 일, 자기 잘못이 분명한 것조차 변명을 한다거나 정황 설명을 해서 바로잡아 놓는 노력을 하기 싫었을 것이다. 민수는 그런 시늉조차 구차하다는 생각이 앞서서 기인자 일도 그렇게 입을 다물고 말았을 테고 우리 이모가 눈치를 주는 데도 아무 말이 없다. 먼저 말을 낸다면 서로 좋은 쪽으로 권해 보기라도 할 텐데 어느 때는 배려가 없는 듯 묵묵한 민수가 미깔맞아 보이는 것이다. 자존심을 내세울 일도 아니련만 친구인 나에게조차 설명을 꺼린다. 스스로 알아서 이해를 하거나 오해를 하거나 일 바 아니라고 고집을 부리고 있는 거라면 할 말은 없지만 서로 터놓고 말이나 해 봤으면 좋겠다.

바람이 차가워졌다. 스윽, 한 줄기 바람이 지나고 나면 팔을 쓸어내린다. 돋은 소름을 재우듯, 기억들도 그렇게 쓸어내릴 것들이라면 좋겠다. 그 무덥던 여름날 한꺼번에 만난 영기 오빠와 김영찬은 수가 다른 사람과 사귀는 줄로 알고 있을 일이니 어찌 보면 수에게 뒤통수를 맞은 기분으로 돌아섰을 사람들, 그들은 그 부분 한 마디도 묻지 않았고 묻지 않는 일에 변명할 필요를 못 느꼈으므로 뭐가 어떻다고 수가 설명을 한다면 그게 더 웃기는 일이지 싶어 그냥 놔 두는 건데 적어도 그들은 말을 해야 알아먹는 정도의 사람들이 아니라는, 아니어야 한다는 생각이었다. 수는 자기를 안다면서 뭐가 더 설명되어야 하는 거냐? 이해가 안 되어서 애쓰는 건 너희가 아니라 수 자신 쪽이라고 우기고 싶어지던 것이다. 한 양 이모가 저자거리로 걸음하면 마음부터 먹먹해진다. 눈치가 빤한데 어떻게 그동안 친절하고 상냥하게 대하던 사이라는 걸 잊어 먹은 양 겉으로 저런 내색을 할 수 있는 것일까. 물론 대놓고 말을 하지는 않는다지만 바보가 아닌 담에야 자기를 적대하려고 드는 기운을 못 느낄 사람이 있겠는가. 수는 아직 자신이 무슨 잘못을 한 건지도 모르겠다. 쌀에 보리를 섞은 일로 '사람이 이런 걸 어떻게 먹느냐' 하던 말을, 그것도 수를 향하지 않고 한 양에게 하는 척했던 그 후로 전처럼 긴 말을 섞은 적도 없었고 저절로 데면데면해져서 거리가 생기게 된 것이다.

그 후로는 기은리 할머니께 자주 갈 수가 없었다. 몽매에도 그리운 외할머니 체취가 나는 그곳으로 마음을 두면서도 뭔지 모르지만 수가 걸음하는 일이 기은리 할머니께 누를 끼치는 일이 될 것 같은 기분이 자꾸 들었다. 먼젓번에는 한 양 이모부가 퇴근길에 트럭을 대놓고 어서 타라는 바람에 엉겁결에 다녀왔는데 미심쩍던 생각을 확인하고 온 일이 되었다.

"급하게 오느라고 할머니 군입 다실 것도 못 사왔네요."

수의 손을 못 놓고 손등을 쓸어 보는 할머니를 힐끗 보면서 수의 말 끝에 한 양 이모가 한 말은 늑골 밑 어디를 쥐어지르듯 충격이었다.

"몇 년 내리 안 드셔두 기운이 짱짱허것구먼 뭘, 갈릉스럽긴… 사람은 오래 살고 볼 일이여." 할머니가 수를 반갑게 대하는 일을 갈릉스럽다고 하신다. 눈앞이 캄캄해지는 기분이었다. 한 양 이모의 적의가 단순하게 수가 못마땅한 게 아니라 할머니까지 싸잡는 일이라면 그야말로 큰일이라는 생각에 가슴이 쿵, 내려앉는 듯했다. 한 양 이모가 미워하는 대상이 할머니일 것 같은 느낌이 맞다면 수만 참는다고 개선될 일이 아닌 것이다. 할머니는 고령이셔서 가는귀가 멀어 슬쩍 지나는 말을 잘 못 알아들으신다. 그나마 다행이기는 한데 뭐가 단단히 잘못되어가는 것 같았다. 할머니를 쓸어안고 싶은 마음을 누르고 한 양 이모부가 할머니 곁을 될수록 비우지 말기를 바라면서 오래 머물지 못하고 그날은 바쁘다고 일찍 돌아섰다.

한 양이 따라나서지 않는 게 꼭 바쁜 일거리 때문이 아닐 거라는 수의 예감이 맞아드는 것 같았다. 수가 할머니를 뵈러 오는 일이 할머니를 해치는 일이 될 수 있다는 사실이 가슴을 짓누른다. 뭘 잘못했다고 자신의 등장으로 이렇게 상황이 이상해진 것인지 알 수는 없어도 할머니께 해가 될 일이라는 생각이 굳건하니 건강도 안 좋으신 할머니를 위해서라면 여기를 오지 말아야겠다는 생각이 들었다.

수가 간다니까 할머니는 미리 준비해 놓으셨던 듯 보자기에 싼 물건을 내주셨다. 몸도 불편한 할머니가 직접 만드셨다는 고은무릇, 몇 날 며칠을 가마솥에 넣고 은근한 불로 달이는, 무릇을 고으는 공정을 잘 아는 수는 제법 묵직한 보따리를 받아들고는 속에서 북바치는 걸 간신히 삼키며 그 댁을 나섰다.

세상에서 가장 맛있는 음식이 외할머니가 고아 주시던 무릇이라고 했던 생각이 났다. 기은리 할머니와 밤새 얘기하다가 "애기 너는 그중 맛나는 음석이 뭐냐?" 하시기에 그런 말씀을 드린 건데 말이 현실로 고은무릇이 되어 나타난 것이다. 그걸 잊지 않고 그 어려운 일을 다하셨구나. 물론 한 양 이모가 무릇을 캤을 테고 껍질을 까고 씻어서 안치고 불을 때는 수데기 어려운 일은 다 하셨을지라도 무릇고음은 할머니 정성이셨다. 먼저 번에 몇 번 인삼정과를 보내 주셨을 때는 그게 무슨 의미인지도 모르고 먹었다. 이제껏 먹어 본 건 고사하고 본 적도 없는 인삼, 그걸 달콤하고 졸깃하고 살살 녹도록 찹쌀 엿에 넣어 고으신 맛이니 이 땅에 있는 산물로 어찌 이런 맛을 내는가 감탄했었다. 한 양과 먹을 것인데 그걸 꼭 두 갈수로 갈라 주시는 할머니 뜻이 무언지도 모르고 마냥 좋아만 했던 그날이 생각난다. 뭐가 달라졌다는 걸까. 수가 세상에서 그중 맛있다고 꼽는 무릇고음을 묵직하게 들고 오면서 마음은 자꾸만 땅에 끌렸다.

꼭 한 양 이모가 할머니를 대하는 불순해 보이는 언사 때문만은 아닌 무슨 불길한 느낌이다. 수에게 온 행복한 순간들이 그간에 어떻게 사라져 갔나, 생각하면 그 회오리 비스름한 느낌은 확연한 색깔을 입는다. 모든 게 수의 소원하는 반대로 되어 간다는 두려움이었다. 아버지의 끝날이 그러셨고 외할머니, 수에게 알려 주지도 않고 어른들끼리 쉬쉬하던 몇 날이 지나자 그 안개가 걷힌 자리에 외할머니의 부재가 고스란하던 기억, 무슨 요사스런 생각인가. 머리를 흔들고 눈을 크게 뜬다.

빵! 정신 차리라고 그러듯 뒤에서 한 양 이모부 트럭이 내는 경적 소리였다. 수는 자신을 태워다 주려고 달려오신 이모부를 보자 왈칵 눈물이 쏟아졌다. 무릇 그릇을 받아 좌석 발치에 놔 주고 수를 끌어올리신 이모부가 우렁우렁한 목소리를 낸다. 정다운 말씀이시다.

"이런, 이 무거운 걸 들고 길을 가려구 했어? 조금 있으면 내가 실어다 줄텐디… 뭐가 급혀서 저녁밥두 안 먹고 그냥 나오구 그려, 어머니가 어지간이 서운허실 텐디."

할머니가 곤고를 더 겪지 않게 한 양 이모의 이중성을 말씀드릴까? 잠깐, 그런 생각이 스쳤다. 그러나 곧 그건 할머니 뜻이 아니실 것 같았고 고자질이란 돼먹지 못한 천한 짓이란 굳건한 인식이 말을 막는다. 어디 꼭 집어 말할 것도 없는데 무얼 말한다는 게 옳지 않았다.

"어떻게 이 어려운 걸 할머니가 다 허셨대요. 무릇은 장정들이 캐던데요. 전에 외할머니가 봄이면 무릇을 고아주셨는데…."

"그랬구먼, 난데없이 무릇 캐라고 허셔서 난 어머니가 잡수시려고 그러시나 했지, 그거 내가 캔 거여, 무릇 바탕이 우리 땅이어서 퇴근하면 무릇을 캐서 모았지. 그래서 외할머니 생각했어? 우리 어머니는 따님이 없어서 나중에꺼정 울어 줄 외손녀두 없구… 요즘 자꾸 외로워허셔."

"…"

"그래두 민 양을 외손녀 마침으루 예기셔서 고마워. 어렵더라도 민 양이 자주 좀 찾아뵈여. 내가 부탁점 허세."

"…"

그 무릇고음은 한 양이 먹을 만큼 덜어 놓고 골고루 조금씩 주변 어른들에게 나눠 드렸다. 나중에 한 보시기쯤 남았을 때 문득 숙자가 걸렸다. 그 애는 어찌 살고 있을까. 양장점에 건너가 아가씨들에게 물으니 동거하던 공군이 전역해서 고향으로 가면서 숙자는 물론 친정 엄마까지 모시고 갔다고 했다. 유지에 곱게 싸놨던 숙자에게 주려던 무릇을 펴 놓고 한 양에게 먹자고 했다. 어쩌면 자기 이모네서 보낸 걸 제 맘대로 노느매기 하냐고 한 양이 속으로 서운했을 텐데 마음에 뜬 말풍선을 읽었는지 소유권은 할머니 마음에 있을 게 분명하니 무릇고음은 수 네가 틀림없는 임자 같다고 말해서 웃었다. 그 한마디로 속이 시원해졌다.

모두들 무릇 맛을 칭찬했다. 고은 무릇은 달다. 간단하게 단 게 아니라 고요하게 달다. 혀에서 단 게 아니라 마음 깊은 곳으로부터 울려 퍼지듯 천천히 부드럽게 달다. 알키하고 맵싸한 무릇이 은은한 쑥향과 생강향과 미묘한 깊이로 얼싸서 재탄생한 것이다.

"그게 참 이상할 일이지? 어려서부터 생각하던 건데 얘는 어디에도 없는 단맛을 어떻게 내는 거지? 설탕을 넣은 것도 아니고 조청을 넣은 것도 아니고 오래 순한 불로 끄느름히 고은 것

뿐인데."

"모처럼 한 양이 긴말 하네, 사람도 오래 곰삭으면 제맛이 우러나온다지 아마? 가슴 저 안쪽에 품고 있었을 테지. 누구에게 나눠 줄까, 이 달콤한 정신… 내가 아니라 무릇이 하는 소리야, 감동하지는 말어."

이튿날 한 양 이모가 또 무릇고음을 가져오셨다. "이건 네 꺼다." 한 양을 향해서 그 한마디 던지고 급하게 가셨다. 수에게는 눈길도 주지 않고 휭하니 돌아서는 한 양 이모를 보면서 무릇고음이 아니라 무슨 오기가 나서 던져 놓고 가는 몹쓸 물건만 같았다.

"한 양, 너 어려서 별명이 뭐였는지 기억하니? 무릇을 보고도 이제야 생각났네. 깐무릇, 쭈글쭈글 뭉그러지고 갈변한 고은무릇이 아니라 깐무릇 말이야 톡톡 영글어서 고아먹고 싶게 생긴 그 갸름하고 뽀얀 깐무릇."

"와, 하하…."

한 양과 수가 하도 크게 웃는 바람에 술집 아주머니가 들여다보신다.

"두 아가씨 뿐이구먼, 처음 들어보는 웃음소리네. 그렇게 웃을 중도 알고 있었어?"

우리가 무슨 짓을 해도 이쁘게 보시는 아주머니라서 그 소리도 칭찬으로 들렸다.

"무릇고음이 너무 맛이 좋아서요. 이거 좀 잡수셔요." 수가 얼른 젓가락을 맞춰드린다.

"어제도 주더니 또 먹으랴? 허긴 어제 준 것은 손님들이 다 먹었어."

아주머니는 도시에서 나고 자라서 무릇을 모른다고 하셨다. 이마가 튀어나와 단단해 보이고 성격까지 야무진 영특한 아이들을 빗돌머리에선 깐무릇이라고 하는데 한 양 어렸을 적 별명이었다고 수가 말해 놓고 보니 한 양은 지금도 영락없는 깐무릇이다. 깐무릇 얘기 때문에 한 양 이모가 불발탄처럼 불쑥 던져 놓고 간 불화의 씨, 고은무릇은 아무 역할도 없이 그냥 우리의 얘기 속으로 편입되었다.

"한복집 아가씨들이야 둘 다 깐무릇이지, 작은 아가씨가 조금 살이 덜찬 깐무릇이고. 히히히."

"에이, 아주머니는 깐무릇을 보신 적도 없다면서 시원찮은 저까지 호강시킨대요,깐무릇은 야물고 이쁘다는 극찬인디…."

우리가 깔깔거리는 판에 기성복집 아줌마가 들어오고 양품점 새댁이 건너왔다. 그 자리에서 다시 무릇고음 잔치가 벌어졌고 우리는 모처럼 나른해지도록 웃어 보았다.

그렇게 세월은 저절로 가고 해가 바뀌었다. 덧없는 시간들은 그냥 내버려 둬도 잘 가고 있는데 따로 마음을 써서 가라마라 할 일은 아닌데 그러고 있었다. 김영찬에게서 소식이 온 것은 그렇게 수가 밀어 보낸 시간들이 좀 많이 흘렀다 싶은 계절이었다.

"드디어 왔구나!"

밖에 나갔던 한 양이 우편함에서 들고 온 편지를 내밀며 개봉을 재촉한다. 김영찬의 편지였다. 그간에 한 양과 수가 마음 놓고 입에 올려 본 적 없는 이름이 거기 생뚱맞아 보이는 궁서체로 박혀 있었다. 무슨 내용이 들었을지 궁금한 한 양이 자꾸 넘겨다보았다. 한 양답지 않은 어그러진 경우였다. 질책하듯 후딱 읽고 봉투에 넣어 방바닥에 탁! 내려놓은 편지를 눈으로 따르던 한 양이 얼른 재봉틀 앞에 앉는다. 머쓱한 모양이다. '내가 너무 심했나?' 그럴 일도 아닌데 수는 심하게 무안을 타는 듯한 한 양이 불편해서 밖으로 나왔다. 개여울에 가려고 시대양품점 골목 뒷길을 도는데 그 집 새댁이 뒤란에서 담 위로 고개만 내놓고 부른다.

"한복점! 어딜 가려구? 또 개울? 여기루 들어와 봐."

자매처럼 다정한 목소리로 속닥거린다. 그집 뒤란은 수가 처음 들어와 보는 곳이다. 작약이 붉은 촉을 뾰족뾰족 무더기로 내밀고 있어 놀랄 만큼 신선하다. 누군가는 붉은 순을 뿜는다고 표현한 걸 읽은 적이 있는데 정말로 지르듯이, 뿜듯이 힘찬 생명력이다. 곁으로는 말무릇(상사초) 연둣빛 힘찬 싹들, 모든 것들이 그야말로 함성을 지르듯 대단한 기세로 올라오고 있었다. 어디를 둘러봐도 새싹들이 토실토실 건강하게 머리를 드는 자리 봄이 와아, 달려 나오는 자리였다. 화단 곁으로는 장독들이 올망졸망 모여 앉았는데 얼마나 살뜰히 닦아 놓았는지 반들반들 윤이 나서 수가 움직이는 대로 얼비치고 있었다. 이런 정경을 포실하다고 해야 하나? 아기가 잠든 사이 꽃씨를 뿌리려고 나왔다고 했다. 우리가 양품점 새댁이라고 부르는 그니를 오래 잊었던 얼굴이듯 바라본다. 눈두덩이 보속하고 도도록한 뺨이 발그레한 것이며 표정이 언제나 순하고 밝아 행복이라는 말을 설명하기 위해 거기 있는 것 같은 얼굴이다. 튼튼하고 예쁜 아기에, 정 깊은 남편에 더해 이런 뒤란도 가꾸고 있었구나, 감탄이 절로 나온다.

"마침 잘 되었네, 바지락 넣고 파전을 부쳤는데 한복점으로 가져가기는 너무 적어서…, 영운이 아빠가 파전은 민 양이 좋아한다, 허던디…" 말을 하다 말고 웃는다. 아마 또 수를 두고 부부가 농담들을 했던 모양이다.

서너 달 전에 둘째를 낳았는데 남편이 아기와 처음 대면하는 자리에서 한복점 민 양 닮았다고 하더란다.

"작은 아가씨 닮았을 바에야 머리 좋지, 이해심 많지 더 바랄 거 읎지 뭐." 대답하다 생각하니 이건 너무 허술해서 답이 아닐 것 같아 화를 발칵 내는 시늉을 했다는 것이다.

"농담이야, 농담, 당신이 민 양을 동생 같다고 하도 좋다니까 해 본 소리야." 아기 아빠가 손이라도 비빌 태세더라고 했다. 툭하면 그 소리를 들춰내서 웃음거리를 삼아 웃게 된단다. 한 양과 수는 시집이란 걸 간다면 양품점 부부처럼 살뜰하게 살아보고 싶다는 말을 가끔 할 정도로 부러운 가정이었다.

부침개를 먹다 보니 개울로 가는 일이 심드렁해져서 그냥 한복점으로 들어왔다. 뜨거울 때 먹으라고 한 양 몫으로 데워 온 파전을 말보다 먼저 내밀었다.

"시대양품점 솜씨야 맛있어."

황망히 부침개를 받아드는 한 양, 눈가에 물기가 수습이 안 된 채 얼른 외면하는데 그런 모습은 처음이라 당황스러웠다. 송곳으로 찔러도 진물도 안 나올 거라고 농담 삼았던 단단해 뵈는 이마처럼 성격도 단단한 한 양이 눈물이라니, 무슨 일이지? 분위기의 진원지를 찾듯이 주변을 훑다가 그녀 치마자락 앞에 아까 수가 읽고 던져 둔 김영찬의 편지, 그 당치 않은 것이 펼쳐져 있음을 본다. 상상이 안 되는 일이었다. 뭐에 지질린 듯 난감한 정황이 수를 압도하고 있었다. 남의 편지를 몰래 볼 사람이 아닌 한 양이었다. 더군다나 그걸 읽으며 울고 있었다는 게 무얼 말하는 것일까. 이 순간을 모면해야 하는데 마음만 다급했지 어찌 수습해야 좋을지, 허둥거리는 속내를 감추는 일부터 급했다. 눈물도 못 본 척, 편지를 몰래 본 사실도 모르는 척, 수는 얼른 너스레를 떨어야 하겠는데 입이 안 떨어진다. 더군다나 그 편지 속에는 조금 외두르긴 했지만 사모의 정을 표현한 문구들이 여기저기 숨어 있었고 함께할 장래를 굳건히 믿는 문장들이 널려 있었다. 편지 내용을 생각하니 맙소사! 마음에 커다란 감탄사가 뜬다.

그 편지 일로 시작해서 한 양의 지난 행동들을 '되돌려보기' 하는 버릇이 들었다. 물론 김영찬이란 이름을 우정 자주 들먹이게도 되었다. 수가 들이미는 분위기에 낚여서 조심성 많은 한 양이 탄식처럼 말을 낼 때도 있었다.

"이 세상에 그만한 사람 찾기도 쉽지 않을 건데…."

"…?"

그건 수를 나무라는 말 같기도 하고 재촉하는 것도 같고 자탄을 하는 것으로도 비치는데 뭐가 되었거나 그간에 너무 둔감해서 수가 한 양의 심중을 짐작도 못했다는 게 문제였다. 수가 덜렁대듯이 무심했던 일들 구석구석마다 한 양은 자신의 마음을 숨기면서 수를 다독여 주며 살아왔던 것이다.

김영찬을 지극히 사모한 것은 한 양이었구나, 여기저기 기억의 갈피에서 찾아낸 퍼즐 조각들이 들어맞아서 똑 소리 나도록 완성되어 가는 그림은 더 설명할 일이 없을 만큼 완벽하게 확실해지고 있었다. 기인자에게 김영찬을 소개시켜 주려고 했을 때 격한 반응을 보이던 거며 수에게 김영찬의 속마음이 어떻다고 쥐어박듯 일깨워 주던 일들, 한 양 마음을 더 떠볼 것도 없는 일이었다.

한번 오기 시작한 김영찬의 편지는 점점 간격이 촘촘해지고 내용이 시시콜콜해져서 전에 만나서 하던 말들에 연결이 되고 말에 맥이 뛰기 시작하고 있었다. 그러나 수는 이제 이러지도 저러지도 못할 처지가 되어 버렸다. 자신의 감정 하나 제대로 못 읽고 흔들릴 때 그걸 바라보던 한 양 마음이 어땠으리라는 부분을 짐작하는 일 만으로도 옴나위할 여유가 없었다. 물론 답장을 낸 적도 없었다. 그렇게 일방적이다 보면 어느 때인가는 김이 빠져 그만 두겠지 했다. 그 사람은 그렇게 보내기는 아깝고 아쉬운 상대라 해도 그가 어떤 생각으로 그러는지 다시 관계를 이으려고 한다는 걸 알면 알수록 가차 없어야 한다는 생각이 들었다. 한 양의 마음을 읽은 다음에 어찌 그를 남자로 보겠느냐 했다. 근친의 느낌으로 남기도록 노력할 일이었다.

그러던 끝에 서산에 내려온다는 편지가 왔다. 한 번은 만나야 하지 않겠느냐는 한 양의 말을 듣는 척 한 번도 내 본 적 없는 답장을 했다. 한 양의 속마음을 알게 된 뒤로 수는 자기의 감정을 확연한 자리로 몰아가고 있었으니 만나서 마침표를 내려놔야 한다는 생각이었다.

멀쩡한 날, 쨍한 볕이 든 봄날에 밖에서 누굴 만난다는 것을 몹시 꺼려할 만큼 주눅의 두께는 두터웠는데 봄의 양광이 원없이 쏟아지던 날에 약속한 차부로 나갔다.

멀미약 덕이었을까, 견딜 만하다고 생각했던 건 마음이 많이 누그러진 까닭이었다. 멀미약은 독해서 언제나 남들이 먹는 양의 삼분의 일로 나눠 먹어도 몽롱한 건데 한 병을 다 마셨으니 슬슬 졸음기까지 내려와 흐느적흐느적 발길이 헛놓이는 길, 마치 구름 위를 걷듯 현실감을 걷어 내고 있었다. 마음에서 색깔을 전부 지워 버린 무색무취로 상황을 만들어 놨다고 여겼던 믿음이 있으니 배포도 유해졌던 것일까?

푸른 겹벚꽃이 폈을 시기여서 개심사를 얼른 떠올렸다. 어디로 갈까, 머리 맞대고 의논할 만큼 편한 사이도 아니니 그냥 차부를 떠나는 게 우선 급해서 떠올린 곳이 개심사였다. 마음을 여는 것만 개심이겠느냐? 혹시라도 다 접지 못한 마음이 있다면 털어 내고 바꾸는 일도 개심이 아니겠느냐, 마음은 또 말장난을 하면서 아무 일도 아니라고 했다.

'마음 가는 대로' 오늘의 일정을 그렇게 맡겨 두고 허심탄회할 수만 있다면 무엇이 근심이랴. 이제는 친구가 가운데 들어선 걸 알았는데 수가 김영찬과 엮일 앞날 같은 건 깨끗이 사라진 셈이다. 그렇다면 만나는 일이 왜 필요하냐고 스스로에게 되물으면서도 길을 나서게 된 건 한 양의 재촉 때문이었다. 그 재촉의 간절한 느낌이 아니라면 머쓱할 해후를, 적어도 오래 아파야 할 기억을 만들 필요가 없을 일이었다.

"그러는 거 아냐, 니가 뭐가 그리 대단해서 버티냐?, 한 번 사과라도 제대로 하고 헤어지더라도 헤어지는 게 그 사람을 존중해 주는 순서야, 어떻게 변했는지 궁금하지도 않냐?"

"…"

안타까움이 묻어나는 말투였다. 한 양은 김영찬의 안부가 저리 궁금했구나, 짝사랑을 해 보자 했던 건 수의 계획이었는데 결국 제대로 된 그것은 한 양이 하고 있었던 것, 많은 날 우리가 만나 수다를 떨 때 내내 얼굴 붉히며 돌아앉아 바느질만 하던 모습이 되살아나 가슴 어딘가 결리는 듯 훑고 지나는 느낌이 구름 그림자처럼 지나고 있었다. 한 양이 그렇게나 소중하고 애타하는 대상을 수가 아무렇지도 않게 함부로 대하듯 무심해 보였겠구나. 자신에게 들으라고 중얼거려 보기도 했다.

질펀하게 깔렸던 연두가 녹색으로 변해 가는 들녘 풍경도 좋고 덥지도 춥지도 않은 바람도 상큼했다. 낡은 완행버스가 몇 뼘도 못가서 서 듯 자꾸만 사람들은 차를 세우고 오르고 내렸다. 슬슬 멀미가 나는데 그런 속을 들키지 않으려고 가뜩이나 어색한 터라 눈길이 마주치는 걸 극도로 피하고 있었다. 무척 반갑거나 눈물이 나도록 기쁘리라는 기대는 안했지만 그간에 속을 끓이며 무심을 가장하며 살아온 것도 사실일 텐데 정말로 이 사람이 마음에 가깝던 그가 맞나? 군복이 아닌 사복 차림이고 머리도 길어서 장발에 가까우니 더구나 김영찬은 외모가 바뀐 일 하나로도 낯이 설어 자꾸만 다른 인물만 같았다.

그간에 우리가 나누었던 문학 얘기며 어설프게 넘나든 철학 일반의 똑똑한 체 하려고 차용했던 것들은 뭐였을까, 차라리 밤 깊은 눈길에서 얼어 죽을 고비를 넘겨준 따뜻하고 섬세하게 장갑을 끼워 준다거나 겉옷을 벗어 근심스러워하며 걸쳐 주던 동작이 언어로 엮인 그 많은 부분보다 선명한 노릇이 된다는 사실이 좀 의외였으니 그럼 수가 '정신적' 어쩌구 이름 붙이며 어물쩍 뭉뚱그리려던 것들이 아무 것도 아니었다는 얘기냐? 멀미가 나는 머릿속으로 술렁거리는 게 그런 유치한 의문들이었다. 침묵의 깊이를 확인하려고 달려온 것은 아닐 터인데 수의 분위기 탓일까, 침묵이 산처럼 기를 눌렀다. 그런 게 아니라면 한 양 때문일까? 누구의 사주를 받고 나선 길이라 해도 우리는 거쳐 내야 할 과제가 있는 사람들 마냥 흔들려 가는 완행버스 속의 시간을 고스란히 말을 참아서 지켜지는 무엇이 있기라도 하다는 듯 그러고 있었다. 이상하게 생긴 꽃, 푸른빛이 도는 그 왕벚꽃 아래에 서면 뭔가 결이 잡히겠지 했던 게 어느 쪽의 희망사항이었을까. 애먼 꽃이 왜 거기에 등장하는지 모르면서 한사코 마음을 감추자했다.

그런데 막상 개심사 겹벚 나무 아래에 서니 이건 꽃이 아냐, 무언가에 속은 느낌이 들었다. 푸른빛도 아니고 연두도 아닌 뭐라 이름 지을 수도 없는 허위만 같은 색깔로 후질러진 듯 생기 잃은 꽃들, 갈변해 가는 생이 아우성치듯 매달린 나무를 보고 있자니 석연찮던 것들이 이것이었구나 싶었다. 가식, 생기가 다 날라 버린 그것의 이름이 그래도 꽃이었다. 이름만 꽃인 형상이었다. 누가 먼저 이런 형상을 꽃이라 일컬었을까. 느낌이 맞다면 꼭 그 형상이었을 수의 감정이었다. 그러니 생명력이라곤 남아 있지 않아 먼지가 날릴 것 같은 마음으로 거기 섰다. 그동안 비운 시간이 너무 오래된 탓이거나 처음부터 지속될 생명력이 아닌 감정이었거나 의미 없는 짓이라는 생각이 들기 시작했다. 한 양 탓이리라, 짐작되는 부분을 부정하는 일이 급했다. 감정의 낙화, 그걸 제때에 하지 못한 탓을 풍경에게 돌리자 했다. 아무 곳을 둘러봐도 지지 않는 꽃처럼 메마른 기억으로나 남겨질 풍경들이었다. 너무 꽁꽁 산 속에 숨어 버려 술래도 잊고 돌아간 듯 고적감만 돌던 산사, 저녁이 빨리 와 산 그늘이 내리면서 한기가 들기 시작했다.

더는 견디고 싶지 않는 시간들이 마른 날 먼데 우레소리처럼 마음에서 시끄러웠다. 정신의 문제가 아니라 몸의 감각이 내는 것들, 세상 모든 것들이 점점 나빠져 간다는 느낌처럼 머리가 잘잘 끓는 그 저녁시간이 되고 있었다. 하루를 살아 낸 저녁때쯤이면 체력이 다해 맥이 풀리는 증세, 미열이 오르다가 머리가 아프고 어지럽던 그런 증세는 자라면서 조금씩 수월해지긴 했지만 여전히 고통스러웠다. 해가 진 것도 아닌데 일을 하다 말고 들어와 누울 수도 없어 견디면서 논밭 일을 하노라면어지러워 사물이 아득해지던 것이다. 그런 증세에 대고 반드시 나오던 이강애 여사의 일갈이 섬뜩하게 들려오는 것 같았다.

"재수 오지게 읎는 놈이 저런 거 데려다가 등골 빠질 거다."

그 독한 말을 반박의 여지가 없는 옳은 말이라고 치자했다. 무엇하나 탐탁한 구석이 없다는 것은 수 자신이 더 잘 아는데도 그걸 시시때때로 친절하게 짚어 주던 말씀에 늘 진저리를 내면서도 우리 자매들은 왜 엄마 둘레를 맴돌며 꼼짝 못하는 것인지 모를 일이었다. 무언가 기다렸던 것일까? 그 무언가가 무엇이었을까. 개심사에서 내려오는 길은 갑절은 더 길어진 듯하였다. 김영찬, 그를 재수 오지게 없는 놈을 만들지 않기 위해서라도 마음이 앞서서 밀어내야 했고 상황 하나마다 마침표를 제대로 내려놓을 자리를 골라야 하는 의무가 수에게 주어진 걸 느끼고 있었다.

그가 세심교를 건너 벚꽃나무 아래 닿아서 한 첫소리는 안부 인사가 아니라 호칭문제를 바로 잡자는 말이었다. 수가 누나벌이 아니고 나이가 아래였다는 사실을 언제 알았는지 따위는 묻지도 않았지만 얼마나 저를 못 미더워 했으면 그랬겠냐, 힐난하는 뜻은 충분히 전해져 왔다.

"민수 씨는…."

그가 수의 이름을 발음할 적마다 흠칫거릴 만큼 싫었다. 이름, 그 소리는 "야, 너!" 들이로 마구 대해도 되었던 전날의 격의 없는 호칭을 써서는 안 된다는 것이었고 바뀐 서열을 정리하자는 말과도 같았다.

"영찬아!" 부르진 않았더라도 수가 그에게 누나라 불리던 세월이 너무 길었다는 생각이 들었다. 사람의 감정에도 유통기한이 있다면 그가 비운 시간, 꼬인 일들을 바로잡을 기회가 이미 지난 건지 모르겠다. 뒤집어 보고 눌러 보고 단념하는 연습을 많이 했던 날들이었다. 성격이 급한 수에게는 그 불확실의 날들이 별짓을 다할 만한 긴 세월이었으니 무슨 연습인들 안

해봤으랴.

그러니 마지막 헤어지던 날의 일들도 서툴렀고 무슨 언질 같은 걸 바랄 바가 아니라도 그런 쪽에도 나쁜 감정으로 마구 굳어 버릴 시간은 충분했다. 다시 돌아올 뜻이 있었다면 적어도 그래서는 안 되는 노릇이었을 것인데 그런 것에는 도통 관심이 없는 듯 몇 초 간격으로 불러 대는 "민수 씨"는 어색하고 부담스러워서 숨이 막힐 것만 같았다. 그렇다고 수 쪽에서 넉살좋게 그런 경우를 휘어잡아 능칠 바도 아닌데 낯가림에 시달리면서 이름까지 불리는 대면은 그일 하나로도 패착이라는 생각이 드는 것이다.

이제 와서 그런 게 왜 필요한지 묻고 싶은 말을 우선 참았다. 이제 호칭이 바뀐다는 게 무슨 의미가 있겠느냐, 무언가 마음에 생겨나는 조짐이 있었다. 이 사람은 수에게는 물론이고 한 양에게도 인연으로 남아선 안 되는 지경으로 밀려나야 했다.

우리가 그야말로 말이 막히는 어색에 들어서 쩔쩔 매는 것 또한 바뀐 호칭 탓이라고 생각했다. 수가 누님이라 불리던 좋은 기억들을 고스란히 안고 있을 때 갑자기 불러 대는 이름은 무슨 흉한 예언처럼 갑작스러워서 수, 그것도 성까지 더해서 민수라는 발음이 나올 적마다 흠칫거리게 하던 일이었다. 그것도 참자했다. 쑥스러움도 조금만 참으면 끝이라 했다. 이유야 뭐가 되었든 아무개, 이름이 그렇게 생경스럽게 어색한 줄을 처음 안 사람처럼 어감에서 오는 계면쩍음, 뭔지 모를 날것으로 던져지듯 속성을 달리한 인격인 듯 마구 부르는 이름이 불편해서 얘기의 내용에 집중할 수가 없다. 수가 그를 전처럼 야 너, 손아래 동생처럼 허물없이 대할 분위기였더라면 어땠을까. 어쩌면 그동안 궁금했었노라고 생각이 짧았었노라고 자신의 잘못 부분을 사과부터 하지 않았을까? 모르긴 하지만 아마도 앞을 가로막는 데퉁스런 어색을 처리하지 못해 답답하던 마음은 여전했을 지라도 조금은 솔직한 말을 하며 그가 돌아서는 길을 마음 써서 살폈을 것 같았다.

차 있는 곳까지 내려올 일이 아득히 멀어 주저앉고만 싶은 내리막길 내내 어스름에 스러져 가는 풍경의 아름다움을 말하고 곧 어스름이 내리면 어떨 거라고 했다. 하나마나한 말이나 하던 사람이 아닌데, 우리가 오늘 만난 이유가 내일을 기약하기 위한 걸음인 듯 그간의 오해를 동산처럼 가운데 쌓아 놓고 전전긍긍했던 일들은 깨끗이 잊은 사람처럼, 어제도 만났고 또 내일도 만날 사람처럼 그의 말은 모두 천연덕스러웠다.

늦은 봄날인데 해가 지는 산골의 저녁은 오슬오슬 한기가 들었고 손을 올려 짚어 보지 않아도 이마는 열이 잘잘 끓고 있을 터였다. 얼른 돌아가야 한다는 다급한 생각만 가득한데 추위 타는 걸 들킬까 봐, 웃옷을 벗어 둘러 주는 그 어색을 만나게 될까봐 대답도 접고 뒤꿈치가 닿는 새 구두 탓에 아파서 겨우 걷고 있었다. 그가 줄기차게 하는 저 말들은 또 무엇이라고 해야 하나 가깝한 일이었다. 언덕 같은 낮은 산에 있는 절이지만 구두를 신고 온 심뽀는 또 뭘까, 날긋날긋하게 닳아서 발에 편한 운동화를 꺼내 놓는 수에게 한 양이 심술을 부린 건지도 모르겠다. 물론 가는 곳이 어디라고 정해진 바 없던 시간이긴 했으나 그런 심통스런 생각까지 들었다.

"오랜만에 만나는 남자친구에게 예의가 아닌 것 같다. 뭘 시위하러 나가냐?"

"남자친구는 무슨, 동생 같은 사람한테…."

말은 그렇게 하면서 한 양의 말에 얼른 편한 운동화를 포기하고 언덕을 오르내리기 불편할 높이의 새 구두를 신고 나선 참이었다. 신발 문제가 아니라도 요즘 봄을 타는 몸 상태가 좋지 않던 참이었다.

저녁나절이면 체력이 달려서 나오는 증세라곤 해도 맨날 그런 건 아니었는데 조금만 무리해도 열이 오르면서 머리가 아파 쩔쩔 매는 수의 사정을 알 바 없는 김영찬은 아픔을 참느라 굳어 가는 수를 향해 이제는 스스럼이 없다고 여기는지 그간에 불만스러웠던 일들을 조목조목 말한다. 잘 웃지 않는다는 불평이며 말투가 퉁명스러워 모르는 사람이 들으면 상당히 불친절하게 들릴 거라는 둥, 뭐 그런 소리였지 싶은데 그 말은 뒤집으면 수가 불친절한 사람이 아니라는 사실은 자기만 알고 있다는 말이고 그런저런 결점일시 분명한 장점들은 혼자만 매력으로 읽을 줄 안다는 생색이었을라. 아무려나 심장을 오그리듯 체 표면을 줄이며 추위를 견디며, 피 흐르는 발뒤꿈치를 견디며 오슬오슬 오르는 열을 티 내지 않으려고 애쓴다. 그런 상황에 무슨 소리가 제대로 마음으로 들어오랴. 한 양 일이 아니라도 마음에 여백이 사라진 뒤였다.

수는 누님이라는 겹을 급방 벗은 것이니 대등한 자리에 섰다고 생각하는 것일까. 어깨에 손을 얹거나 등을 툭! 치거나 그의 손이 닿는 걸 질색하는 표를 안 내려고 해도 그 때마다 정색하고 돌아보게 되는데 보폭을 갑자기 줄이거나 빠르게 걸어서 드디어 산길을 벗어났다.

싸운 적도 없이 싸운 사람들처럼 나쁜 감정을 지으며 돌아서기로 했는데, 마음에서는 김영찬, 그를 아주 오래전에 보냈다 했는데 저 사람은 도대체 무슨 생각을 하고 있는 것이냐, 곧 어스름 속에 헤어져 갈 사람들, 그래서 다시는 만날 수 없는 운명 저쪽으로 갈라져 걸어가야 할 관계라는 사실을 모르는 양, 단절이 없었던 어제인 듯 또는 내일인 듯 우리 앞의 생을 철썩같이 믿는 모양이었다.

수의 마음 밑으로 와디처럼 흐르던 정신인 줄 알았던 사람, 한 양이 아니라도 그는 그리움 속에 두어야 할 대상이었지 현실 속으로 걸음해서는 안 되는 사람이었다고 새삼스러워 한다. 거기에 다른 답을 찾으려 하지 말고 세월이란 것의 속성이 그렇다고 해 두자 했다. 꽃이 지지 않는다고 악착같이 나무에 매달려 말라 간다고 싫어할 일도 아닌데 그 소품도 유용하게 잘 써먹은 셈이다. 수가 돌아보는 풍경조차 뭔가 의도 대로 잘 가고 있는 거라고 마음을 여미자 했다. 마음을 돌려 잘 보려 했다 해도 꽃은 여지없이 실망스러웠고 세상이 모두 허구만 같은 그놈의 기분, 나무마다 과하게 촘촘 매달린 게 이승의 날을 차마 접기 싫어 내려놓지 못하는 미련의 모습, 그게 자신의 모습에 겹쳐지고 있었다.

모든 언어가 착착 감겨 오던 공감의 날들이 있었다. 그게 착각이었을지라도 그런 날이 수 혼자의 것이었다 해도 '있었다'에 방점을 찍어 본다면 지금은? 곧바로 따로 노는 마음들이라는 걸 알 것 같다. 남의 다리 긁는다는 표현이 있다. 같은 대상의 같은 말들이 어떻게 그런 느낌일수가 있는 것이냐, 세월이 수십 년이 흐른 것도 아닌데 유효 기간이 지난 감정 탓이라는 게 정답 같았다. 사람이 바뀐 듯 낯선 것이다.

사람은 누구나 저 혼자 제 길을 간다는 건 글 속에서나 어디에서나 듣고 또 듣는 말이지만 생애 걸음걸음에 혼자라는 막막함은 늘 따라붙는다는 사실을 깨우치듯 어깨를 나란히 걸어가는 우리는 너무 멀리있다는 자각이 불큰 다가오곤 했다. 손 내밀면 닿을 거리에 함께 있으면서 저 사람은 나의 피흘리는 발뒤꿈치를 알지 못한다. 아픈 발을 끌고 가는 길이 가슴이 저리도록 쓸쓸했다. 김영찬 그가 대화 속에서 배려하고 수를 지지해 주던 전날의 모든 말은 '선심'이었으며 오늘 한 모든 말, 수에게 주문했던 것들, 수를 고치려 드는 그런 것들조차 세상에 더는 없을 우호적인 '특혜'였다. 그러니 수가 어쩌니 저쩌니 사족을 단다는 것조차 당치않은 노릇이었다. 특혜를 하사하는 자와 그걸 감읍하며 받아야 하는 자? 맙소사! 금방 탄식이 나온다.

사람끼리 마음이 가장 잘 전해지는 건 침묵인지도 모르겠다. 확실하게 규정되고 각이진 어떤 형태소를 갖지 않은 마음이라면 더욱 그랬다. 수가 아는 모든 사람보다 넓은 마음자리며 따뜻한 배려심이며 명석한 두뇌의 소유자로 보이던 그가 끼얹어 주던 쓸쓸, 그 분량에 눌리면서 개심사에 갔던 길에 깊게 파이던 모든 느낌이 또 상처구나 했다. 피 흐르는 발뒤꿈치의 통증이며 잘잘 끓는 머리탓에 어지러워서 말대꾸조차 잘 못하는 상태를 전혀 눈치채지 못한다 해도 그는 아까운 사람이었다. 그동안 마음에서 떠나보냈다면서 아무런 아픔이 없다고 이상해 했던 게 마음을 너무 과하게 누르고 있었던 결과였나 보다.

아무튼 돌아보는 것마다 수의 걸음은 너무 어린아이 같았다. 생각이 비틀리고 꼬이도록 열등감에 똘똘 말려 있었던 아이, 격이 진다는 게 그런 거구나 했다. 그가 누구 보다 수의 편이라는 것, 어떤 결함이라도 다 감쌀 수 있을 정신이란 것, 그럼에도 그를 아주 보내는 행사를 지금 하고 있다는 것, 아무 알맹이도 향기도 없이 의미 없는 말들을 떨어질 줄 모르는 꽃잎 대신 날리면서 그게 어디를 겨냥한 건지도 모르면서 수는 말 연습을 하려고 개심사에 왔었구나. 짐작이 되던 것이다. 속을 꼭꼭 감추고 생명력 없는 말, 무미건조한 말, 나중에는 그나마 하기 싫어 입을 다물면 물기 없이 질기기만 한 마른 꽃이 내는 바스락거리는 소리가 들릴 것 같았다. 이쯤 왔으니 오늘은 자신이 살아낸 전 생애를 돌아보는 어느 좋은 날이라 이름 붙이게 될지도 모르겠다. 이제는 마음에 그들먹하던 미진을 모두 내려놔야 할 차례, 잠시 호흡을 고른다.

수는 가까이에 있는 사람을 좋아할 수 없는 결함을 지녔다고 여긴다. 그러니 대상을 멀리 두고 심상에 만들어가는 식이 수의 것이어야 마땅하다고 여긴다. 그러니 짝사랑만 할 수 있는 슬픈 운명을 타고 났다는 말이겠다. 상대방이 자기를 좋아한다, 느끼는 순간부터 바라는 바가 생기고 그의 말 한마디 동작 하나마다 답을 찾아내려는 짓을 하게 될 것이다. 아무 것도 바라지 못할 상대, 그건 두렵게도 이강애 여사께서 들이대는 사람들, 가난한 농부로 살아가는 길밖에 모르는 사람들, 너무 선량하여 복잡한 생각이란 게 필요 없는 그런 사람을 바라보는 게 적격이라는 것, 그런 절망을 꾸려 안고 가는 것이 그 날의 '수'라는 인격이었으므로 늦된 정신이 한 매듭을 어렵게 넘어서는 중이었다. 다시 그려나갈 계절의 밑그림이 되어야 할 거기부터 이제 급속도로 묽어지는 한 그리움을 보면서 또 스스로를 추슬러 쥐며느리처럼 똘똘 말았던 마음을 펴고 나아갈 것이라고, 괜찮다고 다 괜찮은 일이라고 자신을 달래 보던 것이다. 모든 잘못된 부분은 까진 발뒤꿈치의 통증만큼만 아파하자고 했다.

"내게 가장 후회스러운 잘못 세 가지가 있습니다. 첫째는, 눈길에서 조난구조를 제대로 못한 점."

"?"

"기회란 게 운명처럼 온다는 걸 몰랐던 시절이라 나중에야 깨달았지요. 그날 제대로 인공호흡을 했더라면 우리가 꼬일 일이 있었을까요?"

"??"

"다 들려요. 무슨 소리 하는지, 맞아요, 바로 그 말, 속물 소리 듣지 않으려고 주저하다가 아까운 세월만 보내고 외돌러 왔습니다. 내 가슴이 시키는 대로 그랬더라면 민수 씨가 틀림없이 잡놈 취급을 할 것 같았습니다. 그때 이미 한복점 누님들은 우리보다 나이가 어리다는 걸 알았던 때였고요. 그렇게 자연스런 기회를 놓치고 사람 마음을 붙드는 일에 그렇게 뜸을 들이는 게 아니라는 걸 알았다고나 할까요? 다음은 준수한 육군 병장의 출현, 그날 끝까지 남아야 할 사람이 누군지 부대에 들어가서야 생각이 났지요. 그 육군과 아무 사이가 아니란 건 그 자리에서 간파했었는데 나도 물이 들었는가 사실을 아는 척은 못 하겠더라구요. 속아 주는 척, 심각하게 화난 척해 줘야 할 것 같은 의무감이 들었습니다. ㅎㅎㅎ 그게 연장되어 몇 계절을 소식을 끊고 못되게 굴었는데, 그게 세 번째 실책, 물론 그동안 내 신상에 떨어진 일들이 고되서도 그랬지만 이내 마음을 풀고 해해 다가서면 뺨을 맞을 것 같은 그 분위기에 말려 들었던 것 같습니다. 이제는 그러지 않을 겁니다. 세월이 한없이 우릴 기다려 주지 않는다는 걸 알았습니다."

이 사람은 착각을 하고 있다. 지극히 자기 주관적인 착각, 착각이란 언제나 자유라고들 한다. 그러나 그 착각을 유도한 불순한 의도가 있었다면 그것도 떳떳한 자유일까? 수는 출렁! 발길이 헛놓이는 기분이 잠깐, 들었다.

아무에게도 길을 묻자올 곳이 없으니 그냥 앞에 보이는 대로 걸어갈 수밖에 없고 그게 수가 원하는 길이 아니더라도 깨이지 못한 정신이 캄캄한 그믐밤 길을 가듯 그렇게 가야 할 일이었다. 적어도 그게 친구 한 양에게 떳떳하다 여겼다. 그래야 되는 것이었다.

"영찬아, 잘 가!" 마침 운전수가 차에 올라 시동을 걸고 있는 서울 가는 막차에 그를 밀어 넣고 손을 흔들었다. 어이없어하는 그 표정, 수가 끝까지 장난꾸러기 같은 속없는 시늉을 해서 그러는가 불 켜진 차창에 환하게 웃는 표정 한 컷을 두고 "며칠 있다 올겁니다." 손을 흔들며 그는 갔다.

정말로 나이 어린 동생으로 가끔 돌아보면서 저 멀리 둔통처럼 오는 기억으로 밀어 두자 했다. 사실을 다 말할 수는 없겠지만 김영찬은 가고 대신 한 양의 우정을 남기자 한 것은 잘한 일이었다. 개선할 여지가 없는 터라서 그냥 가다 보면 또 어느 굽이 마음에 합당한 일도 만나겠지 했다. 개심사를 갔다 온 그 이튿날로 대산을 떠나 빗돌머리로 돌아왔다. 볼 때마다 새삼스럽고 뭔가 어석거리는 자리로 돌아와 며칠을 끙끙 앓았다. 그야말로 전에 기다리던 증세 같았다. 온몸의 뼈란 뼈는 모두 쥐어짜 놓은 듯 아팠다. 그걸 싸잡아 몸살이라 불렀지만 마음이 용량을 넘는 많은 생각을 하느라고 무리를 한 것 같았다.

신고식을 치르듯 효녕대군 몇 대손 이강애 여사의 날선 질책이 묽어지길 기다리며 무엇을 태울 듯이 열을 끓이고 나면 또 수가 바라볼 한 장이 열릴 것이다. 꼬깃꼬깃한 마음을 펴면서 철딱서니 없던 날들을 뒤로 물리면서 물조차 넘기기 싫은 날들이 가고 있었다.





이강애 여사의 의학상식에는 모든 병증이 고된 노동 뒤에나 오는 것, 그러니 수가 앓는 몸살을 두고 뙤약볕에서 밭일을 했느냐, 수렁배미 논을 맸느냐로 시작되어 줄창 흘러나올 듯한 유구한 후렴이 이어지다가 드디어는 병의 이름이 지어지리라. 그렇다고 아스피린 한 알 사다 주는 법이 없으시니 모진 통증이 굳은살이 되도록 앓고 나면 조금은 닦여진 자신이 되어 있을지 누가 아냐?

무슨 떼돈이라도 벌어 왔다고 몸살이냐? 이 여사의 말을 마음에 받아 적으며 수는 정말로 뭘 잘했다고 열을 끓이며 앓는 것이냐, 되묻다 보니 조금 서러웠다. 그 이유를 모르겠는 것들을 씻어 내듯이 죽죽 울 수 있다면 좋으련만 메마른 왕벚꽃이 잔뜩 들어앉은 속은 바스락거리기만 하였지 건천처럼 물이 없었다. 열이 끓고 있으니 골치 아파서 그럴 것이라고 핑계까지 준비해 뒀는데 눈물조차 말라서 메마르고 서러운 건천이다. 생의 한 굽이를 그렇게 몸살을 앓는 척 돌아서 가자했다. 발 뒤꿈치가 까져 피가 흐르는 봄이 저무는 시절, 거기 어디쯤 미래라는 곳으로 틈입할 틈새가 있을지 누가 아냐, 그러고 보니 곧 보리가 익는 계절, 뻐꾸기가 우는 보리 수확철이 코앞이다. 수가 베어서 옮겨야 할 그 모진 보릿단들의 날에 당도한 것이었다.

보릿단을 나르듯 힘들여 김영찬에게 편지를 썼다. 아주 긴 편지, 길이에 무슨 기대를 하듯이 생을 한 겹 벗어 놓듯이 무슨 할 말이 그렇게 샘솟을까, 서류 봉투를 풀로 붙이고 나면 다시 열어 확인하고 싶도록 무슨 말을 했는지 궁금했다. 그러나 다시는 연락이 안 오는 걸로 봐서 수의 글솜씨가 상대의 심금까지는 아니라도 왜 그래야 하는지 당위 정도는 제대로 심정에 닿은 모양이다. 한 하늘을 쓰고 살 수 있다면 된 거 아니냐 했고, 서로의 단점을 수두룩 마음에 쟁이면서 원수처럼 되어 가는 숱한 연인들의 끝자락으로는 가고 싶지 않다는 말도 했던 것 같다. 아무튼 수의 뜻이 아닌 움직임은 모두 쌍방을 모독하는 일이 될 터이라는 지독한 말까지 그게 말이 되는 소릴까, 쓰면서도 자신은 없지만 단호하게 자르는 말을 했다.

대산을 떠나오기 전날은 밤을 새우며 한 양에게 긴 이야기를 했다. 불을 끄고 나란히 누워 수는 그간 살아 온 자신의 애기를 한 마디 대꾸도 없이 듣는 그녀에게 자서전을 쓰듯이 수가 스물한 해를 살아 오면서 기억에 남아 가칫 대는 것들을 순서없이 말했다. 숨소리조차 참고 잠든 척 듣고 있는 한 양이 울고 있다는 걸 모를 리 없으므로 어느 부분은 농담을 섞어서 눙치는데도 그녀를 오래 울리면서 목이 메어 곤란한 대목, 김영찬을 이제는 다시 볼 일도 연락이 닿을 일도 없을 것이라는 부분을 지나고 나니 말하기가 수월했다. 고생스럽고 서러웠던 굽이마다 공감이 되어서 그렇게 소리도 못 내고 서럽게 울며 들어줄 친구, 남자 문제 정도에 우정을 상처 낼 경우가 아니라서 우리가 지닌 도덕률이 고맙고 장한 노릇이었다.

어느 하늘 아래 살거나 김영찬은 바르게 잘 살아갈 사람이니 그걸로 된 거 아니냐고, 우리가 그렇듯이 그도 어디선가 우리가 씩씩하게 잘 살기를 응원하고 있을 것이라고 했다. 아침해를 보기가 떳떳할 듯, 모처럼 미진이 개인 후련한 속이었다.

뜰에 화덕을 걸고 물을 끓인다. 타닥거리는 보리 짚을 때서 때 이른 저녁으로 밀국을 하고 있었다. 한 양네 정미소가 새로 단장되면서 제분기가 들어와 가락골에서도 밀을 집에서 맷돌로 갈지 않고 흰 눈처럼 뽀얀 가루로 가공해 주는 판이라 저녁으로 칼국수를 자주 해 먹던 때였다. 우리 고장에서는 칼국수를 밀국이라 했는데 물이 끓어 썰어 놓은 밀국 반죽을 솥에 넣는 참에 쪽문으로 키가 후리후리한 남자가 들어섰다. 역광을 받고 있어서 얼른 알아보지 못했던 시커먼 사람, 수는 가슴이 철렁 내려앉았다.

목소리를 듣고서야 한 양 이모부라는 걸 알았다. 무얼 상상했던 것일까. 놀란 가슴이 가라앉기까지 시간이 걸렸다. 이모부는 퇴근길에 트럭을 몰고 부석으로 그냥 온 참이라고 하였다. 할머니 건강이 나빠지셨구나, 지레짐작이 되었다.

"그간에 어머니께서 의식이 없다가 요즘 정신이 맑아지시면서 민 양을 많이 찾으시네… 혹시 다녀가지 않으까, 기다리다가 염치불구 오늘은 내가 예꺼정 왔네…."

처형네 정미소가 바로 옆인데 들르지도 않고 트럭에 오르는 한 양 이모부를 보며 어머니를 향한 애끓는 심정이 사무쳐왔다. 그토록 예절 바른 어른이 체면치레할 겨를도 없이 연락도 못하고 여기까지 수를 데리러 오신 걸 보면 설명이 없이도 상황이 짐작되었다.

그날 저녁 수가 뵈온 할머니는 많이 쇠하시긴 했지만 발음도 또렷하고 눈빛도 맑으셨다. 수의 손등을 오래 쓰다듬으시는 손길이 말을 대신하는 듯 그 떨림이 모르쓰 부호로 타전되듯 내용이 사무쳐 들었다. 그걸 제대로 독해하기 위해서 그러듯 수는 눈을 자꾸만 크게 떴다. 저수량을 늘리는 방법이었다.

"왜 이리 늦게 왔어, 좀 자주 오지… 애기 너는 그동안 아프지 않었어?" 고루 안부를 묻고 고루 쓰다듬으시는 말씀이 명멸하듯 반짝이는데 말이 궁한 수가 빈손으로 오게 된 걸 쑥스러워 하자 "애기 니가 사보낸 과자두 잔뜩 남었는디 뭘… 바쁜 사람이 별 소리 다허네. 그런 마음 꺼정 쓰너라구…."

할머니가 눈으로 가리키는 베갯머리에는 '크라운산도'가 벽돌로 쌓은 담처럼 각지게 쌓여 있었다. 말이 콱! 막혔다. 한 양과 그 이모부의 합작품일 것이었다.

"이제 이렇게 애기 널 봤으니 되었다. 복동이 만날 생각허면 얼마나 좋은지 모르겄다. 내가 복동이 헌티 애기 네 애기를 헐게 많이 있어서 고맙다. 무릇을 고아얄텐디…, 무릇싹이… 올라왔지야?"

삼복더위에 무릇 말씀을 하신다. 수에게 할머니의 상태를 그 부분 이모부는 말씀을 안 하셨다. 무릇 싹도 그렇고 색동옷 입고 어딜 가자고도 하셨는데 그게 증평 어디에 있는 우리 외할머니 친정 근처 지명이라는 것도 나중에 알았다.

그 밤, 할머니는 수의 손을 잡고 잠이 드셨고 그제서야 손을 놓아 주셔서 집으로 왔다. 울퉁불퉁한 자갈길을 성난 말처럼 날뛰는 트럭을 타고 달려온 길이 할머니를 다시는 못 뵐 것 같은 불길한 거리감으로 수를 떼어 놓는구나 싶더니 수가 다녀온 후 며칠 뒤에 할머니가 먼 길을 떠나셨다는 소식을 받았다. 오일장으로 장례식을 마치고 삼우제까지 지냈다는 한 양의 전화였다.

이강애 여사에게는 외할머니 동기간 같이 절친한 분이 대산에 살아 계신다는 애길 전에 했던 적이 있었다. 기대했던 건 아닌데 대뜸 핀잔부터 하시는 어법이 가슴속 어딘가를 싹 할키고 지나갔다.

"차암, 생긴 대루 논다더니, 넌 별 귀꿈자리 같은 소리만 골라서 그러기두 쉽지 않을 텐디, 구신 다된 할메 얘기는 또 뭐 말라비틀어진 소리라니?" 두 말을 건넬 새도 없이 만정이 떨어지는 것 같아 입을 다물고 말았다. 그 일이 떠올라 기은리 할머니가 돌아가셨다는 말은 꺼내지도 못했다. 한여름 밤의 꿈처럼 수에게 다녀가신 할머니, 지극히 그리워하면 오시는 우리 외할머니셨다.

한 양이 적극 밀어서 오로라 포목점 사장을 만났다. 손에 잡기 싫다 했던 한복 바느질을 다시 하기로 했다. 농사일을 하다 보니 또 그날이 그리웠다. 말을 바로잡는다면 바느질이 하고 싶은 게 아니라 폭양 아래의 극한 노동, 농사일에서 도망가야 살아남을 것 같은데 길이 없어서 한 양의 강권에 못이기는 척 다시 집을 떠날 요량을 댄 것이다. 집을 떠나야 할 이유가 하나 더 있었는데 영기 오빠가 제대를 해서 집에서 농사를 짓고 있었다. 한동네 살면서 논두렁에서 밭두렁에서 마주치는 게 불편했다. 그런 감정이 왜 생기는 것인지 모르지만 수에게 일고 잦는 것들이 언제는 따로 이유가 있어서 생기는 건 아니지만 불편한 기분을 피하고 싶었다. 한 양 말을 잘 듣는 척 얼른 서산으로 나갔다.

조건이 좋았다. 혼자 기거할 공방을 마련해 주고 한 양도 한 번씩 들러서 함께 하기로 했다. 한 양이 오로라 사장에게 얘기를 얼마나 잘해 놨는지 모든 것이 거리낄 게 없이 수가 좋아할 여건들로 마련되었다. 부엌이 딸린 공방과 보조 두 명, 거기다 한 양도 일거리가 없는 날마다 가끔 와서 합류한다니 더 바랄 것이 없었다. 보조들은 시내에 집이 있어서 출퇴근할 것이었다. 책이라도 읽을 시간은 넉넉할 것이고 거기다가 간이라도 빼줄 듯 살갑게 대하는 오로라 사장은 자기를 언니라 부르라고 기회만 나면 조르는 사람이었으니 수는 자기를 좋아하는 사람들 속으로 들어가는 일이 미래로 틈입하는 노릇이라 여기고 모든 일을 좋은 쪽 표면만 보자 했다. 〈끝〉

## 작가의 말



목숨을 졸이듯 모진 노력을 했더라도 모자랄 판에 습작이라고 했다. 결국 백년을 산다 해도 내 생은 연습처럼 서툴고 어수선하여 형편없는 모습일 것이라는 자평을 하면서 역량에 닿지 않으면 하지 말아야 되는 노릇이겠지만 한사코 그 안 되는 것에 매달려보았다. 이런 게 무슨 심뽀 때문인지도 모르는 채 그냥 그러고 싶었다.

구순의 어머니를 여의고 오백 일을 넘겼다. 많이 앓았고 어느 때는 죽물도 넘기지 못할 지경으로 어디랄 것 없이 헤석거렸다. 생과 오기로 맞서듯, 그래도 살고 싶다는 표현이 그것 밖에 남은 게 없다는 듯, 다시 무슨 짓을 할 수 있게 된다면 소설을 쓸 것이라 다짐하면서 부끄러운 줄도 모르고 그 쪽으로 솔깃하게 기운다.

먹잘 것도 없는 가시밭길로 들어서며 무슨 대단한 기대야 있으랴만 모진 길이 될 것이라는 예감만 울울한 그곳을 안 가 본 길로 남겨두기는 뭔가 많이 다급해졌다. "네까이께 뭘 한다구?" 언제나 직설로 순을 자르는 무소불위 노모도 이제는 말씀이 궁하신지 꿈에도 드물게 오신다.

징징거리지 말고 고달픈 시늉도 접으면서 씩씩한 척 걸어가 볼 참이다. 죽을 치우고 밥을 먹은 오늘 아침, 서산지방에 첫눈이 내렸다. 서설일 것이다.

2017년 초겨울

서산에서 임명희